『十三五』国家重点图书出版规划项目
『中国近代日记文献叙录、整理与研究』
（项目编号：18ZDA259）阶段性研究成果

中国近现代稀见史料丛刊【第七辑】

张剑 徐雁平 彭国忠 主编

翟文选日记

翟文选 著

宋皓琨 整理

本辑执行主编 张剑

凤凰出版社

图书在版编目（CIP）数据

翟文选日记 / 翟文选著 ; 宋皓琨整理. -- 南京 : 凤凰出版社, 2020.9
（中国近现代稀见史料丛刊. 第七辑）
ISBN 978-7-5506-3240-0

Ⅰ. ①翟… Ⅱ. ①翟… ②宋… Ⅲ. ①日记—作品集—中国—近代 Ⅳ. ①I265

中国版本图书馆CIP数据核字(2020)第150873号

书　　名	翟文选日记
著　　者	翟文选 著　宋皓琨 整理
责任编辑	张　燕
装帧设计	姜　嵩
出版发行	凤凰出版社(原江苏古籍出版社) 发行部电话025-83223462
出版社地址	江苏省南京市中央路165号,邮编:210009
出版社网址	http://www.fhcbs.com
照　　排	南京凯建文化发展有限公司
印　　刷	苏州市越洋印刷有限公司 江苏省苏州市吴中区南官渡路20号,邮编:215104
开　　本	880毫米×1230毫米　1/32
印　　张	10.875
字　　数	283千字
版　　次	2020年9月第1版
印　　次	2020年9月第1次印刷
标准书号	ISBN 978-7-5506-3240-0
定　　价	98.00元

(本书凡印装错误可向承印厂调换,电话:0512-68180788)

袁行霈先生题辞

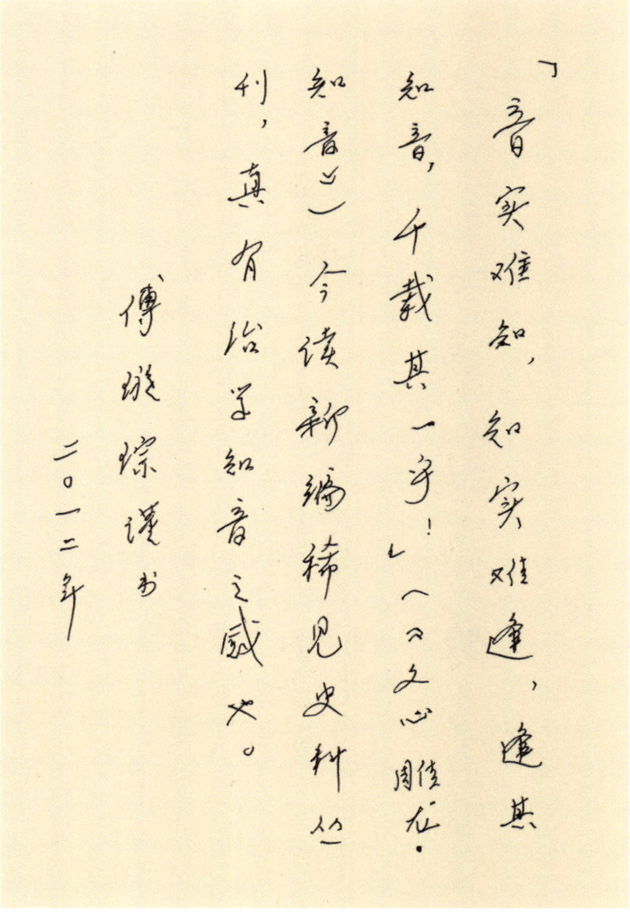

「音实难知，知实难逢，逢其知音，千载其一乎！」（《文心雕龙·知音》）今读新编稀见史料丛刊，真有治学知音之感也。

傅璇琮谨书

二〇一二年

傅璇琮先生题辞

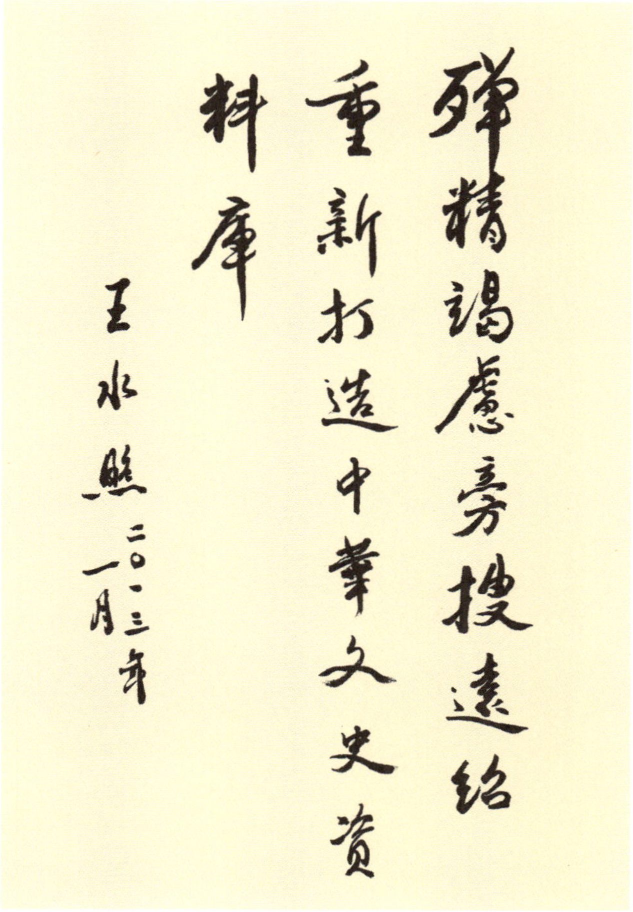

王水照先生题辞

翟文选（1878–1950）

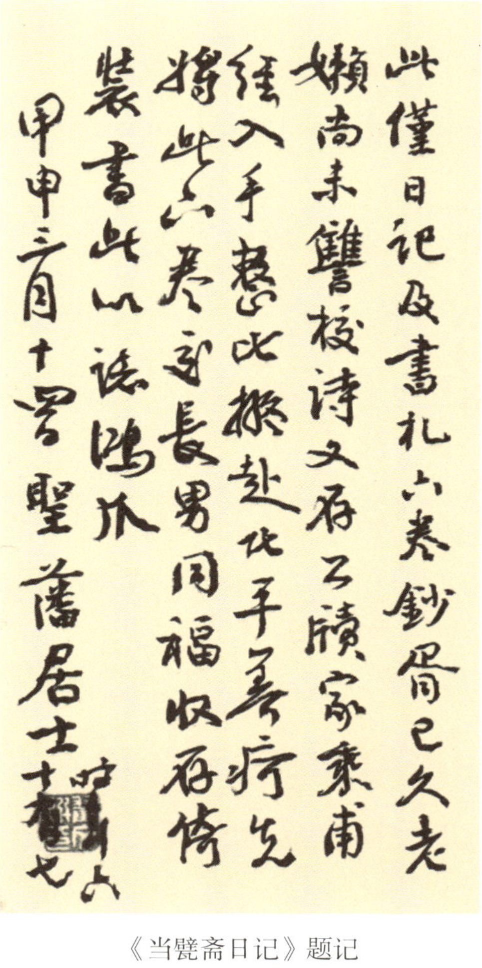
此僅日記及書札六卷鈔胥已久老
嬾尚未讎校詩文存不續家秉甫
往入手整比擬赴北平養疴先
將此六卷交長男同福收存俟
裝書此以誌鴻爪
甲申三月十四 聖蕃居士[illegible]

《当甓斋日记》题记

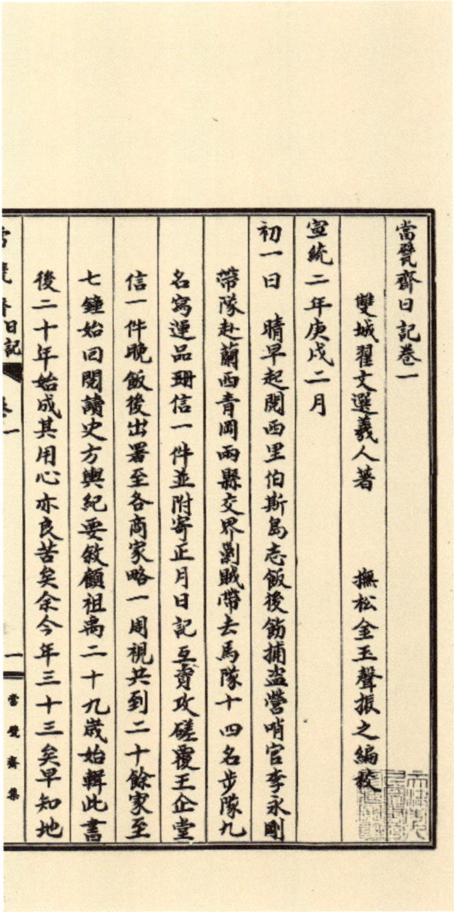
當甓齋日記卷一

雙城翟文選義人著　撫松金玉聲振之編校

宣統二年庚戌二月

初一日　晴早起閱西里伯斯島志飯後飭捕盜營哨官李永剛帶隊赴蘭西青岡兩縣交界剿賊帶去馬隊十四名步隊九名寫運品珊信一件並附寄正月日記至賫攻磋覆王企堂信一件晚飯後出署至各商家略一周視共到二十餘家至七鐘始回閱讀史方輿紀要敘顧祖禹二十九歲始輯此書後二十年始成其用心亦良苦矣余今年三十三矣早知地

《当甓斋日记》书影

《中国近现代稀见史料丛刊》总序

在世界所有的文明中，中华文明也许可说是“唯一从古代存留至今的文明”（罗素《中国问题》）。她绵延不绝、永葆生机的秘诀何在？袁行霈先生做过很好的总结：“和平、和谐、包容、开明、革新、开放，就是回顾中华文明史所得到的主要启示。凡是大体上处于这种状况的时候，文明就繁荣发展，而当与之背离的时候，文明就会减慢发展的速度甚至停滞不前。”（《中华文明的历史启示》，《北京大学学报》2007 年第 1 期）

但我们也要清醒看到，数千年的中华文明带给我们的并不全是积极遗产，其长时段积累而成的生活方式与价值观具有强大的稳定性，使她在应对挑战时所做的必要革新与转变，相比他者往往显得迟缓和沉重。即使是面对佛教这种柔性的文化进入，也是历经数百年之久才使之彻底完成中国化，成为中华文明的一部分；更不用说遭逢“数千年来未有之变局”、“数千年未有之强敌”（李鸿章《筹议海防折》），“数千年未有之巨劫奇变”（陈寅恪《王观堂先生挽词序》）的中国近现代。晚清至今虽历一百六十余年，但是，足以应对当今世界全方位挑战的新型中华文明还没能最终形成，变动和融合仍在进行。1998 年 6 月 17 日，美国三位前总统（布什、卡特、福特）和二十四位前国务卿、前财政部长、前国防部长、前国家安全顾问致信国会称：“中国注定要在 21 世纪中成为一个伟大的经济和政治强国。”（徐中约著《中国近代史》上册第六版英文版序，香港中文大学 2002 年版）即便如此，我们也不能盲目乐观，认为中华文明已经转型成功，相反，中华文明今天面对的挑战更为复杂和严峻。新型的中华文明到底会怎样呈现，又怎样具体表现或作用于政治、经济、文化等层面，人们还在不断探索。这个问题，我们这一代恐怕无法给出答案。但我们坚信，在历史上曾经灿烂辉煌的中华文明必将凤凰浴火，涅槃重生。这既是数千年已经存在的中华文明发展史告诉我们的经验事实，也是所有为中国文化所化之人应有的信念和责任。

不过，对于近现代这一涉及当代中国合法性的重要历史阶段，我们了解得还过于粗线条。她所遗存下来的史料范围广阔，内容复杂，且有数量庞大且富有价值的稀见史料未被发掘和利用，这不仅会影响到我们对这段历史的全面了解和规律性认识，也会影响到今天中国新型文明和现代化建设对它的科学借鉴。有一则印度谚语如是说："骑在树枝上锯树枝的时候，千万不要锯自己骑着的那一根。"那么，就让我们用自己的专业知识与能力，为承载和养育我们的中华文明做一点有益的事情——这是我们编纂这套《中国近现代稀见史料丛刊》的初衷。

书名中的"近现代"，主要指 1840—1949 年这一时段，但上限并非以一标志性的事件一刀切割，可以适当向前延展，然与所指较为宽泛的包含整个清朝的"近代中国"、"晚期中华帝国"又有所区分。将近现代连为一体，并有意淡化起始的界限，是想表达一种历史的整体观。我们观看社会发展变革的波澜，当然要回看波澜如何生，风从何处来；也要看波澜如何扩散，或为涟漪，或为浪涛。个人的生活记录，与大历史相比，更多地显现出生活的连续。变局中的个体，经历的可能是渐变。《丛刊》期望通过整合多种稀见史料，以个体陈述的方式，从生活、文化、风习、人情等多个层面，重现具有连续性的近现代中国社会。

书名中的"稀见"，只是相对而言。因为随着时代与科技的进步，越来越多的珍本秘籍经影印或数字化方式处理后，真身虽仍"稀见"，化身却成为"可见"。但是，高昂的定价、难辨的字迹、未经标点的文本，仍使其处于专业研究的小众阅读状态。况且尚有大量未被影印或数字化的文献，或流传较少，或未被整合，也造成阅读和利用的不便。因此，《丛刊》侧重选择未被纳入电子数据库的文献，尤欢迎整理那些辨识困难、断句费力、裒合不易或是其他具有难度和挑战性的文献，也欢迎整理那些确有价值但被人们习见思维与眼光所遮蔽的文献，在我们看来，这些文献都可属于"稀见"。

书名中的"史料"，不局限于严格意义上的历史学范畴，举凡日记、书信、奏牍、笔记、诗文集、诗话、词话乃至序跋汇编等，只要是某方面能够反映时代政治、经济、文化特色以及人物生平、思想、性情的文献，都在考虑之列。我们的目的，是想以切实的工作，促进处于秘藏、边缘、零散等状态的史料转化为新型的文献，通过一辑、二辑、三辑……这样的累积性整理，自然地呈现出一种规模与气象，与其他已经整理出版的文献相互关联，形成一个丰茂的文献群，从而揭示在宏大的中国近现代叙事背后，还有很多未被打量过的局部、日常与细节；在主流周边或更远处，还有富于变化的细小溪流；甚至在主流中，还有漩涡，在边缘，还有静止之水。近现代中国是大变革、大痛苦的时代，身处变局中的个体接物处事的伸屈、所思所想的起落，藉纸墨得以留存，这是一个时代的个人记录。此中有文学、文化、生活；也时有动乱、战争、革命。我们整理史料，是提供一种俯首细看的方式，或者一种贴近近现代社会和文化的文本。当然，对这些个人印记明显的史料，也要客观地看待其价值，需要与其他史料联系和比照阅读，减少因个人视角、立场或叙述体裁带来的偏差。

知识皆有其价值和魅力，知识分子也应具有价值关怀和理想追求。清人舒位诗云"名士十年无赖贼"（《金谷园故址》），我们警惕袖手空谈，傲慢指点江山；鲁迅先生诗云"我以我血荐轩辕"（《自题小像》），我们愿意埋头苦干，逐步趋近理想。我们没有奢望这套《丛刊》产生宏大的效果，只是盼望所做的一切，能融合于前贤时彦所做的贡献之中，共同为中华文明的成功转型，适当"缩短和减轻分娩的痛苦"（马克思《资本论》第一卷第一版序言）。

《丛刊》的编纂，得到了诸多前辈、时贤和出版社的大力扶植。袁行霈先生、傅璇琮先生、王水照先生题词勖勉，周勋初先生来信鼓励，凤凰出版社姜小青总编辑赋予信任，刘跃进先生还慷慨同意将其列入"中华文学史史料学会"重大规划项目，学界其他友好也多有不同形式的帮助……这些，都增添了我们做好这套《丛刊》的信心。必须一提的是，《丛刊》原拟主编四人（张剑、张晖、徐雁平、彭国忠），每位主编负责一辑，周而复始，滚动发展，原计划由张晖负责第四辑，但他尚未正式投入工作即于2013年3月15日赍志而殁，令人抱恨终天，我们将以兢兢业业的工作表达对他的怀念。

《丛刊》的基本整理方式为简体横排和标点（鼓励必要的校释），以期更广泛地传播知识、更好地服务社会。希望我们的工作，得到更多朋友的理解和支持。

2013年4月15日

目　录

前　言

一

翟文选（1878—1950），字羲人，号圣藩居士，吉林双城（今黑龙江省哈尔滨市双城区）人。光绪二十八年（1902）补行庚子科举人。程德全（字雪楼）署理黑龙江将军期间，翟文选任黑龙江将军府文案处提调官。光绪三十三年（1907），擢升为黑龙江安达厅理事抚民通判。宣统三年（1911），调任呼伦厅同知。1912 年，受黑龙江都督宋小濂委派，任黑龙江省驻京代表。1913 年，任黑龙江省警务处长兼省会警察厅厅长。1918 年，当选北京政府临时参议院议员。1920 年，选任东三省盐运使。在此期间，翟文选整顿盐务，东北财政颇倚赖之。1928 年，张学良接掌东北大权后，翟文选被任命为奉天省省长；东北易帜后，任东北政务委员会委员，组织编修《奉天通志》。1930 年 9 月因病辞去省长职务。九一八事变爆发后，携家眷潜居天津，1950 年去世。著有《当甓斋集》。

《当甓斋日记》取自《当甓斋集》，现藏天津图书馆。《当甓斋集》半页九行，白口，单鱼尾，四周双栏，为翟文选门人金玉声所校清稿本，仅包括《日记》及《书札》两部分，扉页有翟文选甲申年（1944）手书题记。据《当甓斋集》目录，尚有《诗存》《文存》《公牍》《家乘》，然均无存。《当甓斋日记》由宣统二年（1910）、宣统三年（1911）、民国元年（1912）、民国二年（1913）、民国十四年（1925）六个时期的日记连缀而成。本书将日记部分作为正文，把《书札》作为附录缀于书尾。

二

翟文选少时家境贫寒，但他始终苦读不辍，为官后亦手不释卷，读书、藏书是他生活的重要组成部分。宣统三年(1911)初，他曾详细统计上年读书成果，说："按全年扣除六小建，共三百五十四日，平均每日仅读三十二页强。虽较胜于未立课程以前，然仅读此区区数十种，犹多忽略放过，尚少心得，亦滋愧矣。"(1911年1月31日《日记》)虽然每日仅读三十二页强，但作为一名官员，每日坚持读书已属难能可贵。更可贵的是，他所读之书并不囿于传统的经、史、子、集，涉猎十分广博。从他的《日记》来看，他所读的"性理类"书籍，就包括了《天演论》这样富有科学内涵的著作，而他所谓"政治类"书籍，则包括了《民法总则》《战时国际公法》《财政学》等法学、经济学著作，以及《李傅相历聘欧美记》等杂著。他所谓"历史类"书籍，多数为《大英治理印度新政考》《伊藤统监治韩要略》《越南亡国史》等有关外国历史书。他最热衷的是"地理类"著作，而且主要是《亚细亚洲志》《波斯志》《纽西尼亚志》等外国地理的部分。翟文选读书具有强烈的入世目的，正如他所说："我辈将欲有造于社会，必须周知上下古今，旁参世界各国状况，非书何能有济?"(附录《覆蔡品山书一》)他在阅读地理类书籍时，常常与地图对照并加以标注，以期对世界地理有清晰的认知。像翟文选这样不拘于某一学科，对古今中外之学均抱有浓厚兴趣和强烈求知欲，其拥抱世界的胸怀和学术视野，与传统知识分子大为不同。翟文选对传统学术有清醒的认识，他说："见杨慈湖所论纯近虚无寂灭，数千年所名为圣学者，岂皆类是？其所以陷溺人心，阻止进化，为害不浅。"(1911年2月22日《日记》)又说："窃见二十年来，外国之进化有加无已，中国之退化一落千丈，其根源皆关于学术。西儒务竞争，其宗旨在独辟新理，必思超过前贤，以故国势因之蒸蒸日上。中儒空谈虚理，论政则必侈陈王道，论学不外墨守六经，以知足、知上为美德，而究之王道，六经之终极大有事在，岂仅笺注、训诂而已哉?”(附录《上呼伦兵备道宋铁梅观察书一》)这一论断正确与否姑且不论,但他对国家富强进步的思考则是值得称道的。翟文选曾说:“现在我国学生正应卧薪尝胆,一意向学,将来学成,出而问世,可为国家收已失之利权,为社会造无量之幸福,此乃各学生真正本分,方不愧为国家设学之意暨父兄期望之心。”(附录《致星凡二弟家书二》)又说:“方今大厦将倾,必赖贤人君子共事支撑。……选尝谓,吾人不耕而食,不织而衣,苟不能与社会作一二有益之事,徒欲甘其食而美其衣,则天地何贵生此人,国家又何贵有此官也。”(附录《覆呼伦兵备道宋铁梅观察书三》)所以他读书并不是要成为学问家,而是将其作为一种经世之途来追求的。

翟文选总是通过各种途径搜集、购买他所需要的书籍。从《日记》可知,他曾请朋友邮寄《满洲通志》《新疆大记》《路德改教记略》《增税裁厘议》《世界统计年鉴》等。他也曾从书局直接购买,如《广西边防旁记》等。同时他还尽力从朋友处索取当地资料,如《调查中俄沿边图志》《兴东地图》等。游历各地,他也会趁机搜购各种图书。如在扬州,他从书商手里购得《玉函山房辑佚书》《经籍纂诂》,在上海书商处购得《汉魏丛书》《张太岳集》等。在北京滞留期间,琉璃厂书铺成为他常去之处。因此翟文选的藏书非常丰富,正如他所谓“廉俸所入,半以购书”(附录《上呼伦兵备道宋铁梅观察书一》)。他曾到黑龙江省城藏书楼,感慨道:“前年余曾到此,已逾三年,以为必有进步,孰知巍然高楼所藏之书尚不如余藏之多,余所无者只《图书集成》一种而已。”(1911 年 6 月 30 日《日记》)其藏书之富可见一斑。

翟文选不仅读万卷书,还欲行万里路。他曾精心设计过出行路线,且曾为此兴奋得彻夜难眠。这条路线遍及亚欧大陆,包括部分非洲地区。即沿黑龙江出发,过境俄罗斯伯力、海参崴,再从蒙古伦边南至库伦,西出阿尔泰山以至伊犁,再折向东南,取道青海以入西藏。然后根据情况,资金充足则越大吉岭至印度,进而西入红海,出苏伊士运河而至欧洲,然后由西伯利亚铁路回国;资金不足则由西藏东入四川，沿长江流域而做内地十八省之游。他设定的游历期限为三年，游历的目的，如他所说："太史公周游天下名山大川，而学问因之以进。即近日东西各国名公巨卿，无不过都越国，远涉重洋，故能智烛全球，情通中外，而国势因之以强。非若我国士大夫杜门不出，拘守陈编，动为画饼之谈也。"（附录《上呼伦兵备道宋铁梅观察书二》）可见他周游世界仍是以观照社会为旨归。他曾设想过南北方向，从南海贯穿中国大陆，然后连接俄罗斯以至于欧洲的交通线路；也曾设想过东西方向，从非洲出发，经过印度洋北岸，越过川藏直抵中原，从而绕开马六甲海峡的商业路线（附录《上东三省督抚借债移民须先统筹全国意见书》），体现出翟文选对国家情势的深入思考。

当然，翟文选宏大的游历计划是难以实现的，但他在努力实现着这一夙愿。1912 年，他借考察西南各省独立之机，路经北京，虽然最终滞留于此，但还是实地考察了民初北京城情形，由此写成了《考察西南独立各省日记》。同年，他被派往武汉参加辛亥革命一周年纪念会，他考察了武汉的兵工业，如炮厂、弹药厂等近代企业，并考察了辛亥革命过程中武汉的战争遗迹，游历了武汉的山川与古迹，写成了《湖北民军起义第一年纪念会代表日记》。1913 年，他参观了俄罗斯在远东伯力举办的博览会，实现了走出国门的愿望。观会期间，他详细考察当地历史，参观了博览会上展出的各种先进的工农业产品，特别是大型机械，写成《俄国伯力赛会参观日记》。1925 年，他以考察盐业为名，经北京、天津、南京、镇江、扬州、无锡、苏州、上海，饱览祖国大好山河，考察历史遗迹，写成《乙丑南游日记》。虽没有完成当初的宏伟设想，但已属不易。由此可以看出，翟文选是一个计划性、行动力非常强的人，也是一个胸怀、视野均极开阔的人。

三

翟文选出身农家，没有深厚的家庭背景，凭借自己的努力一步步走到了社会上层。在张学良改旗易帜期间，已经接近了东三省权力中枢，这在很大程度上源于他为官一任、造福一方的责任意识及脚踏实地、小心谨慎的行事作风。

宣统二年(1910)，俄罗斯发生鼠疫，由华工将病毒携带回国，导致东三省及北京、山东、河北等地疫情大爆发。这次鼠疫流行近六个月，死亡约六万人，东三省为主要疫区。这次疫病感染者以下层民众为主。据奉天防疫总局宣统三年《东三省疫事报告书》统计，当时黑龙江境内疫毙人数分别为胪滨府 522 人、龙江 1402 人、呼兰 6067 人、绥化 1583 人、海伦 2059 人、兰西 599 人、青岗 143 人、余庆 618 人、巴彦 1123 人、木兰 243 人，肇州 213 人，共疫毙 14812 人(见《东三省疫事报告书》上册第一编第一章)。当时疫情最为严重的是哈尔滨，据翟文选《日记》，可知“哈埠瘟疫日毙二百余人”(1911 年 1 月 22 日)。翟文选所治安达厅虽也是疫区，却仅毙 17 人，应该说是个不小的奇迹，这得益于他积极采取烧埋、隔离以及设立防疫所等科学措施。从《日记》可知，在鼠疫盛行期间，翟文选个人捐钱一百吊，各商户共捐三百五十吊，筹设检疫所，并从隔离、检验入手，派兵在城外堵拦，凡从其他疫地回来之人，均不准入城。同时，一旦查有疫毙情形，轻则将尸身烧埋，重则连有疫房屋器具与尸身同付一炬，以彻底根除隐患。在安达厅疫情发现之初，翟文选就立即饬防疫所医生前往消毒。署内马兵自城外回署，也先饬往防疫所查验消毒，并在防疫所居住，不准回署。不但疫毙之人要烧埋，死者家属也要消毒。他深知百姓难谙消毒、隔离诸法，倘一传染，则全家亦即难保。此外，他还参考《日本预防瘟疫法》积极进行筹备，这一阶段，查视防疫所成为他的日常工作。以此，翟文选有效地保证了防疫的主动性，防止了安达地方的更多死亡。

相对于鼠疫这种突发事件，胡匪扰境是翟文选日常要面对的主要问题。关于胡匪的来源，他曾说：“其原因则在甲午、庚子及日俄之役溃兵所弃枪械辗转流入匪人之手，又加各军队多系招募直、鲁无业游民，其人素不安分，如或因事逐革，往往即勾结土匪聚伙抢劫。”

(1912 年 10 月 8 日)这些胡匪往往具有较强的战斗力,对此,翟文选不得不命令驻地巡防营和当地巡警护送、保护商民及其活动,同时追击进犯的胡匪。他自己就曾亲自到城内店铺暗访胡匪活动,也曾协同、驰援其他县厅的剿匪行动。从《日记》可知,从宣统二年十一月二十三日黎明至二十五日日出(1910 年 12 月 24—26 日),他曾经率队出兵三昼夜,行进一百余里,深入青冈城境剿匪。在安达厅治安方面,最令翟文选引以为傲的是,在他四年任期中没有发生一起命案。他总结说:"细思致此原因,每有讼案到署,即设法为之判结,且行路、散步均可为之剖判,不必拘定呈词,商民见成讼易,即不再相争斗,即偶有争殴之案,余必先责其私斗之罪,然后再判其是非,商民知成讼较争殴有益,以故凡百难了之事,可以呈控,不敢私斗,此或减少命案之原由也。"当他离开安达之际,官民不舍其离去。他在《日记》中写道:"余一出大堂,不觉泪下如雨,合署公送之人均为凄然。新任与右堂吴寿民及绅商、学界并乡间百姓,均候送至此,一见余,均各潸然出涕。……余并勉以嗣后官民勿伤感情,欲再有所言,哽咽之下不能再语。予到安达四年,愧对地方处甚多,不知绅民何以爱我如此之深。"(1911 年 6 月 21 日)

清末民初,盐税始终是中央和地方财政的主要来源,然而在商运商销向官运商销转变的过程中,始终存在着营私舞弊、私盐盛行等情况,严重影响到地方的财政收入。1920 年,翟文选任东三省盐运使,他采取严厉措施,严拿私贩盐斤,打击官商勾结,东北地区食盐销售额随之逐年攀升,税收不断增加。据辽宁省档案馆藏"奉天省公署档案",从 1921 年 1 月至 1927 年 12 月,食盐销售每年约增三五成或六七成,七年中实销盐三千一百八十一万二千零五十三担十九斤半,共收税款现大洋八千六百零八万余元。杨蔚彬在《前任东三省盐运使翟公去思碑》中说:"懿惟翟公,司鹾节八年于兹。下车伊始,查悉盐务症结所在,订定规章,力加整顿。非惟内部设施依次改善,外如局卡员、司秤夫、巡役,向之对于车船运户、滩东、埝东需索杂费、攀诬、刁难者，今则积习一清，群知奉公守法矣。加以稽核所陈科长赞助机宜，营盖场杨知事悉心筹措，遂致风清弊绝，盐政一新，厘税增加，商民食惠。”（民国十九年《盖平县志》）对此，《双城县志》亦评价说：“（翟公）贤能卓著，东三省财政倚重之。”（民国十五年《双城县志》）

当然，翟文选在政治、经济上提出的举措也有过于理想化之处。自咸丰十年（1860）以后，移民实边就是清政府的重要举措。在东北不断受到日、俄侵扰的情况下，通过移民实边以抵御外族侵扰，并增强东三省土地的国家属性，无疑显得十分重要。即从财政而言，东北大片原始、肥沃的荒野也需要加以开垦，以充实国家财政。然而，安置移民需要充分的财政支撑才能得以实现，并最终获得预期的效果。这对于清末民初捉襟见肘的国家财政而言，显然难以胜任。于是，当时形成了借外债移民的思潮。但是借债移民，将来还本付息必然会成为巨大的财政负担，进而损害国家利权，这又是一个非常棘手的问题。事实上，移民实边在清末至民国的百十年间一直在持续，这本身就说明移民实边并非一蹴而就。翟文选敏锐地看到了这一点，他另辟蹊径，认为单纯移民不如先办实业，有了实业，移民将不招自至，可谓一举两得。他认为用有限的资金招徕移民或许不足，但用来修筑交通、兴办矿业等等或可有所成就。翟文选与东北执政者形成了截然不同的立场，他曾两次上书东三省都督，希图改变既定开发方略。

应该说，翟文选的思考不无道理，但他以一己之力，不顾位卑言轻，希望改变现实，谈何容易！同时，他认为“路、矿、航、工四业同时并兴，有矿以供制造轮、路之原料，有轮、路以供矿之运输，又有工以调剂于路、矿、航三者之间，矿质可作工之制造品，而制造品又为轮、路之运输物，四者循生不穷，交相为用”。（附录《上东三省督抚借债移民须先统筹全国意见书》）即矿业生产制造铁路、航运的原料，利用铁路、航运可以将原料运输出去进行贸易，同时建立工厂，将工业原料变成工业品，工业产品可以依赖交通和矿业而兴盛，赚来的资金又可促进交通与矿业的不断发达，以此形成良性循环，生生不息。显然，他的发展蓝图过于理想化。对于东三省这样一个几乎未被开发的地域，短期内建成这些基础设施难以实现，更无法解决日益紧迫的外敌扰边问题。他对于路、矿、航、工四业的设计都是最理想化的情形，对于清末民初积贫积弱又内部纷争不断的中央政府来说，几同天方夜谭。

三

《当甓斋日记》记录了翟文选生活与为官的点滴，为我们了解他本人及其所处时代提供了极有价值的信息。

第一，《日记》的记载可补翟文选生平信息与史志记载的不足。

在翟文选家人方面，《日记》记录了翟文选祖父母、外祖父母及父母的名讳，记录了翟文选弟、妹的情况。而在下一辈中，则出现了同福、成全与女儿筱金。这些都是其他传记资料中所没有的。而二弟翟星凡曾作巴彦县长，翟文选对此弟颇为忧心。翟星凡在做县长期间贪污受贿、勒索百姓，后被当地学生驱逐。翟星凡后来的恶劣品性都可以在《当甓斋日记》中找到先兆。翟文选早在宣统二年就曾劝诫他“在学堂诸事力从俭约”（1910 年 8 月 2 日），在宣统三年曾写道：“知父亲身体不甚康健，二弟亦未回北京学堂，甚为悬念。”（1911 年 10 月 6 日）。这些可与翟文选写给翟星凡书信中的内容相互参证，说明当时翟星凡已经出现了偏离“正人”轨迹的倾向。

在翟文选个人方面，《当甓斋日记》记录了其宣统二年、三年约两年的事迹，并以专题的形式，记录了其四次外出的经历，内容非常丰富。

翟文选为官一方，是从治理安达厅开始的。从《日记》可知开辟边地极为艰难。安达治内可谓有官无民，办公尚需租用房屋，且仅有二间。当时，招垦是建城的重中之重，为此他不遗余力地为百姓排忧解难，以营造良好的生存环境。他在《日记》中写道：“至垦户邹居孟家少坐，招集附近垦户数人，与之论垦地之法，并谕以速垦，免致升科时包纳空租。”（1910 年 10 月 4 日）升科，即在土地开垦达到一定年限后，依正常赋税标准向政府缴纳钱粮，翟文选规劝农户趁升科前尽量开垦种植，以获得最大收益。为保护商民的安全及财产，翟文选允许商民“仿连庄会办法，自练预备巡警，由官发给执照”。他还积极组织官署巡警队，但这支巡警队颇具民间色彩。他在《日记》中写道：“城内巡警成立，来署点验，尚属整齐。义务巡官一员，巡兵二十名，由各商轮充，不支薪饷。”（1910 年 3 月 19 日）可知是商民义务充当巡警。从《日记》可知，这一做法得到了省署的认可。此时巡警没有统一、正式的服装，直到胡匪益甚，方“即令该巡官先与预备巡警制做号衣六十身，并面为裁定样式”（1911 年 1 月 9 日）。这些细节都是地方史志资料未具体记载的，为我们了解安达建城的历史，并从中感受东北垦荒的历史温度提供了极好的途径。

在建城设治过程中，除了打击胡匪，教育最为翟文选所关注，这其中尤须提及的就是宣讲所。宣讲所是宣传政治举措与理念，对民众进行道德教化和社会教育的重要场所。翟文选对此颇为用心，他自云：“自开办年余，余一人按期宣讲。”（1910 年 9 月 11 日）可知他独立支撑着宣讲所的教育职责。而从宣讲的书目来看，主要以《国民必读》为主要文本，以“外国尚武精神”“公德”等内容为主，可知他重在培养百姓的现代公民精神。同时，他还利用宣讲所进行社会教育，如对于禁烟，《日记》记载：“传商会将昨日搜出烟具当众销毁，并将新颁禁烟律逐条讲解。”（1910 年 4 月 17 日）除了宣讲所，他也非常重视学塾教育。《日记》中就记载了一些趣事。如云：“至简易识字学塾，各生到者甚多，余登台演说识字之益。一乡老逡巡户外，似有所动，遂命至讲台以前。渠亦欲领一识字课本，用心习字。当面奖数语，发给一本。此老益有所动，又面询余贵姓，以便常来受教。余告以姓翟，此老惶悚欲去，始知余为本地官也。谕以静心听讲，嗣后不必畏官如此。此亦荒城之一乐矣。”（1911 年 4 月 16 日）除此，翟文选也亲自教导其四弟文翰与长子同福，如讲解《儿童矫弊论》《童子礼》等，这些记载是对当地蒙学教育的生动呈现。

第二，《日记》呈现了东北边地向近现代社会转变的历史轨迹。

晚清政府曾颁布《城镇乡地方自治章程》，将地方公益事业交由地方选举产生的议事会与董事会，以辅助政府对地方进行管理。作为中国有史以来第一次正式向社会推广的选举制度，城乡自治的实施过程值得关注。据民国时期孟森著《地方自治浅说》，坊厢、乡图层面的自治选举，要分造册、开会、执事、投票、点票、就职六道程序。然而，将这些选举办法与地方事务相结合，对于没有选举经验的国人来说，就如同一团乱麻。翟文选就常感到没有头绪，他曾说："自治公所诸绅董均到，集议自治事，尚无头绪。"(1911 年 7 月 19 日)但从没有头绪到切实施行，《日记》为我们再现了当时的历史场景。实际上，这种城乡自治需要地方自筹资金，实际加大了地方财政负担，翟文选就常为此苦恼，但翟文选还是努力接受这种具有时代气象的治理方式，并进行积极筹备。

从《日记》可知，在地方上推行民众选举制，有很多细致的工作要做。比如，地方长官需要向民众反复宣传、讲解、商办自治办法，如何统一人们的认识，将自治落到实处，是非常棘手的问题。在呼伦厅任上，翟文选写道："午后，鄂鲁特胜总管、索伦左翼巴总管、右翼音总管率同副管、佐领、骁骑校均来见。……谈他事均甚投洽，惟谈至地方自治，胜总管则绝然反对。余略为开导云：胪滨府与此同属蒙旗，彼处已办，此处不能独异。胜颇不怿，即率各总管而去。"可知当时人们的认识并不能达成一致。为此，他感叹道："蒙人之愚，何时能凿混沌之窍也！"(1911 年 8 月 10 日)可知他是把地方自治看作一项进步事业来做的，所以才会为胜总管"率各总管而去"感到愤怒。再如他说："十一点至道署，与各总管会议自治。经道宪发议，余从旁解释，自治原理并不碍旗官主权。各总管似稍领悟，允为传齐选民，再行开选。胜总管见余，先道前日出言之歉。余亦敷衍数语，不欲绝之太甚也。"

(1911 年 8 月 13 日)展现了胜总管从绝然排斥到接受的过程,而翟文选的耐心讲解与隐忍也从中有所体现。又如他说:“(十二点)三十分钟,道宪到,振铃开会。道宪登台演说自治大旨,余继演说城、镇、乡议、董各会纯为自治,并不与官治相妨,欲使各总管闻之以释前疑。各议、董亦答念祝词,遂振铃毕会。回署已二钟矣。”(1911 年 8 月 14 日)至此,边城各界关于“自治”的理念始达成一致。

《日记》为我们展现了士人在社会转型之际的复杂心态。易代之际,翟文选作为封建官吏,虽然对晚清政治流露出叹惋之情,但并没有多少留恋。翟文选表现出明显的本位主义,即处在清末,他对革命并未有多少期待,甚至对革命造成的社会动荡表现出反感和排斥;而进入民国,他则全心投入,迎接新的政治形态。这看起来未免随波逐流,但从历史的视角看,这才真实地体现出大多数普通士人的转变轨迹。

拿剪发来说,当翟文选接到清政府的剪发电文时,颇为叹惋地说:“大局不定,又先令根本摇动,诚未知政府是何政策也。”(1911 年 12 月 11 日)但在执行剪发令之际,《日记》又云:“回署,观二弟、四弟及儿子成全剪发。大凡物之不利于人者,虽妇孺亦生厌心。自有剪发之谕,诸弟及儿子日日呶呶请剪,余以新式衣服尚未制成,俟与余一齐剪去。渠辈若有所不可者。奈何政府为剪发一细事慎重若此,今年若无革党,此事仍不能成也。”(1911 年 12 月 23 日)这一方面揭示了人心思变的时代风气,另一方面也饱含翟文选早当图新的政治态度。民国初创,他曾滞留北京,其间有好友迟迟不愿剪发,他说:“既为共和民,即当剪发。”(1912 年 4 月 10 日)在他看来,剪发是文明进步的表现,是迎接新时代的必要形式。他欣赏俄国彼得大帝的剪发令,他说:“彼得大帝新自欧洲归来,奠新都,设船厂,而又剪发、易服,以新国人之耳目。”(附录《上东三省督抚借债移民须先统筹全国意见书》)在他看来,剪发是国家气象更新的必要手段。他曾在《湖北民军起义第一年纪念会代表日记》中描写道:“街市中尚贴有发卖土药招贴，惟剪发甚齐整，自余到鄂并未见有带发辫一人，即下至人力车夫，亦无不剪发者。”(1912 年 10 月 15 日)他是带着欣赏的眼光迎接共和的。

翟文选对工业文明期待不已。他在参加湖北民军起义第一年纪念会时，听人云：“吾国从前实业不发达，尚可诿过于腐败政府。满清政府既倒，此后诸同胞责无旁贷，宜各自实力振兴。”(1912 年 10 月 9 日)他立即表示甚为赞同。这可与他在信札中表露的思想相印证。如他曾说：“当此民穷财尽、外患迭乘之日，非大兴实业，断不足以肉枯骨而起沉疴。”(附录《上东三省督抚借债移民须先统筹全国意见书》)翟文选在参加纪念会期间，就径直去武汉各兵工厂参观调查，打量近代工业机械及其所代表的西方文明。在伯力赛会期间，他也对各工农业机械仔细打量、询问并评判。反观国内，他曾在《湖北民军起义第一年纪念会代表日记》中记录说：“由六码头以东起点，见江岸整洁，马路平坦，外人自治之能力令人惊叹。沿途经过日本三井行之木植堆如山积，美国美孚行之油池潴似潮涌，长江流域油、木两项营业几为该二行所专利。我东三省之森林、陕西延长之油矿遍地皆是，徒以运道为艰，不能越长江雷池一步，而东瀛、北美远隔重洋运载而来，犹获重利。不知谋东三省者徒日谈移民筹边，谈延长煤矿者不急修运道，其意果何为也？”(1912 年 10 月 14 日)

翟文选对西方文明是极为推崇的，但他并不盲目崇拜，而是有着独立的思考。对西方的选举制度，他认为：“墨西哥国民党自旧大总统爱狄士被逐后，别选新总统，国内反对党又欲驱逐新总统，两党相争，遂将某省巡抚戕毙。夫民主国大总统不宜久任，各共和国宪法均有明文。是以美国宪法只定四年，华盛顿为制造共和首出之人，亦只能连任一次。盖久任必蹈君主王族世袭之弊，国民终难免第二次之革命。墨国大总统狄爱士连任已三十余年，以致酿成此变。我国地大民众，议者谓大总统任期应较法、美两国延长。余谓任期仍须仿美国四年，如大总统能得国民欢心，准留三任，比美国多加一任。其与国民感情深厚之大总统，既可展其措施，可无拿破仑世袭之虞。即与国民感情稍恶之大总统，任期既有一定，亦不至有狄爱士被逐之辱。”（1912 年 3 月 13 日）他显然看出了西方选举制度的弊端，因此主张对总统任期灵活变通，这显然是具有中国智慧的、独立的思考。

第三，《日记》记录了清末民初的出版经营活动及翟文选个人的典藏信息。

商务印书馆是中国近代出现较早的商业出版机构，总部虽然在上海，但在黑龙江省城也设有经营场所，是其最早的分馆之一。从《日记》可知，当时商务印书馆的经营方式非常灵活。首先，可以预定并邮寄。《日记》载：“接商务馆信一件，前订各书已到齐。”（1911 年 3 月 8 日）其次，可以先验书后付款。如《日记》载：“买殿本书须先汇款，再行验书。”（1910 年 5 月 24 日）因为殿本书珍贵，所以比较特殊，需要先付款才能验书，但这也说明，购买其他版本的书籍是可以先验书再汇款的。再次，也是最值得赞许的，就是已购图书可以退换。如《日记》载：“写商务印书馆信一件，为补换残缺各书，并将石印《明儒学案》退回，仍换大板。”（1910 年 4 月 12 日）不但可以补换有残缺的书，还可以更换不同的版本。再如：“写商务印书馆信一件，退还石印《曾文正集》，托令再购好板者寄来。”（1910 年 6 月 13 日）又如：“写商务馆王企堂信一件，换缺页《社会通诠》一书。”（1910 年 6 月 19 日）又如：“写运品珊、王锦堂商务馆信各一件，退还《开国五十年史》，因品珊今日寄来一部，重复故也。”（1910 年 6 月 29 日）不但已购图书可因残缺退换，而且还可以无理由退货，应该说，这样的售后服务已非常完善了。

从《日记》可以看出，当时商务馆出版的书籍门类非常丰富，不仅有国粹类，如《二十二子全书》《九通》《正谊堂全书》《朱批雍正谕旨》《大清会典》《小方壶斋舆地丛钞》等；还有现代科学类，如《物种由来》《农学各书》等；历史类如《日本五十年史》，法律类如《国法学》，政治类如《社会通诠》，杂著如《自助论》，教育类如《简易识字课本》，等等。

此外，还有时效性强的书籍，如《中国革命记》《临时政府新法令》及玻璃板印《中国革命写真册》，等等。《日记》中的记载可补商务印书馆清末民初出版史料方面的不足。

从《日记》可以看出，清末其他出版机构出版的图书也极为丰富，当时人能读到的书远超我们的想象。不但有传统国学，如《太平御览》《大学衍义》《碧琳琅馆丛书》等，还有诸多地理书籍，如《满洲通志》《西伯亚大地志》等地志及地图。有门类繁多的法学书籍，如《法学通论》《行政法》《民法总则》《民法财产总论》《民法物权》《民法债权》《国法担保》《商法总则》《商法》《裁判所构成法》《监狱学》等近二十种。再如经济学方面的《经济学》《财政学》《预算统论》《增税裁厘议》等，又如宗教学方面的《二约释义丛书》《路德改教记略》《永息教案策》等。从《日记》还可以看出，当时出版的书刊，如《旅顺实战记》《广西边防旁记》《世界统计年鉴》《汉口兵火后纪念图》《日俄战纪》《英国治理印度新政考》《伊藤统监治韩要略》等，都是对时事的及时反映。

《日记》中还能看到一些珍本古籍的信息。如《日记》载："至琉璃厂阅书，无意中购开化纸抄本《陵寝备考》四集，计四本。卷首标'钱大昕选'，内贴添改增注黄签甚多。每本均盖有'礼部官书'戳记，确系进呈原本书。虽无用而纸本佳良，亦难得之品也。"（1912 年 3 月 24 日）《历代陵寝备考》常见者为清末朱孔阳所撰之本，《日记》中钱大昕所选之本并不多见，且为进呈之本，则更为难得。再如："午后，又至琉璃厂肄雅堂书肆，见有抄本《平定三省教匪方略》四百本，均黄龙锦书面，开化纸，朱丝格，字体工整，有如殿试策体，确是方略馆进呈原本。云系庚子拳匪之乱，两宫西巡，由大内为人得来。索价甚昂，但此书虽无用处，若求进呈原本，则实绝无仅有希世之珍也。"（1912 年 3 月 25 日）又如："书贾送到于清瑞书中堂一幅，上款署'升旭亲翁'，下款署'于成龙'，图章镌'三韩于成龙印'，黄绫地'卍'字绢边。书法严劲，的系旧物。且访之精于品题各友，均称'卍'字绢非国初莫有，更征之纸色、裱工，亦非近今所能造。遂用二十金购之。”(1912年3月30日)又如：“在文雅堂书肆见于成龙行状图工笔手卷三轴，历绘其由保定巡抚以至都察院左都御史及都统，并蒙恩赐宅等事。共三卷，计二十图。每图后各有一跋，似系不全，以卷尾无总跋、无图章。但确系真物，赐宅卷尾有满文都统印一颗。余不识满文，不知何旗。此于成龙系汉军旗人，与于清瑞同名，但官声与清瑞相勒，其事迹均载国史。每跋之下，心有‘子孙宝诸’及‘子孙念诸’……因商购之，惜索价太昂耳。”(1912年3月27日)于成龙，谥襄勤，与稍早的江苏巡抚于成龙(谥清瑞)同名，且均为清代名臣，他的事迹在史传中记载甚详。但这三轴《于成龙行状图》则未见书籍注录，极为少见。

综上所述，《当甓斋日记》为我们提供了了解清末民初出版业的一个窗口，让我们看到了一个没落却也显露出一丝曙光的时代，这是《当甓斋日记》的特殊价值所在。

整理凡例

一、据《中国近现代稀见史料丛刊》惯例，将正文书名改作《翟文选日记》。

二、据《中国近现代稀见史料丛刊》要求，正文所有整理文字除特殊情况外，均使用规范简化汉字。

三、卷一、卷二奉清正朔，故在原年、月、日后增加公元纪年，以圆括号括注其后。

四、正文夹注原为双行小字，今改用小五号字体单行排印。

五、对于明显的错别字，如"飞跑"讹为"飞跪"，径改并出校；有待商榷的，亦出校说明。衍字、脱字、残字处亦出校。

六、原本在尊者名讳前为示敬而出现的空格，校点整理时直接去掉空格，不出校；不知何因而出现的空格，出校。

七、原本中已分段落的文字，保持原段落不变；未分段落的文字，为使层次清晰，视篇幅为其分出段落，并出注加以说明。

八、所附他人文字采用楷体呈录，以示区别。

九、《日记》偶有附记部分，原或另作一段，或空二格缀于正文之后，整理时均另作一段。

十、原本中他人的人名、字号等常用小字抄录，文中夹注亦用小字抄录，此种均属夹注说明性质，故一仍其旧；其他文字亦有用小字抄录者，如"吴寿民来晤"，再如翟文选自称其名及官职，此种则均一律改作同正文字体大小。

卷一

宣统庚戌二月至十二月底日记

宣统二年庚戌二月

初一日(1910年3月11日) 晴。早起，阅《西里伯斯岛志》。饭后，饬捕盗营哨官李永刚带队，赴兰西、青冈两县交界剿贼。带去马队十四名、步队九名。写运品珊[①]信一件，并附寄正月《日记》，互资攻磋。覆王企堂信一件。晚饭后出署，至各商家略一周视，共到二十余家，至七钟始回。阅《读史方舆纪要叙》。顾祖禹二十九岁始辑此书，后二十年始成，其用心亦良苦矣。余今年三十三矣，早知地学切实有用，一误于向日因循求学之心不切，一误于僻处一隅，无良好图志以供研究。自去冬先后购到图志十余种，逐日考求，非欲以此名家，但冀他日读书、临事，有关地理者不至以南为北，迷于方向，斯可耳。灯后，与同福讲历史。十二钟睡。

初二日(1910年3月12日) 晴。早起，阅《西里伯志》。饭后，至公厅办公。因事稍有拂意，又犯焦急，事后思之，殊觉无味。余性躁心急，根于天性。自上年始思下克治工夫，然时愈时发，终未能抉去病根。岂真下愚不移，遂成痼疾耶？戒之，戒之。曾文正公云："养生以不恼怒为本。"朱文公谓："延平先生终日无疾言遽色。"《书》曰："与人不求备，检身若不及。"余在官中均以求备责人，而因以触发焦忿，若检身，则未遑用力，可知也。人各有能有不能，世间中人居多，

---

① 蔡运升，字品山，双城人。晚清拔贡。曾任浙江巡抚衙门文案委员。从文中事实可知，运品珊与蔡品珊为一人。"品珊"后文亦称"品山""品三"。

不思陶镕之，造就之，而遽以完全相责，抑何不近人情，器量褊激若是耶？下午一时，至内室少坐，阅《明儒学案》数页。灯初，与同福讲历史。八时睡。

初三日(1910 年 3 月 13 日) 风。早起，注《西里伯岛图》，未完。饭后，清理文件。至宣讲所讲《国民必读》一节。下午三时，传各商来署。谕令：外间胡匪不靖，闻各商赴呼兰河口运木建房，畏贼未行，可由署派队保护，明日即可前往。城东旋有沈姓来城报盗，云胡匪现在伊家，即刻知会奉军派队前往追剿。灯后，与同福讲历史，遂睡。

初四日(1910 年 3 月 14 日) 雪二寸许。早起，注《西里伯图》，已完。核稿数件。刘管带来，谈商剿贼之法当，嘱以"寇能往，我亦能往"一语为主。近日各队所以不能拿贼者，皆因不能追贼也。客去，阅《明儒学案》十五页。薛文清《语录》有"英气太露最害事"，又云"二十年治一怒字，尚未消磨得尽，以是知克己最难"等语。予性焦急，是一善怒之弊也。克之，克之。毋留根株，毋延岁月，乃可。由京寄到《诰命》三轴。回忆祖父暨外祖母爱予最切，生前未能稍进禄养，睹物兴悲，能勿怆然！灯初，与同福讲历史。八时睡。

貤赠祖父母《诰命》一轴。

貤赠外祖父母《敕命》一轴。

诰封父母一轴。

初五日(1910 年 3 月 15 日) 晴。早起，校对《印度志》。清理文件。奉军送胡匪窝主顾成德，讯一堂，未招。本日，据城乡商民来案三次报盗，均在东乡三不管一带。业已派队往剿，何仍猖獗若是耶？阅《明儒学案》十二页，未得要领。灯初，带戈什一名，赴街内查夜，顺道到刘管带处密商剿匪之法。二鼓后回署。阅《英国治理印度新政考》数页。睡。

初六日(1910 年 3 月 16 日) 晴。早起，阅《印度志》。刘管带来谈。客去，传谕顾成德保人四十余名回业。详询诸人，均畏势不敢不来保也。良民平日既受贼害，贼既入网，而又不敢不保，盖向日官府纵贼所致，如不来保，贼必挟仇暗害。蚩蚩者，亦可悯矣。写林奎腾、高屏周信二件。灯初，与同福讲历史，并阅本日寄到报纸六种。睡。

初七日(1910年3月17日) 晴。早起，阅《印度志》。饭后，清理文件，写王企堂并国粹学报馆信二件。国粹亦有报，真奇也。至内室少坐。发商会军械十七件，饬令先练商巡以壮声势，腾出兵力，专事出外游击。灯后，与同福讲历史。阅《越南亡国史》。睡。

初八日(1910年3月18日) 晴。早起，阅《印度志》。至公厅清理文件。午后，至署外散步。阅《越南亡国史》数页。越南之亡，亡于政治腐败、汉奸倒戈，非由他也。阅讫，不觉懔然心悸者久之。灯初，与诸友谈，不免又有出位之言、愤戾之语。语云："树大风声细，山高语音低。水深流去慢，贵人语话迟。"人贵精神内敛，若太浮露，便非大器，戒之。与同福讲历史。阅各报纸。睡。

初九日(1910年3月19日) 风。早起，阅《印度志》。饭后，至公厅清理文件。城内巡警成立，来署点验，尚属整齐。义务巡官一员，巡兵二十名，由各商轮充，不支薪饷。阅《越南亡国史》五页。审案三起，二结，一送兰西县。灯后，与同福讲历史，并密饬捕盗马队起早分队击贼。八时睡。

巡官刘增，本城皮商。曾经途中遇劫，执枪击伤胡匪。

初十日(1910年3月20日) 风。早起，阅《印度志》。饭后，清理文件。十二时，至宣讲所讲《国民必读》"外国尚武精神"一节。回署。阅《明儒学案》十六页。阳明云"经一蹶者长一智。今日之失，未必不为后日之得，然已落第二着"云云，询为见道之言。余谓须防于未蹶之先，若待蹶时，抑已晚矣。阳明之所谓"第二着"者，不外此耳。接商务印书馆信一件、书包一事。灯初，与同福讲历史。八时睡。

节本《阳明集》七本　　《拿破仑全集》一本

十一日(1910年3月21日)戌时春分　晴。早起，阅《印度志》。

饭后，核正月份《清理财政册》稿。统计委员王之邻禀请辞差，禀内略带督责太严、迹于繁琐之意。余反己思之，恐亦实有此弊。嗣后应择大者、远者用意，毋得流于苛细。《语》云："大德不逾闲，小德出入可也。"二语应细玩之。灯后，与同福讲历史。八时睡。

王用好言宽慰，原禀发还，自此又知一过矣。

十二日(1910年3月22日)　风。早起，阅《印度志》。饭后，清理文件。审案一起，未结。接父亲函谕一件，三弟、四弟于十五后方能来署。由双城三聚书坊寄到《续资治通鉴》，字板尚好。阅《明儒学案》十三页。灯后，与同福儿讲历史，并阅本日报纸。八时睡。

十三日(1910年3月23日)　风。晨起，阅《印度志》。饭后，清理文件。阅《明儒学案》十六页。写家信一件。午后，至内室少坐，阅《越南亡国史》数页。灯初，与各僚友畅谈时事，又流于激，戒之。近数日，焦急克治略减，惟觉心中时发时止，是克其表而仍未能克其里也，是宜用治心工夫方可。与同福讲历史，七时睡。

十四日(1910年3月24日)　晴。晨起，阅《印度志》。清理文件。午后，至街内散步，遂至商户七八家周视。回署，审案一起，已结。商务印书馆主人王企堂寄到代售各种丛书目录，均系木板，可购者甚多。阅《明儒学案》八页。王龙溪云"吾人一生学问，只在改过，须常立于无过之地"数语，实获我心。盖人须先知我之不是处，然后方知我之是处。若常存自是之心，即有过亦不自知，或知之而不能改，是亦文过之小人也，可不惧哉！灯后，与同福讲历史，阅报纸三种。七时睡。

十五日(1910年3月25日)　晴。早起，阅《印度志》。饭后，至公厅清理文件，见北乡商民十余人，联名请留驻防梁管带。写商务印书馆主人王企堂并林奎腾信二件。灯后，阅报纸，与同福讲历史。八时睡。

十六日(1910年3月26日)　晴。晨起，阅《印度志》。清理文件。送李俊、郝凤祥入陆军小学，李系老表亲也。派收发委员许宜臣赴省领饷，并派差官孙德贵同去，沿途照料。阅《明儒学案》数页。灯后，与同福讲历史。八时睡。

十七日(1910年3月27日) 风。晨起，阅《印度志》十五页。饭后，至公厅清理文件。午正，至宣讲所讲《国民必读》二则。今日听者甚多，特延长工夫，多讲一则。回署颇倦，静坐少刻。问案一起。上年因案查出浮多地，各户来案领照，故当堂发给也。近日读书之心胜于治事，日久恐将废事。古人云“仕优则学”，岂可因学而放弃仕之责任耶？慎之。阅《明儒学案》数页。灯后，与同福讲历史。八时眠。

十八日(1910年3月28日) 晴。早起，阅《印度志》。四弟文翰随三弟来署上学，与三弟谈家事甚久。午间，学董戚明仁由农安县寄来垂柳数株，亲即饬差栽大堂前二株、二堂前四株，并亲为相度地势、距离远近暨掘土深浅。数百里寄送树秧，恐草率不能成活也。阅《明儒学案》数页，未得要领。近数日内甚觉精神颓败，不知何故？灯后，沐浴时许，即睡。

十九日(1910年3月29日) 晴。早起，阅《印度志》。饭后，清理文件。审案一起，已结。午后，与三弟谈家常。阅《明儒学案》数页。接喜静亭信，荐司事李松年，不日即可到来。灯后，与四弟并同福讲书。八时睡。

喜静亭，呼兰人，前在程帅幕府旧同事也。

二十日(1910年3月30日) 晴。早起，阅《印度志》。饭后，送三弟赴省覆试。清理文件，核稿数件。阅《明儒学案》二十页。林奎腾荐农业教员姚明点到厅，语言甚难懂，恐学生听不清也。覆喜静亭信一件。灯后，与同福讲《儿童矫弊论》。八时睡。

姚明点，号淮生，江苏上海县人。山西农业毕业，三年程度，曾在永定河工当差，得保县丞。

二十一日(1910年3月31日) 晴。早起，阅《印度志》。陪姚淮生吃早饭。至公厅办公，周教员由籍来晤。阅《明儒学案》十五页。

载《桃冈[1]日录》云“磨砻细一番，乃见得一番，前日不认得是过处，今日却认得是过”云云，此语余深信之矣。往常办一事、悟一理，当时未尝不以为是，及事过情迁，详细察之，不觉有今是昨非之感，人安可自是乎哉？灯后，与阎养元谈学堂事甚久。给四弟暨同福讲《儿童矫弊论》，遂睡。

周教员，名纯一，号宗文，呼兰府人。师范简易科毕业。

二十二日（1910年4月1日） 晴。早起，阅《印度志》。饭后，与姚、周二教员略谈，即至公厅核阅稿件。午后，乘马至城外一游，约行十余里。回署，阅《明儒学案》二十页。阳明与南大吉论“改过”，有“人言不如自悔之真”一语，是有过已先知之，即当改此，改过于无形也。若俟父师告诫，朋友箴规，然后改之，过已彰矣。虽改，犹落后着也。近日，心气颇觉平和，读书之力也。但恐妨于公事，每为文牍所间断，到此始悔未入仕之前光阴虚掷，可惜。邀姚教员等晚饭，四时始散。与同福等讲《养正遗规》“小儿语”数则，阅本日报纸。八时睡。

二十三日（1910年4月2日） 晴。早起，阅《印度志》。饭后，与各教员商酌学堂课程，并延周教员专教四弟文翰，预备高等未学各功课。奉军刘管带由奉领饷回防，赠余绘画器一副，并其帮统赵泽亭副戎随赠新鲜黄瓜等物。收讫，谢使钱四吊。午正，与阎养元为四弟选择课本。灯后，阅《明儒学案》，讲《养正遗规》。八时睡。

二十四日（1910年4月3日） 晴。早起，阅《印度志》二十三页。饭后，清理文件。午正，至宣讲所开讲，听者三十余人。回署，审案一起，未结。改稿三件。灯后，与同福等讲《小学》，遂睡。

二十五日（1910年4月4日） 晴。早起，阅《印度新志》。饭后，清理文件。陪周教员与四弟文翰等开学。学董王心斋来晤。阅《明儒学案》。东崖《语录》云：“天地以大其量，山岳以耸其志，冰霜以

---

① 原本为“姚冈”，形近而讹。明蒋信，字道林，著《桃冈日录》。

严其操，春阳以和其气。”余性躁少容，阅此不觉汗下，亟录之以为戒。灯后，与同福等讲《养正遗规》，八时睡。

二十六日(1910 年 4 月 5 日) 晴。早起，阅《印度新志》。饭后，核稿数件。阅《明儒学案》。罗近溪起复，张江陵问山中功课，先生曰：“《论语》《大学》视昔差有味耳。”余前日偶检《书经图说》，略读数行，书中意味，不啻亲对古人，以视曩年读书时大不相同，近溪真阅历之言也。未变法之前，课蒙即以四子书入手。幼子终日呻吟，不得索解，比至年长或通籍以后，即弃书于不顾，是年少读之而不解，年长能解而不读，尚何怪学术之坏也！许委员由省领饷回署，并由商务印书馆带到各书，略一翻阅书序。灯后，与同福讲《养正遗规》。八时睡。

《二十二子全书》浙江书局木板，共八十三本。

《九通》图书集成局板，尚有续集未到。

二十七日(1910 年 4 月 6 日)清明 晴。早起，阅《大英治理印度新政考》。饭后，清理文件。前奉军管带宫协臣来晤。阅《明儒学案》二十页。写林奎腾信一件。远亲刘爽来署，赠川资钱二十吊。灯后，与同福等讲《儿童矫弊论》。八时睡。

二十八日(1910 年 4 月 7 日) 大风。早起，阅《印度新政考》。饭后，清理文件。阅《明儒学案》。曹月川《语录》“四书六经，圣人之糟粕，始当靠之以寻道，终当弃之以寻真”数语，洵为破的之论。盖《诗》《书》者，大匠之准绳也。运用之妙，仍在一心。若执周尺、汤权以量今之布、粟，识者知其必不可矣。人之学圣贤，必须有高出圣贤思想，世界方有进步。若仅思学到圣贤而止，则所成就亦只数千年上之榜样，于时仍无补济，斯世亦何乐有此圣贤也。崇馨山、王可耕来函二件，覆崇一件，交原差。灯后，讲《小学》，遂睡。

二十九日(1910 年 4 月 8 日) 晴。早起，阅《印度新政考》。饭后，清理文件。由商务印书馆寄到书一大箱，略一检点，疲甚，因太多也。午后，学董戚明仁来署，留晚饭。灯后，与同福讲《儿童矫弊论》，写家信一封。八时睡。

《九通》续集并本朝　《正谊堂全书》《朱批雍正谕旨》

《十二朝东华录》《江海险要图志》《大清一统志》

三十日(1910年4月9日)　雨。早起,阅《印度新政考》。派孙德贵赴双城。派司事吴子凡、徐虎臣查点各书,惟《正谊堂全书》残缺甚多。阅读《明儒学案》十八页。灯初,与同福讲《养正遗规》。八时睡。

庚戌三月

初一日(1910年4月10日)　风。早起,阅《印度新政考》。饭后,至公厅清理文件。午正,至宣讲所开讲。回署,同乡谢子明德由家乡来,谈甚久。客去,办本年预算表,略定格式。仍请吴司事等检点各书,张司事标书眉。《正谊堂全书》已标大半,明日即可竣事矣。今日未阅《明儒学案》,无恒之习,亦当痛戒!灯后,子明又来谈。客散,与文翰、同福讲《养正遗规》"小儿语"数则。九时睡。

初二日(1910年4月11日)　晴。早起,阅《印度新政考》。饭后,清理文件。吴司事等校理《正谊堂全书》已竣,复嘱校《二十二子全书》。午后,阅报纸数种,仍办预算表。灯后,与文翰、同福讲《儿童矫弊论》。九时睡。

初三日(1910年4月12日)　微雨。早起,阅《印度新政考》。饭后,清理文件。送姚教员请假回省,似有不来之意。仍办预算表。并写商务印书馆信一件,为补换残缺各书,并将石印《明儒学案》退回,仍换大板。灯后,与四弟文翰等讲《小学》。九时睡。

初四日(1910年4月13日)　风。晨起,阅《印度新政考》。饭后,清理文件。仍办预算表。午正,至内室少坐。近日颇犯肝气,强抑之,未能稍解。写喜静亭信一件。灯后,与四弟等讲书,遂睡。

初五日(1910年4月14日)　晴。晨起,阅《印度新政考》。饭后,清理文件。仍办预算表。近数日心思颇倦,昨日竟将应记各事忘却甚多,可恨。灯后,与四弟等讲《小学》。八时睡。

初六日(1910年4月15日) 风。早起,阅《印度新政考》。饭后,清理文件。仍办预算。捕盗营回防,未遇胡匪。贼屡来,而兵未一与接仗,兵畏贼乎?抑贼畏兵乎?何商民如此之不幸而屡次遇贼,去队终未一遇,应密查而痛惩之。灯初,与文翰等讲书。九时睡。

初七日(1910年4月16日) 晴。早起,阅《印度新政考》。清理文件。本年预算已定稿发缮。送同乡赴青冈。今日心神颇畅。晚间,阅报纸数种,仍与四弟等讲《小学》。八时睡。

派吴巡检搜查烟具,并亲到民壮局一查。

初八日(1910年4月17日) 晴。早起,阅《印度新政考》。饭后,清理文件。午正,至宣讲所,传商会将昨日搜出烟具当众销毁,并将新颁禁烟律逐条讲解。回署,阅《明儒学案》。吕新吾《语录》云"人才不甚相远,只看好学不好学,用心不用心耳"数语,可为自甘暴弃者圣药。灯后,与四弟讲书。八时睡。

初九日(1910年4月18日) 晴。早起,阅《印度新政考》。清理文件。又阅《明儒学案》十七页。安达站交涉分局委员焦秩东函称:路西窜入胡匪一百余名。旋据民人梁廷献之弟报称:已到铁路东青肯泡王有富地、房子。立派捕盗营什长赵吉财带马队十四名飞往堵击。至大堂前面嘱各兵。眼视各兵上马去讫,自行持枪至城内各店查夜,盖恐贼中眼线混入也。回署,接肇州厅六百里移报胡匪北窜情形,遂知会驻防奉军,竟无一兵之可派。防军之不可恃如此!奈何此去兵少贼多,殊为悬系。然观各兵气势颇盛,尚可放心。阅报纸数种,睡。

初十日(1910年4月19日) 晴。昨夜因各队出防,亲自查夜,回署后彻夜未寐。晨间,仍阅《印度新政考》。略清文件。连到报盗四起。身任地方,不能为民除害,奈何!贼已东窜,去队万不能相遇,当飞调回防,会同步队再行追击。旋闻贼中散出十余人往西散去,恐登火车远扬,饬马兵持函赴站中交涉局,就近在车站截搜。办稿二件，一报贼情，一请借领枪支，发给城商使用，作为守兵。遇有紧急，署中队伍全数出防，可无内顾之忧。阅《明儒学案》二十六页。财政局来文，预算表又已改章，真可谓朝令夕改矣。终日头晕，盖因少睡之故。不俟与四弟等讲书，即睡。

十一日（1910 年 4 月 20 日）　晴。早起，阅《印度新政考》。清理文件。闻胡匪被驻防肇州奉军崔管带击毙二名，然未受大创，仍不能解散本城奉军。午后，全队空手而归，岂不愧哉！阅《明儒学案》。灯后，与四弟等讲《小学》。九时睡。

十二日（1910 年 4 月 21 日）谷雨　晴。早五时，奉抚宪专差持札到厅，饬令传谕各营堵击胡匪。请刘管带来署面商办法，先由厅属东南白家店拨驻马队半哨，以便就近防剿，并由渠再派倭哨官带队往追。观其意，仍非留意于贼者。呈覆贼情稿一件，缮就，即交原差带回。照新颁预算表更正前表。写姚观察信一件，请抄瑷珲地图也。灯初，与四弟等讲《小学》。九时睡。

十三日（1910 年 4 月 22 日）　微雨。早起，办预算表。饭后，至署中后院散步，见所养马鹿夜间脱去一角，物之应时，其信然欤！近日为办理预算，心甚烦躁。此仍焦急之弊，改之。灯后，与四弟等讲书。九时睡。

十四日（1910 年 4 月 23 日）　晴。早起，办预算更正册。清理文件。饭后，审案一起，未结。写国学扶轮社信一件，定《畿辅丛书》。接商务印书馆信，并张文襄《书目答问》，并《国粹学报》一册。灯后，略一翻阅，以有公件，未能详阅也。九时睡。

十五日（1910 年 4 月 24 日）　晴。早起，仍清预算表，因不通勾稽，核算数目甚为困难。午正，至宣讲所讲《国民必读》一节。回署，审案一起，已结。已三日未读书矣！预算期限太迫，为司之者耽延多日，尚未办成。凡事不可倚人太甚，不惟恐至误事，且积久习成倚赖性质，不能自立也。灯后，阅《书目问答》数页，即睡。

十六日（1910 年 4 月 25 日）　晴。早起，仍办预算。清理文件。

阅《国粹学报》数页。灯后，与四弟及同福等讲《儿童矫弊论》。九时睡。

十七日(1910年4月26日) 晴。早起，仍办预算。清理文件。驻大赍厅奉军管带李辅卿长荣带队来厅，谈甚久。遂往答拜，未见。灯后，仍督各员司清理预算。十时睡。

十八日(1910年4月27日) 晴。早起，仍办预算，苦于不谙算术，甚觉困难。清理文件。午后，至署外散步，见有野花早发，俗名耗子花，因其能毒鼠也。至内室少坐，与四弟及福儿讲《经训教科书》一课，补昨日缺也。写商务馆信一件，为补残缺各书，并催《汉魏丛书》暨《小方壶斋舆地丛钞》等书。灯后，仍督饬员司办预算。九时睡。

十九日(1910年4月28日) 晴。早仍办预算。饭后，清理文件。奉军送控窝主一案，原告四人，被告一人。午后，驻大陈店梁管带来晤，为营房事，已允代为请款酌修。为四弟暨福儿等讲《经训教科书》，十时睡。

二十日(1910年4月29日) 风。早起，仍办预算。饭后，清理文件。审案二起，未结。与四弟及福儿讲《经训教科书》。阅报纸数种。程中丞调补江苏巡抚。送家乡旧亲李森钱，三眼井住，二百吊。嘱其回家作小贩营业，不可当差。十一时睡。

二十一日(1910年4月30日) 风雪。早起，仍办预算。饭后，清理文件。至内室少坐。蔡仲山由京寄到学部新定《初等国文》《修身教科书》二种，略一翻阅。灯后，与四弟暨福儿讲《经训教科书》。十时睡。

二十二日(1910年5月1日) 晴。早起，仍办预算。饭后，清理文件。午正，至宣讲所宣讲"公德"一则，听者颇众。开书单五十余种，拟寄至上海查购之。接三弟信一件，业已覆试，尚未发榜。灯后，阅四弟暨福儿《日记》。十时睡。

二十三日(1910年5月2日) 晴。早起，仍办预算。饭后，清理文件。审案一起，未结。至雨芹、宜臣室内一谈。语言仍未免涉于激烈，轻躁浅露，终未能免，岂真克己之难耶？戒之。阅《明儒学案》八页。接吉林官书局寄到定购《吉林通志》预约券，又接京友胡席卿代捐盐提举升衔部照一纸。平昔自誓以功名上不加一钱，惟此次为祖、父两代及外祖母双请封诰，故不得不捐一升衔，以便得以两请。拟将此部照仍不宣布。灯后，阅报纸数种。十一时睡。

二十四日（1910年5月3日）　晴。早起，仍办预算。饭后，清理文件。办呈报预算稿一件。表叔李致中来署，谈家乡事甚久。阅《明儒学案》五页。与四弟暨福儿讲书。九时睡。

二十五日（1910年5月4日）　风。早起，仍办预算。饭后，清理文件。写双城同成德、吴信孚信一件，为王禹钦借钱四百吊，并送妆奁钱二十吊，为伊妹受聘也。右堂吴寿民来晤。阅《明儒学案》十一页，晚阅《龚定庵年谱》数页。十一时睡。

二十六日（1910年5月5日）　风。早起，仍办预算。饭后，清理文件。接王锦堂信一件，托购殿本各书价甚昂。又接商务印书馆信，前购《大清会典》已到，《粤雅堂丛书》不日亦将运到，并附《小方壶斋舆地丛钞》样本。灯后，与四弟暨福儿讲《经训教科书》。十时睡。

阅《明儒学案》十页。

二十七日（1910年5月6日）立夏　风。早起，查核预算。饭后，清理文件。写王锦堂信一件，托购殿本各书。写王企堂信一件，定购《小方壶斋舆地丛钞》。审案二起，未结。晚与诸友谈，甚畅。阅《明儒学案》十二页，已阅竣。灯后，与四弟及福儿讲《童子礼》。八时睡。

二十八日（1910年5月7日）　晴。早起，仍核预算。饭后，清理文件。阅《预算统论》数页。写运品珊信，言近日读书情形，并嘱抄《象山军港图》。又写三弟信，嘱其速来安署，不必在省候榜。又写商务印书馆主人王企堂信，托买《李文忠全集》，并查购曾、左原刻木板《全集》。午后，至街内各商铺查视，灯后始回。阅报纸数种。八时睡。

早饭前，与四弟等讲书。

二十九日(1910 年 5 月 8 日) 晴。早起,阅《印度新政考》。因赶办预算,十余日未阅此书。预算昨已定稿,今始阅之,旷误已久,以至少阅数本。甚矣,为学之不可稍有间断也。饭后,清理文件。阎教员养元来晤,商令周教员宗文接农业小学一席,因姚教员辞差故也。阅《法学通论》五页。晚与四弟等讲《童子礼》。九时睡。

庚戌四月

初一日(1910 年 5 月 9 日) 晴。早起,阅《印度新政考》。饭后,清理文件。复核办成《预算表》。阅《法学通论》二十页,又阅《胡文忠集》"年谱"数页。前奉军管带宫协臣辞行赴津。客去,邀署内各僚友晚饭。今日为余到任已满三年之日,招客所以作纪念也。《语》云:"三年有成。"现在商民仍属寥落,读此能无愧乎? 灯后,与表叔谈家乡事甚久。九时睡。

初二日(1910 年 5 月 10 日) 晴。早起,阅《印度新政考》。饭后,清理文件。覆阅已发"预算稿"。初奉此文时,余因不明算术,委令主计者办理。月余仍不能用,余始亲自动手。初办之时,钱数纷繁,颇有不耐烦之意,然无可如何,勉强办去,久亦不觉其苦。此事虽小,可以喻大。"耐烦"二字,其可宝诸! 午后,阅《法学通论》二十二页。运品三由浙邮寄书一包,略一展阅。写王锦堂信一件,定购乾隆、康熙两朝《御制诗文集》,并将《皇朝通志考》所载此集卷数随函抄去。灯后,与四弟等讲《养正遗规·童子礼》。八时睡。

《满洲通志》 《新疆大记》 《旅顺实战记》 《西伯亚大地志》

初三日(1910 年 5 月 11 日) 雨。早起,阅《印度新政考》。饭后,雨稍止,遂往宫协臣处送行。因时太早,渠尚未起床,未见。归来,细雨淋漓,浓云蔽野,马上观之,颇可畅怀。至署则湿透重襟矣,途中只贪看云色,尚未觉也。遣人送川资四十吊。午正,仍未晴。阅《法学通论》二十页。至书室督仆清理各书,前因分缮书眉,尚未入架也。灯后,与四弟等讲《童子礼》。九时睡。

初四日(1910年5月12日) 晴。早起,阅《印度新政考》。饭后,清理文件。品山由浙邮寄《中东战记》一部。阅《法学通论》二十一页。至内室少坐。邀张运甫暨乃弟连甫晚饭。自上年派正委员后,渠即回籍省亲,昨始回差。灯后,与四弟等讲《童子礼》。九时睡。

运甫,名慎枢,安徽寿州正阳关人。

初五日(1910年5月13日) 晴。早起,阅《印度新政考》。饭后,清理文件。阅《法学通论》二十一页,已竣。接同年楼卓夫并常括香信二件。灯后,与四弟等讲书。九时睡。

楼,名之东,浙江萧山县人,现补大通县知县。

初六日(1910年5月14日) 晴。早起,阅《印度新政考》,已毕。饭后,至公厅清理文件。阅《国法学》十三页。灯后,与四弟等看日记。七时睡。

初七日(1910年5月15日) 风。早起,注《印度图》,未完。饭后,清理文件。午正,至宣讲所开讲。回署。阅《国法学》十七页。陪徐先生虎臣为四弟暨福儿等上课。伊等程度太浅,于学堂正课之外,另在家塾加课,专重修身、国文、算学三门。阅《理学宗传》序文。品山由邮寄至书五种。浴后,八时睡。

又写家信一件,交禹芹带去。

《印度史揽要》《二约释义丛书》《路德改教记略》

《永息教案策》《增税裁厘议》

初八日(1910年5月16日) 雨。早起,注《印度图》,未完。饭后,清理文件。阅《国法学》十四页,点《理学宗传》序文四页。辛良侯由家乡来,谈甚久。商务馆寄到《筹政表》,甚为明晰。灯后,与四弟等讲算学诸等法一则,仍与良侯谈家乡事。九时睡。

初九日(1910年5月17日) 雨。早起,仍注《印度图》。饭后,清理文件。阅《国法学》十页。写商务馆信一件。点《理学宗传》序文。午后,至内室少坐。灯初,与良侯谈甚久,给四弟讲算学之理。八时睡。

初十日(1910 年 5 月 18 日) 晴。早起,注《印度图》。饭后,清理文件。阅《国法学》十页。写王可耕、崇组轩、常括香信各一件。点《理学宗传》序文一则。教四弟等习算学诸等化法一则。九时睡。

十一日(1910 年 5 月 19 日) 雨。早起,注《印度图》,已完。饭后,送良侯赴省。至公厅清理文件。阅《国法学》二十页。写崇馨山信一件。圈《理学宗传》例言。至运甫、宜臣室内谈处世之道甚久。灯后,阅本日报纸。二鼓睡。

十二日(1910 年 5 月 20 日) 晴。晨起,阅《缅甸志》。饭后,清理文件。接乡人刘翰臣信一件,为伊子继文求差事。回忆余年十三,曾在伊家读书。是年为继文始生之年,岁月如逝,今已二十年矣。学问毫无寸进,马齿已长,可愧孰甚? 阅《国法学》十三页。圈《理学宗传》三页。写刘瑞周、常括香并三弟信各一件。灯后,与四弟等讲诸等法算数,遂睡。

十三日(1910 年 5 月 21 日) 晴。早起,阅《英领缅甸志》。饭后,清理文件。阅《国法学》二十二页。至内室少坐。点《理学宗传》周子本传。阅本日报纸。派收发委员许鸿儒,带领差官孙德贵晋省领饷。灯后沐浴,遂眠。

十四日(1910 年 5 月 22 日) 晴。早起,阅《缅甸新志》。饭后,至公厅清理文件。午正,至宣讲所开讲。回署。阅《国法学》二十一页。点《理学宗传》周子《太极图说》。阅来文二十余件。傍晚,至署外散步。灯后,听教读徐虎臣与四弟文翰及福儿讲书。八时睡。

十五日(1910 年 5 月 23 日) 雨。早起,阅《缅甸新志》。饭后,清理文件。因近日读书之心甚于治事,每见公事颇有厌烦之意,日久恐至废事。自本日立定功课,每日无论或函或牍,必须自办稿一二件,只可加多,不准减少及不办,以免流于偏重读书一面。阅《国法学》十页。因同福学堂课程并未抄完,谎言已完,将其送至学堂,嘱阎教员戒饬。问安一起,未完。点《理学宗传》四页。八时睡。

十六日(1910 年 5 月 24 日) 晴。早饭前,阅《缅甸新志》。清理文件。点《周子通书》四页。办稿，呈学司稿一件，改呈批一件。阅《国法学》十八页。接王锦堂信一件，买殿本书须先汇款，再行验书。南乡报到《应赈户口花名册》。灯后，教同福等习算。八时睡。

十七日(1910年5月25日) 晴。早起，阅《缅甸新志》，已完。饭后，清理文件。阅《国法学》二十页。办信稿一件。点《周子通书》三页。近数日受感冒，咳嗽不止，每至夜间尤甚。服药数帖，尚未见愈，殊苦人也。灯后，阅报纸数种，遂睡。

十八日(1910年5月26日) 风。早起，阅《暹罗国志》。饭后，清理文件。办稿一件。阅《国法学》十一页。点《周子通书》四页，已完。西乡绅[①]董朱吉椿来见，查报赈户花名。咳嗽仍未愈，灯后，服药即睡。

十九日(1910年5月27日) 晴。早起，注《暹罗地图》，已完。饭后，清理文件。办放赈示稿一件、批呈二件，又请示宪政办法详稿一件。审案三起。轇轕日久，恐难速了。开诚布公，当堂劝谕。见双方均有悔意，均予限三日，令其各自熟思，下次堂讯再断。语云"诚能动物"，其信然欤！特患诚之有未至耳，当力勉之。接司法统计处急函，仍为催造统计表。一面由俄站电覆，一面由三百里重造飞递，盖前于十三日发去之件，尚未递到也。咳嗽仍未愈，灯后即睡。

二十日(1910年5月28日) 雨。早起，阅《布哈尔志》。饭后，清理文件。批呈一件。阅《国法学》二十一页。点《理学宗传》五页，摘记明道语数则。宋儒谈理学多涉于虚拘，惟明道则平易近人。午后稍晴，至街中各商铺一视。回署，阅本日来文。灯后，阅报纸数种。咳嗽稍愈。八时睡。

"一命之士，苟心存于爱物，于人必有所济。"

"百里之地至狭也，而道之兴废系焉。然知其当为而不为，独诿之曰命，则非矣。"

---

① 绅，原文为"坤"，形近而讹。

"宁学圣人而未至，不欲以一善而成名；宁以一物不被泽为己病，不欲以一时之利为己功。"以上均明道先生语。

二十一日(1910 年 5 月 29 日) 晴。早起，注《布哈尔国图》，已完。饭后，清理文件。午后，至宣讲所开讲。回署，审案一起，未结。阅《国法学》二十二页。点《理学宗传》，程子"识仁说"摘记数语。灯后，阅杂书数页，即睡。

"所见、所期不可不远且大，然行之亦须量力有渐，志大心劳，力小任重，恐终败事。"程子语。

二十二日(1910 年 5 月 30 日) 晴。早起，阅《阿达曼群岛志》，并注《图》，均完。饭后，清理文件。许委员领饷回署，由商务馆带到各书，共四大箱。并接汤原县王子渠信一件，并该县舆图。写三弟信一件。阅《国法学》二十页。点《理学宗传》九页。灯后，阅各报纸。八时睡。

"论学便要识理，论治便要识体。"

二十三日(1910 年 5 月 31 日) 雨。早起，阅《婆罗岛志》。饭后，清理文件。写家信一件外，致各友信六件。午后，雨仍未晴。至内室稍坐。灯后，点《理学宗传》数页。七时睡。

二十四日(1910 年 6 月 1 日) 阴。早起，阅《婆罗志》，并注图，已完。饭后，清理文件。办开办自治宣讲所文稿一件。派孙德贵回双城。午后，书箱由站中运到，心怀为之大畅。即时开箱检点，内有旧书数种。接品山并二弟及同年楼卓夫信各一件。楼赠马褂料一件，前已辞却，今又寄来，心为不安。复至书房阅书，至灯后尚不觉倦。杜工部所云"老见异书犹眼明"①，嗜书者大半类是。

二十五日(1910 年 6 月 2 日) 雨。早起，因夜间阅书晚睡，颇觉头晕。饭后，清理文件。审案二起，结一起。阅《国法学》八页，并查点《国粹丛书》。灯后，即睡。

---

① 此乃陆游《先少师宣和初有赠晁公以道诗云奴爱才如萧》诗句。

二十六日(1910年6月3日)　雨。早起，阅《爪哇岛新志》。饭后，清理文件。批呈一件。阅《国法学》十二页。午后，雨仍未止。接同年周斗卿信一件，并嫩江府图一纸。灯后，检点各书。七时睡。

周，名玉柄，四川人。现官嫩江府知府。

二十七日(1910年6月4日)　阴。晏起即饭，未得阅图。清理文件。阅省发调查司法问题。又阅《国法学》十四页，题二处。自阅此书，凡有所见，即题于书眉，以志不忘。午后大风，仍未晴。饬木工照做书箱。灯后，检点石印各种碑帖。日来翻书，颇觉疲倦，藉此作消遣。八时睡。

二十八日(1910年6月5日)　阴。早起，阅《爪哇岛志》。饭后，清理文件。十一时，开用部颁印信。坐大堂，行九叩礼，仍免贺。印文为“安达厅理事抚民通判之关防”，印背“宣字六十三号礼部造”云云。晚邀署中各僚友便饭，共八人，右堂吴寿民有事未到。客散，审案一起。阅《国法学》十三页。灯后，浴毕即睡。

开印毕，遂到宣讲所开讲。又记。

二十九日(1910年6月6日)　雨。早起，阅《爪哇志》，已完。饭后颇倦，就枕不觉睡去，及醒则已午正。至公厅清理文件。审案一起，已结。灯后，检阅新买各书。七时睡。

未阅《国法学》，明日应补阅。

庚戌五月

初一日(1910年6月7日)　阴。早起，注《爪哇图》，已完。饭后，清理文件。午后，至商会监放赈米。系前次发还锯断绅商所送匾额原价并各商续捐之款，化无用为有用，岂不较以一块木匾悬之堂皇为优哉？回署，办稿一件。接品珊并他友信四件。灯后，与运甫、宜臣略谈。今日又未阅《国法学》，思之恧然。七时睡。

初二日(1910年6月8日)　晴。早起，阅《苏门答拉志》。饭后，清理文件。审案四起，结二起。派赴肇州差，旋赍到王尧西赠绘山水横幅并崇祖轩信各一件，《大赉厅钟辑》五函，送地图一份，又该厅驻防李管带长荣信一件。写商务馆王企堂信一件，发退还书三种。差官孙德贵由双回厅，接到父亲大人手谕一件。出署外散步。灯后，阅《国法学》数页，并读报纸。八时睡。

初三日（1910 年 6 月 9 日）　早雨晚晴。早起，阅《苏门答拉志》，已完。饭后，清理文件。办调查局札发《风俗习惯答案》四十八页。午后，民人邹坤送到由荒内挖出野芍药花十五株，赏钱四吊。遂饬役栽二堂前甬路两旁七株，内室窗前甬路左右八株，亲为照料。栽毕，审案二起，结一起。灯后，雨芹回署，与谈家乡事甚久。并乡友乌霞轩送到《简易识字课本》十册。复阅报数种，即睡。

初四日（1910 年 6 月 10 日）　早晴晚雨。早起，注《苏门答拉图》，已完。饭后，清理文件。阅《国法学》二十三页，已完。审案二起，均结。奉军刘管带来谈。客去，阅报纸数种。午后，雨晴虹见。移坐公厅外，观虹五色灿烂，甚为悦目。因叹中人不明科学，群以虹为神，此非自今日始也。《诗》云："蝃蝀在东，莫之敢指。"自周时已然，相沿三千年。迷信牢不可破，惜哉！灯后，检阅各书。八时睡。

初五日（1910 年 6 月 11 日）　早晴。早起，检阅各书。奉军来贺节，未见，并差帖答贺。邀署中各僚友过节。饭后，客去。检《太平御览》，查出五月五日故事半由《荆楚岁时记》及《风俗通》等书摘录，多系迷信荒诞不经之语。阎教员来，谈甚久。午间，大雨如注。晚饭，原客并养元共十八人，甚畅，席散倦甚。灯后雨止，仍未晴，遂睡。

初六日（1910 年 6 月 12 日）　晴。早起，阅《亚非利加洲志》。饭后，清理文件。写锡介眉、常括香、崇组轩信三件。唁介眉太夫人，并送祭幛一悬。派差赴站，取于振甫观察寄到《调查中俄沿边图志》。下午，至署外散步，遇刘管带，立谈甚久。灯后，办《风俗习惯答案》十页，遂睡。

"不忍违心，见好于上官；不敢枉道，干誉于百姓。"致锡、崇函中语。

初七日(1910 年 6 月 13 日) 晴。早起,阅《非洲志》。饭后,清理文件。写商务印书馆信一件,退还石印《曾文正集》,托令再购好板者寄来。办《调查风俗民情答案》六十余页。下午,至街内各商一视,并暗查有无偷吸鸦片之人。灯后,回署。专差由站赍到《调查中俄沿边鄂博图》一大张,并《图说》一册。于观察来函,嘱令秘密等语。展图,比照图说,详为查阅。凡黑龙江省与俄陆路接界共十三鄂博,已阅五鄂博,遂觉目疲。余性酷嗜书,于政治地理尤所偏好,凡得一地图,不啻如获珍宝也。十时睡。

初八日(1910 年 6 月 14 日) 晴。早起,阅《非洲志》。饭后,清理文件。办《调查民情风俗答案》十八页。阅《鄂博图说》,已完。此十三鄂博原不仅在江省,尚有库伦所辖者,昨日记中系误载。读未终编,即率尔载之,无怪错误。可见凡事均不可以操切为也。又阅《行政法》二十页。灯后即睡。

初九日(1910 年 6 月 15 日) 晴。早起,阅《非洲志》。饭后,清理文件。办《调查答案》十三页。审案二起,结一起。阅《行政法》十页。灯后,阅报纸即睡。

初十日(1910 年 6 月 16 日) 早晴。早起稍迟,阅《非洲志》二页即饭。旋至公厅清理文件。阅《行政法》十八页。审案二起,未结。午后雷雨旋晴。安置明日公出下乡查烟各事。灯后即睡。

十一日(1910 年 6 月 17 日) 阴。早起,阅《非洲志》。饭后,见浓云如墨,因止未行,旋至公厅清理文件。办《调查民情答案》五十页。阅《行政法》二十页。接王企堂并三弟信各一件。灯后,写扫业山房信一件,定购《海山仙馆丛书》多种,旋睡。

十二日(1910 年 6 月 18 日) 阴。早起,阅《非洲志》。饭后,清理文件。办《调查风俗答案》五十页,阅《行政法》二十一页。灯后,阅《国风报》数页,其论币制较部章尤为精细。近日学术进步之速,于此可见,亦前途之幸也。七时睡。

十三日(1910 年 6 月 19 日) 阴。早起,阅《非洲志》。饭后,清理文件。办《调查风俗习惯答案》五十一页，已完。阅《行政法》二十一页。阅报，知常括香署理青冈县，遂写贺信一件，请其取道安达，到署一晤。并写商务馆王企堂信一件，换缺页《社会通诠》一书。灯后，沐浴即睡。

午刻，至宣讲所开讲。补记。

十四日（1910年6月20日） 阴。早起，阅《非洲志》。饭后，天稍霁，略清文件。将署中事交右堂代行，并面嘱各件。巳正，由署起程。行十八里，至王心斋屯，就近查讯该民与丁姓因赌斗殴之案。旋又行十七里，至于景山屯，查验该民前日夜间被匪劫马情形，遂在该民家晚饭。因谕毋为余另备他饭，即与从兵一律同吃小米饭、大酱、小白菜。该民骇然，一若官不能吃小米饭者。及余吃完，该民惊叹不已，因谕以嗣后如有过往兵队，即以余所食之饭作榜样，如有强索酒食者，准其控惩，并给该民饭钱四吊。饭后，又行十里，宿于魏家店屯民户林成德家。沿途雨足禾茂，不觉欣然。又见新到垦户垦地之难、生活之窘，恻然者久之。本日未见烟苗，民之守法亦颇可喜。八时睡。

附记：宿魏家店民户林成德家，群蚊扑灯，挥之不去；记完，阅《行政法》数页，即睡。

十五日（1910年6月21日） 风。早四钟启行。行十里，至三不管屯民户刁发处早饭。旋至羊营子呼兰骁骑校丰升阿家少坐，适丰外出，未遇。饬兵四处查毕即行，沿途随查。又行十余里，至厅与兰西县交界。远望绿树青葱，询为兰属，村名拉拉屯，该屯之后即为厅界。村民亦有承领厅地耕种者，遂驱车入屯。所有田地家屋，楚楚可观，迥非新荒穷苦景象可比。该处于光绪初年始行出荒，三十年来既获富庶之效。江省之荒，从前若不封禁，概行招放，岂非一律收此效果耶？惜哉。又行十余里，至民户杨春芳家。午饭毕，又行二十里，至火石山邵姓家宿。是日共行八十余里，尚未查有烟地。尖宿之暇，共阅《国风报》四十余页、《行政法》数页。灯初即睡。

十六日(1910年6月22日) 晴。黎明起。北行数里,至王秉钧屯。沿村查勘,亦无烟苗。由此四周均生荒,不宜种烟,遂改道回署。又行三十里,至署时方巳初,署中犹未早膳。人贵朝气,余向早起,入夏以来时有晏起之时。今余行三十余里,而署中犹未起,应痛戒以为则效。到公厅,见案牍山积,即逐一清理。接兴东道庆仁庵观察信一件,附《兴东地图》一纸,语多奖饰,殊为愧赧。又接高屏周信一件,附《世界统计年鉴》,前所托购之本也。至内室少坐。又至书房略检各书。灯后即睡。

十七日(1910年6月23日) 晴。早起,阅《非洲志》。饭后,清理文件。审案三起,结一起。阅《行政法》十八页。接二弟信一件。灯后,就雨芹、运甫、宜臣三人室一谈。七时睡。

十八日(1910年6月24日) 晴。早起,阅《非洲志》。饭后,清理文件。阅《行政法》十五页。又阅《国风报》数页,所论各事,确有见地,非若他报专以骂世为能,此亦报界进化之一征也。午后,至署外散步。与市中做房泥工略谈数语,颇为有趣。灯后,接常括香信一件。许宜臣尊人来厅,现寓店内。因邀来署,辞以明日始来,为受感冒之故。七时睡。

十九日(1910年6月25日) 雨。早起,大雨如注,阅《非洲志》。饭后,清理文件。办《调查绅士办事习惯答案》十五页。许委员尊人来署,谈甚久,陪吃晚饭。接上海广智书局寄到各书,省城商务馆亦寄数种,并常括香信一件,定于本月二十八、九履新,顺道来署一晤。灯后,至室内少坐。今日为余三十三岁初度,学问无成,马齿徒长,自问亦云愧矣!旋至宜臣尊人屋内略谈,遂睡。

广书局 《历史读本》《广西边防旁记》

商馆书 《社会通诠》《物种由来》《日本五十年史》《神州国光集》十二集

又广局寄到《中国六大政治家》(《王荆公》《管子》《商君》)

二十日(1910年6月26日) 阴。早起,阅《非洲志》。饭后,清理文件。办《调查绅士办事习惯》三十余页。至宣讲所开讲。回署。阅《行政法》二十页，又阅本省《官报》一本。邀许宜臣尊人晚饭，请雨芹、运甫诸人作陪。客去，核稿数件。灯后，沐浴后即睡。

二十一日(1910年6月27日) 阴。早起，阅《非洲志》。饭后，清理文件。接商务馆信一件。业师张佐卿夫子由山东来，谈甚久，遂留晚饭。阅《行政法》十四页，已完。灯后，西邻绅董朱吉椿来见。阅报数种，旋睡。

二十二日(1910年6月28日) 晴。早起，阅《非洲志》。饭后，清理文件。送许宜臣尊人赴汤原。阅《民法总则》八页。派巡官杨春芳持文赴青冈县密捕胡匪。写崇馨山信一件。晚，与佐卿夫子谈山东事甚久。翻阅杂书数种。七时睡。

二十三日(1910年6月29日) 晴。早起，阅《非洲志》。饭后，清理文件。写运品珊、王锦堂商务馆信各一件，退还《开国五十年史》，因品珊今日寄来一部，重复故也。午后，省视学王宪章斌卿来查学，谈甚久。阅《民法总则》十六页。灯后，阅报遂睡。

二十四日(1910年6月30日) 晴。早起，阅《非洲志》二页。陪王斌卿早饭，派队遂站。清理文件。适省派暗查鸦片委员唐学三润泽到厅，谈甚久。留晚饭，吃酒略多，颇较头晕，灯后即睡。

二十五日(1910年7月1日) 晴。早起，阅《非洲志》。饭后，清理文件。劝学员何芳林来见，谈甚久，嘱令密访贼踪。阅《民法总则》二十页。灯后，略检各书，即睡。

二十六日(1910年7月2日) 晴。早起，接崇馨山信一件。饭后，清理文件。派往青冈捕匪巡官杨春芳回署，获到匪首之弟宁维城一名。尚有伙匪在青冈城充巡兵，该巡官持文往捕，竟被警务长放逃。遂提犯研讯，仅供知情，并供青巡尚有匪首王子臣，绰号“跨海”一犯。立办移文，仍派杨春芳协同捕盗营哨官李永刚连夜前往密捕。又审案三起，结一起。旋传商会赴省往领巡警枪械。灯后，沐浴即睡。

二十七日(1910 年 7 月 3 日)　阴。早起,写常括香信一件,派差官孙得贵赴站迎迓。饭后,清理文件。午正,赴宣讲所开讲。回署。阅《民法总则》十页,颇觉疲倦,小睡时许。商会又来见,因公举值月首事人。客去,阅报纸数种。灯后,与佐卿师谈黄河附近以虫为大王事。拟将来如作沿河官吏,定为此一观究竟,志此以示不忘。九时睡。

二十八日(1910 年 7 月 4 日)　阴。早起,阅《非洲志》。饭后,清理文件。青冈警务长某某来见,为放贼事,言语支离。据云,匪首王子臣已于前数日请暇。适杨春芳等回厅,饬令与其质对,渠始语塞。并接崇馨山信云:系与宁维先等同逃,并有未入卯者逃去数名。巡警如此,令人切齿。旋提讯宁犯,据供"匪首王子臣与该局巡弁刘显章结盟"等语,仍不认为匪。灯后,阅杂书即睡。

二十九日(1910 年 7 月 5 日)　阴。早起,阅《非洲志》。饭后,清理文件。办揭举青冈警务长某某稿一件,为放贼事,约二千余字。午后,至各友室内一谈。出城接常括香,灯后始到。饭毕畅谈,至夜竟乃止。甫就枕,鸡已鸣矣。是日,未得阅书。

三十日(1910 年 7 月 6 日)　阴。早起,送括香,并写崇馨山信一件。括香留其五弟瑞襄在此充差,系巡警毕业生,惟年岁太轻,恐不堪任事也。饭后,略清文件,遂大睡多时。午后,至署外散步,并至各友室内一谈。灯后即睡。

庚戌六月

初一日(1910 年 7 月 7 日)　晴。晨起,阅《非洲志》。饭后,清理文件。阅《民法总则》二十页。写王尧西信一件,附喜幛,贺其令郎新婚。又写崇组轩信,并附抄稿一件,派专差往送。下午,至署外散步。灯后即睡。

初二日(1910 年 7 月 8 日)　晴。晨起稍迟。饭后,送佐卿师回肇州。至公厅清理文件。阅《交通官报》。接崇馨山信一件,即作覆。

灯后，沐浴即睡。

初三日(1910年7月9日) 晴。早起，阅《非洲志》。饭后，清理文件。小睡时许。阅《民法总则》二十页。垦户附生沈典三来见。写常括香信一件，为宁匪已聚股绑孟姓等票。灯后，至各友室内略谈，遂睡。

初四日(1910年7月10日) 晴。晨起，阅《非洲志》。饭后，清理文件。阅《民法总则》二十页。至宣讲所开讲。午后崇馨山来署，晚饭后谈至三更，乃睡。

初五日(1910年7月11日) 晴。晚间与馨山谈久，早起略迟。饭后，清理文件。仍与馨山谈曩年在军署文案同事时，光景如昨，屈指已四易星霜矣。邀各友陪馨山晚饭。席散，仍陪谈至四鼓，乃睡。

初六日(1910年7月12日) 晴。黎明，送馨山赴站。至内室小睡。早饭后，阅《非洲志》。至公厅清理文件。下午至署外散步，与建房韩姓商人谈甚久。灯后，阅报纸，即睡。

初七日(1910年7月13日) 晴。晨起略迟，阅《非洲志》一页即饭。至公厅清理文件。学董戚明仁来见。写家信一件。据奉军报称，已于胡匪接仗。前派哨官李永刚赴青冈缉匪，闻已拿获"东霸天"倪姓一名，尚未解到。灯后，阅报即睡。

初八日(1910年7月14日) 晴。晨阅《非洲志》。饭后，清理文件。审案三起，未结。阅《民法总则》二十页。奉军送胡匪一名，系昨日阵擒者。邀各友晚饭。灯后读《前出师表》，即睡。

初九日(1910年7月15日) 晴。晨阅《非洲志》。饭后，清理文件。刘管带来，谈甚久。审奉军所送胡匪郭庆凯，绰号"老庄"，直认不讳。又审本署自拿之倪广昌，绰号"东霸天"，狡猾异常。并赏事主赵永占川资四吊，释令归业。阅《民法总则》十五页。文报分局委员涂漱芳来晤，谈甚久，灯后始去。旋回内室，沐浴即睡。

初十日(1910年7月16日) 晴。晨起，阅《非洲志》。饭后，清理文件。复审昨日盗案。阅《民法总则》二十页。读岳武穆所书《前出师表》数过，笔势刚劲。此文正可以此人手写，明太祖所云字如其人，信然。写常括香信一件。灯后，读《武侯集》数页，即睡。

十一日(1910年7月17日) 早晴。阅《非洲志》，并注《埃及图》。饭后，清理文件。至宣讲所宣讲。回署。阅《民法总则》十六页，接三弟并王锦堂、常括香信各一件。写桂芳五信一件。派队赴站，接运巡警枪弹。下午阴，微雨。灯后，读《出师表》一过，即睡。

十二日(1910年7月18日) 早阴。阅《非洲志》，并注《努比亚图》。饭后，清理文件。办解倪犯稿一件。阅《民法总则》十三页。下午大雨。临岳武穆草书《出师表》数纸。余向不喜临字，今特临此帖，盖重其字并重其文也。灯后，至各友室内一谈。读《前出师表》一过，遂睡。

十三日(1910年7月19日) 微雨旋晴。阅《非洲志》，并注《撒哈拉沙漠图》。饭后，清理文件。审案二起，未结。阅《民法总则》十六页。写崇组轩信一件。送《恽南田王石谷画》一册，系玻璃板所印。午后，乘马至城外。灯后，派差密随眼线出外缉匪。旋阅《武侯集》数页，即睡。

十四日(1910年7月20日) 早晴。阅《非洲志》，注《基内亚图》。饭后，又注二则，即赴公厅清理文件。接常括香信一件，遂即作覆。揭禀青冈警务长放贼，奉民政司批，撤差，追交文凭、捐照，派巡防营解省严办。从此，盗风或可少息。午后大雨。阅《民法总则》十页。至各友室中一谈。灯后，阅《岳武穆集》内本传，即睡。

十五日(1910年7月21日) 早雨旋晴。阅《非洲志》，注《利卑利亚图》。饭后，清理文件。阅《民法总则》三十页。送省巡警学生马永太来见。又阅各种报纸，读《前出师表》二遍。灯后，至各友室内畅谈时事。语涉激烈，此余大病，屡戒难改，往往于无心中发露。甚矣，改过之难也，应痛戒之。七时睡。

十六日(1910年7月22日) 早晴。阅《非洲志》，注《金海滨图》。饭后，清理文件。阅《民法总则》十九页。接常括香信，某警长已交巡防营,不日即将起解。午后微雨,颇困倦,至内室少坐。灯后,阅《岳武穆集》。沐浴后即睡。

十七日(1910年7月23日) 晴。早起,阅《非洲志》,注《公额图》。饭后,清理文件。阅《民法总则》二十一页。午后小睡,至街内各商散步。回署,学董戚明仁来见。又粮户孟兆龄来谢,伊家在肇州被匪绑票,此间两次派队往缉也。灯后,阅《岳武穆集》数页,即睡。

十八日(1910年7月24日) 夜间大雨,早起微晴。阅《非洲志》,注《开浦殖民地图》。饭后,清理文件。至宣讲所开讲。回署,阅《民法总则》十九页。午后大雨。又阅《岳武穆集》。灯后,即睡。

十九日(1910年7月25日) 夜间雷雨大作,早晴。阅《非洲志》,注《莫三鼻给图》。饭后,清理文件。接崇组轩信一件,着匪宁德胜为该处巡警阵毙,闻之快甚。阅《民法总则》二十三页。城东垦户邹姓等来报:“昨夜地内有受刀伤之人,不甚重,问其因何受伤?不语。”等情。即饬该户等将此人舁至署中,并附给七厘散药,令其先为调敷伤处,俟到署再行斟讯。灯后,阅《岳武穆集》,遂睡。

二十日(1910年7月26日) 夜间仍大雷雨,天明甫息。阅《非洲志》,注《中亚非利加图》。饭后,清理文件。至大堂外验邹姓垦户等舁到受伤无名男子,伤痕甚重。当场立验单,遂饬差调服七厘散一剂。旋阅《民法总则》二十二页。午后又雨。三弟文源冒雨由省来见,其气色不佳,病似未全愈。晚饭后,由省领到巡警枪械、子弹,并奉商务馆随寄书一箱,开箱略一检阅。灯后,阅各报纸即睡。

附记各书:《左文襄奏议》 《小方壶斋舆地丛钞》正、续、再续

《随园三十六种》 《刘文清公曙海楼帖》

二十一日(1910年7月27日) 早起天阴,仍微雨。阅《非洲志》,注《马得拉群岛图》。饭后,清理文件。审案二起,未结。求许宜臣为先祖及先外祖照请到诰轴,用黄纸誊出,作为焚黄之用。阅《民法总则》十页。同乡张笏臣搢卿来晤,求为荐差。饬差点验领到巡警军械,先发二十五枝应用。灯后,阅报纸即睡。

二十二日(1910年7月28日) 晴。早阅《非洲志》,注《马达加斯加岛图》。饭后,清理文件。阅《民法总则》十四页。邀张笏臣晚饭,送川资六十缗。客去,写祖及外祖焚黄祭文二通。灯后,阅《国风报》。睡。

二十三日(1910年7月29日) 早起,大雨如注。阅《非洲图志》,已完。饭后,雨止。前往验前日垦户送到受伤无名男子之尸,验毕回署。清理文件。手录请到诰命制文。灯后,检阅《舆地丛钞》,遂睡。

祖父母诰命制文

奉天承运,皇帝制曰:考绩报循良之最,用奖臣劳;推恩溯积累之遗,载扬祖泽。尔翟永发,乃盐提举衔黑龙江安达厅抚民通判翟文选之祖父,锡光有庆,树德务滋。嗣清白之芳声,泽留再世;衍弓裘之令绪,祜笃一堂。兹以覃恩,貤赠尔为奉直大夫,锡之诰命。於戏!聿修念祖,膺茂典而益励新猷;有谷诒孙,发幽光而丕彰潜德。制曰:册府酬庸,聿着人臣之懋绩;德门辑庆,式昭大母之芳徽。尔马氏,乃盐提举衔黑龙江安达厅抚民通判翟文选之祖母,箴诫扬芬,珩璜表德。职勤内助,宜家久著其贤声;泽裕后昆,锡类式承乎嘉命。兹以覃恩,貤赠尔为宜人。於戏!播徽音于彤管,壶范弥光;膺异数于紫泥,天庥允劭!宣统元年正月二十三日。

外祖父母敕命制文

奉天承运,皇帝制曰:功隆赏懋,式宏锡类之仁;积厚光流,兼广外家之泽。荣名上逮,义问弥彰。尔刘永发,乃黑龙江安达厅抚民通判翟文选之外祖父,出自有基,后来称秀。宅钟华胄,光间泽衍。缥缃庆集繁禧,匡国名高黼黻。兴宗兆叶,縻爵阶崇。兹以覃恩,貤赠尔为承德郎,锡之敕命。於戏!良臣懋绩,既增旧德之光；外氏蒙恩，丕焕新纶之采。式承宠渥，庶慰旌扬。制曰：职宗朝宁，嘉丕绩于良臣；泽沛纶章，推鸿慈于外氏。重闻锡庆，累世承庥。尔刘王氏，乃黑龙江安达厅抚民通判翟文选之外祖母，轨仪娴习，风范淑嘉。主馈宜家，启后来之俊秀；延府相宅，邀三锡之荣光。启佑有原，恩施宜沛。兹以覃恩，貤赠尔为安人。於戏！芳规未邈，尚贻昌大于方来；宠赉仍加，庶保昭融于罔斁。用酬懿训，祇荷隆施。光绪三十四年十一月初九日。

父母诰命制文

奉天承运，皇帝制曰：求治在亲民之吏，端重循良；教忠励资敬之忱，聿隆褒奖。尔翟有，乃盐提举衔黑龙江安达厅抚民通判翟文选之父，禔躬淳厚，垂训端严。业可开先，式谷乃宣猷之本；泽堪启后，贻谋裕作牧之方。兹以覃恩，封尔为奉直大夫，锡之诰命。於戏！克承清白之风，嘉兹报政；用慰显扬之志，畀以殊荣。制曰：朝廷重民社之司，功推循吏；臣子懔冰渊之操，教本慈帏。尔刘氏，乃盐提举衔黑龙江安达厅抚民通判翟文选之母，淑慎其仪，柔嘉维则。宣训词于朝夕，不忘育子之勤；集庆泽于门闾，式被自天之宠。兹以覃恩，封尔为宜人。於戏！仰酬顾复之恩，勉思抚字；载焕丝纶之色，用慰劬劳。宣统元年正月二十三日。

二十四日(1910年7月30日)　晴。早起，点所注《非洲图》。饭后，清理文件。写家信一封。审案一起，已结。又写王兰谷信一件，荐王禹钦。晚送三弟回籍送封诰，并送禹钦及常瑞香上站。灯后，即睡。

二十五日(1910年7月31日)　晴。早起，与三弟写信，要《真山民诗》，盖由《国粹丛书》误携去也。饭后，清理文件。至宣讲所宣讲毕，回署。审案三起，结二起。至书房点《理学宗传》八页。至署外散步。灯后，阅报纸即睡。

二十六日（1910年8月1日） 晴。早阅《开浦殖民志》。饭后，清理文件。办稿一件。写运品珊信。午后，乘马至郊外一游。见禾稼芃芃，青葱可爱，可望有秋，不觉欣然。阅《民法财产总论》十四页。灯后，二弟星凡同运仲珊来，谈京津事甚久。七时睡。

二十七日（1910年8月2日） 晴。晨阅《开浦殖民志》。饭后，清理文件。劝二弟在学堂诸事力从俭约，与仲珊谈。写家信并品珊各一件。晚饭后，送二弟及仲珊赴站。灯后，阅《民法财产总论》二十页。蚊声如雷，几不能下笔，遂熄灯睡。

二十八日（1910年8月3日） 晴。早起，阅《开浦殖民志》。饭后，清理文件。阅《民法物权》二十页。午后，至署外散步。阅《神州国光集》一册。灯后，阅《舆地丛钞》，旋睡。

二十九日（1910年8月4日） 晴。早阅《开浦殖民志》。饭后，清理文件。阅《民法物权》二十一页。午后，至街内散步。审案二起，未结。灯后，阅各画册，睡。

庚戌七月

初一日（1910年8月5日） 晴。早阅《开浦殖民志》。饭后，清理文件。省派调查民事答案委员吴赞清来署，谈甚久，遂留晚饭，并来署内下榻。灯后，仍谈省中各事。渠久幕山东，遂取《山东地图》面询各处情形及地势。八时睡。

预约《吉林通志》寄到，纸板尚好。

初二日（1910年8月6日） 晴。晨起，阅《开浦殖民志》。饭后，送吴调查员赴青冈县，遂至公厅清理文件。午后，微阴。阅《民法物权》二十页。写常括香信一件。灯后，阅《国[1]报》数页，即睡。

初三日（1910年8月7日） 夜间微雨，早阴。阅《开浦殖民

---

① 疑脱“风”字。

志》。饭后，奉文监斩盗犯一名，即行提出正法。回署。至宣讲所开讲。阅《民法物权》十九页。审案三起，结一起。灯后，阅《国风报》数页，即睡。

初四日（1910年8月8日） 晨雨。阅《开浦殖民志》并注图，已完。计学部共发各地志十九册，数月始行阅完，然于世界地理仍觉茫然。甚矣，求学之难也。饭后，小雨如丝。至公厅清理文件。北方巡官张双喜来报水灾。新荒初辟，地瘠民贫，而又水旱频仍，闻之不怿者半日。当先由署发给钱三百吊，令其先行购米分食，无令饿毙。阅《民法债权》十一页。灯后，阅报纸数种，即睡。

初五日（1910年8月9日） 早晴。至书房，阅《欧洲图志》。饭后，清理文件。办呈报水灾稿一件。下午四钟，至署外阅巡警及署内马、步各兵，枪操全中者，各赏钱四吊。灯后，办秘票，派队缉匪。蚊声如雷，一握管即扑面而来，恼人殊甚。即熄灯就枕。

初六日（1910年8月10日） 晴。晨阅《欧洲图志》。饭后，清理文件。阅《民法债权》二十四页。午后，至署外散步，旋阅《国风报》数页。灯初，检点《大学衍义》。周教员来晤。七时睡。

初七日（1910年8月11日） 早微雨。阅《欧洲图志》。饭后雨止，至公厅清理文件，阅《民法债权》二十页。审案三起，结一起。午后，风雨又作，因思陶渊明诗“微雨从东来，好风与之俱”二句，正与此景相似。灯后，阅各报纸，即睡。

初八日（1910年8月12日） 早晴。阅《欧洲图志》。饭后，清理文件。阅《国光集》一册。午后，至内室少坐，又至学堂监视。灯后，写商务馆信一件，又定购书十余种，即睡。

初九日（1910年8月13日） 早阴。阅《欧洲志》。饭后，清理文件。发给预备巡警枪械。阅《民法债权》二十页。请刘管带来署，会估该营前获胡匪枪械，变价分赏打毙马匹官兵。灯后，沐浴即睡。

初十日（1910年8月14日） 早阴。注《欧洲图》。饭后，清理文件。午正大晴，在院内铺席晒书。阅《民法债权》二十一页。灯后，阅报纸数种，即睡。

十一日(1910年8月15日) 早晴。注《欧洲图》，已完。饭后，清理文件。写王兰谷、王雨芹、运品珊信各一件。又唁宋友梅观察夫人祭幛一事。午后，仍晒各书。灯后，接运品珊信，知朝考污卷被黜，遂即挥蚊作覆。即息灯睡。

十二日(1910年8月16日) 黎明，派差赴省领饷。阅《意大利国图》。饭后，清理文件。阅《民法债权》二十页。午后，仍晒各书。至署外散步。灯后，阅《甲申传信录》数页，即睡。

十三日(1910年8月17日) 早起，阅《意大利图》。饭后，清理文件。午后，仍晒各书。审案三起，未结。阅《民法债权》二十页。接前绥化府杨玉书信，嘱其照料内侄王君赴青冈。遂即派差护送，并与王君谈甚久。灯后，阅《神州国光集》，即睡。

十四日(1910年8月18日) 晴。早起，阅《意大利图》。饭后，清理文件。阅《民法债权》二十页。午后至书房，仍在窗外铺席晒书。同福儿由学堂课罢，坐晒书席上，读所晒《国粹丛书》内律诗，隔窗闻之，甚为有趣。渠年十二，颇知爱书，亦一快事。灯后，学董朱吉椿来晤，为巡警及荒地事。去后，又阅《国光集》数页，睡。

十五日(1910年8月19日) 晴。注《意大利图》，已完。饭后，清理文件。阅《民法债权》二十页。审案一起。午正，仍晒书。阅《国光集》一册。灯后，又阅报纸数种，睡。

十六日(1910年8月20日) 早晴。阅《奥斯马加图》。饭后，清理文件。朱吉椿、马永泰来晤，为补荒事，谈甚久。午后浓阴，大雨如注，阶前水深半尺许，灯初始止。阅《民法债权》十页。是日颇觉烦闷。旋又检阅各书，即睡。

十七日(1910年8月21日) 早阴。注《奥斯马加图》，已完。饭后，清理文件。午后，大雨如注，未获至宣讲所演说。阅《民法债权》二十六页。点《理学宗传》“二程子”五页。前已将第一本点完，月余未阅。僻处荒城，无良师友以为攻错，无怪性急之过改之甚难。每日参阅性理书数页，以当师友之助，从此其庶几寡过矣乎？是在持之以定，行之以恒，斯可耳。灯后，仍未晴，遂睡。

十八日（1910年8月22日）　夜雨，至晨未止。阅《德意志图》。饭后，清理文件。接运品珊信，云已回浙。又奉滨关道于振甫观察信。前为运仲山求学费，已准代为陈请。傍午，雨仍未止。阅《民法债权》十四页。北乡巡官张双喜来禀：水势稍减，共淹地二千余晌。旋据学董戚明仁函称：分卡平地，水深尺许，禾苗半已浸没，房屋亦倾倒甚多。闻之殊为焦急。垦户初来，连年频遭水旱，民力何堪？思之恻然。灯初，雨仍未止，张双喜来请分示，遂令再为覆查。阅《理学宗传》"二程语录"五页，即睡。

十九日（1910年8月23日）　夜雨，至晨稍止。阅《德意志国图》。饭后，至署外周视，院墙倒塌大半。至公厅清理文件。派差往分卡查看水势。写运品珊信一件，嘱其先行就职。又写王锦堂、运仲珊信各一件。阅《民法债权》二十四页。至书房检点各书，均分类插入架内。灯后，点《理学宗传》"二程语录"五页。伊川云："吾以忘生徇欲为深耻。"又云："人于梦寐间亦可卜自家所学之浅深，如梦寐颠倒，即是心志不定，操存不固。"此二语颇与西儒所言相合。前一语即是卫生，后一语即是西儒所谓人于日间将各事印入大、小脑筋之内，入夜即幻而为梦。《老子》所谓"至人无梦""愚人无梦"[①]，亦不外此理。又阅杂书数页，即睡。

二十日（1910年8月24日）　夜雨，晨初始止。阅《德意志图》，并检《新世界大地图》与之核对，其地名、译音错出，殊难索解。饭后，清理文件。写王尧西信，告禹芹请假原因。阅《民法债权》二十二页。又阅《理学宗传》"伊川语录"五页，并加圈点。其所论阴阳动静之处颇涉于虚，使学者徒滋冥悟，而无济实用。灯后，阅《国风报》。终日

---

① 《老子》中没有"至人"一词，《庄子》所云为"至人无己"。而所谓"至人无梦"见于汉贾逵《书古文训》，"愚人无梦"见于明郎瑛《七修类稿》。

未晴，闷甚，遂睡。

二十一日(1910年8月25日)　早阴。注《德意志图》。饭后，清理文件。审案三起，未结。阅《民法债权》十页。点《理学宗传》"二程语录"四页，已完。灯后，至各友室内一谈，以破阴雨之寂，即睡。

二十二日(1910年8月26日)　晨起，细雨如丝。注《德意志图》，已完。饭后，清理文件。阅《民法债权》十八页。午后稍晴，日出。自十六日阴雨，至今始见日。旋阅石印《明十五完人墨迹尺牍》。灯后，点《理学宗传》"张子"五页，遂睡。

二十三日(1910年8月27日)　早晴。阅《瑞士国图》，并注，已完。饭后，清理文件。阅《民法债权》二十页。午后，乘马至郊外查看秋苗。高田尚未成灾，惟低田垄中尚有积水，遂面谕各垦户速即开沟放出，恐久则伤稼。日入时回署。灯后，阅《理学宗传》张子《西铭》及《正蒙》五页，句读极难，阙而未点。赴省领饷司事回署。商务馆寄到原本《曾文正全集》，一百四十四本，板尚好，惟纸不甚佳。又寄到《名画外集》三十六种，共一木箱，遂逐本检点。疲甚，即睡。

二十四日(1910年8月28日)　早起，阅《法兰西图》。饭后，清理文件。至宣讲所宣讲。阅《民法债权》二十页。审案三起，结二起。点《理学宗传》张子《正蒙》五页。灯后，常括香之弟翰香来晤，谈甚久。邀来署宿，不肯，遂派队起早送站。又阅《国粹学报》数页，遂睡。

二十五日(1910年8月29日)　早晴。注《法兰西国图》。饭后，清理文件。阅《民法债权》二十页。自治学员刘盘瑛、杜鹤年来见。灯后，点《理学宗传》五页。阅各报纸，即睡。

二十六日(1910年8月30日)　夜雨，黎明即止。注《法兰西图》，已完。饭后，清理文件。仍阅昨日寄到《政治官报》，颇觉头晕。灯后，点张子《正蒙》二页，已完。遂睡。

二十七日(1910年8月31日)　夜间，为风雨惊醒。因秋间苦潦，辗转竟不成眠，伏枕口占七绝，有"遥知四野农民苦，多少人家暗祝晴"之句。破晓，雨犹未止，遂援笔记之。阅西班牙、葡萄牙图。饭后，清理文件。午后，雨稍止。审案一起，已结。阅《民法债权》二十页。灯后，点《理学宗传》“邵子”五页。康节尝云：“新法诚严，苟宽一分，则民受一分之赐。”旨哉斯言，实获我心矣！变法必视民力，亦犹汽船载物，必视吨数若干。千吨之船而强载万吨船中之物，鲜有不沉溺者矣。又阅报纸数种。写商务馆信一件，退还十三期《神州国光集》。遂睡。

二十八日(1910 年 9 月 1 日) 早，微晴。阅西、葡二国图。饭后，清理文件，阅《国法担保》二十四页。午后又雨。接五洲同文书局信一件，并附送殿板《二十四史》样本。又接公署文案金丽亭信，为领印部费事。灯后，点邵子《皇极经世声音图》，未得要领。遂睡。

二十九日(1910 年 9 月 2 日) 早晴。注西、葡二国图。饭后，清理文件，阅《民法担保》二十页。写家信一封，令内人回籍治病。点《理学宗传》邵子《皇极经世》五页，所论阴阳刚柔之理，未得要领。灯后，珰鼐学堂教员王义忠来晤。又阅杂书数页。即睡。

三十日(1910 年 9 月 3 日) 夜雨，至晚未止。注《西班牙图》。饭后，清理文件。内子因雨未行。阅《民法担保》十八页，已完。审案一起，未结。点《皇极经世》六页。灯后，即睡。

庚戌八月

初一日(1910 年 9 月 4 日) 早晴。注《葡萄牙图》，已完。饭后，内子回籍。午正，至宣讲所开讲。自治学员刘盘瑛等来见。微雨，旋晴。阅《商法总则》例言并目录，又点邵子《皇极经世》五页。灯后，至各友室内畅谈，即睡。

初二日(1910 年 9 月 5 日) 晴。阅《英国图》。饭后，清理文件。写商务馆并常括香信各一件。阅《商法总则》十六页。接于观察信，为运仲珊请官费，未准。寄到报纸数十份，略一检阅，头为之晕。灯后，点邵子《皇极经世》二页，即睡。

初三日(1910 年 9 月 6 日) 晴。阅《英国图》。饭后，清理文件，学董戚明仁来见。阅本省《官报》。写金丽亭信一件。灯后，点邵子《皇极经世》五页。沐浴后，即睡。

初四日(1910年9月7日) 晴。注《英国图》，已完。饭后，清理文件。答拜奉军书记长李长禄。回署。阅《商法总则》二十页。接二弟及运仲珊信各一件。阅报，见日、韩合邦已公然宣布。余于日俄战之未解决时，即有和后俄不干预朝鲜之事，而日必并吞之。今日本犹迟之数年，直待此次与俄协约，无后顾之忧，始行宣布，洵可畏哉！我政府其将何以对待之！灯后，蚊声如雷，点《理学宗传》五页，熄灯睡。

初五日(1910年9月8日) 晴。阅荷兰、比利时两国图。饭后，清理文件。阅《商法总则》二十四页。接宋友梅观察信一件。点《理学宗传》五页。灯后，阅《商报》，即睡。

初六日(1910年9月9日) 晴。注《荷兰图》。饭后，清理文件。阅《商法总则》二十页。写运品珊、王锦堂信各一件，接高屏周、刘守清信各一件，点《理学宗传》五页。灯后，阅报纸后即睡。

初七日(1910年9月10日) 晴。注《比利时国图》，已完。又阅《丹麦国图》。饭后，清理文件。写崇祖轩信一件。学董戚明仁来见。又阅《商法总则》二十四页。前派往绥化拿匪什长赵吉才回署，获到二名。点《理学宗传》邵子《皇极经世》七页，已完。灯后，即睡。

初八日(1910年9月11日) 夜间寒甚，恐霜早伤稼，辗转未能成眠。晓晴无霜，颇喜。注《丹麦国图》。饭后，清理文件。同自治学员刘盘瑛、杜鹤年到宣讲所，此后即令该员等接讲。自开办年余，余一人按期宣讲，为地方民苦款难，另用讲员多耗经费也。回署后，审案三起，结一起。获到胡匪，狡供异常，今始知畏罪，已晚矣。阅《商法总则》十八页。灯后，阅本日来文，前禀揭[①]某警长在省已讯结，仅予撤差、追缴文凭，真算便宜。赏罚如此，奈何！又接商务馆信，代购

---

① 原为“猲”，径改。

海珊仙馆各丛书，不能退换。旋即睡。

初九日（1910年9月12日） 晴。注《丹麦图》，已完。饭后，清理文件。阅《商法总则》二十二页。审昨日盗案，已招。点《理学宗传》“朱子”十页，补昨五页。写商务馆信一件。灯后，阅杂书数页，即睡。

初十日（1910年9月13日） 晴。阅《欧洲俄罗斯图》。饭后，清理文件。审案，盗犯已录供。阅《商法总则》二十二页，点《理学宗传》五页。接王锦堂信一件。灯后，阅《国风报》，沐浴即睡。

十一日（1910年9月14日） 晴。仍阅《欧俄地图》，并与《日俄战纪》所载俄国地志详校，多有异同。饭后，清理文件，写家信一件，交戈什祥云带呈。午正，各商会执事齐到，谕以加筹商捐，补助警学经费，各商尚皆乐从。阅《商法总则》二十页，又点《理学宗传》五页。灯后，阅《国风报》，即睡。

十二日（1910年9月15日） 夜间大雨，破晓即晴。阅《欧俄图》。饭后，清理文件。覆讯盗案干证。阅《商法总则》二十页。写高屏周信。送远亲李长林川资二十吊，令其速为回籍。点《理学宗传》五页。灯后，阅《国风报》，即睡。

十三日（1910年9月16日） 晴。阅《欧俄图》。饭后，清理文件。阅《商法总则》二十二页，又点《理学宗传》五页。灯后，派赴双城差旅，家中一切均平安。又阅杂书数页，即睡。

十四日（1910年9月17日） 早起，微雨。阅《欧洲俄罗斯图》。饭后，清理文件。阅《商法总则》二十二页，又阅《理学宗传》五页。接王禹钦信一件。终日未晴，天寒如初冬，不久必有严霜，穑事最为可虑。灯后，即眠。

十五日（1910年9月18日） 早阅《欧洲俄国图》。饭后，奉军哨官长及本署巡检均来贺节喜，未见，遂差帖答拜。阅《商法总则》二十页。点《理学宗传》五页。邀各友及各教员晚饭，共八座。席散，至署外散步。灯后，令四弟及儿女辈分食瓜果，颇有家庭之乐。八时眠。

十六日(1910年9月19日)　早,阅《欧洲俄国图》。饭后,清理文件。写崇组轩信一件。阅《商法总则》十八页。学董戚明仁、巡官杨春芳均来见。阅《理学宗传》二页,未点。派哨官李永刚前赴王家店缉匪。灯后,即眠。

十七日(1910年9月20日)　晴。阅《俄罗斯图》。饭后,清理文件。写王锦堂信一件,寄羌帖六十卢,求买《新律》二部,余作致送。派张德盛赴肇州。阅《商法》二十页。点《理学宗传》七页。晚饭后,乘马至城外观农人刈田。洼地水尚未退,犹陷马足,蚊蠓扑面。回署稍息,阅报数件,灯后即眠。

十八日(1910年9月21日)　晴。阅《俄罗斯图》,检点地名,译音互出,颇费脑力。阅毕,甚觉头晕。饭后,微雨即晴。至公厅清理文件。覆王禹钦信一件。右堂吴寿民来晤,谈甚久。阅《商法》二十四页。至署外散步。头晕终日未愈,致《理学宗传》未点,明日再补。灯后,沐浴即睡。

十九日(1910年9月22日)　昨夜熄灯后,游思顿起,辗转竟不成眠,此亦克己未能着实处。因强自矜持,改妄念为正念,依枕默拟自行请入法正学堂外班禀稿。拟就,仍不能眠,遂披衣点灯,写书至鸡鸣,方始睡去。早起,仍阅《俄罗斯图》。饭后,清理文件,并将夜间所拟禀稿略加删改,即行缮发。右堂吴寿民晋省,来辞行,遂写商务馆信交渠带去。阅《商法》二十页。点《理学宗传》七页,补昨日二页。灯后,阅本日寄到报纸。颇觉头晕,即睡。

二十日(1910年9月23日)　早起,阅《俄国图》。饭后,清理文件。改呈报拿获邻境胡匪稿。阅《商法》二十页。接二弟及常括香信。点《理学宗传》五页。灯后,阅报纸,即睡。

二十一日(1910年9月24日)　晴。阅《俄罗斯图》。饭后,清理文件。近又时犯肝气,时有暴怒之处。性情流于一偏而又不能自克,真堪痛恨,戒之,改之。又阅《商法》二十四页,点《理学宗传》五页。灯后，阅报纸，即睡。

二十二日(1910年9月25日)　晴。注《俄国图》。饭后，清理文件。阅《商法》二十页。点《理学宗传》五页。审案二起，结一起。灯后，高等审判厅推事李麟阁赴青冈县查案，过此，来谈甚久。遂即答拜。回署，又阅报纸数种，即睡。

李名英麟，候补知县，奉天人。

二十三日(1910年9月26日)　晴。邀李麟阁早饭。饭后，即派车送站。阅《俄国图》，并注数段。至内室少坐，阅《商法》二十页，点《理学宗传》五页。薛文清云："二十年治一怒字，尚未消磨得尽，以是知克己之难。"余近日亦犯暴怒之性，改之，改之。至街内散步，灯后始回。接崇组轩信一件。核本日批稿后，即睡。

二十四日(1910年9月27日)　晴。注《俄罗斯图》。饭后，清理文件。阅《商法》二十页。办请换捕盗营枪械稿。点《理学宗传》五页。薛文清尝云："凝定最有力，往时怒，觉心动，近时随怒随休，而心不为之动矣。"余尝谓教书对学生，作官对百姓，均不必动真气。前年为程中丞二世兄代二十八日馆，时动真怒，近时审案亦屡发真怒，皆心动而不能定之故也。宜于"定"字下功夫，方可渐除怒病。接商务馆信一件。灯后，沐浴即睡。

二十五日(1910年9月28日)　晴。注《俄国图》。饭后，清理文件。阅《商法》三十页。点《理学宗传》五页。写崇组轩信一件。灯后，阅报纸并本日来文，即睡。

二十六日(1910年9月29日)　晴。注《俄国图》。饭后，公厅修补地炕，移入书房办公，核稿数件。秋日佳气，清暖堪怡，对窗临苏书《丰乐亭》三页。余向不喜临帖，故字亦甚劣，盖临帖与读书费精神相同，究所受益者诚有彼此之分。今日偶临数纸，颇觉畅怀，无怪李文忠公每日早起，必临《圣教序》数纸，名为养心，字向不示人。字可养心，信然！此后余亦公暇稍临数字，但不以作正课，致分治事、读书功夫。阅《商法》二十页。点《理学宗传》五页，第三本已完。晚饭后，至署外散步。有民车十余辆至前，跪诉奉军抓车拉烧柴，恐误拉田，因慰藉数语遣去。我国兵制之不善，由于兵无程度扰民者半，由于立法所致者亦半。军队皆不给辎重车，尚何怪抓民车也。回署，嘱友人与刘管带修函，嘱其严加约束，嗣后勿再如此。灯后，阅来文数件，即睡。

二十七日(1910年9月30日)　晴。注《俄国图》。饭后，清理文件。阅《商法》二十二页。法律名词均仍日本旧文，多有难解处，因与《日本法规大全解字》对照，始得要领。点《理学宗传》五页。今日烦闷特甚，午后至内室睡一小时。晚饭后，至署外散步。见街内炊烟缕缕不绝，可见户口较前增多。西人谓：入其国，见烟突之多少，即知其国之文野与贫富。信然！灯后，核稿一件，即睡。

二十八日(1910年10月1日)　晴。注《俄国图》。饭后，清理文件。奉军书记长李长华来谈，为该营抓民车拉草事。客去，整理书房书籍。前因收拾地炕，颠倒散乱，每一见之，心则不快。稍一整顿，便觉可观，作事亦当如此。阅《商法》十八页。灯后，接王禹钦、王锦堂信各一件。点《理学宗传》。王阳明论"平山中贼易，平心中贼难"，诚然！余近日时起妄念，前日偶想若能得本年大计卓异，明年可引见，藉以游历。用全力克之，至昨日始断，然仍怦怦也。克己之难，信然！又阅报纸数种，睡。

二十九日(1910年10月2日)　晴。注《俄国图》，饭后，清理文件。颇觉闷倦，至内室少息。阅《商法》二十页。又点《理学宗传》五页。荒户马永泰来见，为换荒事。晚饭后，至街中各商户查视，其营业均尚获利。回署，已下头更。灯后，学堂各生恳请缓催，随即遣去。七时睡。

庚戌九月

初一日(1910年10月3日)　晴。注《俄国图》。饭后，清理文件，指授与垦户换荒员司勘丈办法。阅《商法》二十页。午后，至署外散步。灯初，点《理学宗传》五页，又阅《吉林官报》数页，即睡。

初二日(1910年10月4日) 晴。注《俄国图》。饭后，清理文件。乘马出城，至东乡邹家窝铺一带，查看秋收分数。沿途均妇子齐忙，睹之颇有乐趣，到各场内，见收割子粒均好。至垦户邹居孟家少坐，招集附近垦户数人，与之论垦地之法，并谕以速垦，免致升科时包纳空租。令其仿连庄会办法，自练预备巡警，由官发给执照。下午四时回署，接运仲珊、王复同信各一件。灯后，阅《商法》二十页，点《理学宗传》五页，即睡。

初三日(1910年10月5日) 晴。注《俄国图》。饭后，派许委员鸿儒往西乡勘丈荒地，嘱令认真丈拨，不必太宽，亦不必太刻，总以适中为度。清理文件。阅《商法》二十二页。张佐卿师来，谈及"揽头王景岚，情托包领安达站俄人退出余荒，并许以重贿，未允，已当面拒绝"等语。随即传讯揽头，面讯属实，当即重责，枷号押往街内示众。厅属荒务，迄今缠讼纷纷，皆如该揽头，当时贿赂风行，以致肥瘠不均，构讼难结。今该揽头又来尝试，苟不严惩，将恐效尤日众。杜渐防微，亦不得已之举也。留佐卿师晚饭。灯后，点《理学宗传》。阳明先生云："薄书讼狱之间，无非实学。"信然！ 八时睡。

初四日(1910年10月6日) 晴。注《俄国图》。饭后，清理文件，阅《商法》二十四页。午后大风，傍晚稍息。点《理学宗传》五页。阳明见友人常动气责人，警告以"学贵反己，若徒责人，只见得人不是，不见自己非。若能反己，反见自己有许多未尽处，奚暇责人"云云，实怀我心，不啻为余言也。余性善怒，每自抑而不觉自犯。今晚与陈委员郁文迟误经费造报，不觉又动真气，事后悔甚。克己之难，岂真如薛文清云"必须二十年，方能克一怒字"耶？戒，戒。接王锦堂、崇组轩信各一件。灯后阅报，见吉、江两抚均以"奏报鸦片，禁清不实"议处。禁烟本有定限，而各省希图见好，必欲先报禁清，求功反过，此亦欲速之念使之也。余遇事性急，亦是大病。切戒，切戒。八时睡。

初五日(1910 年 10 月 7 日) 早阴,微风。注《俄国图》。饭后,心颇烦躁,清理文卷后,至内室少坐。阅《商法》二十页。点《理学宗传》五页。午后风雨交加,旋止,仍风。灯后,接常括香信一件。八时睡。

初六日(1910 年 10 月 8 日) 晨起,大风微雪,天寒如冬。注《俄国图》。饭后清理文件。心颇闷甚,因检《舆地丛钞》内孙文定公《南游记》,细读一过,以鼓兴致。至内室少坐。阅《商法》十八页。点《理学宗传》五页。灯后,仍大风,奇冷未晴。余近日颇犯肝气,须加抑制,犹时发露于不自知,克己之难如此。八时睡。

初七日(1910 年 10 月 9 日) 早晴。注《俄国图》。饭后,清理文件。写同乡孙介之信一件。阅《商法》十二页。西乡绅董朱子才吉春来署,因邀集本城烧商杜鹤年、张万宝二户,为地方筹款之艰,而明年犹须修建学堂,劝其酌量报效。演说多时,渠三人各认报效房木一撮,嗣后再凑他款。地瘠民稀,而欲与普通商民筹款,则苦贫户力不能支,由富者量为捐助,则九牛一毛,原不为过,然亦煞费唇舌矣。客去,点《理学宗传》五页。阅本日寄到报纸。闻街中有赌,拟三更后亲往查拿。

初八日(1910 年 10 月 10 日) 昨夜步行至街内,查拿木匠孙茂德赌博一案,共四人,遂饬兵先行带回。又至西街密查。四鼓后,回署即睡。早起,注《俄国图》,阅《商法》二十二页。审案三起。赌犯枷号示众。接兴东道徐静宜观察鼐林、锡介眉、王雨芹信各一件。灯后,点《理学宗传》五页。七时睡。

初九日(1910 年 10 月 11 日) 早阴。清理文件后,注《俄国图》。甫数行,即饭。带同商会各执事人至城东查勘碱沟,预备修桥。出城六七里,即至沟岸。一片漫洼,有水处止二里余。泥淖难行,深没马股,几陷者数四。幸余惯于乘马,否则定咏泥中诗矣。出沟四五里,至学董王心斋家少息。并与商会粗定办法,大约必须捐修。道路不治,亦守土者之责也。因面谕:由余先为倡捐,余则由商会分捐,俾成此举。回路绕道，虽有积水，幸不陷马。至署尚未晚饭，略一休息，核稿数件。灯后，阅《商法》十二页，《理学宗传》五页。七时睡。

初十日(1910年10月12日) 早晴。阅《俄国图》，并注数则。饭后，清理文件。后由书房移入公厅。知会自治员前往验视应建学堂基址。审案一起。阅《商法》十三页。灯后，阅各种报纸。沐浴后，七时睡。

十一日(1910年10月13日) 早霜，房瓦皆白。注《俄国图》。饭后，清理文件。阅《商法》二十六页。点《理学宗传》十页，补昨日五页。东乡巡官杨春芳来见，为催警费被民户群殴。余前年初到任，止有兵欺民，断无民欺兵之理，故遇有兵民交哄之事，未免左民而右兵，而此后殴兵之案层出。凡事不可拘于成见，亦惟兵民一体，不分兵民，但论有理与无理，庶此风或可少息。灯后，四弟文翰头痛甚剧，未能上学，因令其服药睡去。又阅《国风报》数页，即睡。

十二日(1910年10月14日) 晴。注《俄国图》。饭后，清理文件。审案二起，结一起。检阅昨夜商务馆寄到各种书画，阅《商法》十八页。灯后，点《理学宗传》五页。写锡介眉、常括香信二件。七时睡。

十三日(1910年10月15日) 晴。注《俄国图》。饭后，清理文件。邀商会集议修学堂事，各商已将房木一律认捐。阅《商法》二十四页。写王福同信一件。接金立亭信，已补肇东分防经历。灯后，点《理学宗传》五页。又阅报纸数种，即睡。

王名廷元，宣化人。为壬寅同年，候补知县。

金名崇厚，北京人。为旧同事，候补府经历。

十四日(1910年10月16日) 早起，大风。注《俄国图》。饭后，清理文件。写大通县楼卓夫同年、肇州崇组轩及商务馆信各一件。阅《商法》十二页，已完。至内室少坐。灯后，点《理学宗传》五页。又阅《国粹学报》数页，即眠。

十五日(1910年10月17日) 晴。注《俄国图》。饭后，清理文件，阅《刑法总论》二十二页。写星弟信十五页。久未去信，提笔不觉言之太长。奉军书记长李雨滋来晤，坐甚久。客去，点《理学宗传》五页，第四本已完。余记性太劣，不免随读随失，拟自明日先将前四本择切实之语另录一本，嗣后随读随录，以志不忘。灯后，仍阅《国粹报》，即睡。

十六日（1910年10月18日） 晴。注《俄国图》。饭后，清理文件。审案一起，结。阅《刑法总论》十八页。写金立亭信一件。补录《理学宗传》第一本周、程要语，另记一册。灯后，颇觉头晕，略检各书，即睡。

十七日（1910年10月19日） 早起，因昨夜寝后伏枕观书，头痛异常。饭后，清理文件。奉军刘管带来谈，坐甚久。客去，阅《刑法总论》二十二页，抄《理学宗传》要语数则，第二本已抄完。灯后，阅报纸。头仍未愈，即睡。

十八日（1910年10月20日） 晴。注《俄国图》。饭后，清理文件。阅《刑法总论》二十页。抄《理学宗传》要语，已完。灯后，阅来文并报纸。七时睡。

十九日（1910年10月21日） 夜间大雨如注，破晓始止。时近霜降，犹复大雨，边地气候无常，于此益见。早起，注《俄国图》。饭后，清理文件。阅《刑法总论》三十页。临苏书《丰乐亭》帖，已陆续临完。点《理学宗传》第五本五页，即睡。

二十日（1910年10月22日） 晴。注《俄国图》。饭后，清理文件。写苏帖《醉翁亭》一页，阅《刑法总论》二十页。写家信一件。点《理学宗传》五页。灯后，接常括香、崇馨山信各一件。阅本日寄到报纸。七时睡。

二十一日（1910年10月23日） 早晴。注《俄国图》。饭后，清理文件。派差赴双城迎内子回署。阅《刑法总论》十八页。写字一页。核稿数件。点《理学宗传》五页。接北京胡席卿信一件。灯后，阅《国风报》。沐浴后，即睡。

二十二日(1910年10月24日)　晴。注《俄国图》。饭后,清理文件。阅《刑法各论》二十页。临苏帖一纸。午后,至内室少坐。点《理学宗传》五页。接锡介眉信,一二日即到厅,遂作覆,并派队赴站迎迓。阅《国风报》数页。灯后,即睡。

二十三日(1910年10月25日)　晴。注《俄国图》,已完。饭后,清理文件。阅《刑法总则》二十二页。临苏帖一纸。点《理学宗传》五页。灯后,接王锦堂信并商务馆寄到书报,略一检点,即睡。

二十四日(1910年10月26日)　晴。阅《谦本图欧洲地理读本》,与前阅欧洲图两相校对。饭后,清理文件。阅《刑法各论》二十二页。点《理学宗传》五页。写王锦堂、运品珊信各一件。旧友管伯春来署,陪晚饭,留在署内下榻。灯后,谈甚畅。八时睡。

管伯春名书麟,奉天凤凰厅人。前在文案处旧同事,人甚忠厚。

二十五日(1910年10月27日)　晴。阅《地理读本》并《欧洲图》。陪伯春早饭,送其赴青冈。去后,清理文件。至书房料理书籍,不觉已至晚饭。接商务馆、昂昂溪邮政局并崇组轩信各一件。写许宜臣并覆邮政局信各一件。灯后,阅《南洋劝业会游记》。今日竟未读书,明日应补读,莫忘。七时睡。

二十六日(1910年10月28日)　晴。阅《欧洲地理读本》。由青冈接到外科先生高敏卿,为正委员张运甫治疮。饭后,清理文件。至张运甫屋看病。灯后,即睡。

锡介眉灯后到。

二十七日(1910年10月29日)　晴。陪介眉早饭。至公厅清理文件。晚与介眉洗尘,邀西营书记长李雨滋作陪,共八座,灯后始散。与介眉谈至十二时,始睡。

二十八日(1910年10月30日)　晴。至公厅清理文件。饭后,与介眉谈甚久。右堂吴寿民由省回厅,邀陪介眉晚饭。灯后,与介眉谈至十一时,始睡。

二十九日(1910年10月31日)　晴。派车赴站,迎内子来署。

饭后，清理文件。东乡绅董丰升阿来署，借书报数种。晚饭后，与介眉谈至更深，始睡。

三十日(1910年11月1日) 晴。早起，与介眉谈家乡事。饭后，清理文件。至书房少睡。午后内人回署，三弟亦同行到署。接父亲手谕一件，四妹病仍未愈。灯后，邀署中各友吃夜酒。养元、焕章皆大醉，三鼓始散。又与介眉少谈，即睡。

庚戌十月

初一日(1910年11月2日) 阴，微风雪。早起，与三弟谈家事。饭后，清理文件。与介眉谈甚久，接运品珊、仲珊、张厚斋信各一件。灯后，接许委员由地段来信一件。与介眉谈医理甚畅。九时睡。

初二日(1910年11月3日) 晴。微风，冷甚。饭后，送高敏卿回青冈，因道未冻坚，泥淖不能行，旋即折回。介眉亦因天冷未行。至公厅清理文件。写王锦堂信一件，为代品珊偿债四十卢布。审案一起，已结。阅《刑法各论》十一页。有“日本未有能侥幸而为官者，亦未有官吏犯罪能侥幸而免者”二语，正与我国相反，读之赧然。自上月二十五日即未读书，若此忽作忽辍，学问岂有成就之日。灯后，陪介眉谈。又阅奉省《官报》。八时睡。

初三日(1910年11月4日) 晴。早起，陪介眉、敏卿早饭，旋送敏卿先去。又与介眉谈甚久，始行赴站。客去，至书房少坐，即至公厅清理文件。审案二起，均结。阅《刑法各论》十五页。灯后，阅本省《官报》。沐浴即睡。

初四日(1910年11月5日) 晴。阅《欧洲地理读本》。饭后，与三弟谈论过激烈。近日屡犯肝气，治气之难，难于上青天耶？抑克治之不力耶？至公厅清理文件。写崇组轩信一件，并赠《新律》一部。点《理学宗传》五页。阅《刑法各论》二十页。灯后，阅杂书数页，即睡。

初五日(1910年11月6日) 晴。阅《欧洲地理读本》。饭后，清理文件。垦户沈典三来见,为换荒事。阅《刑法各论》二十页。点《理学宗传》五页。灯后,阅《国风报》,即睡。

初六日(1910年11月7日) 风。阅《欧洲地理读本》。饭后,清理文件。写商务印书馆信一件。阅《刑法各论》二十六页。接省信一件。点《理学宗传》五页。灯后,阅报纸数种,即睡。

种杏数十棵,在东院。

初七日(1910年11月8日) 晴。阅《欧洲地理读本》。饭后,清理文件。阅《刑法各论》二十页。点《理学宗传》五页。写锡介眉、张厚斋信二件。与三弟谈家事,即睡。

初八日(1910年11月9日) 晴。阅《欧洲地理读本》。饭后,清理文件。写家信一件。阅《刑法各论》二十一页,已完。又写王锦堂、胡席卿、运仲珊、苏馨远信各一件。许委员由荒段回署,邀吃晚饭。灯后,至署外散步。各垦户环恳退换碱荒,面慰数语,始各散去。点《理学宗传》五页,即睡。

初九日(1910年11月10日) 晴。阅《欧洲地理读本》。饭后,清理文件。派差赴省领饷。写运品珊信十一页。作诗一首。点《理学宗传》五页。灯后,至运甫室内一谈。阅《吉林官报》,即睡。

初十日(1910年11月11日) 晴。阅《欧洲地理读本》。饭后,清理文件。奉军送到胡匪三名,审一堂,未招。阅《裁判所构成法》二十八页。点《理学宗传》五页。灯后,接王锦堂信一件,随即作覆。又阅报纸数种,即睡。

十一日(1910年11月12日) 微雪。阅《欧洲地理读本》。饭后,清理文件。阅《裁判所构成法》二十页。新委文报局司事毛君昌来见,持有同年高百川信。写宋观察信,未完。对雪作诗一首。灯后,点《理学宗传》五页,即睡。

十二日(1910年11月13日) 晴。阅《欧洲地理读本》。饭后,清理文件。阅《裁判所构成法》二十四页。审案二起,未结。批呈三件。点《理学宗传》五页。灯后,沐浴即睡。

十三日(1910年11月14日) 晴。阅《欧洲地理读本》。饭后,清理文件。批呈二件。阅《裁判所构成法》二十四页。点《理学宗传》五页。灯后,至运甫室内谈甚久,即睡。

十四日(1910年11月15日) 晴。阅读《欧洲地理读本》。饭后,清理文件。阅《裁判所构成法》三十六页,已完。审案三起,结一起,其一起盗案审到晚饭,始稍有端绪。曾子云:"如得其情,则哀矜勿喜。"必须情真罪当,杀之无愧,可不慎哉!灯后,写金立亭信。并拟差再往密查。八时睡。

十五日(1910年11月16日) 雪。阅《欧洲地理读本》。饭后,清理文件。阅《监狱学》二十四页。倦甚,至书房小睡。雪仍未止。点《理学宗传》五页。灯后,即睡。

十六日(1910年11月17日) 晴,严寒彻骨。阅《欧洲地理读本》。饭后,清理文件。阅《监狱学》十四页。劝学总董刘璠英来见,为报效学费事。写王锦堂、胡席卿信二件。灯后,点《理学宗传》八页,即睡。

十七日(1910年11月18日) 晴。阅《欧洲地理读本》。饭后,清理文件。新任拜泉县甘小元到,并同幕友萧君,陪晚饭,畅谈甚久。灯后,点《理学宗传》五页,即睡。

十八日(1910年11月19日) 晴。阅《欧洲地理读本》。饭后,清理文件。陪甘小元谈省中事甚久。点《理学宗传》五页。邀各友陪小元晚饭,共八座,灯后始散。与小元谈至三鼓,始睡。

十九日(1910年11月20日) 风。黎明,陪小元早饭,派车往送。至书房小睡。阅《监狱学》二页。审案三起,均未结。灯后,饷差回署。沐浴后即睡。阅《理学宗传》五页。

二十日(1910年11月21日) 晴。阅《瀛寰全志》。饭后,清理文件。阅《监狱学》三十二页。连日又犯肝气。凡事不随心,怒气勃勃,殊属怪事。屡戒不悛,真该打也。如此尚有改过之日乎?点《理学宗传》五页。灯后,阅《交通官报》,即睡。

二十一日(1910年11月22日) 晴。阅《瀛寰全志》。饭后,清理文件。阅《监狱学》三十页。商会执事人来见。至书房少坐。灯后,点《理学宗传》。阅《国风报》数页,即睡。

二十二日(1910年11月23日) 晴。注《澳大利亚图》。饭后,清理文件。乘马至城东一游。冬日晴暖,立马高阜,四望荒火连天,三五荒村,远观恍如船浮水面,如隐如见,心怀为之大畅。余性好游,窃思平生苟能得内外国一游,则此生无憾。因为贫所累,羁此一官,素愿何日得偿?倘他日果偿此愿,则登五岳而涉六洲,更不知其乐何如也?午后回署。阅《监狱学》二十五页。商会执事来见。灯后,点《理学宗传》五页。仍阅《国风报》数页,即睡。

二十三日(1910年11月24日) 晴。注《澳洲图》。饭后,清理文件。阅《监狱学》二十六页,已完。点《理学宗传》五页。灯后,写王锦堂信一件,即睡。

二十四日(1910年11月25日) 晴。阅《瀛寰全志》。饭后,清理文件。阅《民事诉讼法》二十页。点《理学宗传》五页。写兴东道徐静一观察信一件,又致王锦堂信一件。灯后,常括香尊人由省过此,亲至店中请来署内住,谈至三鼓乃睡。

二十五日(1910年11月26日) 微雪。黎明,送括香尊人赴青冈。饭后,注《小巽他群岛图》。至公厅清理文件。审案二起,结一起。阅《民事诉讼法》二十二页。点《理学宗传》五页。写王尧西信一件。灯后,阅本省《官报》,即睡。

二十六日(1910年11月27日) 晴。阅《澳洲图》。饭后,清理文件。至宣讲所听自治员宣讲。并查简易识字学塾教员是否教授合法。回署。阅《民事诉讼法》二十二页。写运品珊信八页,未完。灯后,点《理学宗传》五页。沐浴后,即睡。

二十七日(1910年11月28日) 晴。注《颇利尼西亚图》。饭后,清理文件。写运品珊信,已完。阅《民事诉讼法》二十页。接三弟信一件。灯后,点《理学宗传》五页,即睡。

二十八日(1910 年 11 月 29 日)　晴。注《卖叩尼西亚图》。饭后,清理文件。面为各荒户分析荒段。阅《民事诉讼法》二十二页。发落北乡巡官张双喜并各巡兵。点《理学宗传》六页。商务馆寄到书箱一只,不觉喜从中来,此余之癖也,应改。略一检点。灯后,即睡。

二十九日(1910 年 11 月 30 日)　雪。注《卖叩尼西亚图》,已完。饭后,清理文件。写运品珊、仲珊、王锦堂、凌阁臣、黄子和信各一件。又写上张伯彦先生禀一件。从前受业束脩,迄今未偿,思之歉然,此次派专差送去。阅《民事诉讼法》十六页。点《理学宗传》五页。灯后,检点各书,即睡。

三十日(1910 年 12 月 1 日)　风雪,终日未晴。阅《美洲全图》。饭后,清理文件。阅《民事诉讼法》二十页。王锦堂寄到《现行刑律讲义》。写甘小元并商务印书馆、有正书局信各一件。灯后,点《理学宗传》第六本五页,已完,二鼓即睡。

庚戌十一月

初一日(1910 年 12 月 2 日)　晴。阅《北美洲全图》。饭后,清理文件。派孙德贵赴哈尔滨,给蔡品山及其弟仲山汇注册费及学费。阅《民事诉讼法》二十页。写王可耕信一件。点《理学宗传》五页。由本日起每日拟加阅新颁《现行刑律案语》数页。昔薛文清公云:为政以法律为师,既知律己,又可治人。是读律亦切要功夫。灯后,即读卷首各奏折。八时睡。

初二日(1910 年 12 月 3 日)　晴。注《北美洲图》。饭后,清理文件。阅《民事诉讼法》二十页。写凌阁臣信一件。点《理学宗传》六页。商会各执事来见,为修桥事。灯后,同学新作周来署,数年不见,谈至三鼓,乃睡。

初三日(1910 年 12 月 4 日)　晴。注《美洲图》。饭后,清理文件。审案四起,结一起。阅《民事诉讼法》二十二页。陪新作周晚饭。灯后,点《理学宗传》六页。与作周谈早年同学事甚久。沐浴后,即睡。

初四日(1910年12月5日) 晴。注《北美洲图》。饭后,清理文件。接兴东道徐观察信一件。阅《民事诉讼法》二十二页。至书房点《理学宗传》六页。与作周谈甚久。灯后,阅《现行刑律》数页。近数日颇觉心气和平,肝气从此或可少愈矣。二鼓即睡。

初五日(1910年12月6日) 晴。注《北美洲总图》,已完。饭后,清理文件。阅《民事诉讼法》二十二页。写常括香信一件。邀张运甫及署中各友陪新作周晚饭。灯后,与作周谈家乡事,并赠给多竹山联及王尧西画数事。点《理学宗传》六页。阅《现行律》数页,即睡。

初六日(1910年12月7日) 晴。阅《坎拿大图》。饭后,清理文件。阅《民事诉讼法》二十二页。写崇组轩、甘小元信各一件。点《理学宗传》六页。灯后,阅《现刑律》数页。查点《十万卷楼丛书》,即睡。

初七日(1910年12月8日) 晴。注《坎拿大图》。饭后,送新作周赴海伦,并赠川资一百缗。清理文件。后接商务馆送到《简易识字课本》样本。阅《民事诉讼法》二十二页,已完。点《理学宗传》五页。传见新委东乡预备巡长。颇头痛,灯后阅《现行律》数页,即睡。

初八日(1910年12月9日) 晴。注《北美坎拿大图》。饭后,清理文件。审案三起,未结。与劝学总董刘子珍预算明年扩充学堂经费。阅《刑事诉讼法》二十页,又阅《现行律》十五页。午后,前送将弁学堂学生张兆龙来见,留晚饭,始去。灯后,点《理学宗传》五页。近日读理学书,心中颇有感悟,惟所言性理半涉虚渺,终未释然。八时睡。

初九日(1910年12月10日) 晴。注《坎拿大图》。饭后,清理文件。阅《刑事诉讼法》二十四页,又阅《现行律》十页。至书房小睡。因昨夜妄念顿起,忽忆将来如能游历,可先调查东三省沿边一带,由胪滨府沿讷尔古讷河,顺黑龙江而瑷珲,而兴东,由此至俄国东海滨省。再沿乌苏里江而蜜山府,而海山隈,而珲春,而延吉,而安东,至鸭绿江而止，则东三省与日俄毗连边界可以周览。然后再由旅顺周历，沿中国海、南海至广东。顺珠江至广西，再至龙州。乘法国汽船至河内，再转由蒙自至云南省城。由此再至贵州，渡金沙江而至四川成都府，顺至夔州。再由扬子江东下至宜昌、荆州。由武汉历洞庭湖至湖南长沙。顺湘江至衡阳，登南岳。返至嘉鱼，观赤壁，顺流而东至江西南昌。登滕王阁，泛百花洲，返至浮梁景德镇，调查瓷业。由此过安徽，至南京，观明太祖之陵，览劝业会之遗迹。沿长江而至上海。由苏杭甬路浅[①]乘汽车至浙江杭州，游西湖之盛，观钱塘之潮，考查丝茶。再由运河返至上海。由沪宁汽车至苏州览虎邱之胜，观财赋之邦。再由运河至清江浦，登陆至山东兖州，诣孔陵。北至泰安登东岳。再至济南泛明湖，并调查胶济路线。然后沿黄河流域而至河南开封，吊北宋之故宫，考沿河之堤堰。再由汴洛汽车至洛阳，览历代宅京之迹，至登封而陟中岳。由此历郏州[②]而出潼关，至同州而登西岳，由此涉渭而至长安，考汉唐之遗迹，采丰镐之遗风。由此西北而至甘肃兰州。再东历固原、庆阳，折入陕西延安。越汾州至太原，再东北历五台、登北岳。取道易州览西陵之王气，返至保定。再由汽车至北京。是役也，东三省之边防，滨海各大埠，滇、粤之风俗，黄河、扬子江之流域，五岳之高峻，均可一览无余。辗转思此，喜不成寐。然家贫而羁于一官，此愿果何日偿乎？姑志之，以预定他年出游之路线。灯后，点《理学宗传》五页，即睡。

初十日（1910 年 12 月 11 日） 晴。注《坎拿大图》，已完。饭后，清理文件。阅《刑事诉讼法》二十页。少息，至宣讲所，见自治员正在宣讲，听者仅三四人。回署。阅《现行律》十页。送省绘图生孙国政期满回署。灯后，点《理学宗传》五页，“宋儒考”已完。沐浴后又阅《酌中志》数页，即睡。

---

① 疑为“线”。

② 当为“陕州”。

十一日(1910年12月12日) 晴。阅《合众国图》。饭后，清理文件。阅《刑事诉讼法》二十页，又阅《新律》十八页。劝学总董刘子珍来见，为绅董沈典三报效学堂事。孙差官回署，接父亲手谕一件。灯后，点《理学宗传》六页。又阅《国风报》数页，即睡。

十二日(1910年12月13日) 晴。阅《美国图》。饭后，清理文件。阅《刑事诉讼法》二十页。审案一起，未结。阅《现刑律》二十页。灯后，点《理学宗传》六页。又阅《酌中志》数页，即睡。

十三日(1910年12月14日) 晴。注《美国图》。饭后，清理文件。阅《刑事诉讼法》二十二页。写石画阁信及家信各一件。又阅《现行律》十四页。张兆龙来见。派孙德贵赴兰西县隆盛和河口，为学堂采买房木。灯后，点《理学宗传》五页。又阅《酌中志》数页，即睡。

石名瑞麟，直隶乐亭人。拔贡，候补同知。现充龙江府地方检查长。

十四日(1910年12月15日) 晴。注《美国图》。饭后，清理文件。阅《刑事诉讼法》十八页，已完。乘马至郊外一游。节近冬至，天气清暖如初冬，边地有此，亦难得也。顺道至烧商义顺成铺内少坐。回署，接运品山信一件。又阅《现行律》，甫开卷，右堂吴寿民来见。谈甚久，已及晚饭。灯后，点《理学宗传》五页。仍阅《酌中志》数页，始睡。

十五日(1910年12月16日) 晴。注《美国图》。饭后，清理文件。阅《国际公法》二十页。审案二起，结一起。又阅《现行律》十四页。接常括香信并青冈地图。灯后，点《理学宗传》五页。又阅《酌中志》数页，始睡。

十六日(1910年12月17日) 晴。注《美国图》，已完。饭后，清理文件。阅《国际公法》二十页。写常括香信一件，并送《南洋劝业会游记》一册。又阅《现行律》十四页。颇觉疲倦，至书房少息。有发遣宗室溥荫来见，拒未见。灯后，点《理学宗传》五页。又阅《吉林官报》，即睡。

据右堂云，青冈界又起胡匪五十余名。

十七日(1910年12月18日) 晴。注《墨西哥图》。饭后，清理文件。阅《国际公法》二十二页。差官孙德贵为学堂买房木回署。胡匪昨在青界何小怀地方，与左路接仗，孔统领受伤。遂即飞速移知奉军，并分札四乡巡警前往堵剿。奉军书记长来商剿贼办法，留晚饭，并请署中各友作陪，灯后始散。点《理学宗传》五页，第七本已完。又阅《酌中志》数页，乃睡。

派右堂赴站，与站商酌商捐修桥路之款。

十八日(1910年12月19日) 晴，微风。注《中美图》。饭后，清理文件。阅《国际公法》二十页。颇觉头晕，至书房少息。又阅《现行律》十八页。商会闻有胡匪，来商预备办法。灯后，点《理学宗传》五页，又阅《国风报》数页，即睡。

十九日(1910年12月20日) 晴。注《西印度群岛图》。饭后，清理文件。阅《国际公法》二十页。疲倦异常，至内室少息，未阅《现行律》。灯后，点《理学宗传》五页，即睡。

二十日(1910年12月21日) 晴。注《西印度群岛图》，已完。饭后，清理文件。颇觉清爽。阅《国际公法》二十页。写兴东道徐静一观察信八页。接王可耕、王锦堂、桂芳五信各一件。灯后，右堂吴寿民由站劝捐回署，谈甚久。忽闻署前街内有卖零星吃物之声，此亦数年所未有者。偶闻之，不觉一快。街市略见繁盛，如此可见一斑。至书房，点《理学宗传》五页，即睡。

二十一日(1910年12月22日) 晴。阅《南美洲图》。饭后，清理文件。写运品山信，二弟并黄子和及家信各一件。商会来议，为学堂买木事。又未得阅《现行律》。灯后，点《理学宗传》五页。阅《平时国际公法》二十二页，即睡。

二十二日(1910年12月23日) 晴。阅《南美图》。饭后，清理文件。审案一起。接青冈县常括香专差告急之信，大股胡匪盘踞管宗尧屯一带，巡官、哨官相继阵亡，请兵往援。当即传知奉军。该营向不得力，不能专靠，即将署库所存枪械分发各员司，人各一枪，令吴巡检守城。并与常括香回信，告知自行带队往援。藉称点验预备巡警，恐人笑其张皇也。办呈报公出文一件，亦如此措词。灯后，安排出防各队将枪马备齐，即行开行。

二十三日(1910年12月24日) 昨晚就枕后竟不成眠。余每遇有要事，稍一用心，是夜必不成寐，历验皆然。曾记应童子试及乡会入场之夕，均通夜不能熟睡。今如官后仍复如此，虽赋质薄弱所致，然亦学问未成，凡事不能镇静之故。孟子云"四十不动心"，岂亦年未四十，凡事不免动心之弊耶？勉之。子刻起队。行四十里，黎明至三不管。预备巡长彭绍孔已将各预备兵点齐伺候，遂点派二十名随队，即刻拔队。午刻，驰抵青属张荒子窝铺，即于哨官阵亡处也。知贼已东窜，遂到该哨官死事之处亲为查看。见血痕犹在，睹之令人伤心。该哨官甫接青冈捕盗营差，即行遇贼阵亡，殊可悯恻。阅毕，追至管宗尧屯。时已初更，遂在该屯休息。知奉军已在前尾追。灯下，写常括香信一件，言贼之去向，并嘱赶紧编练预备巡警，以补兵力所不及。并详询附近居民贼之去向，佥云往南窜去。遂分饬各队明早五更起队，即整衣而睡。

二十四日(1910年12月25日) 黎明拔队，南行十余里，据土人报称，贼在正北二十余里刘高手屯盘踞，遂折队北行，分四路并进。及行及该屯并无贼迹，始知已渡河东去。后有奉军及青冈兵巡尾追，当将分出各队调回。南行十余里，行抵张荒子窝铺张万林门前。该民遮马挽留，见其被匪拷刺，遍体鳞伤。因胡匪前在伊家捐枪二支，定为五六日往取，该民现用热水修筑炮台，预备抵御。因无快枪，恐被匪害，哀恳留兵数名在彼保护，迫切情形，实堪悯恻。复进该民院内，见其预备尚属周密，家道亦甚殷实，遂将队中所带闲枪暂借该民十三里枪一支。由此，即将预备巡兵饬回三不管。原防每名各赏钱一吊，欢欣而去。余即带领马队西行三十余里，宿于厅界魏家窝铺，已灯初矣。遂传齐该屯粮户，谕令分传邻村赶紧编练预巡，并面派刘玉恒、杨德山二名，为预备巡警正副巡长。

二十五日(1910年12月26日) 鸡鸣后拔队，行三十五里，日初后到署。即与常括香作函，报告回署。并与奉军刘管带信一件。办公回及击贼情形文稿，未完。右堂吴巡检来回各事，商会各首事人亦相继来议银价等事。东方巡官杨春芳来见。晚饭后，阅《国际公法》十八页。倦甚，三夜未得饱睡，初更遂即就寝。

二十六日(1910年12月27日) 晴。阅《南美图》。饭后，清理文件。公回文稿已完。审案三起，结一起。奉军书记长李雨滋来晤。接商务馆信并寄学堂日记本。灯后，阅报纸。沐浴后，即睡。

二十七日(1910年12月28日) 晴。阅《南美图》。饭后，清理文件。写宋观察信八页，王可耕信二页。又闻青冈胡匪西窜，遂饬捕盗营马队明早出防。灯后，接刘瑞周信一件。至各友室内一谈。阅报纸数种，即睡。

二十八日(1910年12月29日) 晴，严寒。注《北美图》。饭后，清理文件。写宋观察、王可耕、刘瑞周、辛良侯、凌阁臣、常括香信各一件。邀各友吃生鱼，灯后始散。点《理学宗传》十五页。阅《国际公法》二十页，即睡。

二十九日(1910年12月30日) 晴。注《南美图》。饭后，清理文件。审案二起，结一起。阅《国际公法》三十页。接运品珊寄到《藏语》，系广东人何藻翔著。略一检点，语多切实可读。余将来拟有蒙、藏之游，故特于此书着意也。灯后，阅《国风报》数页，即睡。

三十日(1910年12月31日) 晴。注《南美图》。城东刘姓来报盗，面讯数语遣去，即知会奉军派队往追。饭后，清理文件。阅《现行律》十三页。办变通街基招商章程稿。灯后，点《理学宗传》六页。又阅《国际公法》二十页，始睡。

庚戌十二月

初一日(1911 年 1 月 1 日) 晴。注南美《巴西国图》。饭后,清理文件。阅《国际公法》三十页。办变通街基招商文稿一件。至宣讲所观自治员宣讲。阅《现行律》十四页。灯后,接常括香信一件。点《理学宗传》六页。阅本日来文。沐浴后,即睡。

初二日(1911 年 1 月 2 日) 晴。注南美《巴拿马图》。饭后,清理文件。阅《现行律》二十页。至内室少坐。写三弟及锡介眉信二件。灯后,点《理学宗传》六页。阅《国际公法》二十五页,已完。即睡。

初三日(1911 年 1 月 3 日) 雪寸许。注哥伦比亚、厄瓜多图。饭后,清理文件。写二弟信一件。微觉头痛,至书房稍息。晚饭后,点《理学宗传》五页。商会来见,谈甚久。阅《国际私法》二十页,即睡。

初四日(1911 年 1 月 4 日) 微雪旋晴。注南美《巴拉圭国图》。饭后,清理文件。派车赴站,预备迎接父亲来署。办筹修桥路文稿一件。写二弟信一件,即发。灯后,点《理学宗传》五页。阅《国际私法》二十页,遂睡。

初五日(1911 年 1 月 5 日) 晴。注南美亚尔然丁及智利国图,已完。派孙差官赴双城办年货,缘城中不全,无处购买也。又派队护卫商会赴兰西县河口,为学堂采买房木。饭后,阅《现行刑律》十三页。锡介眉由省荐一厨子来。阅《交通官报》,见山东创设巡海轮船公司,所载已未行船各海口,多为舆图所缺,遂注于图眉,以备考查。灯后,点《理学宗传》五页。又阅《国际私法》二十页,即睡。

初六日(1911 年 1 月 6 日) 晴。阅《日本图》。饭后,清理文件。哨官李永刚由省领解巡警枪械回厅,并带到商务印书馆购定各书。阅《现行律》十三页,遂检阅各书。颇觉头晕。灯后,点《理学宗传》五页。阅《国际私法》二十页,始睡。

初七日(1911年1月7日) 晴。阅《日本图》。饭后,清理文件。北乡预备巡警公举巡长尹广恒来见,即谕放。写商务印书馆信一件。送委员许宜臣回籍。点《理学宗传》五页。阅《国际私法》二十页,即睡。

初八日(1911年1月8日) 微雪。阅《日本图》。饭后,清理文件。许委员回籍。批呈二件。至内室少息。灯后,接锡介眉信一件。青冈县委员赵廷翰来晤,胡匪仍行猖獗,防营志哨官受伤甚重。客去,阅《国际私法》二十页。点《理学宗传》五页。沐浴后,即睡。

初九日(1911年1月9日) 晴。阅《日本图》。饭后,清理文件。东乡巡官杨春芳来见。因胡匪益甚,即令该巡官先与预备巡警制做号衣六十身,并面为裁定样式。闻瘟疫亦盛,又饬署内先将民壮封内扫除洁净。灯后,号衣犹未裁定。点《理学宗传》四页。阅《经济学》二十页,即睡。

初十日(1911年1月10日) 雪。阅《日本地图》。饭后,清理文件。护送商户为学堂买房木马队回署。青、兰之交,胡匪日肆劫掠,官兵终未得手。遂督催连夜为预备巡警赶紧作号衣,以备出队。灯后,写家信一件。点《理学宗传》五页。阅《经济学》二十页。睡。

自昨日又犯肝气,不觉即怒。加力克之,如打胡匪然,未来时可先预备敌御,俟见仗时方可操必胜之权。切记,切记。

十一日(1911年1月11日) 晴。阅《日本图》。饭后,清理文件。令巡警会计员、警务长及劝学总董审查明年预算表,拟办追加预算。灯后,复与诸君加意研究。点《理学宗传》十页。阅《经济学》三十页,乃睡。

十二日(1911年1月12日) 晴。阅《日本图》。饭后,清理文件。审案一起。点《理学宗传》十页,已完。灯后,阅《经济学》三十页,亦完,即眠。

十三日(1911年1月13日) 晴。阅《日本图》。饭后,清理文件。办稿一件。至内室少坐。点第九本《理学宗传》七页。接黄子和、凌阁臣信各一件。写金立亭、商务馆信各一封。灯后，阅《财政学》二十页，即睡。

十四日(1911年1月14日) 晴。阅《日本图》。饭后，清理文件。安达站交涉局书记金勋阁来抄民政统计表，带到桂芳五信一件，并附双鲤。又接王可耕信，言前致宋观察二函议论时事及学术，颇为观察所许。闻信之下，不觉自喜。余向持乐人规过，不乐人谀己主义。今一闻人谀，即动喜心，将来谗慝或即因此易入，且已器量之不宏矣。克己之难，用全力以持之，而犹流露于不自觉。回思古人誉满天下而不喜，其器识为何如也。勉之，勉之。汝已三十三矣，学问一无所成，犹时犯性分之病，果何时能自树立耶？陪勋阁晚饭。灯后，写常括香信一件。阅《财政学》三十页，即睡。

十五日(1911年1月15日) 晴。阅《日本图》。饭后，写桂芳五信一件。送金勋阁回站。至公厅清理文件。办呈催速与俄铁路公司分界稿一件。东乡第二、第三两段预备巡警来领枪弹号衣。灯后，点《理学宗传》四页。阅《财政学》三十页，即睡。

十六日(1911年1月16日) 晴。注《日本图》。饭后，清理文件。学堂放假，前往考验。东乡第一段预备巡警来领军衣枪弹。北乡珰奈教员王义忠来。灯后，点《理学宗传》七页。往双城办年大车回署，接家信一件。又阅《财政学》三十页，即睡。

十七日(1911年1月17日) 晴。注《日本图》。饭后，清理文件。至简易识字学塾考验学生。周教员回籍来辞。接常括香信一件。点《理学宗传》六页。灯后，核追加预算表。自昨日又犯肝气，触之即怒，强抑之稍止。阅《财政学》二十页。写家信一件，明日四弟回家，交其带回。二鼓始睡。

十八日(1911年1月18日) 晴。注《日本图》。饭后，用大车送四弟回籍，因疫盛，火车不开票也。清理文件。三弟由省来，邀各友晚饭。灯后，运品珊寄到《经济学各论》一册。点《理学宗传》五页。阅《财政学》二十页，即睡。

十九日(1911年1月19日) 晴。注《日本图》。饭后,清理文件。审案三起,结一起。商会来见,为请兵赴长送款。灯后,点《理学宗传》九页。阅《财政学》三十页,即睡。

二十日(1911年1月20日) 晴。辰刻,坐大堂封印,行三跪九叩礼。回至书房,注《日本图》。饭后,清理文件。木工刻《碧琳琅馆丛书》夹板已完,复至书房按函配成。邀奉军书记长李雨滋及署中各友吃封印酒,共八桌,灯后始散。点《理学宗传》五页。阅《财政学》三十页,乃睡。

二十一日(1911年1月21日) 晴。注《日本图》。饭后,清理文件。审案一起,未结。点《理学宗传》五页,第九本已完。又阅吕新吾《语录》,随手又点十页。王锦堂寄到信纸三十盒。灯后,阅《财政学》二十页,即睡。

二十二日(1911年1月22日) 晴。注《日本图》。饭后,清理文件。审案二起,均结。写王锦堂、胡席卿信各一件。又写长春商会信一件,为本厅各商因验疫停车,不能前往交款,先为函知,免致失信也。灯后,阅《远东报》,哈埠瘟疫日毙二百余人,可谓甚矣! 又写常括香信,附治疫药方。今日又犯肝气,为三弟凡物不经心,于书籍尤甚。言之未免太激,可记一过。阅《财政学》二十页。沐浴后,即睡。

二十三日(1911年1月23日) 晴。注《日本图》。饭后,清理文件。办防疫告示一件。午后,颇觉头晕,至内室少息。点《理学宗传》八页。灯后沐浴。阅《财政学》三十页,已完,即睡。

二十四日(1911年1月24日) 晴。注日本台湾琉球图,昔我版图,今归人属,阅之不怿者久之。腹内颇觉不快,因未吃早饭。至公厅清理文件。商会来见,语言又未免过激,此余之大病也,慎之。核呈报筹备宪政成绩表。吴巡检来见,明日点验预备巡警后,派其带往东乡游巡。灯后,点《理学宗传》八页。接胡席卿信并附徐虎臣捐照二纸。阅《殖民政策》三十页,遂睡。

二十五日(1911年1月25日) 晴。黎明,东乡预备巡警营第

一、二两段均到，惟三段移时始到。前已传定时刻，当将巡长贾镇堂当行严责。遂督吴警务长按段点验，尚属整齐。由署发去肉、面，交店商为之置备早饭。饭后，仍派吴警务长即行起队。午后，由兰西送到流民五十余名。头目均穿皮袍，俨如富翁。闻前途到处骚扰，因发小米一斗做饭。食后，即派巡警押原车仍送出境，不准逗留。晚饭后，阅《殖民政策》五十八页。灯后，至运甫室内谈时政，颇言出太易，此亦论事一大弊。古人云：言之非艰，行之维艰。嗣后应于深沉凝重处求之。又注《日本图》数则，以补早晨之阙。而《理学宗传》不暇阅矣。九时始睡。

二十六日（1911 年 1 月 26 日） 晴。注《日本图》。饭后，清理文件。写王锦堂、胡席卿、商务馆信各一件。又写王可耕信五页、运品山信八页。灯后，阅《殖民政策》五十八页。九时始睡。

二十七日（1911 年 1 月 27 日） 晴。注《日本图》。饭后，清理文件。审案一起，已结。送四弟车由双回厅，接父亲信一件。灯后，阅《国风报》数页。写家信一件。八时睡。

二十八日（1911 年 1 月 28 日） 晴。注《日本图》，已完。饭后，清理文件。至内室少息。检阅锡督移民电报。灯后沐浴。又阅《日本预防瘟疫法》四十三页，即睡。

二十九日（1911 年 1 月 29 日） 晴。早起，剃头。饭后，接桂芳五信一件，并附俄医治疫药方。北乡巡官张双喜来，交承催警学经费。声称走一通夜，始行赶到该处。蒙地文化久不相通，其不失信之处颇堪嘉尚。因奖慰数语，并饬差送往客店中度岁，酒肉由署供给，欢欣而去。至书房检点本年所读之书，有已载入《日记》者，亦有随时读过未暇载入者。今日岁除，欲录入日记之后，以验一年功课。未及检完，即行供神。邀署内各友过年，晚饭共九座。灯后，领儿女辈在署内前后院观灯。接兰西县通缉公文，现有胡匪五六十人，均穿号衣到处肆抢。立即分传兵警严加防范，恐其因岁除为匪所乘。复邀各友至书房畅谈，听陈焕章吹洞箫。与张运甫谈：中国变法非先从宗教及伦理上大事改革，万不能收效，他项新政皆末也，特无人敢发其端。运甫颇以为然。遂与各友小酌。散后稍息。分传署内于一点钟迎神。

本年所读各书分类列下：

甲、性理类

节本《明儒学案》洋装一厚册，约五百余页。

《天演论》　一册，六十余页。

《理学宗传》　由第一册至第十册，约共八百四十八页，尚有二页未阅。

以上性理类三种，共一千四百余页。

乙、政治类

《法学通论》	一册，一百一十三页。
《国法学》	一册，三百五十三页。
《行政法》	一册，一百七十八页。
《民法总则》	一册，三百九十七页。
《民法》财产总论　物权	一册，共一百一十三页。
《民法债权》	一册，四百五十七页。
《商法总则》商业　会社	一册。
《商法》商行为手形海商	一册，共八百三十九页。
《刑法总论》	一册，一百五十九页。
《刑法各论》	一册，一百七十八页。
《裁判所构成法》	一册，一百四十四页。
《监狱学》	一册，一百五十三页。
《民事诉讼法》	一册，二百六十四页。
《刑事诉讼法》	一册，一百四十七页。
《平时国际公法》	一册，一百五十九页。
《战时国际公法》	一册，一百六十页。

《国际私法》 一册，一百五十二页。
《经济学》 一册，一百四十二页。
《财政学》 一册，四百一十三页。
《殖民政策》 一册，一百七十八页。
以上均《法治丛编》。
《泽公考查政治日记》 一册，一百八十一页。
《张江陵书牍》 二册，共四百五十一页。
《熊襄愍书牍》 一册，一百二十二页。
《卢史二公书牍》 一册，二十六页。
《三名臣书牍》 四册，共六百三十六页。
《岳武穆集》 四册，共一百九十二页。
《诸葛武侯集》 二册，共五十二页。
《李傅相历聘欧美记》 二册，共一百二十页。
以上政治类，二十八种，共六千四百一十八页。

丙、历史类
《大英治理印度新政考》 六册，共三百九十六页。
《伊藤统监治韩要略》 一册，五十四页。
《越南亡国史》 一册，七十二页。
《甲申传信录》 一册，一百一十四页。
《酌中志》明宦官刘若愚著 四册，共三百零五页。
以上历史类，五种，共九百五十一页。

丁、舆地类
《亚细亚洲志》附《新志》 一册，六十四页。
《西比里亚志》附《新志》 一册，四十五页。
《土耳其志》附《新志》 一册，七十一页。
《亚拉伯志》附《新志》 一册，七十九页。

《印度志》	一册，二百二十二页。
《印度新志》	一册，六十三页。
《波斯志》	一册，一百四十四页。
《缅甸国志》《英领缅甸志》《缅甸新志》	共一册，共七十五页。
《暹罗国志》《布哈尔志》	
《俾路芝志》《马留土股志》	共一册，共四十一页。
《纽西尼亚志》《西里伯岛志》	
《阿富汗土耳其斯坦志》《阿富汗斯坦》	
《土耳其斯坦志》《东土耳其斯坦》	共一册，共九十五页。
《爪哇志》	
《苏门答腊志》均附《新志》	共一册，共四十二页。
《附达曼群岛志》附《新志》	
《婆罗岛志》	共一册，共二十四页。
《小亚细亚志》	一册，三十三页。
《亚非利加洲志》附《新志》	一册，共一百六十二页。
《开浦殖民地志》附《新志》	一册，四十一页。
《蒙古地志》	一册，二百一十八页。
《癸卯旅行记》附《东省铁路合同》	二册，共一百七十九页。
《广西边事旁记》	一册，五十六页。
《西行日记》	一册，七十页。
《谦本图欧洲旅行记》	一册，三百八十二页。
《日俄战记》欧洲俄国地理表	约一百余页。
《瀛寰全志》外国部	共三百九十六页。
《二十世纪中外大地图》	一册，七十页。内有朝鲜二页，尚未阅完。

以上舆地类，十三种，共二千六百七十二页。

前后共四十九种，共一万一千四百四十余页。除小建，全年共三百五十四日，每日平均三十二页有奇。

卷二

宣统辛亥正月至十一月二十三日日记

宣统三年辛亥正月

初一日(1911年1月30日) 晴,微风。早一钟迎神后,略一假寐即起。右堂及署中员司来贺年,以尚在国服期内,均未见。饭后,答拜各友,右堂亦未见。至室内少睡。午后,至书房仍检查上年所读各书。陪各友晚饭。灯后,写桂芳五信,询安达站中国邮政已否设局?焚香默坐,静思自去年立定课程,读书克已,瞬已匝年,学问毫无长进,而性之所偏又时常发露。今已三十四岁矣,若长此因循坐误,寖假而四十五十没齿无闻,真所谓不足畏也已,可不惧哉?孔子以"德之不修,学之不讲"为忧,余小子其勉之。阅《谦本图北美旅行记序》,即睡。

初二日(1911年1月31日) 雪。早起,检查上年所读各书,仍未完,饭后始检齐。计上年共读四十九种,统一万一千四百四十余页。按全年扣除六小建,共三百五十四日,平均每日仅读三十二页强。虽较胜于未立课程以前,然仅读此区区数十种,犹多忽略放过,尚少心得,亦滋愧矣。陪各友晚饭,灯后始散。雪终未止,去冬少雪,得此可免春干,并可藉此洗涤空气,而瘟疫亦可少减。阅《现行律》十页。拟从此作为夜课,语云"读书不读律,致君尧舜终无术",读律亦人生不可少之学问也。八时睡。

初三日(1911年2月1日) 早晴。检阅地图。饭后,焚香默坐。忽思东三省总督锡制军借款移民已有成说。此诚险着,不审内情,不详外势,徒醉心于殖民政策,实危道也。移民未尝不善,各国必行之内政完备、母财充裕之时，盖殖民收效最迟，故无募外债以为之者。此举所关甚大，苟有所见，不可默然。因急检查案卷、报纸，详其颠末，拟上一禀，详陈利害。头绪纷繁，终日未能下笔。灯后，至大堂前散步，仍至书房搜查移民材料。又阅《现行律》二十二页，始睡。

初四日(1911年2月2日) 晴。早起，办上锡督移民利害禀稿。饭后，至公厅少坐，仍回书房接办前稿。接桂芳五信一件，附邮票一百分。晚饭后，与阎养元谈：中国修路当由政府先成干路，然后支路听民自为，若枝枝节节，万难收效。灯后，阅《现行律》二十页。复至院内周视，即睡。

初五日(1911年2月3日) 晴。修饰移民禀稿，内引高忠宪公"天下事败于邪见之小人、无见之庸人、偏见之君子"三语，颇涉激烈。余不喜骂世派，而此语颇近之，好在圣明之世不罪言者，则虽罔识忌讳，或可见容。饭后，至公厅少坐。陪各友晚饭，灯后始散。写家信一件。又写致四弟信一件，前日来信，颇见长进，故以信奖励之。至内室与三弟谈家事，明日拟令回籍。阅《现行律》十六页，乃睡。

初六日(1911年2月4日) 晴，寒甚。阅《朝鲜图》，并参以《世界地理志》。饭后，送三弟回籍。至公厅办公，谕署内不准聚赌，并饬承办处将积存有期限文件赶速缮办。阅上年摘录《理学宗传》各要语。明道云"论学便要明理，论治便要识体"二语，理也，体也，方今士大夫其亦加之意否？灯后，写桂芳五信一件。近日因防疫断绝交通，探询新闻并借报纸一阅。又阅《中国现势论》三十页。九时睡。

初七日(1911年2月5日) 晴，寒冽异常。阅《朝鲜图》，并参以《瀛寰全志》。饭后，清理文件。今日立春，邀各友暨绅董刘子珍等吃春酒，灯后始散。阅《中国现势论》三十五页。八时睡。

初八日(1911年2月6日) 晴。早起，将昨晚所阅《中国现势论》法人调查川滇路线注于各该省图眉。饭后，清理文件。颇觉头晕，至室内少坐。点《理学宗传》第十一本八页。灯后，又阅《中国现势论》三十八页，已完。沐浴后，乃睡。

初九日(1911年2月7日) 晴。注《朝鲜图》。饭后,清理文件。点《理学宗传》九页。来瞿塘先生谓:谦与谄,俭与吝,均相类,特君子、小人用心之不同。信然。今天下谄者托于谦,吝者托于俭,岂少也哉?接安达站交涉委员恩霖甫信一件,言火车仍不通。灯后,与同福讲《修身书》数则,即睡。

初十日(1911年2月8日) 晴。阅《政治地理》四十六页,并择要注于图眉。饭后,清理文件。午后至内室少息。点《理学宗传》三页。灯后,颇觉头晕,未阅书即睡。

十一日(1911年2月9日) 晴。注《朝鲜图》,并参以《瀛寰全志》。又阅《政治地理》三十二页。饭后,清理文件。东乡预备巡长彭绍孔来见。点《理学宗传》十一页。灯后,检查《约章成案汇览》各《矿约》。七时睡。

十二日(1911年2月10日) 晴。注《朝鲜图》。阅《政治地理》十四页。饭后,清理文件。自开年后,因疫文报不通,十余日未奉一文一信,不胜焦急。点《理学宗传》九页。灯后,检查福建马尾船厂调查表。八时睡。

十三日(1911年2月11日) 晴。注《朝鲜图》,已完。又阅《政治地理》二十四页。饭后,清理文件。闻青、兰各处瘟疫正盛,遂传自治员及商会来署,先筹设检疫所一处。余先捐钱一百吊,各商又共捐三百五十吊。拟先从隔离、检验入手。遂拟派兵在城外堵拦,凡从有疫之地所来行人,均不准入城。未完,即已晚饭,即交张委员接办。灯后,接到公文五十余件,均年前所发,今始递到。见滨关道于振甫观察因防疫不利革职。又接魁兴阶观察、崇组轩、刘瑞周、金立亭信各一件。沐浴后,阅《国风报》数页,即睡。

十四日(1911年2月12日) 晴。阅谦本图《北美旅行记》,并参以地图。饭后,清理文件。孙差官由双回署,知四妹于年前十二月二十七日病故,不胜悼惜。又恐父母亲过于伤感,不怿者久之。点《理学宗传》十一页,已完。晚饭后,至署前大街散步。灯初,看同福儿放花爆以解忧。又阅《政治地理》十四页，始睡。

十五日（1911年2月13日） 晴。阅《北美旅行记》二十四页，并参以地图。又阅《政治地理》二十页。饭后，清理文件。邀署中各友晚饭。点《理学宗传》五页。灯后，又邀各友吃元宵。出署外一望，闻商民锣鼓不绝，灯火亦较去年为盛，不觉欣然。观儿辈放花爆后，即睡。

十六日（1911年2月14日） 微雪。阅《北美旅行记》十八页，又阅《政治地理》亦十八页，均参以地图。饭后，清理文件。点《理学宗传》八页。风雪逾大。灯后，阅《现行律》数页，乃睡。

十七日（1911年2月15日） 晴。阅《北美旅行记》二十页，《政治地理》十六页，均择要随注地图之内。饭后，清理文件。接安达站交涉局新总理尤海樵信一件，为防疫事，遂即作覆。并写崇组轩、恩林甫信各一件。亲验街市，清洁积秽。灯后，阅《现行律》数页，始睡。灯初，点《理学宗传》五页。

十八日（1911年2月16日） 晴。阅《北美旅行记》二十一页，并随注地图数则。饭后，清理文件。派差赴安达站，会同交涉局查办路西瘟疫。阅《政治地理》十六页。点《理学宗传》五页。晚饭后，与养元谈：人才必须学问、阅历兼到，方不致以偏见误事。灯后，阅《现行律》数页，乃睡。

十九日（1911年2月17日） 晴。早七钟开印，国服已除，一切礼节仍照向例办理。礼毕，至书房阅《北美旅行记》二十页。饭后，清理文件。东乡预备巡长彭绍孔来贺开印喜，谕以嗣后无再如此。邀奉军书记长李雨滋及署中各友晚饭，灯后始散。阅来文数件。点《理学宗传》九页，始睡。

二十日（1911年2月18日） 风。阅《北美旅行记》十页，并随①地图。饭后，清理文件。至内室少坐。对使人颇有失言之处，盖皆肝

---

① 疑脱“注”字。

气使之也。小心，小心。接尤海樵信，前日路西染疫之地系在肇界，并云：一家疫毙男女六口，其一则逃往原籍矣。惨何可言！又阅《政治地理》十二页。灯后，阅《现行律》数页，遂睡。

二十一日(1911 年 2 月 19 日)　风。阅《北美旅行记》二十页，并随注地图。饭后，清理文件。阅《政治地理》二十页，各地名译音歧异，颇难索解。点《理学宗传》六页。灯后，与各友谈时政甚久。又阅《现行律》数页，乃睡。

二十二日(1911 年 2 月 20 日)　晴。阅《北美旅行记》二十页，并随注地图。饭后，清理文件。捕盗营哨官李永刚由籍回署，闻沿途瘟疫略减。阅《政治地理》二十二页，已完。灯后，接《远东报》三份。哈尔滨疫已见轻，每日只毙六十余人，双城及呼兰自前至今各毙三四千人，刻已少减，亦云惨矣！又阅《现行律》数页，乃睡。

二十三日(1911 年 2 月 21 日)　晴。阅《北美旅行记》十八页，并注地图。饭后，清理文件。乘马出署，查视防疫各所，午后始回。点《理学宗传》十二页。接运品珊、王锦堂信二件，系年前所发也。灯后，阅《现行律》数页。写尤海樵、恩林甫信各一件，为防疫事，七时乃睡。

二十四日(1911 年 2 月 22 日)　晴。阅《北美旅行记》并地图。饭后，清理文件。阅新到各报纸。点《理学宗传》八页。见杨慈湖所论纯近虚无寂灭，数千年所名为圣学者，岂皆类是？其所以陷溺人心，阻止进化，为害不浅。阅而几欲掷者数四，以全部业将读完，勉强阅去。又阅《西洋史》十页。灯后，仍阅报纸，乃睡。

二十五日(1911 年 2 月 23 日)　晴。阅《北美旅行记》十二页，并注地图。饭后，清理文件。审案二起，结一起。右堂吴寿民来见。因本城昨日瘟疫已发现，遂饬防疫所医生赶紧前往消毒。张佐卿师来，留晚饭。灯后，点《理学宗传》六页，《西洋史》二十页，乃眠。

二十六日(1911 年 2 月 24 日)　晴。阅《北美旅行记》二十四页，并注图。饭后，清理文件。写应酬信八件，盖多日未覆，亦礼尚往来之意耳。又写家信一件，嘱三弟、四两弟俟瘟疫扑灭后再行上学。阅《西洋史》二十页。灯后，连接交涉局转到抚台三电，均为前日安达站烧埋疫尸事。立即由三百里呈覆，并移交涉局转照会俄人查照，并谕派哨官李永刚带队前往安、肇分界地方，设卡查验，如本境查有疫毙之人，轻则先将尸身烧埋，重则连有疫房屋器具与尸身同付一炬，以绝根株。二鼓后始完。至内室，又阅《现行律》九页，乃睡。

二十七日(1911年2月25日) 晴。早起，写致安达站俄人防疫会信一件。又写分致尤海樵、崇组轩信。即派哨官李永刚即刻拔队前往。饭后，清理文件。阅《西洋史》二十页。阅《北美旅行记》三十六页，已完。近来每逢事多，殊乏镇静之致，然精神颇觉完足，亦动心之故也。至书房检点群书。又点《理学宗传》十一页。灯后，阅《现行律》数页，即睡。

二十八日(1911年2月26日) 晴。阅《西伯里亚大地志》序。接尤海樵信及移文，前日俄人电省疫事，仍是日前烧埋之尸，此外并无发现之处。饭后，清理文件。至宣讲所听宣讲员演说，藉以考查是否按期讲演。回署。阅本日来文，又阅《西洋史》二十二页。省派调查员张殿卿，号祚庭，来署，遂留晚饭，并在署内下榻。灯后，与客谈至三鼓，乃睡。

张为留江补用府经历。

二十九日(1911年2月27日) 晴。阅《西伯里亚大地志》十页。陪张祚庭早饭。清理文件。饬承办处造调查巡警册。至书房少息。点《理学宗传》四页。邀祚庭及诸友晚饭。灯后，与祚庭谈至三鼓，乃睡。

三十日(1911年2月28日) 晴。阅《西伯里亚大地志》十页。陪客早饭。东乡巡官长均到，及商会自治员等来见调查员。闻南乡宋姓一家疫毙六口，立派防疫所医生前往烧埋。仍邀各友陪客，晚饭始散。近二日语言均有失检之处。与客谈至二鼓，乃睡。

辛亥二月

初一日(1911 年 3 月 1 日) 晴。写尤海樵信一件。饭后,清理文件。移民稿抄齐,共一万余言,未及阅完。仍与客谈时事,甚畅。灯后,与运甫商酌预算办法。二鼓后,乃睡。

初二日(1911 年 3 月 2 日) 晴。饬书记改正移民稿错字。饭后,清理文件。阅本日报纸。接尤海樵、乌霞轩、胡席卿信各一件。灯后,与祚庭灯下对酌,祚庭出报告禀稿,未免有过情之誉,阅之愧歉交集。谈至三鼓乃睡。

初三日(1911 年 3 月 3 日) 晴。阅《西洋史》十二页。饭后,送张祚庭回省。颇觉困[①]倦,至内室少睡。点《理学宗传》十页。又阅《国风报》数页。连日因客未能如课读书,旷误甚多,仍须补读。灯后,沐浴即睡。

初四日(1911 年 3 月 4 日) 晴。阅《西伯利亚地图》。饭后,清理文件。审案四起,结一起。阅《西洋史》二十二页,又点《理学宗传》十一页,已完。此书计共十二本,自去夏至今始行阅完。公暇晷短,圈点不无讹处,但其大概已如过屠门大嚼,略尝其味矣。中国理学只以"空谈性命"四字了之,数千年来文明退化,此其厉阶。当于第一本首页,略缀数语以验所学。拟于明日即接阅西儒各哲学书。灯后,阅《国风报》数页,乃睡。

初五日(1911 年 3 月 5 日) 风。阅《西伯里亚大地志》并图,共十页。饭后,清理文件。接宋友梅观察并范小斋太守信各一件。吴寿民来商防疫各事。至宣讲所听自治员演说,并将本月商会收捐册交自治员转交该会,将小户应摊之捐从实核减。回署。阅《西洋史》二十八页,并将摘记《理学宗传》要语,用朱笔圈点一过。灯后,写家信一件,嘱四弟俟疫势消退再来上学。又写运仲山信,并附江钱四百

---

① 原本为"因",形近而讹。

五十吊，系今年学费，托双城劝学所黄子和、凌阁臣二君代交。又阅《现行律》数页，乃睡。

初六日(1911 年 3 月 6 日) 昨夜亥刻，由交涉局转到抚台电，查防疫各事，约四五百字。早起，饬书照译。阅《西伯里亚大地志》四页。饭后清理文件。来电译完，限本月初十前将调查各件送省。当即拟呈覆文稿并表册，灯后始完。今日未得阅书，明日补之。二鼓后，乃睡。

初七日(1911 年 3 月 7 日) 晴。阅《西伯里亚大地志》六页，并随注地图。饭后，清理文件。饬差与巡警定做号衣。阅《西洋史》二十八页，已完。此书共二十二册，自上年八月阅至本日始完。惜于公暇偷闲涉猎，不过略观大意，未能细为领略耳。但古人开卷有益，毕竟胜于不读也。灯后，写尤海樵信一件。阅《名学浅说》二十页，乃睡。

初八日(1911 年 3 月 8 日) 雪二寸许。阅《西伯里亚大地志》十二页。饭后，清理文件。今日又觉稍发肝气，遇事善怒，强抑之始止。阅《日本开国五十年史》序文及目录二十余页，未完。大隈重信谓我国之宜学者，神也，非形也；意也，非迹也。洵扼变法之要旨，未悉我政府肯能嘉纳否？接商务馆信一件，前订各书已到齐。灯后，阅《现行律》二页。又阅《名学浅说》十六页，乃睡。

初九日(1911 年 3 月 9 日) 晴。阅《西伯里亚大地志》四页，并注图。饭后，清理文件。阅《日本开国五十年史》目录二十六页，吴寿民来商防疫事。灯后，阅《名学浅说》二十页，即睡。

初十日(1911 年 3 月 10 日) 晴。阅《西伯里亚大地志》六页，并注地图。饭后，清理文件。阅《现行律》十页。办呈覆变通预备巡警办法稿，未完。马兵自青冈回署，以该处有疫，遂即饬往防疫所查验消毒，即在该所居住，不准进署。灯后，阅《日本开国五十年史》二十页。又阅《名学浅说》十页，乃睡。

写商务馆信，交烧商带去取书。

十一日(1911年3月11日) 阴。黎明,接尤海樵信并抚台电,知中外防疫员业已到境。即起床作覆,派哨官李永刚立刻前往招待。阅《西伯里亚大地志》四页,并注地图。饭后,接办变通预备巡警稿,午后始完。阅《开国五十年史》二十二页。灯后,又阅《名学浅说》五十页,乃睡。

十二日(1911年3月12日) 夜间微雪,早晴。阅《西伯里亚大地志》十页。饭后,清理文件。审案二起,结一起。阅《日本五十年史》二十页,又阅本日来文十余件。灯后,吴警务长来回防疫事。沐浴后,又阅《名学浅说》二十页,乃睡。

十三日(1911年3月13日) 晴。阅《西伯里亚大地志》十八页。饭后,清理文件。办稿一件,为奉军租房,请发租价。与员司讲解宣统四年预算条例。阅《日本开国五十年史》二十二页。灯后,阅本日来文十四件。又阅《名学浅说》十页,并《问答》二十余页,已完。遂睡。

十四日(1911年3月14日) 早雪,旋晴。阅《西伯里亚大地志》二十六页。饭后,写崇组轩、常括香信二件。核稿数件。阅《日本开国五十年史》二十页。晚饭后,阅《现行律》十页。灯后,核订预算表式。又阅《哲学要领》二十页,即睡。

十五日(1911年3月15日) 晴。阅《西伯里亚大地志》二十二页。饭后,清理文件。颇觉头晕,至内室少息。阅《日本五十年史》二十页。灯后,东乡巡官杨春芳来见,境内瘟疫未现,闻之颇慰。头晕仍未愈,遂睡。

十六日(1911年3月16日) 晴。阅《西伯里亚大地志》二十八页。饭后,清理文件。办呈覆钦差近日防疫情形稿二件。接崇组轩、金立亭信二件。阅《日本五十年史》二十二页。又接尤海樵信,并附查明路西疫毙人数。有孙姓一户男女共毙九口,张姓毙七口,亦云惨矣。灯后,至民壮局查押犯所是否收拾洁净。阅《哲学要领》二十页,乃睡。

十七日(1911年3月17日) 风雪。阅《西伯里亚大地志》三十二页。饭后,清理文件。批呈二件。写宋观察、王可耕信各一件,均附小照,并抄禀锡督移民稿。吴寿民来晤,东乡又疫毙一人,即饬救急队前往烧埋。阅《日本五十年史》二十页。灯[①]后,写张祚庭信一件。又阅《哲学要领》二十页,乃睡。

十八日(1911年3月18日) 晴。阅《西伯里亚大地志》三十八页。饭后,批呈数件。阅昨日来文。接周教员信一件。阅《日本五十年史》二十页。邀署中各友晚饭。后阅《哲学要领》二十一页,已完。遂睡。

十九日(1911年3月19日) 晴。阅《西伯里亚大地志》三十二页。饭□[②],清理文件。审案一起,不觉又动肝气。荒揽头领地十八里,侵占至二十二里内,犹狡展不与被占之户退出。反复开导数堂,坚执如前,遂责至四百板。余尝谓:教书不与学生动真气,作官不与百姓动真气。余幸未教书,而作官之真气又时常发露于不自已,养气之难如此,此亦学问未深之故也。益当努力学问,或可稍免此过矣。阅《日本五十年史》二十页。灯后沐浴。又阅《催眠术》二十页。睡。

二十日(1911年3月20日) 晴。阅《西伯里亚大地志》四十八页。饭后,清理文件。商董杜意诚来见,为防疫事,午后始去。灯后,与养元、运甫诸君谈,甚畅。阅《催眠术》二十页,即睡。《五十年史》未阅,明日应补。

二十一日(1911年3月21日) 晴。阅《西伯里亚大地志》十四页。饭后,清理文件。批禀一件。商务馆寄到《会典》一大箱,并各种零书。阅《日本五十年史》十六页。灯后,检点各书,遂睡。

二十二日(1911年3月22日) 晴。阅《神州国光集》。饭后,清理文件。阅《日本五十年史》四十页,补前日也。午后,又阅《国粹

---

① 原本为"烧",形近而讹。

② 此为残字。

学报》二册。饬家僮用石炭酸洒屋避瘟。灯后，阅《国风报》，乃睡。

二十三日(1911年3月23日) 晴。阅《西伯里亚大地志》并注图。饭后，清理文件。办稿一件。吴寿民及刘自治员来商防疫及学堂等事。阅《日本五十年史》三十页。灯后，阅《催眠术》二十页，乃睡。

二十四日(1911年3月24日) 晴。阅《西伯里亚大地志》三页，并注图数则。饭后，清理文件。接财政局电，催预算。写尤海樵信一件，并托代发覆电。阅《日本五十年史》二十八页。至防疫所查视。新募防疫队来署点验，颇齐整。又接常括香信，青冈城乡共疫毙一百余人。灯后，阅《催眠术》二十页，乃睡。

二十五日(1911年3月25日) 晴。注西伯里亚地图托波儿省已完。又阅《大地志》四页。饭后，清理文件。东、南两乡巡官来见，东乡三不管屯又疫毙一人，已烧埋，遂传知警务长即派救急队带同消毒各药前往，与死者之家属消毒。盖恐愚民不知消毒、隔离诸法，倘一传染，则全家即难保矣。阅《日本五十年史》三十页。灯后，阅《催眠术》二十页，乃睡。

二十六日(1911年3月26日) 晴。注《西伯里亚图》。饭后，清理文件。颇觉眼痛，每于发肝气后眼必发痛，足见养气功夫非惟有益于学问，抑且有益于卫生，可不勉诸？至书房小睡，以养目力。阅《日本五十年史》二十四页。又阅《现行律》十页。吴寿民来见，自鼠疫发见，全境共疫毙十五人。城内永未发现，犹属幸事。灯后沐浴。阅《催眠术》二十页，遂睡。

二十七日(1911年3月27日) 晴。阅《西伯里亚大地志》十四页。饭后，清理文件。审案二起，结一起。写尤海樵信，并附致《远东报》信，定购本年上半年报纸。又写二弟及常括香信各一件。阅《日本五十年史》二十六页。灯后，读杨孟载《眉庵诗》数首。又阅《催眠术》二十页，已完。乃睡。

二十八日(1911年3月28日) 风。注西伯里亚叶尼塞斯克省图。饭后,清理文件。办学堂稿一件。目[①]痛异常,至书房少息。南乡巡警来报,有胡匪三十余名入境。立即知会奉军往剿,并飞谕东乡巡警预为堵击。阅《日本五十年史》二十页。又阅《妖怪学讲义序》二十余页。灯后,因眼疾未阅书,即睡。

二十九日(1911年3月29日) 晴。注西伯里亚义尔古德斯克省图。饭后,清理文件。乘马至防疫所,顺道至城东高埠一望。春气袭人,不觉天宽地阔。下马试放自来得洋枪数响。余性喜动,每思周游中外,竟为一官所羁。时局乏艰,徒守此不甚爱惜之官,与世毫无补救。刘先主因髀肉复生而兴叹,良有以也。回署,接省信,知民政司已放宋观察。写常括香信一件。阅《日本五十年史》二十页。目疾仍不见愈。灯后,阅《妖怪学》二十页,即睡。

辛亥三月

初一日(1911年3月30日) 晴。阅《西伯里亚大地志》四页。饭后,清理文件。审案一起,已结。阅《日本五十年史》二十八页。奉军回营,被胡匪击毙骑马一匹,匪未被伤。接刘瑞周信一件。眼疾颇轻减。灯后,阅《妖怪学》二十页,及本日寄到《交通官报》数页,乃睡。

初二日(1911年3月31日) 晴。注西伯里亚雅库次克省图,并阅《大地志》十四页。饭后,清理文件。至署外查视运到学堂木料,并向车户详告兴学理由。阅《日本五十年史》二十二页。欲自办稿件,因恐目疾再发,搁而未办。灯后,阅《妖怪学》二十页,即睡。

初三日(1911年4月1日) 晴。注西伯里亚后贝加尔省图。饭后,清理文件。阅《日本开国五十年史》二十页,接尤海樵信一件。灯后,阅《妖怪学》二十页。今日署中所养之鹿脱去左角一只,曾记去年系于谷雨节脱角,今年尚未至清明即脱,虽有闰月,亦差至二十余日,姑志以征物候之变。又阅《交通官报》数页,乃睡。

---

① 原本为"自",形近而讹。

初四日(1911 年 4 月 2 日) 晴。注西伯里亚阿穆尔省图。接抚台电,饬查疫毙人数。饭后拟电稿,托尤海樵转发。写宋司使[①]信十一页。阅《日本五十年史》二十六页。灯后,吴寿民来见。沐浴后,阅《妖怪学》二十页,乃睡。

初五日(1911 年 4 月 3 日) 阴。阅《西伯里亚大地志》十四页。饭后,雪花如掌,一时许始止。至公厅清理文件。阅《日本五十年史》二十四页。王教员来见,因其家曾染疫,辞而未见,并谕防疫所医生前往店中消毒。灯后,与张运甫核订预算表,阅《妖怪学》二十页,始睡。今日鹿又脱一角。

初六日(1911 年 4 月 4 日) 晴。注西伯里亚沿海省地图。饭后,清理文件。写常括香、凌阁臣、乌霞轩信各一件。阅《日本五十年史》二十页。至署外散步。由省寄到《法政学堂讲义》。余上年呈请愿入外班,因防疫断绝交通,今始寄到也。灯后,阅《妖怪学》二十页,乃睡。

初七日(1911 年 4 月 5 日) 晴。仍接注沿海省地图。饭后,清理文件。审案一起,已结。年来余出游之志日炽一日,本日忽忆及各省矿产。遂检查上年《商务官报》,所载日人调查山东、山西、奉、吉各省矿山既详且尽。拟汇集一处,以备他日出游之材料。阅《日本五十年史》二十四页。灯后,阅《妖怪学》二十页,乃睡。

初八日(1911 年 4 月 6 日) 晴。阅《桦太岛图》。饭后,清理文件。乘马至城外一游。今日为清明节,天朗气清,颇惬于怀。至城西登旧砖窑远望,野火连天,草色尚未发绿。回忆甲辰、癸卯间两上春闱,时借闱河南,每入场之日,余必先登明远楼四望,满城柳色俱发新绿,不觉心旷神怡。今日正为从前入闱之日,而草枯如冬,南北气候之不同竟尔如是,屈指已七八年矣。当日余登明远楼时,岂料今日登砖窑旧垒哉!人生到处如鸿爪雪泥,后此七八年,又不知行踪何地

① 原本为“史”,形近而讹。

也？顺道至防疫所，途中遇一癫妇拦余马首，手握青葱一束而献之，因谕其家属好为调理。回署，检医书治癫狂药方，遣差送交其家以医之。阅《日本五十年史》三十页。灯后，又阅《妖怪学》十八页，乃睡。

初九日（1911 年 4 月 7 日） 晴。注《桦太岛图》。饭后，清理文件。办稿一件。检阅《中国地理教科书》四五十页，颇觉头晕。此书尚为完备，拟此后每日加读地理一课，俟出游时有所考证。写二弟信，又接凌阁臣信，前与运仲珊所寄学费已收到。灯后，阅《日本五十年史》二十页，乃睡。

初十日（1911 年 4 月 8 日） 晴。阅《西伯里亚大地志》四十页。饭后，清理文件。注《奉天省图》，未完。接尤海樵信并抚台电报，饬造防疫人名册。北乡城户来报盗。立办移文，派捕盗营哨官李永刚带队，赴郭尔罗斯蒙旗境内搜拿。灯后，阅《日本五十年史》二十页，乃睡。

十一日（1911 年 4 月 9 日） 晴。阅《西伯里亚大地志》三十二页。饭后，派差晋省领饷。核阅批稿。至署外，见草色渐绿。阅本日来文。注《奉天省地图》，已完。拟于明日改阅《小方壶斋舆地丛钞》，俟外国地图注完，再行接注本国地图。阅《法政讲义》二十二页，较前阅之《法政丛编》尚为明显。盖余既入法政学堂外班，亦当按日读课以扩见闻，不可自甘暴弃。灯后，阅《日本五十年史》二十二页。沐浴后，乃睡。

十二日（1911 年 4 月 10 日） 风。阅《西伯里亚大地志》三十四页。饭后，清理文件。审案二起，未结。办稿一件。阅《法政讲义》“政治学”二十一页。至书房少息。又阅《舆地丛钞》三十二页。锡督东三省移民章程札到，详阅一过，率多皮毛之论。其尤难者，则移民三年交齐荒价，五年升科，每丁给田一百亩，限一年垦齐，逾限即罚苦工等条，直同儿戏。余前日所上之意见，亦夫子所云“不可与言而与之言”矣。东省危如累卵，筹之者竟如此政策，不惟无补危亡，且反启外人轻视，搁管忧生，真令人堪痛哭也。灯后，至养元室内少谈，不觉言语激烈，亦此章程触发之也。阅《日本五十年史》二十页，乃睡。

十三日（1911年4月11日） 风。阅《西伯里亚大地志》三十六页。饭后，清理文件。东乡劝学副董来见，有垦民王姓报效学堂工料。瘠土之民颇知好义，心甚嘉之。又传到学生退学之父兄王姓等，开导一时许，始允来学。盖惑于谣传充兵，并不读经书所致，为之一一讲解，今始了然。良民半畏充兵，而愿充兵者又半皆无赖。既争言练兵，而不于根本处求之，何能有济？阅《舆地丛钞》二十四页。灯后，又阅《日本五十年史》二十三页，遂睡。

十四日（1911年4月12日） 晴。阅《西伯里亚大地志》四十四页。饭后，清理文件。办呈请变通地方自治稿一件。东乡又查出疫尸一具，已饬防疫所掩埋。阅《舆地丛钞》二十六页。年前在中途积存各种报纸均寄到。疫势略轻，不日即可大开交通。灯后，阅报纸为时稍久，颇觉头晕，少息。又阅《日本五十年史》二十页，乃睡。

十五日（1911年4月13日） 晴。阅《西伯利亚大地志》四十页。饭后，清理文件。承办处司书因出外聚赌，即日斥革三人。阅《法政学堂讲义》二十六页。接父亲手谕一件，俟开江后带同四弟来署。又阅《舆地丛钞》五页。灯后，阅《日本五十年史》二十六页，乃睡。

十六日（1911年4月14日） 晴。阅《西伯里亚大地志》三十四页。饭后，清理文件。至署外查视。信步至大街，遍到沿街各商铺。询其本年营业，大较上年为优，闻之欣然。午后回署。阅《舆地丛钞》第二本四页，兼核地图，颇觉费时。晚饭后，阅《法政讲义》"政治地理"十六页。灯后，北乡巡长尹广恒来报盗，面禀该乡巡官张双喜两月余未回营，并掩欠兵饷，以致各兵无心当差等语。遂即办稿，先将张双喜撤差查办。至书房，又阅读《日本五十年史》二十页，乃睡。

十七日（1911年4月15日） 晴。阅《西伯里亚大地志》三十页，已完。饭后，清理文件。东乡巡官杨春芳来见。审案一起，未结。阅《法政讲义》"本朝史"二十一页。至内室少息。又阅《舆地丛钞》五十页，盖检点未经早阅之处，略一涉猎也。灯后，阅《日本五十年史》二十六页，乃睡。

十八日(1911 年 4 月 16 日) 晴。阅《俄属中亚细亚地理表》二十页。饭后，清理文件。至简易识字学塾，各生到者甚多，余登台演说识字之益。一乡老逡巡户外，似有所动，遂命至讲台以前。渠亦欲领一识字课本，用心习字。当面奖数语，发给一本。此老益有所动，又面询余贵姓，以便常来受教。余告以姓翟，此老惶悚欲去，始知余为本地官也。谕以静心听讲，嗣后不必畏官如此。此亦荒城之一乐矣。回署。阅《法政・宪法讲义》十六页。至书房少息。又阅《舆地丛钞》二十页。灯后，沐浴后伏枕阅《日本五十年史》十六页，乃睡。

十九日(1911 年 4 月 17 日) 晴。注俄属《中亚细亚图》。饭后，清理文件。哨官李永刚回署，获匪一名，系前年所办著匪新纳族孙。提堂略讯数语，仅认前抢公牛碱锅，胡匪八名知有四名认识。穷蒙教养两缺，惟以抢劫为业，仅杀之亦非清源之计。退堂后，阅《舆地丛钞》十四页。晚饭后，又阅《法政讲义》“平时国际公法”十七页。灯后，阅《日本五十年史》二十页，乃睡。

二十日(1911 年 4 月 18 日) 晴。注《中亚细亚地图》，已完。饭后，清理文件。吴警务长来商防疫报销事。阅《舆地丛钞》十二页。写运品三信，并附抄《上东三省督抚意见书》稿。灯后，阅《日本开国五十年史》二十二页，乃睡。

二十一日(1911 年 4 月 19 日) 阅《日本全国漫游记》序文并目录。饭后，审案三起，结一起。阅《法政讲义》“经济学”十八页。东乡巡官来见。阅《舆地丛钞》第三本，六十余页，内有度数表，略一检阅而已。灯后，阅《日本开国五十年史》十六页。天黑如墨，狂风大作，寝后又未少息。

二十二日(1911 年 4 月 20 日) 早起，风雨交作。阅《日本全国漫游记》十八页，并参以《东京分区图》，颇费目力。饭后，办稿一件，传到报盗各民户二起。接常括香信，青冈防疫已报肃清。阅《舆地丛钞》十七页，至张运甫室内略谈。晚饭后，阅《法政讲义》“民法总论”十三页，灯后又阅《日本开国五十年史》二十二页。风雨淋漓，终日未止，眠后犹闻雨声。

二十三日(1911年4月21日) 晴。阅《日本全国漫游记》十六页。饭后，清理文件。奉军书记长李雨滋来晤，许久始去，面询探贼眼线。至书房，阅《舆地丛钞》十七页。北乡已撤巡官张双喜来见，因命先行看管，听候查覆再夺。灯后，阅《日本五十年史》二十页，乃睡。

二十四日(1911年4月22日) 大风。阅《日本全国漫游记》十六页。饭后，清理文件。审案四起，结一起。自治员及劝学总副董来见，为修学堂事，谈甚久。阅《舆地丛钞》七页。午后，风略息。灯初，阅《日本开国五十年史》二十二页，乃睡。

二十五日(1911年4月23日) 晴。阅《日本漫游记》二十页。饭后，东乡第五区民户来举区长，遂谕令当面投票，迟兴得票独多。即办委札，交伊带去。各报效学堂工料众户来见，奖勉移时，颇觉口噪。去后，至书房[1]少息。阅《舆地丛钞》十二页，第四本已完。晚饭后，饷差回署。灯后，阅《日本开国五十年史》二十二页。沐浴后，乃睡。

二十六日(1911年4月24日) 晴。阅《日本全国漫游记》二十页。饭后，清理文件。阅第五本《舆地丛钞》十三页。同自治员等相度学堂地基。灯后，阅《日本开国五十年史》三十二页。颇觉头晕，遂睡。

二十七日(1911年4月25日) 阴。阅《日本全国漫游记》二十页。饭后，核阅稿件。写刘管带信一件。阅《舆地丛钞》十二页。灯后，阅《日本开国五十年史》十六页。微雨，终日未晴，入夜愈大。

二十八日(1911年4月26日) 晓起，雨止风起。阅《日本全国漫游记》十页。饭后，清理文件。劝学总董来见。阅《舆地丛钞》十七

---

① 原本为残字“户”。

页。接宋观察信并高屏周信各一件。灯后，阅《日本五十年史》十六页。写家信及省城裕厚堂信。是日，浓阴大风，终日未晴。

二十九日（1911年4月27日） 风。派差官孙德贵回籍。阅《日本全国漫游记》二十页。饭后，清理文件。办防疫人员请奖稿。午后，稍晴。阅《舆地丛钞》十页。至署外散步。有乡民喊冤，为钱十余吊，谕以薄物细故，何必兴讼？据云，业已有人调处多日，后造未允。细思不准所控，又恐愚民无知，因愤成怒，彼此械斗，酿成重案，遂权予照准。灯后，阅《日本开国五十年史》，乃睡。

三十日（1911年4月28日） 晴。阅《日本全国漫游记》二十二页。饭后，清理文件。阅来文，有无谓被驳之件，心中无端又触肝气，许久始平。是亦不善养气之故，长相如此，安能任重致远？戒之。至书房，阅《舆地丛钞》十四页，第五本已完。傍晚寄到报纸，知锡督因病开缺，继之者仍未改行省以前赵次珊将军。灯后，阅《日本开国五十年史》十八页，乃睡。

辛亥四月

初一日（1911年4月29日） 微雨。阅《日本漫游记》十页。饭后，清理文件。阅《舆地丛钞》五页。午后放晴。寄到报纸甚多，阅至灯后，未完。未得阅《日本五十年史》，即睡。

初二日（1911年4月30日） 晴。阅《日本全国漫游记》十四页。饭后，清理文件。写王兰谷及报馆信共四件。新委北乡巡官王春来见。阅《舆地丛钞》十六页。灯后，阅《日本开国五十年史》十六页。沐浴后，乃睡。

初三日（1911年5月1日） 风。阅《日本全国漫游记》二十页。饭后，写管伯春信，并借钱二百吊，渠有急用，昨晚遣专人来。审案四起，结一起。阅《舆地丛钞》九页。午后，风益大。灯初，阅《日本开国五十年史》二十页，乃睡。

初四日（1911年5月2日） 晴。阅《日本全国漫游记》二十页。

饭后，清理文件。写文报总局信。阅《舆地丛钞》十三页。至署外观学堂开工。午后，风大作。灯初，阅《日本开国五十年史》二十页。风愈大，荒火四起。

初五日（1911 年 5 月 3 日）　大风终夜未息。阅《日本全国漫游记》二十二页。饭后微雪，至公厅清理文件。阅《舆地丛钞》十页。灯后，闻三弟到站，翌早派车往迎。并接薛颖阶信，附奉天《大公报》所载余因防疫，位置私人内弟杜某，并开设烧锅等语。查防疫无款，余与商会共捐九十余两，嗣因不敷，又由省请领二百两，前后不足三百金，而防疫各员均尽义务，不支薪水，尚何位置私人之有？余内弟本姓马，且系一妻，既未继娶，又无婢妾。杜自治员前为防疫，经余罚办，余忽诬为内弟。余前后到任四年，日前父亲来信，取六千吊还债，尚未凑齐，只措三千吊派人送回。该报谓余开设烧锅，未免厚视我也。志之《日记》中以自儆。阅《日本开国五十年史》二十四页，乃睡。

初六日（1911 年 5 月 4 日）　晴。阅《舆地丛钞》十页。饭后，审案四起，结二起。阅各种报纸，至午后颇觉头晕。交通不便，不能按日邮寄，每一起寄到，穷数日之力不能全阅。灯后，阅《日本全国漫游记》二十页，乃睡。

初七日（1911 年 5 月 5 日）　昨夜三鼓后，三弟、四弟到署，略谈家事，复睡。早起，阅《日本全国漫游记》十六页。饭后，清理文件。许委员回署来见。阅《舆地丛抄》八页，第一帙六本已完。灯后，至许宜臣室内谈甚久。至书房，熄灯已久，未得阅《日本五十年史》，即睡。

初八日（1911 年 5 月 6 日）　晨起略晚，未得阅书。饭后，清理文件。写薛颖阶、王兰谷信各一件。至内室，与三弟谈家事甚久。阅《舆地丛钞》八页。邀许宜臣及署中各友晚饭。席散，至学堂工程处一视。灯初，阅《日本开国五十年史》二十六页，乃睡。

初九日（1911 年 5 月 7 日）　晴。阅《日本全国漫游记》八页。饭后，清理文件。审案二起，未结。阅《舆地丛钞》六页。写崇组轩、王兰谷信各一件。灯后，阅《日本开国五十年史》十二页。沐浴后，乃睡。

初十日(1911年5月8日) 晴。阅报纸数种,未得阅书,即饭。至公厅清理文件。李笏臣由省来晤,留署内住,畅谈竟日。写周斗卿、常括香信。灯后,又同笏臣谈。后又阅《日本五十年史》二十四页。

李搢,号笏臣,双城附生。奉天法政毕业,分省府经历。

十一日(1911年5月9日) 风。阅《舆地丛钞》十二页。饭后,清理文件。燥热异常。阅《日本全国漫游记》二十页。写胡席卿信一件。与三弟谈求学事。灯后,阅《日本开国五十年史》二十四页。至运甫屋一谈。乃睡。

十二日(1911年5月10日) 大风。阅《舆地丛钞》十四页。饭后,清理文件。阅《日本全国漫游记》二十页。接王尧西信,言其弟禹钦在省又无差。灯后,阅《日本开国五十年史》十页。大风终日未息,入夜愈大。

十三日(1911年5月11日) 风。阅《日本全国漫游记》二十页。饭后,送三弟赴省。至公厅清理文件。李笏臣荐到附生刘文元及童生张连芝二名。安达站文报司事董含章来见,为查《文报》附所书识毛君昌私拆公文事。阅《舆地丛钞》十三页。午后,风止。至署外查视学堂工程。灯后,阅《日本开国五十年史》二十四页,乃睡。

十四日(1911年5月12日) 晴。阅《日本全国漫游记》二十页。饭后,清理文件。阅《舆地丛钞》十九页。审案二起,结一起。接尤海樵新一件。灯初,至运甫室内谈甚久。阅《日本开国五十年史》二十四页,乃睡。

十五日(1911年5月13日) 晴。阅《舆地丛钞》十五页。饭后,清理文件。写尤海樵、张祚庭信二件。阅《日本全国漫游记》二十页。至署外查视学堂工程。灯后,阅《日本开国五十年史》二十页,已完,明日拟接阅《约章成案汇览》。余于外交学问毫无根柢,近日外患日深,当局苦于应付,安得毕士麦、郑子产辈复生于今世哉?

十六日(1911年5月14日) 晴。阅《舆地丛钞》八页,第七本已完。饭后,清理文件。至宣讲所,招集商会开议修路筹款事。回署。阅《日本全国漫游记》二十页。乘马至城北,观垦户阮姓用洋犁垦地。灯后,阅《约章成案汇览》二十页。沐浴后,乃睡。

十七日(1911年5月15日) 大风。阅《舆地丛钞》第八本六页。饭后,清理文件。阅《日本全国漫游记》二十五页。午后,风略息。至署外查工。灯后,阅《约章成案》十七页。又阅报纸,内阁官制于初十日颁布,内阁总理大臣以外,尚有协理大臣二名。

十八日(1911年5月16日) 昨晚因阅颁布内阁报纸,预思国家前途,竟不成寐,晓起颇觉头晕。阅《舆地丛钞》七页。饭后,同劝学总董等勘学堂基址,即择在本署墙东。清理文件后,阅《日本全国漫游记》二十页,复至署外监视学堂上梁。灯后,阅《约章成案》二十五页,乃睡。

十九日(1911年5月17日) 晴。阅《舆地丛钞》十四页。饭后,清理文件。至宣讲所重议筑路事。阅《日本全国漫游记》二十八页。接运品珊信。灯后,阅《约章成案》二十一页,乃睡。

二十日(1911年5月18日) 阴雨。阅《舆地丛钞》十六页。饭后,清理文件。阅《日本全国漫游记》二十六页。写王尧西信一件。灯后,读《眉庵集》诗数首。阅《约章成案》五页,乃睡。

二十一日(1911年5月19日) 晴。阅《舆地丛钞》十八页。饭后,清理文件。西乡垦户来举预备区长,传见,开导时许,颇觉喉干。审案二起,略涉太严,因近日又犯肝气也。本日未阅他书。灯后,只阅报纸数种,乃睡。

二十二日(1911年5月20日) 阴。阅《舆地丛钞》十六页。饭后,清理文件。审案一起,已结。阅《日本全国漫游记》二十四页。至署外查工。下午浓阴,西风大作,入夜未息。灯后,阅《约章成案》二十五页,乃睡。

二十三日(1911年5月21日) 晴。奇冷有如初冬。阅《舆地丛钞》十一页，第二帙第八本已完。饭后，清理文件。学堂王姓学生得急症，正传医诊治，即于下午作故。恐系疫症，遂传知全堂学生消毒，暂行隔离。故生由余捐廉给棺木，先行收殓。灯后，写家信，沐浴即睡。

二十四日(1911 年 5 月 22 日) 阴，仍寒。阅《舆地丛钞》第八本十五页，第三帙。夜间，左臂受寒痛甚，服活络丹一粒，饭后稍止。至学堂查验学生。阅《日本全国漫游记》十九页。灯后，又服药一帖，即睡。

二十五日(1911 年 5 月 23 日) 晨起，晴暖可喜。阅《舆地丛钞》十四页。饭后，清理文件。阅《日本全国漫游记》二十一页。至署外查工。灯后，阅《约章成案》二十页。写家信，明日派差接父亲来署过端午节。

二十六日(1911 年 5 月 24 日) 晴。阅《舆地丛钞》九页。饭后，清理文件。查视学工，顺道至街内各商铺。午后回署。审案一起，未结。灯后，阅报纸数种。今日未得阅他书，亦一债也。就寝前风起，纸窗鉴然有声。

二十七日(1911 年 5 月 25 日) 鸡鸣后，雷雨交作。早起，浓阴雨止。阅《舆地丛钞》五页。饭后，清理文件。阅《日本全国漫游记》十六页。午后，父亲到署，谈家事甚久。是日未晴。灯后，许委员明日赴北乡丈地来见，二鼓乃睡。

二十八日(1911 年 5 月 26 日) 阴。与父亲谈至饭后。至公厅，审案一起，已结。又至署外查工。后仍侍父亲谈家事甚久。北乡巡官王春来见。接薛颖阶信并朱墨四盒。又接许锡臣一信。灯后阅报纸，今日未得阅书。

二十九日(1911 年 5 月 27 日) 阴。饭后，送表亲李印回双，并给川资钱二百吊。阅《舆地丛钞》十一页。至署外查工。灯初，许锡臣来署，谈省中各事甚久。回内室，侍父亲谈家事。二鼓后乃睡。

辛亥五月

初一日(1911 年 5 月 28 日) 阴。阅《日本全国漫游记》二十页。饭后,清理文件。审案二起,未结。午后微雨。南乡垦户来举区长。近数日似有胃病,终日饱闷。至书房小睡,以养神经,未敢多阅他书。灯后,侍父亲谈。二鼓乃眠。

初二日(1911 年 5 月 29 日) 晴。阅《舆地丛钞》十页。饭后,清理文件。又阅《日本全国漫游记》二十页。至署外查工。午后,侍父亲谈家事甚久。灯后,奉民政司札,呼伦厅王可耕同年丁忧,委余前往署篆,安达本缺则委陆君是元,向未识面。家人均有喜色,余阅札不怿者久之。到此四年,商民待余甚厚,一旦远离,讵能恝然?呼伦为边要之区,而又有本道专辖,迎差事上,均非易易。余性孤介,安能胜此繁难之缺乎?可耕在彼数年,无所表现,亦正坐此弊,然又幸有宋铁老观察其间,否则定难免于今之世矣。至内室,与父亲商定进止。二鼓乃睡。

初三日(1911 年 5 月 30 日) 晴。写新任陆公信,并王兰谷、林奎腾、王复同信各一件。派哨官李永刚晋省。饭后,署内员司齐集道贺,逐一应酬。即至署外查工。胃病仍未愈,至书房小睡。招各委员商定交代办法。灯后,与寿民、养元谈甚久。二鼓睡。

初四日(1911 年 5 月 31 日) 晴。早起,写呼伦衙门委员志吟香信。饭后,阅《日本全国漫游记》二十页。至署外查工。审案一起,结。办呈报修建学堂稿。灯后,与运甫、寿民谈后,始睡。

初五日(1911 年 6 月 1 日) 夜雨,破晓溟蒙。饭后,阅《舆地丛钞》七页。办呈报实授三年俸满稿,并遵父亲命,将家中价领汤原县毛荒七千九百余垧及街基,全数捐作安达厅学田,即拟禀稿一件。晚邀署中各友饭。席散后,侍父亲谈。连日胃疾不愈,莫知饥饱,终日闷顿,大是恼人。傍晚雨止,浓阴如墨。

初六日(1911 年 6 月 2 日) 晴。写常括香信。饭后,饬家人装书箱，至午后只装四只。核稿数件。灯后，与寿民谈。二鼓乃睡。

初七日(1911年6月3日) 晴。晨起，即饭。审案一起，已结。闻坤[①]民欲赴省请留，面招劝学总董及自治员等婉言开导，并嘱其妥为解散。午后，仍视家人装书箱。灯后，许委员丈地回署。各自治员来告，绅民自知留官不准，拟用反激之法，假说换荒、修学各事经手未完，如此措词，冀一邀准。自问到安四年，毫无德政，犹蒙商民见爱，实意挽留，策虽至愚，可感亦实可愧。至内室，与父亲谈。二鼓后，乃睡。

初八日(1911年6月4日) 雨。早饭后，仍装书箱。至公厅，清理文件。阅《舆地丛钞》十页。商会诸人又来署，面告明日赴省请留，并云四乡垦户已晋省四五十人。再三开导，坚称众议佥同，明早定行前往。余近日因患胃疾，不耐多言，众情如此，亦惟听之而已。灯后，侍父亲谈家事。沐浴后，乃睡。

初九日(1911年6月5日) 夜雨达旦。起床后，阅《舆地丛钞》十页。饭后，至署外查工。又阅《日本全国漫游记》二十页。邀署中各友晚饭。接运品珊信。灯后，写王兰谷并代理呼伦厅王印英敏信各一件。侍父亲谈至二鼓后，乃睡。

初十日(1911年6月6日) 晴。派哨官李永刚赴省领饷。写王兰谷信。饭后，清理文件。至署外查工。阅《舆地丛钞》八页，第三帙第一本已完。又阅《日本全国漫游记》九页。传写真，为父亲拍照。灯后，侍父亲谈家事，三鼓乃睡。

十一日(1911年6月7日) 晴。早起后，送父亲回籍。阅《日本全国漫游记》三十页。连日精神颓败，至书房小睡。午后，核定交代册，未完。灯初，即睡。

十二日(1911年6月8日) 晴。阅《日本全国漫游记》二十页。饭后，清理文件。接王尧西信。至署外查工，后到书房小睡。灯后阅

---

① 当为“绅”，形近而讹。

报，闻呼伦道有改委于振甫之察之说。又阅《漫游记》二十页，乃睡。

十三日(1911年6月9日) 晴，早起酷热。饭后，清理文件。办请奖员司稿。阅《舆地丛钞》四十页。核库存军械册，内多错误，又触肝气。量小如是，尚堪任大事也？真堪自打。至署外查工。灯后，阅《国风报》。微阴，风起，仍烦躁难耐。

十四日(1911年6月10日) 晴。阅《日本全国漫游记》三十页。饭后，审案一起，未结。监视查库。办交代稿二件。巡防管带王国发来晤。灯后，与运甫诸君谈甚畅。二鼓后，乃睡。

十五日(1911年6月11日) 夜间微雨。早饭后，核交代枪械册。审案一起，已结。阅《日本全国漫游记》三十页。午后，暴风骤起，屋瓦皆飞，二堂内宅房顶砖兽皆吹落，移时始止。灯后，阅《国风报》数页。沐浴后，即睡。

十六日(1911年6月12日) 晴。核交代稿。饭后，阅《日本全国漫游记》四十二页。办稿数件。李哨官领饷回厅。接新任陆公信，二十日到厅，二十二日接印。遂饬连夜赶办交代。商务馆寄到各书，灯后略一检点，三鼓始睡。

十七日(1911年6月13日) 晴。早起，饬家人收拾零物，至午后始稍就绪。阅《日本全国漫游记》三十页，已完。写运品珊、薛颖阶及二弟信。办稿数件。至署外查工。见满街商户建房，而署内收拾交代，心中殊觉难过，至灯后仍未释然。接代理呼伦厅王峻岑及志荫湘信。二鼓后乃睡。

十八日(1911年6月14日) 晴。写王锦堂信。饭后，清理文件。饬差将书箱等物运出署外寄存。至学堂查工。邀劝学总董及自治员等晚饭。又写新任及蔡品珊等信。灯后，阅报纸。三鼓乃睡。

十九日(1911年6月15日) 晴。阅《国风报》。饭后，派队带车赴站迎接新任。将内子送出署外暂居。办稿数件。邀双城同乡在本署充差诸君晚饭。余性嫉恶太严，凡素有瓜葛之人，犯者惩治更重。因此多不理于乡人之口，矫枉过正，此亦一过也。今日席上诸君幸不以余向日之刻待,尽欢而散。至署外查工。灯后,仍阅《国风报》后,乃睡。

二十日(1911年6月16日) 晴。晨起,将行李移入书房。饭后,候迎新任。午正,去差旋回。因右堂吴寿民前日有电,五月接印为旧日官场大忌,新任故未果来。时至今日,官中犹存此迷信,尚何论于民哉?可为一叹。晚邀署中各友晚饭。仍至署外查工。内子又由署外移回。灯后,阅《国风报》。三鼓睡。

二十一日(1911年6月17日) 阴。早饭后,乘马至街内各商家查视,因不日将去,再来不知何年?行至义顺成烧锅,晤谈甚久,该号铺东杜鹤年为之堕泪。予到安达四年,自问愧对商民处甚多,况该号本年因防疫经余罚办,不知此时因余去而又涕泣也。余为之唏嘘者久之。又至南北街共二十余户,均有依依不忍令吾遽去之意,予愈难安矣。午后三点回署。接新任由站来信,二十三、四定到。灯后,阅《大同报》,即睡。

二十二日(1911年6月18日) 阴。仍派队赴站接新任。饭后,清理文件,未完各件。劝学总董等来见,为学堂事。客去,阅《大同报》李提摩太论和平弭兵事。余平日甚主张此说,尝谓:现在所号称文明各国,仍未脱上古野番攻战习气,众暴寡,强凌弱,不惜本国生命财产从事一战,所得者不过荒渺之土地,野蛮之人民,而主战者且美其名曰越竞争,越进步;夫所谓“进步”,不过求国民之幸福,若有此兵费则用以扩充实业,吾恐国利民富必胜于攻战多多矣。李君其实获我心哉!蒙古李得胜来见。李前为降匪,经捕盗营拿获,行查肇州。知降后,尚无劣迹,遂尔开释。近数年深知学好,作小本营业,甚为获利。今闻余将去任,特来一见。涕泗横流,奖勉再三,泪痕稍止。观此形迹,此后或不至再为匪矣。写崇组轩、李笏臣信。晚接常括香信,有戒余对上峰、对朋友过于刚硬之语,当韦佩之。大雨如注,两阵始止。灯后,阅《国风报》,乃睡。

二十三日(1911年6月19日) 雨。早起,办上赵督停止移民先行筑路意见书稿。饭后，写常括香信。雨尤未止，午后稍晴。新任到城，余迎之郭外。入署后，陪晚饭，并邀其友金君，号芳五。新任人极精明，且无习气，此诚安达之福星也。席散，查核交代文件，拟明早拟交。灯后，闭目静坐片时，复清案头散积函牍。三鼓后，乃睡。

二十四日(1911 年 6 月 20 日) 晴。至学堂查工。陪新任早饭。饬差点交铺垫、枪械、马匹等物。午后，学堂教员及自治员等均来晤谈。晚饭后，送交印信。灯后，写家信一件。结算予自己廉俸账簿。四年间结清，共余钱六千余吊，谁其信之，只我自知耳。此帐因日久未写，核至天明，始有头绪。略一假寐，即起。

二十五日(1911 年 6 月 21 日) 大雨如注。新任陆仲殷为予饯行。席散，雨稍止。十二钟由署启行，员司差役送至署外。余一出大堂，不觉泪下如雨，合署公送之人均为凄然。新任与右堂吴寿民及绅商、学界并乡间百姓，均候送至此，一见余，均各潸然出涕。余与陆公未交谈，则亦为之失声矣。亟走上车，而劝学总董刘盘瑛、自治员杜鹤年、绅士沈典三犹攀辕行泥淖中数武。予欲下车，渠等坚执不从，强遣之乃去。余并勉以嗣后官民勿伤感情，欲再有所言，哽咽之下不能再语。予到安达四年，愧对地方处甚多，不知绅民何以爱我如此之深。此四年中别无可以自慰之处，惟始终未出一命案，此诚余与绅民所大幸，而亦事所少有者也。惟细思致此原因，每有讼案到署，即设法为之判结，且行路、散步均可为之剖判，不必拘定呈词。商民见成讼易，即不再相争斗，即偶有争殴之案，余必先责其私斗之罪，然后再判其是非，商民知成讼较争殴有益，以故凡百难了之事，可以呈控，不敢私斗，此或减少命案之原由也。下午六点，到安达站。交涉局尤海樵及同乡恩霖甫留晚饭，情意殷殷，殊为可感。九点半车到，复送予至车中。十二点至昂昂溪车站，寓永茂客栈。略一假寐，东方明矣。即至齐昂铁路车站茶室中候车。记此。

二十六日(1911 年 6 月 22 日) 晴。九钟开车，十一点到省。寓大兴昌客栈。时各衙门已过见客之期。下午，便衣走访同乡王兰谷刺史、同年林奎腾直刺、王复同明府。晚间均来寓畅谈，同寓熟友甚多，谈至三鼓后乃寝。日记亦未暇作。

二十七日(1911年6月23日) 晴。早七钟，上院及民政司，因本日与俄使开议界务，均未见。并就近往拜院、司各友。遂至财政局晤甘监理。回寓午饭。至提法、提学两司，法司见，学司已上民司，未见。旋寓更衣，各友答拜者踵至，应接不暇。官场浮文，令人生厌。然不如是，人将讥我之骄也。灯后，三弟来寓。面色仍不见佳，可虑之至。补记昨今两日记，乃睡。

二十八日(1911年6月24日) 阴。早八点上院，九点入见抚台周朴帅，同见者为林子寿太守、段子文大令。因余前《上东三省移民意见书》，抚帅奖慰再三，与前二年谒见时大不相同。《孟子》云"夫人必自侮，而后人侮之"，无学即自侮也，可不勉哉！又至民政司谒张司使。后复往新任民宪宋司使处，未见。并就近往拜同乡多竹三太守。十二点回寓，兆仁山司马来答拜，子寿亦回寓，同往同兴园饭馆。午饭后，高等审判厅各友亦来答拜。晚四点，宋司宪邀子寿与余晚饭，同席者多太守、魁观察共七人，灯后始散。回寓，检昨上赵钦帅书稿，嘱许宜臣再抄一份，因今日谒抚宪时谕令抄呈也。

二十九日(1911年6月25日) 夜间大雨，天明始止。锡介眉邀余早饭。回寓后，因道路泥淖，未能出外拜客。写宋司使信并赠已读旧书数种。郑绂珊司马来谈，郑为前任黑水厅，在任时声势伟大，现在光景与昔时大异。宦海无常，可不惧哉！午后天稍霁，步行至街中各商，购买署中应用各物，并顺道至抚署及民政司内旧友一谈。今日星期，均未在署。灯后回寓，写陆中殷信。与林子寿谈至夜半，乃睡。

辛亥六月

初一日(1911年6月26日) 阴。饭后，与子寿同往宋司使处。并就近至陆军军械所。拜同乡杨喜亭观察，谈甚久。回寓，大雨如注，午后仍未止。冒雨赴马序臣约，席散，与兰谷同到寓，雨仍未止。灯后，与同寓张子玉谈呼伦厅事。是日，将新上东督赵次帅禀稿钞呈抚帅，并写陆仲殷信。

初二日(1911年6月27日) 细雨淋漓。与子寿早饭后，冒雨参观省中各种新事业。先至中学堂，晤监督王君，安徽人。导观各室，局面甚为宏敞。计全堂可容十班，每班五十人，现只有五班。又至农业中学试验厂，参观温室。从此绕道至造纸公司，见工人捆纸。索取一张，即系奉省官报所用之纸，洁白而坚，尚属可用。又至旗民工艺厂，晤其专办雪君。先观木工科，专制桌椅之类，纯是洋式。又观织布科，有机十余架，专织斜文布。见八九岁小童均能弄机挽线，余心欣然。又观缝纫科，专做军衣帽，亦半皆各小童为之。又观刷印科，有铅字、石印两科。其司事送观已印各样本，成绩尚好。余因定印名片数百，并将前后所上《东省督抚借债移民利害意见书》排印三百本，以便分赠各友，因索之者众也。遂至成品室，制成各物均甚坚实，遂购洋椅一把，以作纪念。雨势愈大，遂披油衣至咨议局，晤议长李君品唐。此君为余前八九年素识之人，相谈甚久。遂至议场及楼顶逐一参观。建筑纯朴无华，边瘠之区得此，良非易易。由此又至警务公所，访总办涂太守子厚、文案马君序臣，均因外出未遇。回寓稍息，见客数起。又与子寿至饭馆食清蒸嘉鱼。灯后，至王兰谷公馆畅谈。回寓，乃睡。

初三日(1911年6月28日) 晴。饭后，至宋司使公馆禀商呼伦应办事宜。又至民政司，司使已出署。回寓稍息，见客二起。同子寿至公园散步，风景较前年尚佳。登澄江阁远眺江天云影，如凭御风。子寿不敢登高，未能同上。余戏之曰："《礼》云：'孝子不登高'，子其欲为孝子耶？"在园内番菜馆晚饭。又与子寿至街内铺商购备应用各物。灯后，回寓即睡。

初四日(1911年6月29日) 晴。早饭，同子寿饮酒略多，本拟饭后谒民政司宪禀商事件，因酒未能前往。酒之误事至此，可见古人以酒为戒，真堪法也。小睡时许，旧同事刘子振来拜。客去，三弟亦来。午后，赴金立亭约，席散回寓。至宋司使公馆，外出未晤。顺道至公署访杜召棠，时子寿、介眉均在座。召棠在伦多年，情形极熟，所论彼中事实均中肯綮。二鼓后回寓，乃寝。

初五日(1911年6月30日) 晴。十钟往谒民政司，并拜客数起。午后，至藏书楼，距城四里许。前年余曾到此，已逾三年，以为必有进步，孰知巍然高楼所藏之书尚不如余藏之多，余所无者只《图书集成》一种而已，其中收藏多不如法。晤其庶务员程君克宣，复至楼顶远眺。扫兴而归，回寓稍息。至宋司使，谈时事甚畅，灯初归寓，王禹钦、董云衢诸君亦来聚谈。客去，十一钟乃睡。

初六日(1911年7月1日) 晴。早起，赴院、司各处禀辞。十一点回寓午饭，少息。又至宋司使处辞行。并至法政学堂晤学员吴笏孙、杜云涛，各赠钱二十吊，嘱其努力前进，因渠二人为安达所送也。午后回寓，与子寿晚饭。灯初，杜召棠、于石洲来寓聚谈，三更后始散。三弟来寓守送，夜深未能回堂，留宿寓内。

初七日(1911年7月2日) 晴。九钟，谒辞宋司使，谈甚久。蒙司使赠"当甓斋"额，并"好书幸已裒千卷，作计都无剩一钱"联语，又加跋言数则。回寓，各寅友均来送行。十二钟至站，各友在站候送者甚多。下午二点至昂昂溪站，寓永茂客栈。稍卸征尘，即带通事至站中各俄商处调查情形，遂在俄饭馆晚餐。回寓，合衣小睡。至十钟，登车北行。

初八日(1911年7月3日) 登车后，朦胧睡去。至扎兰屯，天明日出，已行三百里矣。山色结连不断，小河纵横，景颇可观。惟见路旁所掘之土不及一尺，均系沙石土质，不适耕种。山间多矮树，亦不成材。十钟至博克图站。在洋馆便饭后，开车即入山中。危岩壁立，旋入石洞中。司车者先期将车中均点洋烛，隔窗外望，仍黑莫辨物。历十四分钟，始出洞口，复见天日矣。此即兴安岭正脉也。自此西行，山不甚高，水皆西流。纯是下坡，故车较洞口以东尤速。下午四点至伦，已有巡官并捕盗马队及商会在此迎候，因昨日有宋司使专电。余前给峻臣、荫湘函，未言到伦定期，并于函内谆嘱勿派兵役赴站往迎，盖为此耳，不意司使已有电到。在站中少为周旋，即乘车至署。晤峻臣、荫湘及厅、道两署股员，并坤、学各界，数时始止。遂即答拜本署各君。峻臣邀晚饭。席散，周历署中各房，见散漫凋敝，不成局势。回忆尚较初到安达时，租民房二间作为行署，已不啻天渊之别。灯初，至荫湘室内一谈。遂变装至街内永发源商铺，调查前日《远东报》所载该铺伙友为巡警无故责殴。再三用言诱引，坚云不知。或报馆将姓名登错，明日再当密查。回署阅信数件。三鼓后，乃睡。

初九日(1911年7月4日) 晴。检点各物。饭后，答拜各客，午后始回。并分送各友礼物以联情，不厌其薄也。写安达公馆四弟信，并陆仲殷、吴寿民、尤海樵各信，派通事卜继舜回安接眷。灯后，至街内一游。觉倦，半途而返，即大睡。

初十日(1911年7月5日) 晴。视学员来商接印礼节，告以仍循旧章。十二点接印，行三跪礼，一扫向日赞礼等浮文。道署各股长并蒙旗均来道贺，交涉总理何云台亦来晤。客去，复往答拜，均未见。晚邀王峻岑及本署视学、审判、警务、主计、统计各股员便饭。席散后，检阅未结各卷十余宗，乃睡。

十一日(1911年7月6日) 晴。早起至公厅，公事猬集。饭后，道署送到代行稿十余件。蒙旗股长荣佐领来晤，坐谈甚久。客去，复理文件。接二弟信，知已改入北京中学。邀道署各股长晚饭，灯后始散。接珠尔干河总卡官赵春芳禀道署叛匪情形函。余现代行道事，自应拟办。即赴道署文牍股长徐松山面商，并嘱拟呈省电稿。回署，天阴微雨，三鼓后始睡。

十二日(1911年7月7日) 晴。早起，至公厅清理文件。道、厅两署公牍山积，至日中方稍就绪。审案三起，结二起。蒙旗胜总管来拜，因审案未见。日夕，同警务长查看新修衙署，按图尚有应行酌改之处。接新任道宪于观察电，十三日由省启程，十四日到伦，遂即函告道署预备一切。灯后，至税务局锡赞臣处一谈。回署，乃睡。

十三日(1911年7月8日)　晴。赴道署商议恭迎道宪事，派本署审判股员、候补知县志令棠前往迎迓。回署，审案二起，结一起。内有呈控区官何海涛一起，未结。派差至站迎内人等来署，晚四钟始到。灯后，便衣至街内密为调查，已被巡警看破，行北门外而返。十一钟始睡。

十四日(1911年7月9日)　晴。早起，清理文件。蒙旗股长荣殿卿来谈。晚三钟，至站迎道宪。至署谒见，谈地方事甚久。灯后，仍至街内密查。回署，始睡。

十五日(1911年7月10日)　阴雨。至公厅清理文件。饭后，审案一起，讯明区官何海涛聚赌抽头，当堂斥革，驱逐出境，派警务长亚万一暂署区官。邀商会总董萧养浩等来署，详询本地情形并历次区官成绩，佥以初次区官时承伦为优。客去，接抚宪电，进剿叛匪前敌各兵，每名各赏羌帖四元，并准珠尔干河总卡官拿获叛匪，先行就地正法。当即持电谒道宪，立即分行。回署雨作，披雨衣而行。灯后，乘马车至站界俄新街一游。回署，乃睡。

十六日(1911年7月11日)　晴。早起，清理文件。饭后，会客三起，并传见厅属各局处员司。写卞协卿、张鹤岩信。终日调阅积案，渺无头绪。灯后，至街内密查。十一点乃睡。

十七日(1911年7月12日)　晴。清理公件，审案一起。饭后，往拜俄外部官吴萨谛，谈甚久。其人柔而狡，亦老于中事者。顺道至交涉局，何云台进城，未晤。晚赴锡赞臣约，同座均熟客。主人闹酒，余不得已多饮数杯，即觉腹中不适。回署，终夜未眠。

十八日(1911年7月13日)　晴。早起，清理文件。饭后，会客数起。商会总董来，控税局专员陈日新。适该员来署辞行，略一诘问，语多强辞夺理。至道署，禀商事件。回署后，商会又来，遂妥为开导而去。灯后，锡赞臣来，谈至二更乃去，遂携手枪查至南门。回署，乃睡。

十九日(1911年7月14日) 晴。早起，饬家人收拾新公厅，以原有公厅太湫隘，不堪住。饭后，清理文件，会客三起。晚四钟，俄外部官吴萨谛来答拜，谈甚久。客去，乘马至学堂查学。又至监狱查视一周，各犯环跪哀恳，在狱中似均有悔罪之意，不知何以数犯者甚多也？顺道答拜蒙旗佐领德克德金布，未晤。回署，复至巡警区所一查。灯后，与各股员商公事。二鼓乃睡。

二十日(1911年7月15日) 晴。早起，核阅主计股账簿。饭后，清理文件。商会董事李映南等来见，仍为税事，复又会客二起。晚饭后，至新署查工。顺道至东河沿，此即伊敏河支流。沿河北行里余，遇蒙古学生三人，一名克勤，尚通汉语，遂面奖数语而去。灯后，审案一起，已结。十一钟乃睡。

二十一日(1911年7月16日) 晴。清理文件。审案一起，已结。饭后，商会来见。写信二件。邀胜总管、锡赞臣、何云台诸君晚饭，共十座。旧友范振之由省来，闻请客不约而至，亦快事也，灯后始散。至街内暗查，行至德盛永，询悉该铺为卡弁丰林保去货钱二百余吊。业已成案，现尚无着，遂暗为登记。回署，即睡。

二十二日(1911年7月17日) 晴。早起，即传昨夜德盛永执事人陈广顺来案。渠尚不知何因，余告以昨夜前到汝铺之老客，即余也，渠始恍然。复详加斟讯，谕令先行回铺候，即呈请道宪转饬丰卡弁，迅将所保之款交案，即行具领，绝不累汝，该商乃欢欣而去。饭后，清理文件，写桂芳五信一件。道宪传见，遂即前往，为会商迎迓振邸事，在坐者为何云台、恩润之、王隽臣诸公。道宪今日即赴满洲里候迎，因省中已有电派也。回署，略息。恩润之又来商办差事，遂留晚饭。余不喜应酬，此次调缺最怕者即办差一事，不意未出半月即有此差，奈何。灯后，至税务局晤锡赞臣，谈甚久。回署，乃睡。

二十三日(1911年7月18日) 晴。早起，清理文件。饭后，审案四起，结二起，会客三次。午后，蒙旗股长荣殿清来送乳酒，遂留晚饭。蒙人来告本街游民巴彦孤讹索钱文，即饬司法巡警前往拘拿，不意该匪闻风远逸。至新署查工。灯后，与本署各股员研究学堂及自治二事。三鼓乃睡。

二十四日(1911年7月19日) 晴。至公厅清理文件。饭后，审案四起，均系积匪，有犯案至四五次者。严审未免稍酷，然亦无可如何矣。接滨关道李兰舟观察致道宪电，退堂后遂至道署，嘱即译发。回署，自治公所诸绅董均到，集议自治事，尚无头绪。晚饭后，乘马至城南各蒙古包查视。遂渡河至各菜园，复又乘船渡伊敏河正流，假船户钓竿，垂纶移时，未获一鱼。遂将竿交给差官孙德贵，步至船房烹河水解渴，水未烹沸，该差官连钓三尾。因其家居河滨，久习此事，可见天下事非先经验不能成功，非徒一钓为然也。复渡河，乘马由北门而归。警、学两股员来商事件，交涉专员何云台亦来晤谈。移时乃睡。

二十五日(1911年7月20日) 晴。清理文件。饭后，恩润之来商办差各事，遂派差兵共十二名交渠差用。下午三钟，乘马至站，润之及锡赞臣、何云台均先到站，会同部署一切。五钟十五分，邸车始到。大家一同禀见，惟余与交涉专员何云台得见。邸询地方及交涉事甚悉。邸节便衣朴素，毫无亲贵喜气，与向日所闻及报纸所载大不相同。复谒道宪于观察及滨关道李兰舟观察。道宪嘱余往送，并云：胪滨府张鹤岩业已来送，余为地方官，亦不可不再送一程。余迫于道宪之命，遂即面允，与道宪同车。夜间十二钟至博克图，余复前往禀辞。邸又传见，并面道劳驾等语。由此下车，时博站专员桂芳五亦来迎差，遂至芳五局内借宿。一钟乃睡。

二十六日(1911年7月21日) 晴。早七钟起，至局外观玩山景，芳五留余早饭。九钟车到，芳五亲送至站，情意殷殷，令人感谢。开车后，凭窗仰观山景，殊可怡怀。车入山洞，黑如深夜，出洞至兴安站，以其在兴安岭后也。见卖山果甚多，果名托盘，形如桑葚，色红而酸，俄语曰“牙克萨”。倚窗食果，山色河流迎眸而过。下午四钟抵伦，车马来站守候。并接云台手信，邀余晚饭。遂乘马到局，隽臣诸君已先到。余腹痛,未坐久即回署,见案中公事委积甚多,遂扶痛一为略理。至内室,即睡。

二十七日(1911年7月22日) 阴。早起,腹痛稍止。至公厅清理文件。十二钟,至简易识字学塾发毕业文凭。诸生循循有礼,余登台演说后遂亲手递发。乘马冒雨回署,劝学所员绅已到齐,为开议学务。定议先由该绅董将本年用款逐一开齐,明日再行续议。客去,雨犹未止。四钟,冒雨至道署候迎道宪,知抚宪同民政司均送至哈尔滨。灯后,云台来谈,移时始去。

二十八日(1911年7月23日) 早起,细雨淋漓,轻寒如秋。饭后,清理文件,审盗案三起。午后,劝学所员绅又来,定议俟款筹定,再行开办各学,遂留诸君晚饭。客去,与同署诸员议归并各股办法。灯后,雨犹未止,遂睡。

二十九日(1911年7月24日) 晨起,至新署查工,顺道至恩润之室内一谈。回署早饭,即至公厅清理文件,仍与各股员面商归并办法。晚饭后,步行至学堂,正与各生考问汉话,道宪派人来请,为俄人行使假帖事。灯后,由道署就便至街内各商,密访蒙人巴彦古讹诈事,甚确。

三十日(1911年7月25日) 晴。饭前,宣布归并各股。商会董事齐到,面商防使假帖事甚久,并提议简易学塾办法。司法拿获强抢客民张文全赃马,并获尹清池已失马匹,可谓一举两得。遂即坐堂审讯,马匹当堂交事主具领。下余无主三匹,系烙俄文火印,应照会俄员出示招领。晚饭后,文牍员单静侯来谈,移时始出。写家信一件,交邮寄去。

辛亥闰六月

初一日(1911年7月26日) 晴。晨起,清理文件。饭后,至新署查工。后锡赞臣来商税务添派司巡事,俄商抗不纳税,蒙人又任意偷漏,纵添司巡,不过专防蒙人一方面,于俄商终不能实行。国势不振，凡事均受影响，思之愤然。自治公所绅董来见，经费业已无余，自治尚无头绪，此亦第一困难之事。灯后，赴赞臣处，仍商税务。十一钟回署，乃睡。

初二日（1911年7月27日）　晴。审案四起，均盗案。一犯九次，一犯五次，法轻而民易犯，诚然。边地民情刁野，予拟先从严厉入手，殊与新法不合，势逼处此不得不然也。退堂后颇倦，稍息，仍派马队带同事主出外寻贼。午后，同视学员至学堂监视考试，见各生识字甚多，惟汉语仍不甚通。生长蒙疆，久不与汉人相处，无怪其然。回署，清理文件。仍觉精神不快，遂携次女筱金，乘车至新街俄商处散步。俄人安得要耳商号与余素识，见小女至，馈赠食物甚多。遂在该铺择购零物三十余卢布，灯后始返。

初三日（1911年7月28日）　阴雨。清理文件。接杜召棠信，规诫语甚多，可感之至。饭后，代道宪办为本地蒙员请派税差藉以收服蒙心稿。此事为余发议，故命余起草。下午三钟，冒雨往拜俄巴厘司总管，人甚朴直，坐谈甚久，并晤其夫人及子女。由此又至车务总管处，大雨如注，未能久坐，仍冒雨旋署。俄式快车不能遮雨，前身衣襟全湿。邀张子玉晚饭。灯后，雨仍未止，阅《国风报》二十余页，乃睡。

初四日（1911年7月29日）　阴雨。早起稍晏，将欲开饭，道宪遣人来请，为商琑事。回署，锡赞臣、荣殿卿及商董萧养浩相继来晤。客去，清理文件。下午二钟，陪道宪至学堂查学。回署，接桂芳五、济崇山信，并附致刷印前《上三省督抚借债移民意见书》，遂即分赠两署各友十余本。至道署，仍商派蒙员办税事。又至锡赞臣处，谈家乡事甚久。灯后始回。仍接阅《国风报》十余页，乃睡。

初五日（1911年7月30日）　阴雨。学堂满文教员来禀辞，系本地游牧人，名布尔扎普。遂面嘱回旗设法劝学，唯唯而去。饭后，清理文件。蒙人来报，昨日在街内骑马被人骑去，查无下落。伦境法轻，盗贼到处皆是，余到，虽已破获数案，然终未少息，连日报盗者仍所在多有,奈何?蒙旗股长荣殿卿来。谈未久,俄巴厘司总管来答拜,坐谈三钟之久。渠虽武夫,与之论欧洲大势及俄国地理,均甚熟谙,非若我国之武弁只知扰民叩饷、目不识丁者可比。我不若人,即此亦略见一斑矣。客去,晚饭后雨犹未止,游兴颇动,遂邀统计员周茂才竹轩,披油衣步行至西山松林一游并查勘,拟作公园。地点纯系沙质,松树高可三丈,其中杂以山果等树,风景颇幽绝。每至高处,必造极峰一望,此余性也。若稍加以点缀,此亦极边之佳景。因回顾周茂才云:江南有北固山,而此山向无名称,余拟名以"西固",取其固我西陲之义。八钟回署,全山已遍游矣,往返约可十余里,尚不觉疲倦。灯后,招亚区官密捕胡匪。阅熊秉三都转《东三省移民开垦意见书》,大旨理想处甚多,因未阅竣,不敢妄加评论。沐浴后,乃睡。

初六日(1911年7月31日) 阴。清理文件。饭后,巡警送到昨晚密捕胡匪于小厮,当即提讯。据供,曾纠大股一百余人攻破多耐站及二台,经吉统领收降后,又逃出为匪,屡次在满洲站等处行抢不讳。并供有在监之盗犯朱长顺,遂将该犯提出,对质属实。又审索伦右翼音总管送到窃马蒙匪乌鲁聚,均已供认不讳。午后,何云台、锡赞臣、荣殿卿均来晤。写张鹤岩、卞协卿信二件。灯后,至道署禀知拿捕胡匪事。回署,阅各匪供词。十二点乃睡。

初七日(1911年8月1日) 晴。清理文件。饭后,覆讯昨获盗犯。共四起,结一案。蒙人来报失马案三起,在防营及俄人处认获二起,遂饬通事将马领回。下午至河岸一游,并至新署查工。灯后,与审判员商办盗匪事。十一钟,携手枪带官差孙德贵至赵家店密查,闻该店向来窝贼故也。

初八日(1911年8月2日) 晴。早起,译发正法胡匪丁凤瑞电报。饭后,清理文件。锡赞臣来晤,商会董事亦先后来商城自治开办事。庖人买到生鲤一尾,遂命作生鱼,邀赞臣晚饭。四点客到,正开饭间,外部官俄翻译李国福来。渠本俄人,从华名也。外部官邀余于初十日吃酒,并定于明日来署,会审俄人行使假帖案。略谈数语,遂延李君入坐。李虽俄人，却喜食生鱼，亦一奇也。陪客二次，饮酒稍多，晚间颇觉不适。灯后，至新署查工。回署，乃睡。

初九日(1911 年 8 月 3 日)　晴。清理文件。饭后，会客二起。审案一起，已结。下午二钟，外部官吴萨谛携翻译官李国福来会审，三钟乃去。因昨饮酒过多，腹泻数次，至内室少息，不觉睡去。晚饭后，至新署查工。回署，接抚宪复电，准其先行正法。因天色已晚，将电密为内存，俟明早再行宣布。灯后，阅《国风报》数页，乃睡。

初十日(1911 年 8 月 4 日)　阴。早起，写吴寿民、阎养元信二件，均安达旧友，并附《移民意见书》二册。饭后，分传兵警预备出差。署中马队前后派出两起打贼，并将余马骑去两匹。因遣差持帖，由道署借到马队，并由商家为余自己借马二匹，以备随行戈什骑用。十点，提犯行刑，余自往监视。该犯在车中犹唱二黄，真所谓到死不悟也。回署，写尤海樵信一件，亦附《意见书》。十二点，至简易识字学塾行开学礼。共二十名，余亲发课本后，登台演说立学大意。时已一点，就近赴外部官吴萨缔约。同坐者于振甫道宪、锡赞臣司马、王隽臣大令，及余与外部官并其夫人及翻译李国福等八人，尽欢而散。外部夫人京话甚好，初听不似外国人，渠系北京产也。并导大家游其花园，虽无奇花异草，布置却甚有致，为其夫人经理者多。五点回署。巴厘司总管少子来邀儿子成全等往观洋戏。年十三岁，现入陆军小学。七点遂命其前往。至新署查工。荣殿卿来晤。灯后，雷雨交作。阅《国风报》数页。又写张鹤岩信，为监盘交代事。十一点乃睡。

十一日(1911 年 8 月 5 日)　雨，早饭后始止。第二起打贼之队回署，空手而归，贼已闻风远扬。蒙人事主各尔地扭送窃贼纳头力来案，并起获民马等物。遂将民马断该事主具领，作为包赔。又讯他案三起。自治总理文翰章来晤。索伦骁骑校根东保禀见。此人拿贼颇勇，余前托人往招，欲委令带队缉贼也。其人魁梧纯朴，尚不失索伦古风。即令入署接差，唯唯而退。灯后核稿，批呈数件，十一钟乃睡。

十二日(1911 年 8 月 6 日)　晴。清理文件。饭后，会客数次。

至新署查工。局势既散漫，而房室湫隘，安置亦不相宜。因前任已经呈准之工，且与工人订立合同，砖木半已备齐，余到任月余，每一见心辄不安，然亦无如何也。闻署中司法巡警有接受贼赃事，略一斟问，各兵供认不讳，纯系什长林永德为首。署中犹通贼，尚何怪地方之不靖也。可恨，可恨。灯后，分传证据，十时乃睡。

十三日（1911年8月7日） 晴。晨起查工。饭后，清理文件。会客二起。第一起派出之队回署，拿到前抢张姓马匹贼一名，赃马三匹。近来各兵尚皆出力。世无不捕鼠之猫，亦在饲之者何如耳。晚饭后，邀锡赞臣游西山，九钟始还。阅《国风报》十余页，乃睡。

十四日（1911年8月8日） 晴。清理文件。道宪派人来借《曾文正诗文集》并《前汉书》。饭后，审案五起，午后始完。会客三次。至道署禀商巡警与俄人争殴，并禁止捕打旱獭事。灯后回署，办呈请分饬各翼总管及沿边卡伦一体禁止捕猎旱獭文稿一件。阅《国风报》数页，乃睡。

十五日（1911年8月9日） 阴。晨起，乘马谒文庙、关帝各庙。顺道答拜常赓臣，未晤。饭后，清理文件。审昨日所获盗案。大雨一阵。办与各翼总管提议新政议案，未完。晚饭后，至新署查工。到锡赞臣处一谈。灯后回署。接办前稿，仍未完。又阅《国风报》数页，乃睡。

十六日（1911年8月10日） 阴雨。清理文件。饭后，会客数起。午后，鄂鲁特胜总管、索伦左翼巴总管、右翼音总管率同副管、佐领、骁骑校均来见。该各旗均系游牧，向无定所，每年定期来城挑缺，各翼齐到，俗谓“连环”，不知是何取意？三总管均不通汉语，蒙旗股长荣殿卿为之通译。谈他事均甚投洽，惟谈至地方自治，胜总管则绝然反对。余略为开导云：胪滨府与此同属蒙旗，彼处已办，此处不能独异。胜颇不怿，即率各总管而去。蒙人之愚，何时能凿混沌之窍也！大雨如注。留荣股长及文翰章晚饭。灯后，阅《国风报》数页，乃睡。

十七日(1911年8月11日) 阴雨。办稿数件。饭后,商会来见,为厅商鼎盛元借俄国道胜银行债破产事。新巴虎左翼博总管、右翼车总管亦率佐校等来见,仍以荣殿卿为之通译。车总管一旗归胪滨府管辖,此人甚明白,无怪该处新政较此间易办也,因恭维数语。博总管亦甚朴诚,所谈各事亦颇融洽。客去,有喊冤蒙人,随即面讯,系失马之事。盗贼至此多极,蒙人将何以为生也。灯后,与各股员研应办各事。写王锦堂、凌阁臣及家信。后阅《国风报》数页,即睡。

十八日(1911年8月12日) 阴。清理文件。饭后,赴道署禀商与各总管提议各事,并呈阅所拟议案。道宪颇为认可。回署。会客二起。吉林陆军采买官马王廷瑞来晤。客去,答拜各总管,胜、车两总管均未晤。先至博总管帐房,席地坐谈甚久。次至巴总管蒙古包,内用本[1]条为骨,外裹以毡,顶空露光。余向不解"穹庐"二字如何讲解,今始恍然。盖"穹"即中空之意,"五祀"中霤居一,此其遗意欤?又至音总管处,亦系蒙古包,均席地而坐,中用铁架若煤炉,然燃以牛粪,用以为炊,粪烟终日不息,几与富家烧檀香相似,惜其臭味之不同也。现在语以新政,彼辈出死力相争。优胜劣败,将来不至灭种不止。彼终不悟,其奈之何?乘马,雨淋一路,虽披雨衣,风吹处衣服均被淋透。蒙人见余骑马且能冒雨,似有惊异之意,可见旧日官习深入简出,早为彼辈所轻视矣。回时,驰马平原,马队跟余不及。余从前乘马不敢快走,因膝骨及腹痛。自去冬在安达赴青冈打贼,三百里未离马鞍,此后即不觉再痛,此亦耐苦之一进境也。晚饭后,仍乘马答拜王缉五,未晤。回署。至新署查工。道宪来请商定明日开议自治事。灯后,写许宜臣及鑫泰报局信二件,阅《国风报》数页,乃睡。

十九日(1911年8月13日) 阴雨。早起,至新署查工。饭后,清理文件。荣殿卿及文翰章先后来晤。十一点至道署,与各总管会议自治。经道宪发议,余从旁解释,自治原理并不碍旗官主权。各总

---

① 当为"木"。

管似稍领悟，允为传齐选民，再行开选。胜总管见余，先道前日出言之歉。余亦敷衍数语，不欲绝之太甚也。回署。锡赞臣来谈。晚饭后，索伦佐领派骁骑校来解胡匪乌也斯浑。该佐奉文尚能听命，因赏来差羌洋二卢布，叩谢而去。遂坐堂提审，见该犯凶恶异常，已供认抢马不讳。灯后，沐浴。阅《国风报》数页，乃睡。

二十日(1911 年 8 月 14 日) 晴。清理文件。饭后，覆讯昨日由旗解到胡匪。十二点，至董事会开会，各员董及自治公所各职员均先到，少顷，各总管亦到，昨特约请参观也。三十分钟，道宪到，振铃开会。道宪登台演说自治大旨，余继演说城、镇、乡议、董各会纯为自治，并不与官治相妨，欲使各总管闻之以释前疑。各议、董亦答念祝词，遂振铃毕会。回署已二钟矣。接高屏周、郑绂珊信。请日本医生与儿子成全诊病。灯后，核胡匪乌也斯浑供。余素恨贼，惟每于核定死罪时，殊有不忍下笔之意。阅《供》三翻四覆，共四五次，阅而又阅，不觉意乱。遂拟电稿，先请正法，无可原也。阅《国风报》数页，乃睡。

二十一日(1911 年 8 月 15 日) 晴。覆胡匪乌也斯浑供。饭后，清理文件。会客四起。晚四钟，邀各总管及王缉五晚饭。入座后，副管毕勒率各佐校蜂拥而至。昨有胡匪十三人在该旗众蒙户家抢去宝银二三百锭，马匹不计其数，恐慌之至。余抚慰数言，即饬队飞速往追。巡官赓栋保、差官孙德贵出外回署稍迟，各责四十军棍。前任移交马队只六名，现又新招本地蒙队五名并差官、戈什，连余座马亦同骑去，共凑马队十五人。眼同众蒙拔队上马，仍邀诸客回席。车总管略通汉语，颇能拇战，余亦不觉稍醉，八钟始散。巴厘司总管知有胡匪之信，特来探询，允为上下各站去电，凡由站上车之人严为搜检，并允明日派兵，会同华兵带领事主前往各站指拿，发给特别免票，不收车费。余面为致谢。客去，乘车至道署，禀知布置剿匪办法。回署，酒愈发，即朦胧睡去。

二十二日(1911 年 8 月 16 日) 晴。早起，头晕不能支持。胡匪乌也斯浑昨已电请就地正法，因各兵出防，恐有疏虞，不必候电，遂派审判员志棠监刑，先行正法。上床少睡，呕吐多次。巴厘司副总管又为帮同拿匪来商，遂派巡长张青山、通事卜继舜往下站，差官王佩亭、步兵王升往上站。因该总管屡来探询，情意可感，余力疾亲往致谢，并面商查拿之法。伊出妻见子，意致殷殷。闻渠与前任感情甚恶，余初到月余，不知何以如此相得也。回署，小雨一阵。又上床少睡。晚饭，后至新署查工，藉以散步。灯后乃睡。

二十三日(1911年8月17日) 晴。清理文件。饭后，审案六起，结三起。至道署面禀定期会议。写王兰谷、兆仁山、杜召棠信，各赠《意见书》一册。接安达劝学所绅董信，似与新任不甚投洽。余临行曾面嘱官民勿伤感情，拟仍去信戒之。午后，至新署查工。顺道往街内各商铺一游，有识余者，亦有不识者。灯后，回署。阅《国风报》三十余页，乃睡。

二十四日(1911年8月18日) 晴。清理文件。饭后，至道署禀商查拿旱獭事。接满洲里交涉局卞协卿电，著匪狄秃子已被该局拿获，嘱令往解。遂派巡长张启仁前往，并写致协卿信一件。蒙旗股正副股长来晤，谈甚久，始去。俄人来报牧放马匹被匪骑逃，即派马兵往追。灯后始回，拿获徐姓，闻系窃犯，但不是此案正盗。阅《国风报》数页，乃睡。

二十五日(1911年8月19日) 晴。晨起，颇觉不适。饭后，至新署查工。后上床小睡。写崇组轩、王尧西、锡介眉、常括襄信各一件。桂芳五同范振之、何云台来晤。去差由满洲里解到著匪狄秃子，一讯即服，并供出多匪在新街及辉河一带。立派通事至新街，会同俄人查拿，并派队至音总管处，知会蒙兵前往辉河捕系。阅《征廓尔喀记》二页。余自五月二十五日出安达后即未读书，迄今正两月矣。

二十六日(1911年8月20日) 晴。清理文件。饭后，甫经坐堂，音总管会同自治总董来见，为归并乡自治事。客去，俄巴厘司总管派通事知会，今日晚三钟铁路公司帮办阿佛阿西夫由此经过，会同前往车站迎候。当以吾国大吏过站，伊等均迎送如礼，礼尚往来，吾何为独不然？遂乘车至站。道宪亦到，阿公异常谦逊，时许登车始去。顺道至交涉局答拜桂芳五，回署已五钟矣。晚饭后，审案六起，结四起。灯后，至道署禀商事件。阅《国风报》十余页，乃睡。

二十七日(1911年8月21日) 晴。清理文件。饭后，会客二起，办稿三件。派往兴安岭查拿胡匪兵队回署，空手而归，只拿烟犯二人。写下协清、张鹤岩①，嘱令密捕刘国忠、朱先二犯，亦狄匪所供也。晚饭后，至新署查工。巡警送到偷捕旱獭十八名人犯，遂即提讯，判罚苦工若干日。穷民无以为生，数千里来此谋生，而又误触禁令，未免可悯。然中外协定禁令，不如此不足以儆将来也。至道署，禀商安置此项人犯办法。回署。又阅《国风报》十余页，乃睡。

二十八日(1911年8月22日) 晴。清理文件。饭后，至文庙查看预备乡自治选举是否合宜。十一钟前往开选，各翼由副总管以至佐校均已到齐。少顷，道宪亦到，遂振铃开选。先海兰乡，次辉河乡，又次伊敏乡。各蒙民投票、写票均有条不紊，自治公所指派监查管理各员亦均尽职。边地锢塞，诚为意料所不及。一钟竣事。邀胜、巴、音三总管来署，面商该三乡合并之事。盖渠等因此稍有意见，欲为之排解也。晚饭后，至新署查工。顺道至锡赞臣处少坐，时已灯初矣。回署，又持手枪至街内密为调查。阅《国风报》数页，乃睡。

二十九日(1911年8月23日) 晴。清理文件。饭后，会客三起。巴总管带同各佐校来见，为不愿与辉河、伊敏两乡合办自治。渠本无所可否，惟不能当各佐领之家也。巡警又查获偷打旱獭人犯十五名，立讯，薄罚苦工了事。马队拿狄秃子所供伙匪拉蒙，提讯，多方狡展，并供事主金寿于五月二十六日被抢，是日伊在本城锦太公存住。退堂后，灯初微服至锦太公商号，假作买马。客人谈起该犯。据云，于六月初六日曾在该号买物，及一查账，果尔不误。并称于数日

① 疑脱“信”字。

前曾来一次，相离不过数日，并无十日之久。正谈论高兴间，蒙旗股副股长文翰章到，彼此相见，余亦不觉大笑。因明告该商，余即系此地呼伦厅也。该商惊异久之。即将该号账簿盖戳。由此又暗至街内各处秘密调查。十一钟回署，乃睡。

辛亥七月

初一日(1911 年 8 月 24 日) 晴。晨起，谒文庙及关帝。饭后，清理文件。十一钟，至文庙选海兰、伊敏、辉河三乡甲级，并带选甘珠乡乙级。二钟选竣，同各选民及参观各员拍照。至道署，禀知得票选民数目。回署略息，乘马至巴厘司总管处。前数日为拿贼，渠甚帮忙，昨其通事为交涉局拿办，托余说情，故不得不一一周旋。该通事，中俄两方面商民均为切齿，独该总管袒护如子弟，不知何故？啾啾许久，辞出。至交涉局，知已订监禁八年，此亦痛快之事。回署。晚饭后，至西山指挥苦工砌筑公园假山。灯后，阅《国风报》数页，乃睡。

初二日(1911 年 8 月 25 日) 晴。清理文件。饭后，会客二起。十二钟，至道署与各翼总管会议前发议案，均甚赞成。模范牧场，各翼认捐牝羊一千头，牝马二百匹，牝牛一百只。牧政传习所经费应由官息借，俟牧场得利再行拨还。照忠祠及会议厅并公园，各翼亦均认捐款。由道署发给募捐印册，交由各该翼派员牧劝。满文报纸，亦均认销。学堂，则新巴虎左翼先行推广。简易识字学塾二处，索伦左右翼已认设之。巴彦和硕及漠克图二学，本年亦即开办。议决后，始散。各翼向与道、厅感情甚恶，不知此次胡以如此驯顺？此诚始愿所不及也。四钟与王隽臣饯行，共八座，七钟始散。

初三日(1911 年 8 月 26 日) 晴。清理文件。荣股长带副管毕勒及佐校等来报，前派赓栋保带队擒获胡匪六名，阵毙四名，得获枪马赃物无数。各蒙员均有欣幸之色，似始知地方官与彼实有利益。饭后，核批稿数件。十一钟，至文庙选甘珠乡乙级，一钟始竣。回署，至新署查工。灯后，阅《国风报》数页。又阅《舆地丛钞》十一页，乃睡。

初四日(1911 年 8 月 27 日) 早晴晚雨。清理文件。写商务馆信,为学生教科书事。饭后,至新署查工。道宪来请筹商查拿猎獭人犯,议定明日分四起搜查。新换俄巴厘司总管来晤。客去,巡官赓栋保拿匪回厅。获犯四名,宝银十九锭,洋枪十五支,赃马七十匹,阵毙胡匪四名。此次该巡官出队尚属奋勇。立提各犯研讯,均各翻异不认。因天色已晚,退堂未加深讯。各蒙人纷纷来认马匹,当场认去十三匹。灯后,交涉局通事知会解旱獭人犯火车已到,即分传提犯,共三十二名,派差押送北站登车。阅《舆地丛钞》三页,乃睡。

初五日(1911 年 8 月 28 日) 晴。至新署查工。饭后,至道署禀商派队会同蒙兵查猎旱獭人犯,共分四起,每起四名。由胪滨府解狄匪所供朱先一犯。灯后,至锡赞臣处少坐。回署,阅《舆地丛钞》七页,乃睡。

初六日(1911 年 8 月 29 日) 晴。清理文件。饭后,至新署查工。十二钟,仍至道署与各总管复议前发议案,各总管递到各旗认捐牲畜数目,其余各事亦均顺理成章,此诚初愿所不及料也。议毕,各总管就近禀辞,因均邀署晚饭,尽欢而散。灯后,阅《舆地丛钞》三页,乃睡。

索伦左翼认捐	牝马六十匹	牝牛二十五条
牝羊二百只		
索伦右翼认捐	牝马五匹	乳牛三条
牝羊三十只		
新巴尔虎左翼认捐	牝马七十三匹	牝牛三十八条
牝羊四百四十只		
新巴尔虎右翼认捐	牝马六十匹	牝牛三十二条
牝羊三百二十只		
鄂鲁特认捐	牝马二匹	牝牛二条
牝羊十只		

以上共马二百匹，牛一百条，羊一千只。

初七日(1911年8月30日)　风。清理文件。饭后，会客二起。至新署查工。审案二起，未结。今日颇觉闷倦。阅《舆地丛钞》三页。灯后，风息。阅《国风报》数页，乃睡。

初八日(1911年8月31日)　晴。至新署查工。饭后，清理文件。审案二起。会客四起。灯后，巴厘司总管来请听洋戏，并请同福儿及四弟文翰同往。八钟，乘车到站。戏园即在公园近前，门外设军乐一队，园内官商士庶均来夜游。十点开戏，为余设头等座。先由总管之儿子及其二女登台鼓洋琴，座客鼓掌如雷，佳其好也。嗣由各戏子登台演曲，其声直而促，不甚好听。各洋人却均鼓掌，所谓中西嗜欲不同，其信然欤！演戏后又至跳舞室，青年士女互相对舞，窗外以军乐和之。舞至高兴，则年老士官亦均登场跳舞。该总管及其陆军统领均各四五十岁，与妙龄少女舞得津津有味。少顷，又扮各样杂戏。用彩缯为羁勒，三少女驾前，一年老士官在后，如车马形，对面跪戏。又顷，各带假脸扮作西藏喇嘛念经形。怪态百出，种种游戏，不可胜数。总管邀余吃酒。诸戏又登台齐作，直至早四钟尚未散戏。及余辞出，则已东方既白矣。饮酒略多，腹中不适。略一假寐，即起。

初九日(1911年9月1日)　晴。至公厅清理文件。腹泻一次。未吃早饭。登床少睡，颇觉闷倦。会客数起。邀锡赞臣至西山一游，复随至税局畅谈。回署。阅《舆地丛钞》三页，乃睡。

初十日(1911年9月2日)　大风，寒如深秋。清理文件。饭后，会客二起。办稿数件。十二钟，至文庙选咨议局议员，投票者共一百一十一人，未到者五十人。余内穿棉衣，尚觉甚寒。回署，巡警又拿到猎旱獭人犯十五名。写吕欣堂信。灯后，补记前、昨两日日记。阅《国风报》数页，乃睡。

十一日(1911年9月3日)　晴。早起，仍寒甚。清理文件。饭后，至新署查工。顺道至西山查看废庙基址，预备移入山内，改作照忠祠及公园。回署，医官田子寿来见。审案四起，结二起。办呈报筹备乡巡稿。灯后，至锡赞臣处畅谈。阅《舆地丛钞》数页，乃睡。

十二日(1911年9月4日) 晴。清理文件。饭后，至道署面禀事件。十二点，至小学堂监视海兰、甘珠两乡议、董各会开幕。道宪与余相继演说，各议员均彬彬有礼。惟言语不通，须译员传话，稍费事耳。回署，答拜珠尔干河赵总卡官。下午四点，至新街洋铺购物，为请洋客用。灯后，回署。写林子寿、杜召棠信二件。阅《舆地丛钞》六页，乃睡。

十三[1]日(1911年9月5日) 雨。清理文件。饭后微雨，会客二次。至新署查工。办呈报创设满文报纸稿。接匿名信一件，内言前次断案失平，令由署暗中派人住店，自知详情等语。盖前有民人李廷舟与店东蔡墨池争执店钱，判令李交店价，此信想必李廷舟所为。遂密派差官孙德贵变装前往住店，究竟店价若干？李之负屈与否？自能水落石出。灯后，至河沿查看水势，就近至商号锦太公略坐。雨势大作，由该号借雨伞一柄而归。阅《舆地丛钞》十页。商务馆寄到定购农学各书。又阅《畜产学各论》三十页，即睡。

十四日(1911年9月6日) 阴。早起，清理文件。饭后，至道署禀商旱獭人犯事，顺道至新署查工。下午两点，邀俄外部官吴萨谛及其翻译李国福，并新巴厘司总管克勒诺夫晚饭。克总管因事未到，至六钟始散。灯后，发正法胡匪狄得胜、拉蒙二犯电报。阅《舆地丛钞》五页，乃睡。

十五日(1911年9月7日) 阴。早起，至新署查工。饭后，清理文件。神志颇倦。会客二起。晚饭后，微雨。披油衣乘马绕西山松林一周，藉以查公园道路，预备将来入手，先行开辟。至山后，见俄人马队下操，甚为整齐。我国领土而令他人军队来作操场，中朝大官尚梦梦作金钱主意也，恨哉。回署，雨犹未止。阅《舆地丛钞》数页。又阅《畜产学各论》五六页，乃睡。

---

① 原本为“二”，形近而讹。

十六日(1911 年 9 月 8 日)　夜雨。清理文件。饭后,至新署查工。招劝学所、自治公所绅董议学务及自治事。省城旗民工艺厂派段锡三来,定军衣及印刷机器事,遂留晚饭。写林奎腾、锡介眉信。灯后,核批稿数件。阅《舆地丛钞》数页,乃睡。

十七日(1911 年 9 月 9 日)　晴。早起,接抚台覆电。饭后,委审判员志棠监刑。据该员回称,狄匪在囚车内大唱,并自称曾杀洋人共十五名,蒙人数名,但未杀过我们汉人等语。余闻之,不觉慨然。方今外患日深,我国汉奸辈争以媚外,自残同种,为弋取富贵之具。若令听狄匪临刑之语,能无愧乎?午后,至新署查工。晚饭未终,运品珊、文锦堂由双城来。畅谈竟夜,一钟始睡。

十八日(1911 年 9 月 10 日)　晴。至新署查工。饭后,清理文件。陪锦堂及品珊赴锡赞臣处晚饭。余受感冒,未终席而返。灯后,与锦堂等谈家乡事甚悉。十二钟乃睡。

十九日(1911 年 9 月 11 日)　晴。清理文件。饭后,至新署查工。治席为锦堂、品珊洗尘,邀赞臣作陪,灯后始散。仍与锦堂等谈至十二钟,睡。

二十日(1911 年 9 月 12 日)　晴。至新署查工。饭后,清理文件。与锦堂等至河岸一游。灯后,为锦堂筹出山之计。并嘱品珊静以待时,不可牢骚,致伤锐气。夜半乃眠。

二十一日(1911 年 9 月 13 日)　晴。早起,与锦堂二君谈。饭后,清理文件。同锦堂等至车站调查商业。先至俄商拉本斯克,晤其主人,接待甚殷。专收皮、毛两项,每年约收羊毛五六万布特,每布特合中国三十斤,转售英商。并参观洗羊毛及装羊毛各机器,因与该主人商购模范牧场畜种等事。时已四钟,同锦堂等至俄饭馆晚饭。遇吉林采办官马王缉五,邀其同席。饭后,又至公园及巴厘司总管所种大麦地内一观。因霜早,尚未大熟,有苦工数人刈之。灯后,回署。知奉天新到采办官马管带王用中之兵陆顺连,将医官田子寿殴伤。该医官年逾五十,人亦谨朴,竟被殴伤,该兵之凶横已可概见。遂电请督宪将该兵交厅治罪，并转饬该管带将余兵严加约束。十二钟乃睡。

二十二日（1911年9月14日） 晴。早起，写阮公槐信，并送俄毯二床，俄糖十种，托品珊带交。阮为前任双城厅官，余曩年无力会试，蒙其多方资助。饭后，为锦堂收拾行李，并写家信，随带栽绒褥子二床。二点送锦堂、品珊上站。遍游公园，在站中俄饭馆晚餐，六钟始登车南去。握别，依恋不止。三日之中未罄衷曲，临行似有所言，然亦无可言也。灯后回署，清理文件，即睡。

二十三日（1911年9月15日） 晴。早起，清理文件。饭后，至新署查工。数日颇犯胃疾，郁郁不乐，少睡即起。灯后，至赞臣处一谈。顺道又至街内，见一车夫在小饭馆内灯下独酌，与谈琐事甚畅。并据称，已办巴厘司通事张喜堂劣迹。十二钟回署，乃睡。

二十四日（1911年9月16日） 晴。早起，清理文件。饭后，查工。接督宪电，饬管带王用中严管兵丁，并将犯事之兵照章惩办。写张鹤岩信，为合办模范牧场事。会客三起。灯后，即睡。

二十五日（1911年9月17日） 阴。早起，至新署查工。饭后，会客二起。下午一钟，赴外部官吴萨谛晚饭，同席者亦赞臣及林翻译二人。回署，放马飞跑[①]，非常畅快。灯后，至赞臣处送行。

二十六日（1911年9月18日） 阴。早起，至道署面禀事件。饭后，查工。下午六钟，道宪邀晚饭，同坐王管带用中及王缉五并道署各官，盖为余与王管带之事，为此排解也。王乃武夫，犹与余纷纷争辩，余以道宪出为调和，不欲重违其意，且渠既奉钦差传电申斥，遂敷衍数语，即与之拇战，不觉大醉。王缉五亦极为劝畅。十钟席散，因邀同席各客并道宪，明日来署晚餐。

二十七日（1911年9月19日） 阴。清理文件。饭后，往拜王管带及巡防队书记长温希衔。回署，张鹤岩派差官来此接戏，为其太夫人作寿。遂即作覆，并致送寿酒四事。巴厘司总管来晤，并赠余新

---

① 原本为“跪”，形近而讹。

式手枪一支，其意仍欲余为其通事张喜堂说情。予到伦后，渠遇事甚为帮忙，不欲遽伤其感情，遂函宋司使代为设法，交渠代呈。并另函叙明该总管之来意、张通事之不安分，迫于情面，非本心也。此函交邮政先发。晚六钟，各客到齐。道宪亦同时到，共九座。客多拘于道宪，未能尽欢。九钟始散。

二十八日(1911年9月20日)　晴。早起，至新署查工。饭后，清理文件。答拜道胜银行总董巴塔诺夫。回署。会客三起。灯后，阅报纸数种，乃睡。

二十九日(1911年9月21日)　晴。清理文件。饭后，乘马至海拉河口查看形势。距城不足十里。渡河，在船房少息。遥望河南山陂上如道路然，询之，乃为俄人所掘界壕。余久欲绕站界查看一周，遂回渡至山下，步行上山。山陡甚，至山顶坐地稍息。复乘马沿壕南行五六里，至西山松林后，壕折向东。因此处早已走过，遂由松林内回署，已四钟矣。何云台来晤。已裁统计员周鹏走后留函，函甚不逊，并将所送川资八两璧回。余将原函发交合署员书公阅。噫！安得广厦千万间，以庇寒士也。灯后，与运甫、吟香谈。阅本省《官报》，乃睡。

辛亥八月

初一日(1911年9月22日)　晴。阅《远东报》见上谕，四川省城被围，四处响应。川民为争铁路收为国有，如此激烈，民气洵可危矣。饭后，至新署查工。清理文件。下午三点，前江省度支司谈饱帆过境。余与道宪迎至站上，在车内坐谈甚久。回署后，会客一起。灯后，阅各种报纸，乃睡。

初二日(1911年9月23日)　晴。接杜召棠及张次青信。饭后，清理文件。十二钟，带同派定丁祭执事各员，赴道署演礼。晚饭后，至文庙视牲。灯后，何云台来晤。客去，乃睡。

初三日(1911年9月24日)　风。早三钟，祭文庙。余先同执事各员到祭，道宪始到。三点半开祭，均各如礼。惟祭品不全，殊属缺点。祭毕回署，东方始微明。易服后，仍小睡，乃起。派司事马振芳赴省领饷。写信数件。至新署查工。阅《舆地丛钞》三页。灯后，阅本省《官报》，乃睡。

初四日（1911年9月25日） 晴。早四钟，祭文昌并关帝及昭忠祠。回署后，仍小睡，始明。饭后，邀劝学员成润斋视学员。至西[①]山相度公园地址，下午二钟始回署。晚饭后，审案六起，结四起。灯后，阅《舆地丛钞》六页，乃睡。

初五日（1911年9月26日） 阴。清理文件。饭后，至道署禀商事件。审案一起，已结。午后二钟，邀道、听两署同事至西山松林内食祭肉，共二十一座。有俄陆军乐队管带亦在林中猎鸟。余与较枪，并指玻璃空酒瓶。余连击碎二瓶，渠甚佩服。因留以同饮，酒酣辞去，犹举杯茶念祝辞，愿满洲常为中国所有云云。余闻之，因向同座诸君，告以外人犹冀满洲常为我所有，我辈闻之，真为惭愧。因各浮一大白。六钟回署，此语仍不去于心。小女金子犹以阿爹大醉为戏，幼孩真不知我也。阅《舆地丛钞》五页，乃睡。

初六日（1911年9月27日） 晴。阅《舆地丛钞》十页。饭后，清理文件。至新署查工。审案一起，已结。晚饭，信步至街内一游。步入各商家，与之谈琐事，甚为有趣，彼均不知余为官也。灯后回署，阅《内阁官报》，乃睡。

初七日（1911年9月28日） 雨。阅各种报纸。饭后，清理文件。接王可耕信。覆常括香信。审案七起，结三起，至新署查工。灯后，俄巴厘司总管来晤，谈甚久。写运品珊信十余页。又阅《舆地丛钞》数页，乃睡。

初八日（1911年9月29日） 晴。阅《舆地丛钞》五页。饭后，清理文件。至新署查工。审案五起，结一起。蒙旗股书记官于显廷

---

① 原本为“四”，形近而讹。

邀晚饭，共七人，六钟始散。灯后，写运品珊信十余页。阅《郎潜纪闻》十余页，乃睡。

初九日(1911年9月30日) 晴。阅《舆地丛钞》十页。饭后，至新署查工。写新署门额。会客一起。写运品珊信。晚饭后，至道署禀商事件。

初十日(1911年10月1日) 晴。阅报纸。饭后，至新署查工。审案一起，已结。灯后，至街内密为侦查。行至瑞盛和商铺，畅谈街中琐事甚悉。回署沐浴后，乃睡。

十一日(1911年10月2日) 阴。早起，清理文件。饭后，至新署查工。午后，邀巴厘司总管夫妇晚饭，请道署翻译朱伯卿作陪，六钟始散。胜总管送偷马窃犯一名。灯后，阅《舆地丛钞》十页，乃睡。

十二日(1911年10月3日) 阴。早起，冷甚。饭后，风雪一阵。古诗所谓“胡天八月即飞雪”，洵不虚也。清理文件。会客二起。至新署查工。阅《舆地丛钞》五页。灯后，与各友谈甚畅。足冷如冰，不耐久坐。回内室，乃寝。

十三日(1911年10月4日) 晴。早起，清理文件。饭后，会客二起。阅《舆地丛钞》五页。三钟，至外部官吴萨谛会议事件，甚为狡猾。顺道至洋行购皮靴、洋布数事。灯后，至锡赞臣处晤谈。回署，阅时报数纸，乃睡。

十四日(1911年10月5日) 风。至新署查工。饭后，讯各工头与前主计员何某舞弊情形。至道署面禀事件。午后，至站答拜，卞协卿已登车回满。灯后，写王可耕信二十一页，乃睡。

十五日(1911年10月6日) 夜间风雪，冷如深冬。早起，墙角犹余雪寸许。八钟，至道署贺节。风冷异常。回署，公厅严冷如冰，不能办公。又觉腹痛，至内室卧许久。省差领饷回厅。接三弟信，知父亲身体不甚康健，二弟亦未回北京学堂，甚为悬念。孔子云：“一则以喜，一则以惧。”为人子者宦游在外，不能昏定晨省以供子职，问心安乎？灯后，王缉五来谈。腹痛不耐久坐，勉强支持。客去，即睡。

十六日(1911年10月7日) 晴。早起,至新署查工。饭后,至道署禀商事件。胜总管来晤。晚赴何云台约,同坐十人。灯后回署,清理文件。阅《舆地丛钞》十页,乃睡。

十七日(1911年10月8日) 晴。本日略见暖气。饭后,乘马与胜总管道喜,其子新得鄂伦春协领。回署,清理文件。至道署禀商事件。派佐领文明赴省催国民捐。写工艺厂信,定购印满文报纸石印机器。灯后,阅《舆地丛钞》数页,乃睡。

十八日(1911年10月9日) 晴。天气晴暖,恍如初春,边地气候倏忽万变。饭后,至道署禀商派劝学员、佐领成德赴俄国多木斯科购买模范牧场种马,并该佐领报效银八千两作筹实业经费等事。回署,同该佐领至俄商秋林洋行商量汇款各事。晤其执事人,极为谦和。晚饭后,办呈报成佐领报效请奖稿。清理积牍。本日未暇读书。灯后沐浴,乃睡。

十九日(1911年10月10日) 晴。早起,阅报纸。饭后,至道署禀请事件。陆军采买官马勒价,各马户群出抗阻,遂约各旗头人来署妥商办法。晚四钟,送道宪晋省。灯后,阅《舆地丛钞》十页。至街内一游,乃睡。

二十日(1911年10月11日) 晴。晨起,清理文件。饭后,至新署查工。各蒙员为陆军官马减价来谒。午后微风,颇觉郁闷,同内人及幼女乘车赴站内洋行购物。灯后,令内人乘车先回。余到交涉局答拜王怡园,未晤。遂即回署。

二十一日(1911年10月12日) 晴。清理文件。饭后,至新署查工。各蒙员又来嗷嗷。民人焦毓和呈报城东免渡河发现煤矿,并呈验煤样,煤质甚佳。遂派通事张青山立同该民查勘,并带木签数支,标明“呼伦厅新勘煤矿标记”字样。该处距车站甚近,恐俄人先我着鞭,致启交涉。灯后,信步至街内日本铺内,购东洋物数事。缘该铺兼设质铺,故藉以调查也。回署,邀志吟香、张运甫二君小饮,为尝所购日本酒。

二十二日(1911年10月13日)　晴。早起,清理文件。饭后,传商会公举公正木瓦工头目勘验署工。因前主计员与工头毛增全朦胧包工,诸多偷减,工程既竣,自不能不切实验收也。午后,至新署查验。微风,扬沙迷目。灯后,携手枪徒步至新街交涉局访王怡元,外出未晤。与何云台谈甚久。十钟回署。阅《舆地丛钞》十页,乃睡。

二十三日(1911年10月14日)　晴。晨起,腹泻数次。昨晚临睡时信口饮薄荷酒一杯,一夜不安。饮食所以养人,而疾病即从饮食而起,古人"节饮食"之训良有以也。食稀饭一盂,即至内室少睡。午后渐愈。仍至新署监视验工。信步至河沿一望,河水澄清澈底,蒙人驱牛而过,暮烟秋水,牛羊下来,亦边城之一乐也。灯后,阅《舆地丛钞》五页,乃睡。

二十四日(1911年10月15日)　晴。阅各报纸,见《内阁官报》内载宣告中立,义、土开战,为非洲泰波利登及喜奈格。两地遍索地图不得,嗣阅《民立报》,知泰波利登即地里波的,在非洲北部埃及与突尼斯中间。至喜奈格究在何处,应再查考。饭后,核道署批稿。审案六起,结三起。锡赞臣来晤,灯后始去。阅《舆地丛钞》十页。沐浴后,乃睡。

二十五日(1911年10月16日)　晴。至新署查工。饭后,清理文件。阅《舆地丛钞》十一页。写道宪信并附煤样。陆军第三镇标统刘学信来伦,催购官马,坐谈甚久。人甚和平,亦老于军事者。灯后,沐浴乃睡。

二十六日(1911年10月17日)　晴。蒙旗股长荣殿卿来见,商明应挑军马先由新巴尔虎[①]左翼及索伦左翼送挑,以该两翼距城较近,产马又多,以期迅速,立即办稿分行。饭后,答拜刘标统。回署后,署鄂伦春协领及胜总管来见,为兵饷事。写道宪信,为刘标统来催官马及视学员程九思留省各事。午后,至新署查看安设桌椅。灯

---

① 原文为"尔",误。

后,何云台来谈。阅《舆地丛钞》十页,乃睡。

二十七日(1911年10月18日) 晴。阅《舆地丛钞》十页。饭后,至新署查勘各股分住之屋。会客二起。阅报,知湖北武昌及汉阳相继为革党占据。外患已深,政府与国民犹操同室之戈,令人可叹。阅毕,不怿者久之。马拨拨长王成全来报"俄兵出猎,因枪火将民人羊草焚毁,已将该俄兵拘留"等语,因系道署应办之事,遂晤交涉股股长刘翙廷,令翻译林鹤年将俄兵送交外部官核办。灯后,至街一游。

二十八日(1911年10月19日) 晴。阅《舆地丛钞》五页。饭后,至新署监视安排各物。核道署批稿。灯后,至街内一游。回署,又阅《舆地丛钞》数页,乃睡。

二十九日(1911年10月20日) 晴。阅《舆地丛钞》五页。饭后,至新署查视一周。甘珠乡议员来见。锡赞臣邀晚饭,灯后始散。同坐者徐松楼、刘翙廷及商人二名。各股员及看押所均移入新署,遂又至新署查看。回署,乃睡。

三十日(1911年10月21日) 晴。晨起,监视往新署搬运各物,遂即步入新署,缘恐有客来贺迁居。入署后,逐处检点,即在公厅早饭。海兰乡自治员永介眉等来道喜。午后,薛颖阶由奉天来,闻奉省人心尚为平静。接道宪电,今日由省起程回署。灯后,至看押所查视。阅《舆地丛钞》十页,乃睡。颖阶,名翘如,奉天义州附生,北洋法政毕业生。

辛亥九月

初一日(1911年10月22日) 晴。核本署稿件。陪颖阶早饭。会客四起,大半均来贺迁居者,俗礼亦太恼人。三钟至道署恭迎道宪,闻省垣亦甚平静。与颖阶谈甚畅。灯后,阅《舆地丛钞》数页,乃睡。

初二日(1911年10月23日) 晴。早起,至道署面禀各事。饭后,答拜吴管带,省城巡防中路马队管带也。清理文件。范振之来晤，坐谈甚久。审案五起，结二起。灯后，与运甫论事颇激躁。计自离安达到此已逾四月，凡关身心性命之书未一入目，而焦急日甚一日。年已三十余，不能改过，一至于此，其将何以有为乎？记至此，不觉赧然。灯后，与颖阶微服至街内一游。

初三日（1911 年 10 月 24 日）　晴。阅《舆地丛钞》十余页。膳后，会客二起。道宪来署参观新房，陪至客厅少坐。又至书房检阅书籍，坐甚久。遂又遍至各屋逐一查阅。审偷漏羊草税人犯三十余名。穷民无知，希图便宜，遂照正税加罚一倍，令其自赴税局交纳，罚款分赏原拿蒙兵。又审民人黄大庆斗殴一案。详讯起衅原由，缘黄在澡塘洗澡，谈起衙署拿贼甚严，翟二府系好官云云，从旁韩姓不平，因此群殴。遂提韩姓到堂，乃系前日接买赃马、追赃惩办者。遂略为申饬，当堂开释，并将黄大庆慰藉数语而去。盖恐讯办稍严，人将宜余好谀，易开谄谀之门，不将韩姓少为责戒，又无以服黄大庆之心。余尝云：作官不能不挨骂，但求好人不骂，若坏人骂，无如何也。此言今日已验。灯后，微服同薛颖阶至街内一游。行至东街小饭馆，信步走入，沽酒一壶对酌，一面与馆内使役信口乱谈，颇觉有趣，知街内烟赌或可绝迹。由北门迂道回署，已一钟矣。

初四日（1911 年 10 月 25 日）　微风。阅《舆地丛钞》。饭后，至道署谢步，未见。心颇郁闷。晚饭后同内子乘车，至站内洋行购物，灯后始回。读文征明《怀归诗》，甚畅。

初五日（1911 年 10 月 26 日）　晴。阅《舆地丛钞》十一页。饭后，会客二起。审工头李本包工牵掣前主计员何某事。至道署面禀防疫各事。灯后，阅诗数页，乃睡。

初六日（1911 年 10 月 27 日）　晴冷。阅《舆地丛钞》五页。饭后，安达厅烧商义顺成来此卖酒。余见颇动思旧之感，坐谈甚久，询安达事甚悉。晚邀陆军第三镇标统刘子言及他客共十座晚膳，尽欢而散。核阅批稿。接王可耕信。

初七日（1911 年 10 月 28 日）　晴。阅《舆地丛钞》十页。饭后，请本署书记邢心培暂教四弟文翰及同福叔侄，因张教员业已辞馆也。会客二起。审判员志吟香回籍省亲，来辞行。近四五日内心殊不乐，凡事疏懒，不知何故？灯后，送吟香启行。复至街内一游，乃睡。

初八日(1911年10月29日) 风阴。晨起，甫一展卷，接何云台函，称站内探有被害无名男尸，定十钟与俄官会验，嘱即前往。立即开饭，遂驰马飞往至交涉局。先与云台晤商，并遇熊冠南，昨夜新到，与云台同抵。尸场在站西北山涧中，俄巴厘司总管亦到齐。验毕，顺道至海浪河船口，查运渡官马。午后二钟，回署。清理文件。灯后，至道署面禀事件。阅《舆地丛钞》十页，乃睡。

初九日(1911年10月30日) 大风，浓阴。阅《舆地丛钞》。饭后，审案四起，结二起。熊冠南来拜，坐谈甚久。晚赴道宪之约，同坐八人，灯后始散。

初十日(1911年10月31日) 晴。阅《舆地丛钞·中俄道里表》，与《舆图》校对，甚为困[①]难。饭后，答拜熊冠南。道宪亦来，坐谈甚久。顺道至简易识字学塾。今日为三月季考，各生识字甚多，其写字更有佳者。回署，审案七起，结四起。胜总管来商公事。灯后，至刘标统处一谈。接民政司札，呼伦厅缺，以余升补。时艰日极，马齿益长，回顾髀肉顿生，不禁为之三叹也。

十一日(1911年11月1日) 微雪。阅《舆地丛钞》，第三帙已完。计自离安达已四阅月，平均计算，每日读书仅六页有奇。饭后，清理文件。巡防队双帮统来晤。陆军刘管带辞行。锡赞臣代理胪滨府，来拜。邀署内各友晚饭，灯后始散。接杜召棠、林奎腾信二件。

十二日(1911年11月2日) 晴。阅《舆地丛钞》。饭后，清理文件。审案十起，结四起。巡官赓栋保拿获马贼八名，均蒙古人，一讯即服。灯后，查点各书后乃睡。

十三日(1911年11月3日) 晴。阅《舆地丛钞》。饭后，会客

---

① 原本为"因"，形近而讹。

四起。湖北流民在城外西南屯讹诈。饬传六名，均系青年壮丁及妇女。若辈不思正业，专以恶丐为生，遂重责驱逐。灯后，俄商拉本斯克邀余及内人往观电影，十二钟始返。

十四日(1911 年 11 月 4 日)　晴。早起，检点散书，分装新制书架。饭后，清理文件。灯后，写何云台信。仍装插各书。又阅《舆地丛钞》数页，乃睡。

十五日(1911 年 11 月 5 日)　晴。阅《舆地丛钞》。饭后，清理文件。审案四起，结三起。灯后，至街内一游。

十六日(1911 年 11 月 6 日)　微阴。阅《舆地丛钞》。饭后，乘马至站，携同何云台往晤俄防疫会长，会商防疫事。下午四点，至俄商拉本斯荷，同内子及幼女前往茶会。回时，顺道至巴厘司总管乌萨切夫处，前数日已赴满洲里，未晤。灯后，回署。

十七日(1911 年 11 月 7 日)　微阴。阅《舆地丛钞》。饭后，清理文件。写锡赞臣信。晚四钟，请日本大夫为内人诊疾。灯后，至薛颖阶室[①]内一谈。

十八日(1911 年 11 月 8 日)　夜雪寸许。阅《舆地丛钞》。饭后，清理文件。十二钟，与道宪赴站，迎俄提督。顺道至外部官处坐谈甚久。五钟，提督来答拜，谈时许始去。灯后，至学堂及蒙旗股一查。

十九日(1911 年 11 月 9 日)　晴。阅《舆地丛钞》。膳后，荣殿卿来，为道宪将其股长撤差，求为缓颊。嘱俟审案后再往，遂坐堂审案十起，结四起。时已日入。灯后，会同道署各股长同谒道宪，未允。

二十日(1911 年 11 月 10 日)　晴。阅《舆地丛钞》。饭后，清理文件。新委蒙旗正副股长文翰章、成润斋来拜。至道署面禀公事。写锡介眉信。灯后，至街内一游。

二十一日(1911 年 11 月 11 日)　晴。阅《舆地丛钞》。饭后，清

---

① 原本为“空”，形近而讹。

理文件。阅报，南省乱象已成，心殊不怿。外部官吴萨谛与其翻译李国甫来贺迁新署，并送本国茶食一大盒。遂留晚饭。因乱事牵心，不觉大醉，灯后始散。睡后，一夜不安。

二十二日(1911年11月12日) 晴。阅《舆地丛钞》。饭后，清理文件。审案四起，结二起。写运品三、黄子和及家信三件。会客数起。灯后，与运甫、九思、颖阶谈，甚畅。

二十三日(1911年11月13日) 晴，连日晴暖，有似初秋，实边地未有之奇。晨起，阅《舆地丛钞》。饭后，清理文件。写兆仁山、许一臣信，未完。胜总管会同各旗员来见，为商添练蒙兵以防土匪。议定将原防营调省，腾出底饷，改募本地蒙兵。同谒道宪，亦甚认可。命余拟电，即发。灯后，至署外一查，乃睡。

二十四日(1911年11月14日) 晴。阅《舆地丛钞》。饭后，清理文件。审案七起，结二起。灯后，沐浴即睡。

二十五日(1911年11月15日) 雪，夜雪三寸许。阅《舆地丛钞》。饭后，清理文件。道宪来请面商筹防各事。接蔡品三信。灯后，与薛颖阶冒雪至街内一查。顺道至税务局徐松楼处，坐谈甚久。回署，乃睡。

二十六日(1911年11月16日) 微雪。阅《舆地丛钞》。饭后，微觉头痛，至内室稍息。松楼与云台来晤。家乡远戚张桐来见，借羌帖六十张。写家信一件。灯后，头痛未愈。派差赴省解犯。

二十七日(1911年11月17日) 晴。晨起，头痛微止。阅《舆地丛钞》，饭后，清理文件。劝学所绅董来，议出租渡口事、道宪招商事件。审案五起，结三起。灯后，出署外散步。信步至街内各小商闲谈，甚有趣，彼等不知余是官，故所谈均无隐讳。

二十八日(1911年11月18日) 晴。阅《舆地丛钞》。饭后，清理文件。派差赴省解差。写三弟信一件。灯后，即睡。

二十九日(1911年11月19日) 晴。阅《舆地丛钞》。膳后，至道署禀商事件。审案七起，均未结。午后，会客二起。灯初，至学堂查视。

三十日(1911年11月20日)　晴。阅《舆地丛钞》。饭后，清理文件。接王锦堂信。午后至道署并答拜锡赞臣。灯后，沐浴即睡。

辛亥十月

初一日(1911年11月21日)　晴。阅《舆地丛钞》。饭后，殊觉闷闷。清理文件。会客二起。乘车至站中一游。顺道至俄人电影馆。十一钟始回署，腹痛，彻夜未安。

初二日(1911年11月22日)　晴。晨起，余痛未止。清理文件后，食粥数盂。审案八起，结三起。灯后，即睡。

初三日(1911年11月23日)　晴。阅《舆地丛钞》黄梨洲、查慎行[①]《游黄山记》。接抚台电，省中已设保安会，各属俟定章再办。政府不能保民，致人心离散，全国鼎沸，然后令民自保，亦可悲矣。荣殿卿来晤，为求差事。日本大夫坂本来为内子诊疾，坐二钟始去。灯后，至道署禀商公事。

初四日(1911年11月24日)　晴。阅《舆地丛钞·普陀山记胜》。饭后，清理文件。俄步队营官来晤，为俄兵拐逃军装卖给华人事。又俄人在华人手认获马匹，来厅具控，遂即断结。文翰章来晤，坐谈甚久。审案四起，结二起。胡匪木他布覆供无异。灯后，拟电请先就地正法。遂换蒙古皮衣至街内密查，恐为人所认也。

初五日(1911年11月25日)　晴。阅《舆地丛钞》。甫饭，巡防营兴管带来晤。海兰乡议事会及徐松楼相继来商公事。灯后，闻奉天亦宣布独立，未知准否？至道署禀商事件。

初六日(1911年11月26日)　晴。阅《舆地丛钞·游天台山记》。饭后，清理文件。道宪来署面商事件。乘马至日本大夫松坂处

---

① 此处误。按：在《舆地丛钞》中，黄宗羲、查慎行所作分别为《匡庐游录》和《庐山纪游》。

道贺开张。灯后,微服至街内一查。

初七日(1911年11月27日) 微雪。晨起,接抚台覆电。阅《舆地丛钞·雁荡游记》。饭后,胡匪木他布正法,亲往监刑。审案三起,结一起。灯后,成润斋来晤。

初八日(1911年11月28日) 晴。阅《舆地丛钞·武夷山游记》。饭后,清理文件。押犯艾根保在保病故,前往相验。城议事会议员来见。至道署禀商事件。灯后,微服至街内密查。

初九日(1911年11月29日) 晴。阅《舆地丛钞·武夷山记》。饭后,清理文件。审案一起。胡匪金嘎尔,覆电请省署正法。赴俄巴厘司吴萨切夫茶会,灯后始回。顺道至俄医院购药数种。

初十日(1911年11月30日) 晴。阅《舆地丛钞》。饭后,会客二起。下午四钟,赴道宪招饮,共十座,有兴管带、胜总管、徐松楼。灯后始散。微醉。

十一日(1911年12月1日) 晴,阅《舆地丛钞·龙门游记》及《青城山纪游》。接省覆电。饭后,监提该犯金嘎尔正法。医官田子寿来谒,为简易识字学生事。俄巴厘司吴萨切夫来晤,坐谈甚久,始去。审案三起。灯后,换蒙古衣服至街密查。

十二日(1911年12月2日) 晴。阅《舆地丛钞·峨眉山纪游》。饭后,清理文件。审案三起。至道署禀商事件。晚邀胜总管、兴管带便饭,共十人,灯后始散。

十三日(1911年12月3日) 晴。阅《舆地丛钞·栖霞山游记》。饭后,审案二起,未结。咨议局议员吉顺、交涉局总理何云台相继来晤。灯后,派差赴省领饷。赴俄商拉本斯荀约。听俄戏。

十四日(1911年12月4日) 雪。阅《舆地丛钞》。饭后,清理文件。审案二起。微风飘飘不断。邀薛颖阶冒雪至西山松林内一游,席雪地而坐,饮酒数杯,颇极快乐。灯后始回,拟作游记,未果,即睡。

十五日(1911年12月5日) 晴。阅《舆地丛钞》。饭后,清理文件。审案四起，结二起。锡赞臣由满洲里来晤，坐谈甚久。灯后，至道署禀商事件。沐浴，乃睡。

十六日(1911年12月6日)　晴。阅《舆地丛钞》。饭后，答拜锡赞臣。清理文件。至署外散步，寒风刺面，入冬以来自昨日始有冷意。据本地人言，为从来所未有。接二弟来函，家中平安，不日来署探望，心为一慰。灯后，微服至街内密查，忽闻饭馆内有人用刀扎伤队兵，遂极往视。饬将伤兵延医调治，凶犯带署究治。

十七日(1911年12月7日)　晴。阅《舆地丛钞》。饭后，审昨晚用刀扎伤队兵凶犯。郑庆邻因与巡防营步兵王振东无故口角，辄敢持刀行凶。愚民无知，可恨之至。审完，即带件前往验伤，右胁扎透甚重，余尚无妨。留赏该伤兵羌洋数元，并谕医生好为调理。回署，邀劝学所、蒙旗股商议事件。至道署禀商煤矿事。写庆统领少峰信，为伤兵事。灯后，颇觉神倦，乃睡。

十八日(1911年12月8日)　微雪。阅《舆地丛钞·水经要览》。饭后，清理文件。审案十起，结四起。灯后，至新街俄商秋林洋行一游。

十九日(1911年12月9日)　晴冷。仍阅《水经要览》。饭后，清理文件。荣殿卿、文翰章先后来晤。灯后，仍阅《舆地丛钞》。

二十日(1911年12月10日)　晴，奇冷。晨起，阅《舆地丛钞·江道编》。饭后，清理文件。城内煤气灯今夜放光。灯后，招警务长薛颖阶及商会总副董前往查验，见全城一片光明世界，不觉欣然。

二十一日(1911年12月11日)　晴，仍冷。屋内笔砚皆冰。阅《舆地丛钞》。饭后清理文件。乘马至胜总管处会商事件。因近日报纸宣传库伦蒙古独立，恐本处各旗闻而惊惶，故前往接洽。胜总管恐余骑马太冷，用其自乘爬犁将余送回。余不忍拂其意，至署重赏其马夫而去。回署，道宪送到电抄。十六日上谕：摄政王逊位，一切诏旨用御宝；觐见臣工，则皇太后带领皇上。并十七日上谕：准天下臣民自由剪发。大局不定，又先令根本摇动，诚未知政府是何政策也。灯后，何云台、单静侯先后来谈。微服至街内一查。

二十二日(1911年12月12日) 晴冷。晨起，阅《江道编》。饭后，清理文件。审案四起，结二起。至道署禀商事件。灯后，仍阅各书。

二十三日(1911年12月13日) 晴。阅《舆地丛钞·江道编》，以图相校对，颇费目力。饭后，清理文件。蒙旗正副股长来商事件。灯后，至街内密查。

二十四日(1911年12月14日) 晴冷。阅《舆地丛钞》。饭后，清理文件。审案九起，结四起。至道署禀商事件。灯后，写家书。微觉腹痛，泻一次，稍愈。

二十五日(1911年12月15日) 晴。阅《舆地丛钞》。饭后，清理文件。会客二起。午后，步往街内一查。灯后，微觉郁闷。读竹坨手抄《方泉诗》数首。

二十六日(1911年12月16日) 晴。阅《舆地丛钞·入江水道编》。饭后，清理文件。审案四起，结二起。灯后，至街内一查。

二十七日(1911年12月17日) 晴。阅《入江水道编》。饭后，验病毙押犯。清理文件。道宪来署晤谈，遂留晚饭，灯后始散。单静侯、葛子久均醉。

二十八日(1911年12月18日) 晴。阅《入江水道编·沅水》一节。饭后，清理文件。押犯又毙一名，盖患伤寒兼起黄病，数延中日各医，均不见效。又至北门外验倒毙，系蒙古人。验系被人用皮带勒死者，俗名“勒死狗”，均系俄匪行为。回署略息，至站晤外部官及巴厘司，商缉此案逃凶之事。灯后，七时始回。二弟由籍来署，谈家事甚悉。

二十九日(1911年12月19日) 晴。阅《入江水道编·湘水》。饭后，由俄国采买马种运到，遂同劝学员成润斋牵往道署请验。此外余自买二匹，均菊花青色，饬家人试骑，均尚驯道。巴厘司派差来署，拿同前往查拿逃凶，未获。道署各员为道宪公饯，余作陪。八钟始散。

辛亥十一月

初一日(1911年12月20日) 验病毙押犯巴扎尔。饭后,会客二起。至站迎新道宪。火车误点,晚三点始到。道宪未来,终日一事未办。劳劳车马,欲何为也?陶渊明为五斗米辞官,真天人矣。灯后,与二弟谈家事。

初二日(1911年12月21日) 晴。阅《舆地丛钞》。饭后,清理文件。会客二起。晚邀道宪昨[①]饭,为祖饯也。何云台、范振之、张运甫作陪,均各大醉,不知言之何声,行之何处?《尚书·酒诰》可三复也,即自今日戒酒。

初三日(1911年12月22日) 晴。阅《舆地丛钞·湘水》。饭后,至站仍迎新道宪黄观察,晚二点始到。自晨起即头痛,惘惘若有所失。酒病也,戒之哉。

初四日(1911年12月23日) 晴。阅《舆地丛钞·汉水》。饭后,禀谒新道宪,坐谈甚久。回署,观二弟、四弟及儿子成全剪发。大凡物之不利于人者,虽妇孺亦生厌心。自有剪发之谕,诸弟及儿子日日呶呶请剪,余以新式衣服尚未制成,俟与余一齐剪去。渠辈若有所不可者。奈何政府为剪发一细事慎重若此,今年若无革党,此事仍不能成也。晚与新道宪洗尘,送席一桌,坚邀往陪。不得已前往,为逃酒也。

初五日(1911年12月24日) 晴。阅《舆地丛钞》。饭后,约商会来议事件。新道宪与旧道宪饯行,约余作陪,灯后始散。至俄公园观跳舞。

初六日(1911年12月25日) 晴。阅《舆地丛钞》。黄道宪接印,至道署道贺。饭后,清理文件。晚十二点赴站送于道宪,一钟始回。

初七日(1911年12月26日) 晴。阅《舆地丛钞》。约张鹤岩

---

① 疑为讹字。

早饭。清理文件。灯后，阅《观光纪游》，日本冈千仞著。

初八日（1911年12月27日） 晴。阅《舆地丛钞》。饭后，清理文件。审案七起，结二起。灯后，至署外一游。

初九日（1911年12月28日） 晴。阅《舆地丛钞·观光纪游》。饭后，会客二起。写家信并黄子和、蔡品珊、吴信孚各信。灯后，与二弟谈家事。九点，送二弟上站。

初十日（1911年12月29日） 晴。阅《舆地丛钞·入江水道编》，今日始完。共二十余页，已阅多日，盖每水均以地图参校，颇费目力。甚矣，书之难读也。饭后，清理文件。灯后，又阅《观光纪游》。

十一日（1911年12月30日） 晴。阅《舆地丛钞·淮水编》。饭后，荣殿卿、文翰章与善亭相继来晤。审案一起，未结。灯后，道宪邀往新街观俄剧。惜不晓俄语，对之茫然。

十二日（1911年12月31日） 晴。阅《舆地丛钞·淮水源流考》。饭后，饬兵将前购马种牵道署请验。清理文件后，至署外散步。灯后，写张凤鸣信。沐浴后，乃睡。

十三日（1912年1月1日） 晴。阅《舆地丛钞·入淮水道编》。饭后，清理文件。审案一起，未结。写黄子和信，又家信一件。灯后，至街内密查，顺道至锡赞臣处一谈。

十四日（1912年1月2日） 晴。阅《舆地丛钞·黄河编》。饭后，清理文件。至道署禀商事件。荣殿卿邀晚酌，灯后始散。至公厅，见徐松楼留字一纸甚有趣，内云："有事来访，忽被锁禁。主人慢客，至此已甚！罚酒三瓶，万望勿吝。"盖余出门后渠入门，使者不知，竟将门封锁也。余戏仍步原韵覆曰："何处狂客，潜入厅禁。拘留三日，亦不为甚。我不认罚，理直非吝。"

十五日（1912年1月3日） 晴。仍阅《舆地丛钞·黄河编》。饭后，陪道宪查视学堂及巡警。胜总管公请便酌，同席六人。灯初，至日本山崎商会贺年。彼国用阳历，我之十一月十二日为彼除夕也。

十六日（1912年1月4日） 晴。阅《入河巨川编》。饭后，审案一起。至站晤俄外部官翻译李国甫，商办昨日偷伐公园树木俄人。并约其同赴俄商阿克秋林洋行酌购西服。灯后回署，接于道宪信，托向黄观察卖车马事。

十七日(1912年1月5日) 晴。仍阅《入河巨川编》。饭后，答拜成润斋，因渠报效学费，得奖同知也。审案五起，结二起。至道署，为于观察商卖车马。灯后，阅《舆地丛钞》数页，乃睡。

十八日(1912年1月6日) 晴。阅《舆地丛钞·黑龙江水道编》。支河水名，图内多不载，阅之甚觉困难。饭后，清理文件。随道宪至站，邀俄商阿克秋林估于观察车马价值。回署，乡友荣宗华来，谈甚久。灯后，至道署商定车马事，未妥。

十九日(1912年1月7日) 雪。阅《舆地丛钞》。饭后，清理文件。今日俄人松树节，前与各俄友贺节，共七处，午后四钟始回。邀荣宗华晚饭。灯后，尽欢而散。

二十日(1912年1月8日) 晨雪。阅《盛京水道编》。饭后，道宪商密防蒙古独立谣言。俄商拉本斯荀来答拜贺节，清理文件。审案二起。灯后，阅报纸。

二十一日(1912年1月9日) 晨雪。阅《京畿水道编》。饭后，清理文件。招集合城团体来署，详询独立谣言，开诚布公，痛陈利害，均言并无其事。遂带同各团体人等同谒道宪，面请连夜出示禁止，以安人心。灯后回署，写宋民政、于观察信二件，恐此风传到省城，列宪闻而廑注也。

二十二日(1912年1月10日) 晴。阅《京畿水道编》。饭后，清理文件。至胜总管家，贺娶孙妇之喜。强留饮喜酒，遂略坐，即回署。又至俄商拉本斯荀，为于观察车马事，仍未妥。灯后，写家信一件。

二十三日(1912年1月11日) 晴。阅《舆地丛钞》。饭后，至道署禀商事件。写于观察信一件。荣殿卿来晤。灯后，道宪邀胜总管及各旗员，并商董各会员晚饭，仍为维持地面事。

卷三

考察西南独立各省日记

考察西南独立各省日记[1]

中华民国元年三月，即旧历壬子正月，黑龙江巡抚宋铁梅中丞以民国初定，临时政府甫经成立，宪法宣布无期，江省僻处极边，尤应先事进行，以为北省之倡，檄余与荣君孟枚前往西南独立各省，考察有关共和一切事宜，以便仿办，并取道京津，就近调查组织临时政府及兵变以后情形。荣君因事在省少留，余遂于新历十一日，即旧历二十三日启程，先行归里治装，与荣君约定至奉天相会。

民国元年(1912)三月

十一日　晨八时，诸寅好来寓送行。徐静宜观察送至齐昂车站，坐语移时，谈本省及时事甚悉。九时车行，观察复送至车内，情谊殷殷，令人可感。十时，至昂昂溪俄站。十二时，登车南下。车中，阅《葡萄牙国革命记》。当起事之时，凡所以牢笼国民减轻租税之类，均允许太过，及新政府成立，财政困难，未能克践前言，国民遂生觖望之心，加以军队平日漫无纪律，专希望增饷转职，稍拂其意，辄反抗长官，有此种种原因，而王党得以乘间煽惑，以图恢复王权，刻间葡之新政府正日在危疑忧惧之中。曾记去年，我国革命军占领武汉后，报纸载有湖北军政府裁厘减漕命令，彼时余曾对友人言：此次民军志在大举，将来需款浩繁，厘漕岁入巨款，未筹他款以补其缺，遽先减裁，经

---

① 此后日记月、日均用公历，不再括注。

济必陷于困难之域，与其失信于民，反不如无此举为妙。现在是否实行？俟至湖北时当一为调查之。

夜八时至哈尔滨，寓聚源兴客栈。往访江省驻哈广信分司董事傅君巨川，稍谈即返。

十二日　晨起，至市内购置行装应用各品。因时尚早，俄商均未启户。十二时登车，阅两小时抵双城。挚友运品珊来站相迎，遂同至府议事会，面告宋中丞招致之意。品珊甚为感激。以经手地方事，清理尚未就绪，不忍遽离，约须旧历二月初方可动身。即在品珊处晚饭。雇车回屯，距城二十五里，灯初抵家。

十三日　阅新闻纸，知墨西哥国民党自旧大总统爱狄士[①]被逐后，别选新总统，国内反对党又欲驱逐新总统，两党相争，遂将某省巡抚戕毙。夫民主国大总统不宜久任，各共和国宪法均有明文。是以美国宪法只定四年，华盛顿为制造共和首出之人，亦只能连任一次。盖久任必蹈君主王族世袭之弊，国民终难免第二次之[②]革命。墨国大总统狄爱士连任已三十余年，以致酿成此变。我国地大民众，议者谓大总统任期应较法、美两国延长。余谓任期仍须仿美国四年，如大总统能得国民欢心，准留三任，比美国多加一任。其与国民感情深厚之大总统，既可展其措施，可无拿破伦世袭之虞。即与国民感情稍恶之大总统，任期既有一定，亦不至有狄爱士被逐之辱。我国宪法尚未告成，特记此以观其后。

午后，与堂上两大人禀商诸弟求学及家中各事。灯初，检点行李，预备明日动身。

十四日　早七时启程。两大人凡衣服、饮食之微，无一不为虑及，一如当应童子试时。父母爱子之心无时或已，吾不知西人讲个人主义，人子成年以后即置父母于不顾，何忍心若此也？

---

① 据下文，当为狄爱士。波菲里奥·迪亚斯在 1876—1911 年期间执政。

② 原本下衍一“之”字。

骑马至城。余性最喜乘马，在安达、呼伦时，凡一切公出乘车之时甚少。自去冬呼伦蒙乱后，已两月不乘马矣，据鞍不觉有髀肉顿生之感。至府议事会晤品珊。此行本不拟带仆役，因路远时促，凡缮录调查报告恐难兼顾，遂商品珊将其令弟仲珊带往。仲珊在北京铁路俄文学堂肄业，去冬因乱回籍。下午二时登车。品珊及同乡高君露天、双君善堂、凌君阁臣送至车站。夜八时至长春，换乘日本南满火车。较俄车规模略小，车中日仆招待甚周。惜无寝台，遂就坐床而卧。

十五日　晨八时至奉天。寓站内悦来客栈，候荣君孟枚。偕仲珊进城，至商务印书馆晤该馆董事王君企堂，前曾在江省分馆为余代购书籍甚多，因此有旧。王君知余爱书，又寄售初印胡文宗地图，裱成册页，共二十四册。余略一检阅，装订虽旧，纸版甚精，确系初印之本，图内所载各地名较他图尤为详细。刻间中国舆图坊行各本，大半依据湖北舆地学会邹氏底图，而舆地学会不过以《大清会典》及胡刻之图为蓝本，且以石印缩小，多将原图地名删而弗载，是胡氏之图诚为中国近数十年舆图之鼻祖，遂不惜重价购之。

又择购《中国革命记》《临时政府新法令》及玻璃板印《中国革命写真册》多份，邮寄中丞及徐静宜、于振甫两观察，并求企堂作函介绍申馆，以便到沪时购书。

午后二时，回寓少息。又偕仲珊至日车站番菜馆，遇仲珊俄同学列士特尼郭夫先在馆内，并有俄武员数人。余偕仲珊与之同酌，始知因京津兵变，俄使调兵前往保护俄侨。余略称赞：中国革命成功之速，不知俄国虚无党闻之若何？藉以觇其人心之背向。不料该俄生即当席用中语骂其武员，众武员尚不知余等所谈何事，该生为詈己也。专制政体之不能生存于世界，俄必为第二之中国，有断然矣。

接孟枚函，知在江有事，约旧历二月初方可到奉。余因明日有通行快车，过此又须俟一星期，遂作函留寄孟枚，约定到京再会。

十六日　上午十时入京。奉车客坐床褥虽不及俄之东清铁路，尚较南满日车为佳。下午六时至连山站，因前途货车出轨，候五小时方开。夜间微雪，车内尚不甚寒。

灯下观《革命写真册》上年三月二十九日广东起义革命各烈士在狱小相，缧绁满身，英气犹懔懔逼人。余前数年每阅报纸，见各义士为革命受戮，未尝不以羽毛未满即欲高飞，徒自取祸惜之。谁知一十七次之后，竟告成功，不有前因，焉得后果？天下事可为即为之，不必计及利害。成则贪天之功，不成则吾之责任已尽。武侯所谓成败利钝，非所敢期，正谓此也。

十七日　车过天津，购新闻纸多份，知临时政府十五日命令，已将直东、秦晋及东三省督抚，均一律改称都督。余在江时曾力劝中丞先事改革，不意政府竟先我行之。

午后一时至京。见道路、市面与甲辰余来京时无甚大差，一切进步尚不如东三省之速。刻间变兵虽平，商户犹多未开市，各铺门前多贴有“被抢一空，暂不营业”等字。寓前门外西河沿金台旅馆。主人告以夜八时即靖街，不准再有行人，嘱勿远出。盖巡警恐土匪乘间肆抢，故取缔如此之严也。

十八日　阅新闻纸，知国务总理唐绍仪及南政府专使蔡元培，业已先后出京。遂至曩年旧识各商店，探询同乡京官及前邮传部副大臣阮斗瞻、前东三省总督徐菊人各住址，并调查变兵焚掠。各处以内城东四牌楼为重，西四牌楼及前门外次之。惟各重要商店门前均黏有“被抢一空”纸贴。其实被抢者固有之，未被抢者亦多黏此帖，以防后来再抢，而奸猾者尤藉此以搪塞债主。被焚之处惟东安市场较重，前门外只三四户，内城东、西四牌楼仅各数处而已，并非如报纸所载之甚。目下人民仍惊恐异常。观内外兵警防范之严，尚不至再有他变。惟由庚子迄今，京师两遭兵劫，商民如惊弓之鸟，自不能不有事后之恐慌也。过琉璃厂，余性嗜书，偶过书肆，不觉动屠门大嚼之思。信步至二酉斋，询其重要书籍，答云：均已装箱，掩藏他处，恐被变兵抢掠。余云：玉帛甚多，谁屑抢书？我国之兵尚未到抢书程度；若秀才造反,某为首,则君之书恐无孑遗矣。主人大笑,约定一二日开箱后,送信往看。回寓,发电宋都督,报告到京日期及住址。

十九日 午前九时,至内城本司胡同访阮斗瞻。知兵变时已移入袁大总统府内,其瀛眷送往天津租界,京宅只留老仆看守,遇要事则往总统府送信。余遂留字,略述宋都督委派考察大意,并余甲辰公交车过津,辱蒙致赆枉顾,此次因公来京,急求一见,求其定时相晤。并面告老仆,何时能见,嘱由电话告知。遂至五条胡同徐菊帅宅,适入值未归。自宣布共和后,菊帅只留太保一席,每日仍需入内办事。至西城兵马司胡同,访同乡齐迪生侍御。出西安门,见门内塞有沙土、麻袋,多兵看守,盖仍前日兵变时预备迎敌之具。晤侍御,畅谈甚久,知东三省在京官绅组织共和进行会,公推侍御回籍联络三省绅民,不日即拟首途。余云:"三省风气锢塞,人民多半不知共和、民主如何解说,进行会内应带有研究性质,俾我三省人民人人脑筋中均知有共和利益,然后再从事进行,方不至南辕北辙。"侍御深然之,邀余明早至宅早饭。又至同宅齐斐章室内。斐章为侍御族侄,今河南都督震岩公之胞弟。光绪壬寅乡试与余同行,年甫十九,今已十一年不见。彼此相谈往事,不觉怅然。午后四时回寓,见东交民巷各使馆仍尚戒严,道路用麻袋盛土堵塞,禁止行人往来。至寓,接斗瞻电话,约明早十时至宅相晤。

二十日 风沙大作,尘土蔽空,恍如混沌世界。十时,冒风至斗瞻宅。寒暄毕,斗瞻云:"此次政体之变,项城出山,本一意主张君主,嗣以饷竭而各省又相继独立,不得已遂迫为和议之举,犹冀保存虚君位以存帝号,不意屡争不得,只以优待皇室以了此局,政变之速原出项城意料之外。"余云:"政体如何,姑不具论。但全国人心既趋重共和,项城苦心孤诣,和议早成,俾免兵连祸结,生灵涂炭,中外无不知之。但项城虽经受任,而临时政府尚未完全成立,未免启国民疑惧之心。"斗瞻云:"此次唐总理南行,与南参议院商榷妥协,不日即可定局。"余云:"京师驻兵太多,易致聚而为乱。既无战争事,不过有可靠兵队，足以弹压地面足矣。”斗云：“项城现在设法陆续抽调京外分驻，免致再起乱端，但不能操之太急也。”斗又云：“东省兵队如何？”余云：“奉、吉余不知。江省兵队自宋都督受事后，极力整顿，委徐静宜观察为兵备处总办，规划业将就绪。宋帅与徐观察均推诚待人，语云‘得兵心不如得将心’，各兵官均休戚相关，尚不至有意外之变。某所望者，中央政府早日成立，以系[①]人心，不至再有京津兵乱。否则旷日持久，人心摇动，一夫发难，四方响应，非惟江省兵不可靠，且恐全国之兵皆将难免哗溃矣。”斗云：“宋友帅做事结实，项城时常谈及，昨日尚有电报来京，即徐观察亦与家兄同谱。”余云：“友帅及观察从前程雪帅在江时，凡一切规划皆出二公之手。雪帅为江省维新之创始家，二公实为雪帅之原动力。惟旧政府时无运动力，断不能出头以致埋没，至今未能大显于世。”又询友帅幕府诸人，余历举于振甫观察、多竹三太守以及同事诸公以对。辞出，已十二时。

赴齐侍御约。入厚载门，出西安门，沿途见戴缨帽者甚多，询悉为赴大内里供差。至侍御宅，客犹未齐。晤同乡冯星垣太史、齐斐章主政及同年杨子襄员外、栾佩石检察。佩石上年简放湖北高等检察长，抵任未及三月，即遇革命之变，传闻被难甚惨，今一见恍如隔世。佩石谈：“赵次珊制军将欲辞职，三省人民应先事要求政府，东三省总督一席应用东人，不得再放他省之人。”余云：“此事所关甚大。法国宪法：各州长官不分畛域，由政府任用而重予国会以弹劾之权。美国宪法：各州官吏均用本州岛之人。林肯为大总统时，因释放黑奴，南北州意见不合，南州遂宣告分立，血战数年，始经平定，史云南北花旗之战即为此事。我国地大民众，种族复杂，边省风气晚开，人才尤为难得，且合五大民族为一家，将来蒙、藏亦必改建行省，若以本省人治本省事，国民程度不齐，如有全部进化而一部废弛，亦非大同之道。况此省不用彼省之人，彼省亦必不用此省，后此互相排挤，更与‘共

① 原本为“击”，形近而讹。

和'二字名义不符。将来完全国会成立,关于此事,宪法必有专条,我辈万不可存此狭义观念。"星垣及斐章甚然之。下午二时席散。归寓,风仍未息。

写都督及同事诸友信,附寄由十一日出省至十九日《日记》。声明嗣后寻常调查事件均载入《日记》,每三日报告一次,特别事件另修专函。

二十一日 风息,冷气侵人。余此行以为南来天气日暖,并未多带行李。到京寓居三层楼上,楼高寒重,室内仅煤火小炉,衾冷如冰,侵晨即起。

佩石来访,谈及东省共和进行会公举会员薛君珠,号丹溪,回江组织分会,嘱余为之介绍。适薛君亦来访。此君籍隶江省拜泉县,新荒初辟,于光绪三十一二年间捐款兴学,提倡甚力,余时在程雪楼中丞幕中已识其名。今一见,人尚循谨,遂允代为介绍。

客去,本拟再往徐菊帅宅,因时尚早,遂先往琉璃厂观书。由厂东门挨户搜阅,凡殿板及家藏板各书价甚昂贵,搜集十余种,遂暗记其店号、价目,俟挨户比较价值,再行定购。阅经十余书店,不觉精神疲顿。闻钟声已交下午四时,急回寓晚饭,进城已来不及矣。

斐章知余南行,遂介绍孙君发绪,号纯斋,曾充湖北军政府顾问员,现为组织民社来京,适外出未遇。晤其同伴马君林,号孟庄,为安徽军政府职员。未几,孔君赓,号雯掀,亦来。前山西巡抚吴绶卿中丞在石家庄被难时,伊曾在侧。孔云:"东三省反对共和,是否实有其事?"余略述大致,未及细谈。城内有电话,招二君前往,余遂辞出。

二十二日 晨起,盥漱毕,仍访孙纯斋。晤孟庄,知纯斋昨夜未归,今早已由城内就近登车赴湖北。坐与孟庄谈安徽孙、黎两都督争权事,忽一人持丁甲第名帖仓促入室,询亦来访纯斋者。孟庄告以孙已南下。其人稍坐谈,即袖出白禀一件,求孟庄阅看。余隔案恍见其署衔"京师大学肄业生、铁血会军事长丁□璋",禀内系为在奉省起事同党被赵制军捕禁,禀请袁大总统转饬开释。孟庄询以"东省既承认共和，何庸再为举事?”丁答云:“表面上虽经承认，其实仍是反对，所以不能不进行。”嗣有他客来晤，丁去，余亦辞去。

至东珠市口访同乡朱质河内翰，又至奉天会馆访冯星垣太史，均晤谈甚久。馆内装饰一新，大非昔年景象。余癸卯、甲辰两上春闱，均寓馆内。当时同馆诸人迄今无一在京者，鸿爪雪泥，不觉有今昔之感。

下午四时往谒菊帅，门者云:“宋都督、徐观察信已到，太保今日有事，可至干面胡同津浦铁路公所见吴士香一谈，过天再请来见。”遂往见士香。士云:“太保自宣布共和后，非有要事不欲见客。君来如有要事请告知，以便转达太保，定日再见。”余云:“某此次系赴东南各省考察事件。友帅及观察以京师兵变传闻歧出，太保是否受惊?江省为太保兼辖旧治，政变以来恐太保悬系旧僚，特令某顺道至京面述此意。此外并无要事。”士云:“皇上幼冲，本无可辅道之事。太保久欲辞职，惟以政体甫经改革，讹言繁兴，恐两宫易致误会，不得不内外维持以尽职务。”余云:“优待条款有皇室移入颐和园一条，何时迁移?”士云:“尚无定期。”又云:“三省现状如何?”余云:“三省如无急进党之扰乱，可无他虞。惟督抚则不可轻于更动，长官既与兵民相安，若一去则兵民必为惶惑，方今惟以镇定人心为第一要务。”士云:“完全政府不成立，万不能轻于易人。项城现已在烦恼之中，正不知从何处下手也。”士云:“徐观察函候各友，余尚未暇作覆。”余云:“观察嘱代向诸公致意，某未获遍谒，晤时敬祈转达。”

至史家胡同，访杨子襄同年，谈至灯初，归寓。连日晤孔、丁诸人，谈次均以东省反对共和为前提，是南人尚不知东省确实状况，易受急进党之欺。南政府北来尚无定日，南行万不可缓，惟孟枚尚未到京，令人焦盼。闻二十四日招商局新丰轮船由津起碇，拟再守候一日，如不到，即先趁轮南下，到上海相候。

二十三日 晨起，正欲定购船票，孟枚来晤。因在奉为组织共和俱进会稍迟数日，昨夜到京已晚，暂寓中西旅馆。遂到孟枚寓早饭，商南行之事。孟枚欲留京，联合京官组织东三省共和共进会，余云："三省团体固不可少，但不可藉团体以济私心。方今各团体无非为各个人谋私利，甚非共和前途之福。现在京官齐侍御诸君业已发起此会，君可加入，不必另行组织。侍御业已出京，余可介绍栾君佩石共商进行方法。"饭后，遂同孟枚至佩石寓，商定明日假东三省学堂开会。余决定于二十五日首途。

又同孟枚至大同报社，晤其主笔恒君诗峰、维君藻轩。二君均有心人，谈之甚畅。

二十四日 料理行装，嘱仲珊先行回籍，余只身前往。孟枚为余祖饯。至琉璃厂阅书，无意中购开化纸抄本《陵寝备考》四集，计四本。卷首标"钱大昕选"，内贴添改增注黄签甚多。每本均盖有"礼部官书"戳记，确系进呈原本，书虽无用而纸本佳良，亦难得之品也。

二十五日 晨起，接宋都督电，派前黑龙江度支使谈饱帆司使来京备顾问，令余缓行。遂将原电送交孟枚阅看。朱质河来访，谈："各省官吏不必拘于本省，免生流弊。"质河，笃实君子，故其所言亦大公无私也。

午后，又至琉璃厂肄雅堂书肆，见有抄本《平定三省教匪方略》四百本，均黄龙锦书面，开化纸，朱丝格，字体工整，有如殿试策体，确是方略馆进呈原本。云系庚子拳匪之乱，两宫西巡，由大内为人得来。索价甚昂，但此书虽无用处，若求进呈原本，则实绝无仅有稀世之珍也。

二十六日 孟枚来，谈今早接有高等侦探厅函，称："汝素主持君主，今来京何为？不过欲勾结宗社党以破坏共和，限汝三日出京。"其余语近恫喝。孟枚甚牢骚，以自宣布共和后提倡组织《黑龙江民报》，此次来京又欲组织三省共和共进会，无丝毫反对共和意见。余劝其先行回省，组织各共和机关以白于世，庶此后世人之不我疑也。决定于二十八日动身。

吴士香来访，余外出未晤。朱质河送点心、茶叶。

二十七日　为孟枚饯行，邀战懔卿[1]、文振之作陪。战、文二君为北七省联合会江省代表。

午后，至琉璃厂看书。在文雅堂书肆见于成龙行状图工笔手卷三轴，历绘其由保定巡抚以至都察院左[2]都御史及都统，并蒙恩赐宅等事。共三卷，计二十图。每图后各有一跋，似系不全，以卷尾无总跋、无图章。但确系真物，赐宅卷尾有满文都统印一颗。余不识满文，不知何旗。此于成龙系汉军旗人，与于清瑞同名，但官声与清瑞相勒，其事迹均载国史。每跋之下，心有“子孙宝诸”及“子孙念诸”，不意子孙不能世守家法，以致此物散失不全，致流入书贾之手，谁知清白吏之子孙乃如此也。阅罢怃然。因商购之，惜索价太昂耳。

二十八日　写家信，并将棉衣交仲珊带回。十二时，送孟枚及仲珊至站。

回寓稍息，又至琉璃厂购书。在文明斋，购竹纸五局木板《二十四史》，带集锦木箱；浙江局板粉纸《御批通鉴辑览》。又至修本堂，购《七经详说》及《皇清经解》。并其他各书肆零书，约合二千余本。前日所查记各书，仍未购完。灯后回寓，疲甚。

二十九日　文雅堂书贾送到汲古阁翻刻苏写陶集，纸板均佳。仍商购于成龙行状手卷，定明日送寓一阅。

饭后少睡，以昨日阅书精神尚未恢复，稍静养耳。下午，至大栅栏一游，购洋式单大氅衣一件。市肆店铺较前数日稍见繁盛。回寓，见同乡谷芷航及江省同寅马抡三来访名刺。

三十日　至城内访齐震岩，新由河南交卸巡抚来京。已赴天津，未晤。答拜谷芷航，并晤其同伴沈育田。彼此均耳识其名，终未谋面。今由京师不期而会，亦一缘也。芷航与育田为吾吉公举北七省联合会代表。余谓：“联合会似不如改为‘北七省共合进行会’，较为

---

① 战懔卿，凛卿，为同一人。

② 原本为“在”，形近而讹。

正当。方今南北意见未甚融洽，若单纯名为‘北七省联合’，更足启南人之疑。”芷航允为下次开会，提议修改。

书贾送到于清瑞书中堂一幅，上款署“升旭亲翁”，下款署“于成龙”，图章镌“三韩于成龙印”，黄绫地“卍”字绢边。书法严劲，的系旧物。且访之精于品题各友，均称“卍”字绢非国初莫有，更征之纸色、裱工，亦非近今所能造。遂用二十金购之。余素重清瑞之为人，其令罗城时，支床关壮缪庙周仓像后，余于光绪三十三年通判安达，下乡至厅属玛鼐屯，无处寄宿，曾于喇嘛庙佛像后铺被以宿。安达新荒初辟，地广人稀，尚不若清瑞任罗城，犹有苗民与语言。适新署落成，因名治事之堂曰“景于”，并以镌诸砚端。今见清瑞手迹，不觉动雪泥鸿爪之思，抑清瑞有灵，或以此偿二百年后之知己也。

三十一日　赴东三省共和进行会。十二时振铃开会，同年栾佩实、杨子襄介绍余为名誉会员，芷航、育田、凛卿、振之诸君亦均到会。首由佩实报告东三省都督赞成本会公函，并提议募捐本会经费及组织机关报等事。无他议案，遂即散会。余随凛卿、振之同至吉林新馆，谈：江省选举临时参议员，及将来京外一切官吏不必拘于本省。并晤江省京官王伯同，名赤卿，巴彦州人，现充邮传部小京官。

回寓，接二弟信，家中已于旧历二月初六日移入城内。

堂上两大人均康健，农事已均安置妥协，为之快慰无似。

民国元年四月

一日　阅《新闻报》，安徽孙少侯、黎宗岳互争都督，行将开战，而南参事院争执国务员，以致政府迄未成立。西人云：恶政府犹胜于无政府。计自宣布共和后，起义诸君目的已达，遂出而互争一己之私权，从前出万死一生为国民造幸福，今竟易为为一己争权，前后两样人矣。思之令人浩叹。

午后二时，至朱质河处一谈。询悉内阁现正清理档案，预备交代，每进内仍须戴[1]顶帽，并云大内里凄凉景况不堪言状。余云：总较庄烈帝殉国时为佳。质河大笑。

二日 至琉璃厂购书，购御批杜、韩、苏各诗集，并广板《唐宋诗文醇》。

午后四时，邀凛卿、振之、芷航、育田至燕春园晚酌。宣化府新制葡萄酒甚佳，余饮稍多，不觉微醉。我国葡萄酒见于古诗者甚多，近今几至绝迹，利权独让于外人。宣化独能仿造，亦挽回利权之一道欤！

三日 连日无事，除进城至各官署调查近日情形，暇则即至琉璃厂看书。至翰文斋，见粉纸浙板《九通》一部，共一千本，《国朝耆献类征》一部，二百九十四本，纸、板均佳，且均系有用之书，惟购价稍昂，未能购妥。

晤同寓蔡达生，名汇东，前在江省与余前后在程雪楼幕府，现充山东都督胡瑛秘书官。意欲组织西北协会，联合内外各蒙，并拟俟时局稍定，先由内地各省开一恳亲会，欢迎蒙古王公前往游历，藉以开其智识并联络感情。达生留学东洋，见识不俗，余甚钦佩，此事余亦甚为赞成。

四日 新闻纸载，黎副总统调和山东张、胡两都督交斗事，措词光明正大，令人倾倒。盖无论君主、共和，必须识量过人，方可大有为于社会。黎公自起义以来口不言功，他人争功则出排解之，吾不知受其排解者，自视其功业能否出黎公之右，而又日事蛮、触之争，能无愧死？华盛顿数辞大统领，世人高之。曩日起义诸公仿美国政体，改建共和，几为人人口头禅，若让德亦能效法华盛敦，岂不省此一番竞争之苦恼也？午后闷甚，至大栅栏庆乐园观剧。其园内秽污狼藉，更甚于昔，曲未终而心已厌，遂至街内一游。

五日 芷航、育田来寓，邀至醉琼林早酌，并邀凛卿、振之作陪。

---

① 原本为“载”，形近而讹。

席散，同至琉璃厂看书。余与凛卿就近至八宝琉璃井答拜，马抡三外出，未晤。

晚四时，凛卿作东道，仍邀同坐诸君夜酌。七时始散。

六日 子襄、佩石、星垣函邀下午四时在大观楼晚酌。未几，黑龙江军事统一会代表寿海山都护、德君衡参军亦相继邀晚五时在汇丰堂招饮。余素苦于应酬，自到京后故未敢广事交游。近日知交者闻余到京，多来就访，将从此必有因于酒食之占矣。午后四时，君衡又来寓面邀。适邮局送到宋都督公函二件，拆视，一为阻余南行，嘱令在京帮同谈饱帆司使备政府顾问，一为急进党持蓝天蔚委任状，潜赴江省勾结兵警绅学各界，意图举事，欲惩治则投鼠忌器，欲听之则又恐扰害治安，嘱余面见斗瞻转达袁大总统，谋一和平办法。阅罢，遂同君衡至汇丰堂，同席者为奉天军事代表陈俊庵、印国强、宾毅恭、印尚武，及陆军第二十镇正参谋易雨亭、印兆霖。余于诸公未到以前，即将来函交寿都护阅看，以该党人持委任状在江勾结军人，于军界统一会甚有关系，嘱由都护报告会长电诘蓝天蔚。客齐，入座。稍谈，即辞赴栾佩石诸君之约。

同席均东省同乡及共和进行会会员。余又将两函之意面告佩石、子襄，同席诸人闻之甚为愤愤，商定明日开会，提议办法。席中晤任景枫。此君奉天人，在京白手成家，大观楼即其手建。面允介绍往游颐园。

七日 十一时，至东观音寺胡同三省共和进行会，遇战懔卿，告以昨奉宋都督两函大致。意欲联合三省团体及江省来京军界代表，公同设法抵制，较由个人请求阮斗瞻为劲。懔卿然之。

十二时开会，到者四十余人。余本欲登台演说党人在江煽惑情由，德君衡已先登台宣布此意。会员多数主持本会上书袁大总统，明发命令，将共和未宣布以前各都督所发党人举事委任状一律取消。余云："方今南北意见未甚融洽，若公然上书要求，恐启意外恶感。应由本会公举代表先见大总统，面陈办法较为周到。"众均赞成。遂当场公举余及栾佩石、战懔卿、陈慈首四人。散会后，同至石大人胡同总统府，适总统牙痛，已数日不见客。委其幕客凌君招待。余出宋都督之函。凌云："函内既有斗瞻，某可向斗瞻一商。"须臾回，称："斗瞻嘱令翟君明日十时至宅相晤，面筹办法，再请总统施行。栾君等可不必同往。"遂辞出。至四牌楼小馆为懔卿、振之饯行，因其明日回江也。

八日 十时至斗瞻宅。斗云："昨日大总统以牙痛未能面晤诸君，甚以为歉。共和已经宣布，党人犹到处煽惑起事，总统实深忧虑。昨日有南来友人，据云，南人仍以东三省为假共和。"余云："此皆东省起事党人离间之言也。东省为前清故地，旗人甚多。当汉人举义后，内虑种族操戈，外迫强邻压境，稍有不慎则同胞流血、邻国瓜分，非徒于共和无益，且恐转因东省一隅致为民国前途之累，是以未能同南省同树独立之旗。皆东三省督抚苦心维持之力，不意南人之疑点亦由是而生。国体未解决以前，党人在东省未能得手。及至南北统一，该党人既虑在新政府无功，将来绝无良好位置，且艳羡东省玉帛子女，遂不能不出此下策，先诬三省以反对共和之名。东三省若果反对，当清帝退位后，岂不能纠合三省防陆各军，借口勤王，作陕甘总督升仲帅之所为？其力较陕甘为大，其势较陕甘为易，以与民军逐鹿中原，尚不知鹿死谁手。何以东三省与他省一体承认，而独被反对恶名，非党人之造谣而何？推厥党人之心，不过藉以朦混政府，希图保护。政府漫不加察，遂为所愚。此次宋都督委某前往西南各省，虽为考察，实欲藉此以沟通南北感情，俾南中知我北方确实状况，毋再为党人所愚，致生南北之恶感。及抵京后，南政府已将北迁，又奉宋都督电，嘱在京协助谈饱帆司使备政府顾问。"斗云："此项情形，大总统早已洞悉。但参议院尚未成立，无立法机关，单纯行政一方面，大总统不肯遽出激烈手段。江省党人似不如由宋都督设法资遣解散为妙。"余云："自上年革命事起，宋都督对于党人防范虽严，而待遇已极端和平。即如阴历正月初一日，江省党人匡一等欲藉哈尔滨党人梁某之乱，乘间起事。宋都督先期侦知，厚给川资，派员伴送出境。而匡某反至蓝天蔚处，报告宋都督杀戮党人三十余名。此事大总统处有案可稽。前阅报载，宋都督现又出示，如有党人流落在江，无力回籍，应自行来辕告明，分别途程远近，酌给川资。是宋都督待遇党人已属仁至义尽，现仍到处煽惑。目今切要办法须于根本上解决，若徒恃资遣之一法，恐不肖者转藉为糊口之资，纷纷效尤，是不啻奖励其为乱也。鄙见，应请大总统明发命令，大致谓‘共和宣布，自无革命之可言，迭据东三省都督报告，仍有党人执持委任状煽惑起事，若不公布取消，将恐辗转落于匪人之手，为害尤巨。凡共和未成立以前，所有各都督以及各军政分府发给党人分往各处起义委任状，一律取消’云云，方为拔本塞源之计。”斗云：“如此办法甚好，请将友帅原信交某代呈大总统查阅。总统认可，晚间再为函告。”斗又询谈司使何时到京并其历史，余历举司使在奉、在江政绩以告。

下午一时，回寓少息，仍至琉璃厂观书。近日城内旧家售书甚多，厂中书价因以大落。在翰文斋，见浙板白纸初印《九通》，共一千本，只索大洋二百，《耆献类征》三百本，只索大洋八十，前此二书非大洋四五百枚不能购。因思此后大字本板书日少一日，且二种均系有用之书，对之令人垂涎。预算经济问题，除公家所发川资五百金，余在家、在省两处东西挪当，仅凑得羌帖五百四十六卢。预算南行自用之款，遇有川资内不能开销者，以此弥补之。到京值乱后书价奇贱，遂尽用以购书。今睹此二书，阮囊羞涩，亦徒呼负负而已。袁子才谓：士大夫未通籍以先，欲读书苦于无力，不能购，通籍后力能购书，又苦无暇去读。自到安达厅任后，廉俸所余尽用之购书，四五年已积至三四百种。去冬呼伦蒙乱，强半遗失。在省晤派赴呼伦宣抚员于石州，谈及曾于呼伦厅署内，见有余之《日俄战记》一册。查此书四册，失去一册，岂不全废。由此类推，他种遗失不全者，又不知凡几。思之黯然。然今来京又困于经济，不能多购，正与子才所谓通籍后力能购书之语相反，古人之言亦可信而不可信也。噫！

九日 晨起，斗瞻遣人持名刺来，约十二时至宅相谈，并赠余南腿及板鸭四事。遂赏来差大洋二枚以去。

十二时入城。大风扬沙，天地为昏。晤斗瞻，据称："友帅来函已代呈阅，昨日所谈由大总统明发命令取消委任状，此本正当办法，项城亦甚赞成。但现在所发委任状，不只蓝天蔚一人，亦不止东省一隅。黄兴留守南京参议院，延不北上，南北意见仍未融洽，若遽发取消委任状命令，恐愈启南人之疑。至于解散蓝党，前月唐总理南行，道出烟台，曾晤蓝天蔚磋商办法。蓝允派员前往东省资遣，政府酌给遣资。已由伊处委任朱锡麟、张英华等，并由政府加派张时，即直隶总督张金波之世兄，帮同前往。自阳历四月一日起，限二十日完竣，刻时限满。项城嘱将致蓝天蔚电稿，抄交阁下转达宋都督。现时可先出示禁止，以维现状。限满如再不散，即行拿办。我既和平对待于前，又资遣体恤于后，彼自俯首无辞，亦可免惹起同党之反对，此大总统之苦心也。"余云："大总统既如此为难，且资遣已将期满，通融办理亦未尝不可，某即据此先电宋都督核办。"

斗云："传闻东省有宗社党，其势力如何?"余云："此事是否实有，尚在可信不可信之间。清帝既允逊位，断不能再有此举，即有之，亦无非一二无知亲贵，勾结东省失意之旗员。若辈毫无智识，决难成事。但望政府早日成立，根本既固，彼辈无足虑也。"斗云："唐总理已抵上海，为南参议院及新委之国务员争欲带兵北上。磋商再四，始准带二千名北来。"余云："此举无理取闹，可笑已极。若北来恐入我势力圈内，带兵自卫，此不过个人私见。然北方军队之多，岂一二千南军所能抵抗。胆小如此，尚足与议国事耶? 闻南中同盟会甚有势力，报纸所载，唐总理业已入会，未知实否?"斗云："唐果入会，尚可藉以调和南北感情。但恐不实也。"

余云："新闻纸屡载南军开往东三省屯垦，有无此议?"斗云："此议发于黎副总统。黎公光明正大，举国所钦。以鄂军首发大难，有功民国，不忍弃置不顾，始有此议。前曾电商大总统，项城已极力驳阻。”余云：“南军不宜东来屯垦，理由有三。东三省在日俄势力范围以内，此次我国改建共和，彼思极力破坏，幸三省都督维持镇定地方，未致糜乱，彼族无所借口。若骤将南军开赴东省，彼必添兵隐相抵制，日久难免不起重大交涉，此其一也。南军仓促召集，枭匪、哥匪混迹其中。东省军队程度不齐，难免不有胡匪搀杂其内。若果来东，两军感情必不融洽，倘有冲突，外人坐收渔人之利，因以牵动全局，此其二也。南北气候、习惯不同，驱乌合之众强事耕作，过于劳苦，不免有哗溃之虞，即使南军尽系农家子弟。方今解散军队，只为饷糈难筹，若以屯垦，一切庐舍、牛犁需款，较兵饷尤巨，此其三也。且‘屯田’二字，我国人最为崇拜，在历史上亦最占优势。自古迄今终未见明效大验，即汉之赵充国屯田塞下，亦不过补苴一时。如果有效，何以汉以后北边仍多旷土，边祸迄无已时？前年锡清帅督东，提议借债移民，某曾有《意见书》详言移民之非，于东省情形尚得大概。昨因报纸宣传此事，特函嘱舍弟邮寄数份，以便分赠友人，遇事劝阻。明日可送上一份，即请教正。”斗云：“项城所虑只为交涉一层，尚未知此中有如此困难，便中当将此意转达。”余云：“三省人民闻有此事，均极反对，拟联合各团体、机关上书阻止。”斗云：“大总统业已函阻，似不必再为提起，恐南军藉此呶呶。嗣后如不提此议则已，倘或提起，某可通知阁下，再联合团体上书政府，据此力争，较有效力。”

斗云：“江省呼伦蒙古如何？将来作何办法？”余云：“呼伦蒙古，人口不满四万，其势力甚为薄弱，如库伦能取消独立，呼伦自能就我范围。否则俟大局稍定，严词诘责，不承认呼伦为蒙古。盖该处虽系蒙古种族，曾于清初征厄鲁特时编为八旗，与察哈尔八旗同一性质。如此先划清界限，一面与俄国严正交涉，不必诘其是否协助蒙人，但声明凡与蒙人所定草约，将来中央政府一律不能承认。蒙人如再负隅，即由江省派兵数营开往兴安岭，以壮声势，彼必俯首帖耳来附。去冬该处蒙乱，某时为呼伦厅同知，身临其境，闻见较详。明日可将《呈报蒙乱大概情形文稿》抄阅，再参以前日所送宋都督《边声》诗集，于伦边可得大概矣。”斗云：“甚好。”

余云：“新宪法、新官制已否起草？”斗云：“现已起草，预备提交参议院议决。大致宪法本于法国。新官制，所有都督及新旧各司名目更易必多。”适张少轩军门派到李君来见，余遂辞出。

十日 晨起，遣人与斗瞻送《移民意见书》及《呈报呼伦蒙乱文稿》。八时，至统一会晤寿都护，报告政府对于党人办法。寿云：“段总长已允电诘蓝天蔚，请即代拟电稿，以便先交本会评议部审查、译发。”余即于座侧起草。略云：“烟台蓝季亳鉴：顷准本会黑龙江军界代表报告，现有党人手执执事所发委任状，潜往江省勾结军警及土匪，意欲起事。查共和已经宣布，并无革命之可言，况执事业已辞职，若辈有此行为，殊与执事名誉大有关系。或系匪人伪托亦未可知。但此次委任状若不取消，难免不别生枝节。应请由执事公电，将从前所发给党人前往东省举义各委任状公布取消，俾免再滋事端。本会以党人到处勾结军队，于本会统一宗旨殊多窒碍，特此忠告。北京军界统一会。”烝都护阅后，即交德君衡送交评议部。余亦按照与斗瞻所谈办法，草一电底，就近送内城电局译发。

十二时，至东省共和进行会，经副会长栾佩石登台演说本会政纲，内有同化五大民族及屯垦二条。余发议，既系五族同化，我东三省蒙族甚多，应通告三省所属各蒙旗，劝其公举代表来京入会。众均赞成。会员申君寄岳发议，南军欲来屯垦我东省，新招巡防各营宣布共和后本无所用，如其遣散，似不如变为屯垦，以示抵制。余云：“以兵屯田，自古无效。况东省兵力单薄，无可更变。从前奉天兵力不足，由直隶借调张军门所部武卫右军，又借调陆军第三镇，而江省又复由奉天借调巡防各路。自上年武昌之变，而陆防各军均各调回本省，三省添招之队尚不敷以先借调之数，安能再事裁改？”众又赞成。佩石宣布，明日偕同星垣、子襄回奉联络分会。公举会员杨子清代理会长，遂振铃散会。

至本会事务所稍息。见冯星垣、杨子襄、刘子丹均未剪发，余戏谓子襄云："既为共和民，即当剪发，况又为共和进行会会员。"适肇燕生在坐，云："若子襄诸君能剪发，某愿尽义务，亲手代剪。"子襄、星垣均认可，燕生遂遣人至宅取剪。子襄先剪，次剪星垣，惟子丹避于别室不出。众将子丹拥出，为之脱帽、解辫，始勉强剪去。时已五钟，余笑云："今日某发起剪发，燕生愿尽义务，理发师不可不谢，剪发人亦不可不贺，某应作东道以酬之。"遂同诸君之燕春园番菜馆。燕生为前吉林将军延松岩公子，人甚开通。席间诸多趣语，令人解颐。遂尽欢而散。

十一日 早七时，至车站送战懔卿、文振之二君。午后至隆福寺，余三至北京，未到寺内一游。寺经庚子后凋敝不堪，正殿仅存基址，后列东、西两碑亭。东亭系雍正四年重修，御制碑文，西亭系景泰七年建庙时原碑，辞意无非述求福之语。庙中杂陈小摊，几如乞丐市。出寺西行，遇书肆文金堂，信步入内。见有库绢多卷，又索观他物。布乾隆御笔七言联一副，咸丰御笔大中堂，显皇后御笔画桃，李文田题诗、大中堂各一幅。询系贝子奕谟府中之物，其后人穷困，又值兵乱之后，遂以出售。又于故纸堆中搜出封诰一轴，系同治七年贝子福晋他他拉氏之物。遂用贱价将乾隆、咸丰、显皇后御笔三物购出，并购库绢一卷。回寓，已灯初矣。

十二日 至寿都护处，约定明日往游颐和园。回寓，读《美国革命史》。余自到京后，人事倥偬，未暇逐日读书，今始展卷。子丹来寓就谈，并约同游颐和园。子丹为吾乡辞章家，余于辞章学索[①]未讲求，所谈某人诗学某家，赋摹某体，余均不甚了了，亦只随声附和而已。客去，至大栅栏中西大药房购成药数种。近数日颇觉腹痛，思服药以医之。

十三日 早八时，子丹来寓。未几，任景枫、寿都护、德君衡亦相继同来。余与子丹同乘一车。出西直门，天朗气清，颇畅游怀。马路

---

① 或作"素"。

亦平整可喜，云系当年景皇帝、显皇后赴园辇路。子丹前为内阁中书，云："当年皇上驻园，轮班入值，则道路车马拥挤不堪，今甫数年，此路行人已如此之少。"余云："当与白乐天《琵琶行》'门前冷落车马稀'同一感慨。"子丹大笑。十时至海淀，在万兴居饭馆早饭。饭后，又行六七里抵园。

至宫门前下车。门额署"颐和园"三字，为显皇后御笔。进门，至管门章京屋内稍坐。章京姓楼，号宣斋，与景枫旧交，招待周至。茶罢，宣斋派导者四人往游。进文澜门为仁寿殿，殿额御笔"大圆宝镜"四字，此殿为听政之所。寿都护指阶下数武外甬道云："某当年引见，即跪于此处。"殿上铜炉、铜龙凤、铜缸各二，古色斑斓，制造甚细。殿悬大竹帘，余于窗隙中侧视屋内，箱笼甚多，询系所装陈设。由仁寿殿西北行，为玉润堂，系景皇帝寝室。院内点缀假山，亦殊平平。西为夕佳楼，楼二层，导者去销钥，余与诸君登楼。楼梯铺旧氍毹，尚不如哈尔滨大洋行所铺楼梯地毯为佳。楼内装饰均甚朴素，导者云："景皇帝无事时日，在此楼读书习字。"楼墙所悬潘祖荫"池塘烟雨"、徐会沣"员峤锦云"及显皇后御笔"佳藻圭璋""引泉汲古""烟云献彩"等额。楼窗西临湖水，额为"丹楼映日"四字，亦为显皇后御笔。凭栏远望，全湖在目，玉泉山塔耸峙于西。午后，风起尘扬，缥缈如在云际，亦一奇观。在楼西啜茶数杯。下楼仍往西北行，经乐寿堂，为显皇后寝宫。导者云："钥匙已交内务府。"未得进内一游。由此仍西北行，经长廊里余。询导者，云："共二百七十三间。"均傍湖北岸行，廊尽为排云门，内为排云殿，乃万寿受贺之所。甲午显皇后六旬万寿，所搭彩棚即在殿前，后因与日本战败，中道停止，然亦费款不赀。殿上铜龙凤、铜缸亦与仁寿殿无异。殿后稍偏西北为宝云阁，阁凡二层，纯以红铜为之。工致绝伦，细视阁南窗下镌小字数行："乾隆二十年监修大臣海望"等姓名。阁内置铜桌一张，古色斑斓可爱。过阁稍偏东北，历石洞，纯以大石砌成，非细视之，不知其为人工所造也。由石洞盘旋而上，出洞至佛香阁，阁踞山巅，南视全湖均在望中。阁凡三层，第一层立金漆佛像，额为“云外天香”，二层额为“式扬风教”，三层额为“气象昭回”。阁东为转轮藏。再东即乾隆御制万寿山昆明湖碑，碑正面即题“万寿山昆明湖”六大字，乃乾隆癸酉年所立。由阁东石洞而下，再由阁南迂道而西，过山色湖光共一楼而至石船。船为乾隆年制，纯以石条在湖内砌成船形，舵舱俱全。船面经显皇后新造，船楼三间，中置长案，有御题“清晏舫”三字之额。导者送茶至，余与诸君即在此案啜茶。四望湖光，船浮欲动，到此始知园中之胜。畅谈时许。下船往北行，越穿堂殿、小有天，沿清赏楼而至船坞，各船均在坞中房内。由此东折，过一转阁，无额，询名“贝阙”。再东，步步登山，即绕至万寿山后。山下小河通湖，山巅有黄瓦破庙，墙址犹存，询导者，云系佛阁，咸丰十年与圆明园被英法联军同付一炬，迄未复修。北望园墙以外，屋瓦甚多，询系民居。东行里余，南折至谐趣园，西向为瞩新楼，正向为涵远堂，稍后为湛清轩，东为和春堂，偏北为兰亭碑，镌乾隆甲戌御制诗。园中有水一池，饶有雅趣。由东复西南折，廊尽处为洗秋亭，又西为知春亭、澄爽斋，均系御笔题额，并有张百熙、陆润庠、郑沅楷书诗额甚多。出园西南行不数武，步上漫山为如意庄，竹篱草屋一如农家状况。中室五楹，额为“乐农轩”。余由窗隙内窥，中悬显皇后所画古松中堂一幅，款署“大雅主人写生”六字。余与诸君坐阶上稍息，见阶下有灶，余云：“此间有烟火耶？”导者告称：“太后当时每来此庄，令人煮小米粥，贴杂面饼，一如农家风味，食罢乃去，此灶即系煮粥、贴饼之处。”余闻此言，不觉感从中来。显皇后将来定论如何，史家自有直笔。但四十余年中祸变相寻，均能转危为安，即此一端，亦可见显皇后之所以为显皇后也。由此南行为德和园，内为颐乐殿，南即铁楼。楼凡三曾，第一层额题“欢胪荣曝”，二层题“承平豫泰”，三层题“庆衍昌辰”，楼下两厢一如寻常戏楼之包厢相似。每距离五六尺为一隔，系赏大臣及亲贵听戏所。导者云：“每赏戏时，太后御座如不下帘，则凡两厢赏戏大臣均须跪听。”即此亦可见专制之尊严矣。出园，由仁寿殿东又到管园章京处啜茶。景枫带来点心甚多，余与诸君稍食。余本欲赏导者，景枫竟先我赏大洋四枚。计自入园至出园，将五点钟，全园已游大半，所未到者昆明湖铜牛、湖中之桥而已。余闻人言，园中之景几以为琼楼玉宇远不相如，今游一周，与向之所闻大相径庭。其殿宇表面虽极华丽，而内容粗俗，无论仿之外国人中人以上室宇，整洁所逊已多，即我国之名家亦有驾而上之者。所不可及者，天然湖山之胜及宝云阁铜楼与石艇耳。余询景枫云："园工并不甚大，何以每年必由部拨颐和园费若干万，此款用之何处？"景云："向来内务府包工或采买各物，均以三成交货，譬如化银千两，只以三百购物，余七百则大家干没。"余始恍然。余云："此后皇室经费公定四百万，不知若辈仍能如前干没否？"众大笑，遂出园。

回时，大风稍息。七时到城，景枫复招至大观楼晚饭。景枫既亲往介绍，又复招饮，情意殷殷，令人可感。灯后，席散回寓。

十四日　十二时，访大同报主笔恒诗峰，谈时事甚畅。回寓，蔡达生亦来谈，谓西北协会组织已有头绪。仍读《美国革命史》。

十五日　写宋都督信及家信，并写王可耕信，嘱其代借薪水，因余原带之款均以买书，求其汇款接济。午间，本欲至香厂一游，因大风中止。

十六日　晨起，质河来谈，与慈首送乃报股票，余嘱其介绍入统一党。午后，至永增局一谈。慈首明日回奉，在致美斋与其饯行。席散归寓，仍阅《美国革命史》。又接品山来函，云江省临时省议会开会，将来不免少有冲突，因士绅各怀私见；又言余近日报告宋都督信甚少，都督颇为焦盼。灯后，颇觉神倦，八时即睡。

十七日　晨起，子丹来招早饮，辞不获已，遂至天和玉饭庄。十二时席散。子丹复邀至琉璃厂看书，下午三点回寓。同年高子瞻来访。子瞻，长春人，自甲辰春闱一别八年。谈当年遗事并此八年中时事变迁，不觉令人动沧桑之感。客去，写运品珊信。谈司使到京，亦寓本栈，不知余亦寓此。司使到后即入城，询余之住址。灯后，司使回寓，谈东省事甚久。

十八日 晨起，读《美国革命史》。十三州人民受英国种种压制，而民军起义犹有王党派暗施阻力，愚民难与谋始，可与图成，其信然欤！往访同乡荣祉宇部郎，一别八年，不觉言之太长。下午六时，为谈司使洗尘，约寿都护及德君衡作陪。回寓，与司使谈至夜分而散。

十九日 同乡赵子静来访。子静与同年高子瞻同伴来京，均为南政府委任关东都督蓝天蔚党员，言语未免稍涉激烈。子静少年，有理想而少经验，余虽素未谋面，但乡谊攸关，不能不为忠告，子静亦颇为认可。下午至大舞台观剧，并至东便门里蟠桃会一游。今日为旧历三月三日香会之期，男女焚香顶礼者壅道塞途。尘土飞扬，人气霉蒸，令人生厌，遂兴尽而返。

二十日 天气今日略热，每至午后须着夹服。余此行未计到京久留，一切单服均未携带，本拟俟到上海再为购服，今热不能耐，遂到永增军衣庄定做西式袷服一套。至奉天会馆乃报社，访其主笔申济川、孙斗南，坐谈甚久。回寓，接二弟来函，堂上两大人因日久未见家信，甚为悬念。遂即作函答覆，以慰堂上倚阁之望。灯后，同年张朋銮来访，谈京张铁路鸡鸣山煤矿事甚悉。

二十一日 晨九时，往访统一党经理刘君节初。此党为章太炎、张季直、程雪楼、熊秉三四君发起，入党者甚多。余前日藉朱质河介绍入党，党中甚为欢迎，并函告宋都督及同事诸君均行加入。回寓，作宋都督及品珊函。灯后，与谈司使步入煤市街泰丰楼小饮。

二十二日 早起，郁闷异常。至王广福斜街升平澡塘沐浴。下午六时，邀高子瞻、赵子静、申济川、孙斗南及谈司使在燕春园吃番菜。灯后回寓。与司使谈至十二时，始睡。

二十三日 大风扬沙，终日未得出门。阅《美国革命史》。美得法军之助，始能速告成功，事后未闻美国如何酬报。前清甲午中日之战，俄邀德、法出为调停，竟据我旅顺、胶州湾、广州湾为报酬之物，使我海军无根据之地，是谁之过欤？晚六时，肇燕生折柬相招，至劝业场玉楼春小饮，同席者为铁忠，号韵铮，年约四十余，身材魁梧。上年武汉起事，报纸登载此君事实甚多，不图于京师竟能一见。其人也，终席无甚言语，余亦未及深谈。席散回寓，与谈司使谈本日谒见，大总统只叹两手空空，不能筹作一事，全国陷于贫境，一至于此。闻之令人焦叹。

二十四日　往访程伯楷，顺道至劝业场理发。理发师多系日本人，自剪发令下，又添此一漏卮。回寓，荣祉宇来邀早饮，同席者多度支部司员，相识者只刘子丹一人。席散，江省参议员薛丹溪、高季喆来寓，嘱为介绍入统一党。候王赤卿未到，改为次日。寿都护亦由电话嘱余少候，与德君衡亦欲入党。候至下午四时未到，遂至燕春园邀统一党诸友晚酌。到者只刘节初，余均有事未到。未几，寿都护、德君衡亦来入座，剧饮畅谈。节初云：章太炎、唐文治不日即到，到后即行开会。席散回寓，与司使及叶符辰谈至十二时，乃睡。

二十五日　至乃报社，晤孙斗南、申济川，畅谈甚久。写家信及宋都督信，报告京中近日情形。自余至京四十余日无雨，空气干燥，终日颇觉郁闷。

卷四

湖北民军起义第一年纪念会代表日记

湖北民军起义第一年纪念会代表日记[①]

中华民国元年，政府因国基初定，电由各省征集三人代表都督来京，以备咨询要政。余奉黑龙江宋铁梅都督小濂委为代表，于阳历八月抵京。因各省代表尚未到齐，未及开议，适黎副总统发起湖北民军起义第一年纪念会，电请各省都督委任代表莅会，以光盛典，宋都督电余由京就近前往。于十月三日首途，盖起义为上年阴历八月十九日，正阳历十月十日，现既改用阳历，此后即永久以十月十日作国庆日云。

民国元年十月

三日　晨七时，由北京前门外登京汉车。秋烟霭霭，清气袭人，颇畅心怀。惟车内污秽湫隘，不堪言状，非惟远不及东清、南满日、俄之车，即较之京奉路亦相差甚远，头等客座尚如此恶劣，其二、三等更不问可知。忆余甲辰公交车赴汴，此路只筑到彰德，尚未开车售票，时张安圃中丞人骏巡抚河南，充会试知贡举，特电商京部，凡赴考举子，暂允通融搭座，以免跋涉之劳。屈指九年未至国门，而此路已告成数稔，追忆往事，忽忽如在梦中。车抵顺德府，落日。闻黄河桥工甚大，夜间渡过，未获一视，殊为憾事。是日，阅日人所著《西藏》一册。

---

① 原本不分段。

四日　黎明，车抵许州，即魏之许昌，为文帝故都。曩览舆地各书，古迹甚多，惜汽车电驰，未能停车一访。至确山县，车入山路，路侧稻田累累，竹篱茅舍，风景清幽。稻获后，农人引水溉田，为来岁插秧计。人家隐约于竹林中，江南风景不是过也。至新店站南，车入山洞，约三四分钟始出，较之东清铁路内兴安岭山洞行十四分钟，尚差数倍，其构造亦较俄国为逊。行至孝感县，始不见联山。晚七时抵汉口大智门下车，寓略佳宾馆。少整行李，即至街内一游。道路洁净，电灯明若白昼，颇似哈尔滨之外国大街。顺街东行约二三里，即回寓而寝。所经各街均系租界，但未携地图，尚不知其为何国之界也。

五日　晤同寓安徽都督代表段君志超、共和党山西支部代表石君荣璋。询黎副总统所备各省来宾招待所在武昌平湖门外乙栈，各省已到者均已移入。下午一时，至六码头乘小汽船渡江，至武昌汉阳门外下船。小雨溟蒙，未携雨具，衣履俱湿。武昌市街路窄如线，人力车亦污秽异常。至乙栈，门外悬有"湖北民军起义第一年纪念会筹备处"及"各省来宾招待所"两额。晤专办李君国镛，号钰珊，寒暄周至。嘱即派人过江搬取行李，余辞以甫到，应略为休息，俟明日再移。李嘱翌日下午一时派船过江迎候，盖会中已备有迎宾官船也。遂给余一纪念会白缎章，盖有本会钤记，嘱云：带此可往来各处无阻。辞出，雨仍未止。仍由汉阳门渡江返汉口。灯后，雨稍息。至歆生路购《京汉铁路全图》，及刘万顺所制之汉口兵火后《纪念图》各一份。入夜，剧寒透骨，卧拥重衾，犹觉牙战，盖旅馆楼房系仿东洋式建造，故未能御寒，然亦长江流域从来未有之奇冷也。

六日　风势大作，衾冷如冰，黎明即起。下午一时，风犹未息。招待处专办李君由电话通知，今日风大，小轮不能渡江，嘱俟明日再迎。余本拟急欲渡江，藉招待所介绍前往各处调查战迹，并参观官私各工厂，今竟因风不能飞渡，因忆太白诗云："人道横江好，侬道横江恶"之句，不觉怅然。傍晚风止，步至六码头登日本商船岳阳丸参观。余从未一乘海轮，居常颇以为憾，故遇大轮必以登之以为快。下船乘人力车，顺江岸西至江汉关，到此即出租界至华界矣。沿岸洋楼林立，肃静无哗，一至华界则人语嚣杂，道路湫隘，令人生厌。

七日 晨起，天气仍带风意。若俟官轮来迎，迟恐风起又不能渡，遂先趁民船而渡。时李专办尚未到，晤其招待员张君，指定丙字二十五号楼房，与黑龙江省议会代表郑君林皋，号鸣九，同室而居。余与郑君彼此久相神契，在江省永未谋面，今于五千里外相逢，亦一缘也。行李稍为安顿，即商同郑君过江，先参观汉阳兵工厂、钢药厂及铁厂三处。由招待员张君拨小官轮一艘，派巡弁二名随同前往。中流遥望北岸，烟突林立，沿岸市房多系楼居，真所谓江城，如画里也。

至铁厂附近停泊。询其守望巡士，知该厂设有接待所，专司各省来宾参观事。遂至该所晤总务长舒君修泰，号楚生，湖南长沙人。迎至厅事，中悬张文襄画像。略谈厂内情形："自民军光复以后尚未开工，机件多半损坏，修理未竣，约年内总可开工。此厂与大冶铁矿、萍乡煤矿同属一总公司，而此厂已费资本三千余万，尚未十分扩充。"遂先导至旧化铁炉。据云，旧炉共二座，每座日各出铁一百二十吨，系张文襄督鄂时所置，现又添新炉一座，日可出铁二百四十吨，足抵旧炉二炉之数。又至矿砂厂，堆积如山，铁质精良，遥望浑如带锈生铁相似，几不辨其为矿砂也。因询大冶采取及本厂镕炼之法，舒云："大冶为世界罕有之矿山，惟北美某矿尚可与之颉颃。采取矿砂并不用凿洞，只由山面用炸药轰碎山石，即系纯矿，每吨矿砂可得七成及六成七八纯铁。"余云："西人曾考究，大冶每年出矿一百万吨，可足作七百年之用，此语洵不虚也。"遂携矿砂一块留作纪念，舒云："余为君择一佳者。"择约一斤余重一小块，色如纯铁。又历指化铁炉各烟突炮弹之痕，有穿透者，有破皮者，不一而足，云系上年北军攻取汉阳时所击。又至炼钢厂，共炉六座，除随时修理，日常可得四炉之用，每日共约出钢二百五六十吨，每纯铁一矿可炼纯钢七成。舒云："我国工艺不兴，尚未臻用铁时代，本厂所出之钢，除铁路钢轨外，几无处销售。"

余云："此后我国铁路大兴，将来贵厂及山西泽潞各矿必获无上之胜利，目前不足虑也。"又至钢轨厂，略视原存已制钢轨，仍返至招待所。余询全场人数及面积，舒云："开工时约五千人，全厂面积共五里余。"并赠余《汉冶萍煤铁厂矿有限公司写真图说》一册。

派巡士由铁厂便门送至兵工厂，晤总办刘庆恩，四川德阳人，曾在德国留学。略询该厂主要制造，约分枪、炮及枪弹、炮弹四厂，平时作工约共二千余人。

遂先导余至枪厂。正在工作，满屋机关，声振耳鼓。每枪零件由脱模至成器，均费数十道手续始成。又引余至陈列室，由枪筒至各零星机件布列满室，刘云："一枝枪成约共费八百余道手续，现在每日共出枪五十四枝。"又引至一室，门窗均有炮弹痕，取出已轰裂炸弹壳四五块，云："系上年南北两军接战，弹入此室，炸毙工人数名。"历指炮弹出入线路，并指坐侧炮弹所穿之门，云："此门尚须舁至纪念会陈列。"余云："可否将炸弹赠余一块，留作纪念？"刘云："此系本厂永久之纪念，碍难送人。"遂至炮厂，正修理机件，尚未开工。刘云："每月可出炮十八尊。"又引入已存旧炮屋内，见七生地陆山各炮数尊，并有十二生地炮二尊，一系陆炮，一系炮台守炮，带有钢座。上年民军起义，因无起重机，未能运至上台。又引视南北军开战击入钢弹壳数枚。适刘因有事，委其庶务邝君英，号显卿，导至枪弹厂。作工多系十余龄小童，据云每日可出弹三万四千余颗。又至炮弹厂，亦未开工。各工人正用泥制铸弹模型，据云开工时每月可出炮弹三千余枚。又周览修理机件各小厂数处，遂兴辞而出，返至兵工厂码头，仍登原船。计兵工厂与铁矿位置在扬子江左岸、汉阳府城东、大别山东麓、汉水之西岸。铁厂居右，兵工厂居左，两厂均门临汉水。余来时系由铁厂后门、大江北岸下船，入厂后，原船东入汉江口内，西北斜行，泊于兵工码头。

入船展轮，西行约半小时，至赫山钢药厂。厂踞汉江北岸、赫山西麓，周约数里，树林荫翳，颇饶清趣。晤总办沈君凤铭，号仪廷，浙江人，及提调孙君绍箕，号文楼，宜昌兴山人。钢厂尚未开工，先至药厂。历至化验室、磺硝强水厂，并引视已成、未成各无烟弹药。沈云："每日可制药三百磅，所有制药原料，若硝、磺、棉花之类，均系湖北所产，非惟不取材于外国，抑且不取材于外省。厂中工匠亦均系华人，并无洋工。"渠在此厂已十四年之久。孙君因指墙后大堤并赫山，云系上年两军激战之处，黄克强即败于此，是役两军共死万余人。天暮，已将散工，与沈、孙两君步出工厂。孙君历指钢厂屋顶铁瓦，小洞如星，云系两军战时所击。

登船后，两岸人家均已上灯。驶至汉水入江之口，遥望南北两岸，电灯如星，曹孟德诗云："西望夏口，东望武昌。"[①]今竟身临其境，不觉飘飘欲仙也。回寓，疲倦异常，一睡而晓。

八日 山西共和党支部代表石君来访，因商同往谒黎副总统。遂先晤李钰珊专办，恳其派员前往都督府介绍。派定差弁一名随往。

下午一时，至都督府通名刺后，先延入会议厅。未几，本府参议沈君尚元，号仲允，枣阳人，出而陪谈。少顷，复延至后厅，历四道过厅始到。厅踞高阜，前有假山石及花木点缀，均甚古雅。盖府为旧布政使署，新署尚未落成也。同坐者为直隶省议会代表、副议长王君观铭，号箴三，宁晋县人，及驻信阳州陆军第六镇代表王、宋两君。

甫就座，黎副总统即出见众客，均行一鞠躬礼。入座后，黎副总统先询余何日由黑龙江动身？余答云："某系为宋都督原派北京行政代表，于八月内即已到京。此次因副总统发起纪念会，宋都督复委某由北京就近来鄂。"并云："来时，宋都督有电，嘱某代向副总统致意问安。"黎云："宋都督彼此因事时常通电，佩服之至。"遂询江省俄、蒙势力如何？余云："蒙人毫无智识，本不足虑，其所以反对共和，实俄人为之主动。江省蒙事经宋都督事前布置周密，于各蒙旗紧要地点均驻重兵，故此次奉天所属扎萨克图蒙旗举事，江省各蒙未敢服从，江

---

① 此乃苏轼《前赤壁赋》中语。

军且能出而援奉，迭获胜仗。”黎遂向他客略谈。又询余东三省马贼如何？余云：“东省马贼，其原因则在甲午、庚子及日俄之役溃兵所弃枪械辗转流入匪人之手，又加各军队多系招募直、鲁无业游民，其人素不安分，如或因事逐革，往往即勾结土匪聚伙抢劫。将来巡警发达，及实行征兵后，此患自可渐除。目前虽不能免，然亦旋起旋灭，商民稍有势力者且能抵抗之，百姓均已司空见惯，不足忧也。”余又云：“副总统对于蒙、藏之政策如何？某愿请教。”黎未及答，阍者不知先有座客，因将政府所派代表朱君庆澜号稚桥、哈君汉章并他客二人引入。朱君曾在奉天带兵多年，上年四川光复，川民推为副都督，辞职来京，大总统委为高等军事顾问。余在京时因于振甫观察介绍，彼此衷谈，甚为投契。余匆匆询朱寓何处？云“现寓汉口德明饭店”，并云“昨日某由电话相询，适君外出”等语。余遂同先至诸客兴辞而出。默观副总统之为人，气度伟厚，每言必笑，其富于道德心，一望而知。而精神内敛，言笑从容，洵为伟大之人物。

仍至会议厅晤沈参议。余与石君商同先游蛇山及黄鹤楼诸名胜，因蛇山驻有炮队，恳沈君派人介绍。沈云：“上山车行不便，可由马号备马数匹。”余与石君坚辞乃已。遂派武员一人随同前往。

出府东行里余，由蛇山北麓而登。山下众工正在凿洞，盖蛇山由东北而来，横亘武昌城中，交通不便，现拟将南北凿一山洞，修筑马路以便交通。山岭分东、西两峰，东峰稍高，架有陆炮。先至东峰，略以眺望，又至西峰四望，全城均在目中。从弁因遥指东南一门，云系起义门，乃新改之名也。天热渴甚，同石君下山，至共和党鄂支部石君寓所啜茶。地居蛇山南麓，为前外务部尚书梁崧生敦彦之宅。小楼一栋，花木成蹊，颇为幽胜。茶后，复东行数武登山。至抱冰堂，为张文襄所建，堂三大楹，仿古庙式。入内，有军士数人横卧，见余等至，皆为起立。堂正中供文襄神主，题“追赠太保体仁阁大学士前湖广总督谥文襄张公讳之洞神主”。上悬黄纸，录宣统元年文襄恤典上谕一道。案侧罗列上年起义战殁各义士神牌，甚至有书某军某营某兵姓名一小纸条，粘于神牌之上。其字迹粗劣不堪，大抵系阵殁同营兵士所为，然兵士如此爱名，亦难得矣。四墙满悬追挽战殁各义士挽联。略视，大致均平妥无奇，联数太多，未暇卒读。由此东上石蹬数级，为十桂堂。内悬张文襄官服、画像，傍悬便衣放大照片一具，题“民知会首领刘君静庵小照”，不知为何许人也。又登西北小亭，亭畔桂树丛生，均高二三尺，此或十桂堂所有名欤？

下山，乘人力车由蛇山南麓绕赴汉阳门内黄鹤楼，道经咨议局旧址。上年民军起义改为都督府，汉阳失后，被北军在大别山隔江用炮击毁，其遗址犹存，有砖刻“鄂军都督府”金字之额。至汉阳门，由门西石蹬而上，将至巅，有二石柱为门，镌有“爽气西来，云雾扫开天地憾；大江东去，波涛洗净古今愁”一联，为衡阳彭雪琴宫保玉麟所题。黄鹤楼踞黄鹄矶头，蹑蛇山之尾。蛇山自东南来，山脉至此而尽，与江北大别山遥遥相对。土人因江南蛇山，并“大别”音近于“鳖”，遂命大别山为龟山云。山下距江岸仅十余丈，城至此倚山为墙。楼前数武有白石浮屠屹立，石质斑剥，惜无字迹可考，相传为六朝时故物。楼毁于光绪壬午，今就其旧址，改建红砖二层洋式小楼，楼额题“古迹黄鹤楼”五字，不忘本也。楼上下均设卖茶座。余与石君一登，污秽不堪，楼窗甚小，不能远望，遂下楼南行。步入官胡祠内，祠门题“敕建辽阳官文恭公益阳胡文忠公祠”金字额。入祠，前后堂内神主均无，仅存神龛，询悉上年起义后均为撤去。祠前有胡文忠碑，碑文系官文恭所撰，盖胡先卒，官乃后附也。过祠为抱膝亭。亭额乃光绪戊申端方所题，为端抚鄂时创建，额款“端方”二字已被人用白土涂抹。过亭稍北为张文襄祠神龛，前有白布神幔，墨书“气壮山河”四字，傍题“黄帝纪元四千六百有九年大汉华族同志敬志”，想系民军起义之初所为。神龛上横悬“恢复汉室”一额，署“中华民国元年鄂军四镇马三标四营恭立”，鄂人之崇拜文襄于此可见。

又稍北即奥略楼，鄂人为文襄生时所建以作纪念者。楼凡三层。第一层为写真馆所居，二层空无所有，只文襄所书“日朗云空”一额，下署“张之洞书”四字。文襄书法临苏，笔势异常生动。三层为卖茶座，余与石君登楼，临窗啜茶，浏览长江上下，风帆沙鸟，北望龟山晴川阁，波浮欲动，几令人不忍舍去。龟山隔江拊蛇山之背，无怪上年汉阳失，北军在龟山设炮轰毁都督府，南军为之夺气，而武昌几至不守。将来武汉如再有战争，能占领龟山者定操必胜之券，此谈形势者不可不知也。贪看江山风景，不觉阳乌西坠。时已五钟，腹内觉饥，因与石君下楼，在胡文忠牌前撮[①]一小照，各自回寓。见案头有黎副总统名帖，定于明日下午四时，在招待所为众宾洗尘。

九日 上午过江，至德租界德明饭店访朱稚樵，外出未晤。至汉南春三层楼早饭。见菜单有鲥鱼一品，北方原无此物，每于诗中见古人有恨鲥鱼多骨故事，今可一尝此味。询之业已过时。饭罢，渡江回寓，路经古头陀寺，停车入观。寺居黄鹤楼山下，前临大江，为六朝刘宋时安西将军、郢州刺史蔡兴宗创建。有齐王巾所撰碑文，曾见于《昭明文选》，今询老僧，已渺不知此寺之历史矣。寺濒江岸，面积不出十丈。周览一过，并无古迹可以凭吊。惟壁中嵌有同治三年重修此寺碑，所载寺之历史颇详，并云：明时重修，董文敏所书之碑崇祯癸未毁于献贼。末载官文恭公捐银五百两。现在不但齐王巾碑之无存，即董碑亦不复载矣。回寓少息。四钟，齐集客厅。入席，共十余席，余与郑君及甘肃代表王磊号伯森，秦州人，王殿佐号辅臣，兰州人，陕西代表周鋐绶号樵舲，绍兴人，并陪座都督府参议苏成章，号斐然，利川人。席间，周君谈及前清陕抚升允不但反对共和，而且反对立宪，渠云：立宪必亡国。席散后，在客厅演电影。都督府实业顾问卢成章号志学，浙江人，演说各国实业，并云“吾国从前实业不发达，尚可诿过于腐败政府。满清[②]政府既倒，此后诸同胞责无旁贷，宜各自实力振兴”云云，甚中肯綮。

---

① 原本即为“撮”，疑为“摄”之误。以下还有“撮影”“同撮一影”等。

② 原本照录。

十日 早八时，各界代表齐集招待所大客厅，招待员每人各送黎副总统小照一枚。余之一枚上署“文选仁兄惠存”，下署“黎元洪赠”。又每代表各赠九星镀金纪念徽章一座，正面镌国旗及“起义国庆章”五字[①]，背镌黎副总统玉照章绶珐琅镀金牌，横镌“黎元洪赠”四字。九时，招待员引各代表乘马车入文昌门，至烈士祠庆祝场行礼。天气清朗，倾城士女夹道欢呼，路旁军警向各来宾致敬，几于答礼不暇。将至会场，军士排队欢迎。会场头门高悬国旗，用松枝结成“国庆纪念”四大字。入门为庆祝场，用五彩结成一大天棚。分三门，左门松枝结“划除君主”，右门结“伸张民权”，各四字，中门用无数小电灯结“烈士祠”三大字。棚后即黄瓦过厅，两侧分坐南北军开战时南军受伤各军士约百余人，全身佩挂黄绫大彩，朱标姓名，在某战线内、某部位受某种弹伤均一一书明。断胫残肱，令人不忍正视。尚有伤未全愈，用人舁至者二三人。厅后即烈士祠，祠为前清万寿宫，每于清帝寿日全省官员行礼之所，鄂人呼为黄殿。祠正中设神位三，中为历次殉义各烈士总神位，左为历次殉义各将士总神位，右为历次殉义各女士总神位，甚余神位甚多，均为上年起义战殁之人。神龛上高悬放大照像三，一带刑具如在狱内受罪状，其二则皆死后所拍，距离太高，不辨所书名姓。祠墙四围皆悬祭联，人多拥挤，未暇细视。少顷，军乐大作，宾主就位行礼。第一排中为大总统代表朱庆澜、哈汉章，左为参议院代表汤化龙，右为黎副总统行礼位次，因病未能与祭，特委军务司长蔡济民代表行礼。第二排各省代表及民政长，第三排为湖北省议会，第四排为军界，第五排则鄂省各团体代表。首由大总统代表朱君，次由参议院代表汤君，及黎副总统代表蔡君依次各读祭文。读毕，奏军乐，众皆脱帽行鞠躬礼。复至门外庆祝场，大总统、参议院、副总统各代表仍依次各诵祝词，后军乐奏，众均脱帽，三呼万岁。各界代表祝词未能全诵，余已代宋都督拟祝词一通，当场即交招待员携

---

① 据实物，此五字应为“武汉纪念章”。

回，转呈副总统查阅。礼毕，因青天无云，日光闪烁，未能拍照，殊为憾事。场门以外，军民参观，途为之塞，车马不能通行，因于人丛中步行至空旷处，觅一人力车而返。

天暖人众，热气熏蒸，回寓已汗流浃背，湿透重襟矣。少息，至纺纱厂赴宴。男女外宾纷至沓来，奏军乐侑食。外宾多有祝词，济济跄跄，颇极一时之盛。宴毕，中外各宾齐至织布局摄影，后登楼品茶。都督府顾问孙君发绪，号纯斋，演说："上年起义甚赖诸领事赞助之力，今日得有盛会，皆诸领事之赐也。"用英语译说，众外宾掌声如雷。次由法人乌主教答词："中国此次革命流血少而成功速，其所以解决之迅速，实由国民富于慈爱心，不忍残伤同种所致，并非海陆军之力。"旁一人由法语代为译说，众均鼓掌。嗣由沈佩贞女士演说，大致答谢乌君之语。时已下午四时，众宾遂散。此次之会，黎副总统本拟大举，嗣因九月二十四号马队兵变，遂将局面缩小，未能亲诣会场成礼亦实由此。至于会场组织一切手续，开祭时秩序稍欠整齐，颇为缺点。

回寓，晤吉林代表张君治仁，号平垓。询余云："君非前年所上三省督抚《反对借债移民意见书》乎？"余曰："然。"张遂告及此书深为陈剑池都督许可云云。又谈他事，时许而散。

祝词附后

今日为民军起义第一年纪念之日，蒙黎副总统电招全国各界同志来鄂庆祝，宋都督因羁于职守，未能远离，特委文选代表莅会，不胜荣幸之至。吾国革命之发生，孙前大总统提倡于前，黎副总统发难于后，中经各烈士抛却无数头颅热血，始唤醒四万万同胞之噩梦，一致倾向共和，乃于去年今日告厥成功。譬如化学然，必集合多数之原质，始化合一目的物。黎副总统，其他学师也，然非有各烈士舍生取义、视死如归、百折不回之气概，其成功断不能若是之速。今者破坏已终，建设方始。死者长已矣！此后民国之构造，对内对外手续尚繁，必不使共和夭折、专制复古，此皆我辈后死者之责也。深愿在会全国各界诸同志，代表四万万同胞，勿攘私权，勿逞私见，勿阋兄弟之墙，勿操同室之戈，用全副之精神，巩共和之基础，庶可以慰诸烈士在天之灵，造民国前途无疆之福。文选不才，愿与诸同志共勉之。谨代宋都督而祝之曰：民国万岁，烈士千古。

十一日 晨起，作书与招待所李专办，略谓"宋都督久慕副总统英名，请转恳将起义国庆章致送一份以作纪念，交某代呈，宋都督必能专函答谢"等语。旋李至余室，面告"昨日所发各代表国庆章系镀金，此外，副总统尚制有真金章，专备致送各省都督者，惟因期迫，尚未制成"等语，并赠余伊著《起义日记》一册。连日劳顿异常，颇觉神疲，过江至汉口共和升平塘沐浴。

晚四时，黎副总统在府招饮。三时，由招待员乘马车将各宾迎入都督府。至厅事少憩，副总统出与各宾撮影，遂同入大餐厅，厅外奏军乐侑食。入坐后，副总统举杯向各来宾致祝词，略谓："此次纪念会劳各省来宾远道致祝，实深荣幸。但招待诸多简慢，殊为抱歉。此后民国建设手续正繁，鄂省兵后尤当亟图恢复秩序，深愿各省诸来宾随时指导一切。"祝毕，各浮一大白。大总统代表哈汉章君遂举杯起立，代表众宾致答词，略谓"汉章等来与盛会，蒙副总统盛意殷殷，荣感交集。民国值创造之初，深望各来宾安不忘危，共谋建设之方，更祝副总统康强逢吉，永享共和幸福，俾年年今日汉章等得来庆祝。"云云。祝毕，仍各浮一大白。奏军乐，乐止开餐，每奏乐一阕，进食一品，来宾中必出一人献祝。大半均系寻常宴会庆祝之词，每至痛切处，众宾必大呼万岁。其中，湖南某君及湖北参议员张君伯烈，演说中均主张迁都武昌，刘成禺演说中有谓"此次各界代表来鄂，其对于副总统必具有一种特别观念，但某不便明言，众宾必能自解各"等语。酒酣之余，国民党代表张继及湖北参议员刘成禺均唱法国歌，众宾手舞足蹈，乐不可支，黎副总统亦鼓掌不休。餐毕，军务司长蔡济民离席，向众宾致意："于十三日早九时，副总统请众宾前往南湖看操，并请过江至汉阳兵工厂参观，再至伯牙台视察战迹。”军乐作，众宾皆辞谢而出。堂下两廊密排军队，均举枪致敬，招待员引众宾登马车抵头门。观者如堵，几于马不能前。

抵寓，见有军务司正长蔡济民、副长吴醒汉、司法司长张知本、外交司长胡朝宗、实业司长屈德泽、教育司长姚晋圻、内务司长夏寿康、副长陶凤集、财政司长潘祖裕九君名刺，订于十二号早十时，在奥略楼招饮。

十二日　早十时，至奥略楼赴蔡司长诸君之约。席设三层楼上。主人款客，殷切周至。蔡、吴二君每客各赠小照一枚，蔡照题为“武昌起义前密秘机关参议部长，现充湖北军务司长蔡济民”，吴照题为“前密秘机关部参议，现充军务司副长吴醒汉”，又各赠上年阴历八月十八起义前一日，彭、杨、刘三义士就义时小照。彭印楚藩，湖北寿昌人，刘印复基，湖南常德人，杨印洪胜，湖北襄阳人，均于起义前一日机关破露，被执而死。中为杨君之像，其临刑时所拍，左、右彭、刘二君枭首后，将头颅用砖石架立平地所拍。前日所见烈士祠所悬之像，即此三君也。

主席夏君寿康，号仲膺，黄冈人，与余斜倚楼窗倾谈。余询奥略楼命名出处，夏云：“此楼系张文襄去鄂后，鄂人士所建留作纪念者，原名风度楼，用曲江风度之义，以切文襄之姓。文襄闻知，由京来函云：以张曲江相待，愧不敢当。因自改为‘奥略’二字，用六朝时刘弘镇武昌‘挥弘奥略’故事。”遂指楼前新筑之洋式黄鹤楼云：“旧楼被毁后，端午桥督鄂时，特于旧址改筑二层洋式小楼，又于上层添修钟楼，省城午钟即取准此钟。楼顶去年被北军击去一角。”并指点隔江大别山前之晴川阁，及汉阳城南之鹦鹉洲，又指点遥望洲中秋草淡绿处即祢衡墓，并汉阳城下树林中隐约露出红墙即归元寺。去年南军在寺内储存粮械，汉口失后，北军侦知，在汉口发炮击毁，是役南军军需失去无算。余云：“国人现有主张迁都武昌者。某到鄂后周览山川形势，日前登蛇山四望，见武昌局促江东，沙洲湖沼环绕四周，地势褊小，绝不宜于首都，故自古除孙吴外，从未有都于武昌者。且大别山雄踞江左，一旦有事，敌据此山，则武汉不战自溃。故去年北军一得汉阳，副总统即退出武昌，此兵家贵知机也。古人谓武汉易得难守，原非虚语。如谓国都必须取于交通便利之处，何以当年美国首都不设于大西洋沿岸四通八达之纽约，而必设于荒僻无人之华盛顿？且现在北京交通又何尝不便利也？”仲膺点首称是。

至十二时，客尚未齐。凭栏远眺，江山风景令人动长驾远驭之思。下午一时入座，众客因坐久疲倦，均不终席辞去。回寓，即恳招待员派弁过江，导游龟山，遂乘招待所官轮而往。

先登晴川阁。阁在龟山之下，阅同治四年重修碑文，系朱明郡守范之箴创建，发逆之乱毁于兵。遂入第一层楼，有官文恭所书“南纪朝宗”，二层楼有张文襄所书“翼际”“雄观”两额。登临四望，武汉之形势一一在目。咏唐诗“晴川历历汉阳树，芳草萋萋鹦鹉洲”二句，真善于描绘风景，不到此地，不知此诗之妙。阁后即上龟山之蹬道，拾级而登，未及半即汗如雨下，遂脱去外衣，交从弁代携。至山巅禹庙，因《禹贡》“导汉至于大别”，故于此建庙祀之。入庙，见墙壁倾欹，屋顶穿洞，瓦砾满地，询为北军炮弹所毁。庙后数武有东向露处十八磅野炮一尊，机关全无。炮后过小山峰，有旧掘地道，从弁云：“此系北军设炮，击武昌城内都督府之处。”再西北行数武，又遇野炮一尊，仍无机关。从弁云：“此二炮均系南军于汉口失后，运至山上以击北军者。以炮重，挽运维艰，甫运上山，未及开炮，而汉阳已相继失陷。”余徘徊山上，东望武昌与蛇山之黄鹤楼，遥遥相对，知龟山一失，武昌全城均在炮线以①内，万不能守。循山北行，从弁又回首遥指武昌城东，山头隐露浮屠处，云：“系洪山宝通寺，上年武汉都督府被击后，副总统即退守此寺，以待援兵。”又北行里余至山脉尽处，回首详览龟山形势，前临大江，尾枕月湖，左汉阳而右汉口，山脉由西北而东南，与

---

① 原本为“一”，音近而讹。

武昌城内蛇山隔江接脉，长约二里余，山脊宽不逾丈，几若一大堤，然高则过之。武昌、汉阳、汉口隔江为三角形，而此山适居三角之中心点。由此北望，伯牙台粉壁隐约于绿树之间，真如画里。但夕阳西下，又隔月湖，一衣带水，不能飞渡，一为登临，其果高山流水知音者稀耶？伯牙有知，得勿笑我。

下山南行，乘人力车入凤山门，为汉阳府之西门。街道湫隘，尚不及武昌。出府之东门——朝宗门，遂登小汽船回寓。

十三日 九时，军务司长蔡君济民来迎众宾前往观操，各宾仍乘马车同往。先至蛇山前第四师步队第七旅，黎副总统在清时曾为此旅协统。宾将入门，军乐大作，军士齐向来宾举枪致敬。蔡司长引众宾入会议厅，又引军长以下各军官向来宾一一接见。师长蔡君汉卿，人极朴诚。茶点后，军乐复作。先阅分列式，合全旅千余人，蝉联绕操场环走一周。至来宾前，官均举刀、兵皆注目以示敬。次阅接战式，每连队由连长指挥，第一排出战，二排、三排在后设伏，少顷，二排前进，三排亦前进，始聚一处，呐喊进行，若战胜追敌状，其战法、坐卧、瞄枪均极精熟。又次阅柔软体操及行军歌，体操与学校普通体操相同，行军歌则本省自编者。此为黎副总统底营，其兵士及军官形势、精神各极其妙。操毕，复引入兵士房内查视一周，又至旅长公厅招待所。专办李君国镛指厅之西间，向众宾告曰："此即从前黎副总统办公之室。"众宾各皆揭帘入室一视。蔡司长复引众宾乘马车南行里许，至第一师本营。入厅事少坐，厅悬张文襄像。蔡司长仍引师长以下各军官与来宾接见。师长为黎本唐，其人短小精悍，有儒将风，与第四师蔡师长均鄂人。少顷，招待员各给一参观顺序单，内注（一）内务（二）阅兵（三）走排（四）一连教练（五）一营教练（六）器械体操（七）超越障碍。散单后，军乐大作，按单内所开各式以次开操。先操内务，不过整齐队伍，预备一切操中应用事务。次操走排式，全旅分连合走，步法整齐如一。又次操一连教练式，则合一连队由托枪开步以及假击射，凡一连队中应有之教练，均一一如法操之。其一营教练，操法与一连教练相同，不过集本营所属各连队合操之。此外，器械体操则凡秋千及登高下跳均极娴熟，超越障碍则凡石桥及深沟并所筑之假山，均一一超越，毫不费力。众宾鼓掌不休。操毕，黎师长向众宾谦道："教练诸未完善，仍仰诸来宾指导，以便改良。"众宾皆谦让逊谢。总观蔡、黎两师长之操，妙在由师长以及各下级官，其一切操法均游刃有余，非有军学上甚深之智识万不至此，而布战及射击之法，尤非从前防营所能梦见，乃知兵非教练不能用，尤非有军学智识之军官，亦万不能得有良好教练之兵。无怪鄂军起义时，以一省抗衡北军，虽有汉阳之败，实因众寡不敌，非战之罪也。

操毕，蔡司长报告："鄂省除已裁军队外，现共有八师，上年起义前只一镇及一混成协，现在兵多饷少，经济极为苦难。"言罢，甚为踌躇。蔡汉卿师长面约众宾至四师司令部晚餐，遂与众宾乘马车同行。司令部在文昌门内，为前清统制张彪旧署。由头门至大堂均列有兵队，宾至乐作，举枪致敬。入座后，蔡师长各赠众宾小照一份。席间，余与陕西代表周樵舲邻席，谈次甚相得，因互相询各人历史。周君云："某与君一见如故人，历史无可讳言。某今年三十岁，到陕西六年，先充邮政司事差，见政界不足有为，遂投入商界。现有独资营业三处，每年可获利万余金。某本只身一人，毫无资本，其所以得有今日者，不过重道德、讲信用而已。"余曰："道德、信用，此即无形之资本也。"席散，招待员报告："今日因观操，未能往观兵工厂及伯牙台，仍定明早九时前往。"

回寓，湖南代表姚君良楷号祉皆来谈，云："上年湖南光复后，曾、左专祠均已撤去，其府第亦皆充公，复捐多金，田地始免，其子孙尚可藉以糊口。"余云："共和国民最重人道，保护人民生命财产载在《约法》，且新法律亦定有：人死，其罪状即为之消灭。曾、左去今四五十年，如此办理，未免已甚。"姚君闻余言，为之喟然。

十四日　因兵工厂等处已经参观，伯牙台业于龟山顶上远望，得其大略，北京代表尚未开议，亟须回京，遂辞招待员，告以不能随众宾同往原因。商同郑君鸣九赴都督府辞行，前闻黎副总统曾有主持移兵东三省屯垦之说，遂将行箧所携两次上东三省当道《反对借债移民意见书》随名刺附呈一册。

至府入客厅，有安徽代表段、顾二君先至。少顷，黎副总统出见，谦谓："招待员多不周，以后仍望诸君随时见教。"余答云："蒙副总统款洽周至，厚意殷拳，实深感谢。现值共和初成，谋国者几以'建设'二字为口头禅。夫'建设'云者，必须使五族完全无缺，不使稍有破裂，方能达到建设目的。否则五族分裂，各国均势问题一破，瓜分之祸即在目前，尚何有建设之可言？方今蒙、藏独立尚未取消，未悉副总统对于蒙、藏政策如何？"黎云："闻政府主持和平。"余云："五族共和，蒙、藏均系同胞，和平对待固为要着，但其独立果能以和平取消，某亦不敢谓和平非计。藏事将次解决，姑且不论，即以外蒙古库伦而言，自上年独立以来，宣抚之使不绝于道，至今仍未取消。将来副总统如或与政府筹及蒙事，仍望主持早日解决，毋贻后悔也。"黎云："现在日、俄亟思破坏我之共和。俄人主使蒙古独立，闻日人亦先将占领满洲及福建，俟事机纯熟，彼之政策即将实行。"余云："俄人图谋满、蒙，目前已实行。前在京曾与孙中山先生谈及。"黎笑云："此策余亦赞成之甚，但人才甚难。有学问尤须有阅历，此后未悉果能造出此项人才否？"黎又向郑君及安徽代表谈毕，行握手礼，兴辞而出。其幕客黄君交余致宋都督函一件，未封口，略一展阅，系答谢庆祝之意，末云："金牌、小照，容俟缓呈。"盖致送各省都督真金纪念章，因马队之变尚未制就也。

顺道至黄鹤楼前写真馆，将此次纪念会所拍各影定洗多份，以便分赠友人，并与郑君同撮一影，以作纪念。回寓，因急欲渡江调查租界及兵毁各华界，以致各司长及蔡、黎两师长均未亲往话别。遂嘱招待所差弁各送一名刺辞行，惟军务司蔡济民、吴兴汉两司长，并第四师蔡汉卿师长，均各赠《反对借债移民意见书》一册，因诸君皆赠余小照也。

午后一时渡江，仍寓略佳宾馆，行李未及安顿，即乘人力车至六码头，沿江租界东行。因六码头以西至江汉关华界，初到时已走一周，此次故由六码头以东起点，见江岸整洁，马路平坦，外人自治之能力令人惊叹。沿途经过日本三井行之木植堆如山积，美国美孚行之油池潴似潮涌，长江流域油、木两项营业几为该二行所专利。我东三省之森林、陕西延长之油矿遍地皆是，徒以运道为艰，不能越长江雷池一步，而东瀛、北美远隔重洋运载而来，犹获重利。不知谋东三省者徒日谈移民筹边，谈延长煤矿者不急修运道，其意果何为也？马路至美孚行为止，西南至江汉关尽处，大约不过七八里，由此再东有华界长半里余。远望树林，询悉刘家庙，为上年南北军激战处，以无马路人力车不能前行，未得一往查视。

归途由华景街绕赴洋人赛马场。周围约二三百赛马之路，为一大圆形，恐马惊逸，两旁均有栏杆。旁有抛球场数处。洋楼内卖外国茶点，向不许华人擅入。余着西服，守门者以为日本人，故未阻止。至楼内稍坐，明窗净几[①]，茶点精洁异常。楼役均华人，见余至，似均有亲慕之意。询余此后能再有战争否？余云："旧政府已倒，五族一家，不能再有战争。"又询外国已承认否？余云："如全国不再起内讧，外人自然承认。"复询中国共有国债若干？余云："只庚子拳匪一役，即赔款四万万两。中国全国共四万万人民，每人正合银一两，我与君等应各负一两之债务。"该役闻之默然。余又询其历史，据云"读书七年，并略通英语"，亦有心人也。坚欲为余候茶点钱，固辞乃已。

由此西行数里，至后花楼街，该处为华界精华所聚，兵火幸未波及。街道湫隘，宽不逾丈，无论马车不能入，即人力车亦不能通行，遂弃车而步行。人拥挤，虽不击毂，但却有摩肩之势。路旁市房檐下，杂列卖食物，各小摊鱼腥肉臭，扑鼻难闻，街道及铺内均污秽不堪。余尝谓，论者动言华人财力、学问均远不及外人，一切均难与外人比

---

① 原本为"凡"，形近而讹。

拟，似亦近理，惟“洁净”二字并不费一毫金钱，不用许多学问，何以尚不能办到？此外更遑论其他？

夜间，同郑君至歆生路怡园观剧。园系女班，均苏、常人，一切唱白均京腔，骤听之不似为南方人之音。我国教育不普及，方言障碍甚多，今观此剧，谁谓方言难于统一也？归途风雨大作，衣笠尽湿。

十五日　雨后剧寒，颇觉有旅况凄凉之意。过江至黄鹤楼取纪念会照片，遂又重登各名胜，饱览江山风景，用以志别。因诵“昔人已乘黄鹤去，此地空余黄鹤楼”之句，今余至此，并楼而亦无之矣，不禁有古今沧桑之感。遂于楼侧写真馆，购旧楼未毁以前照片一枚而返。回寓，送郑君登轮船赴上海，就近至华界中花楼大街一游。其湫隘亦如后花楼相似，而繁盛稍过之。西行三四里，至被焚各街道，颓垣破壁，瓦砾塞途，闻黎副总统以旧街道路狭隘，拟将被焚各处均一律仿照租界，宽留街道，改修马路，以故各业主均未开工重修。前拟借洋款改筑此路，已将有成，因九月二十四号马队之变，遂尔停议。余谓黎副总统排众议，力主此事，甚有见地。若再因陋就简，敷衍修成，势将终古不变。英京伦敦大火后，一切建筑较旧日大事改良，而美洲各国之城镇布置完善，均较欧洲为优。世界日进文明，一切古制均在天演淘汰之列，路政特其一端耳。

回寓，发都督电，定于明日回京。计自到鄂十日，所接见各省代表莅会诸人物，虽学问程度不能一致，但其言论、思想已无旧时政界所谈缺之肥瘠、差之美恶之恶[①]习。至黎副总统所用诸人，多诚朴纯正之选，由政界以及军界，如内务司长夏君寿康、军务司长蔡君济民、第一师长蔡君汉卿等，言论丰裁，均一望而知为正人。其幕客因招待众宾，时间甚促，均匆匆一见，未得细谈，然亦皆彬彬尔雅，无一人带有骄矜嚣张之气者。“惟楚有才”洵非虚语，无怪黎公之克成大事也。至于地方秩序，因马队之变，现尚戒严。此外，关于社会上一切情形，

---

①　原本下衍“之恶”二字。

禁烟之令似尚未实行，而街市中尚贴有发卖土药招贴，惟剪发甚齐整，自余到鄂并未见有带发辫一人，即下至人力车夫，亦无不剪发者。灯后，检点行李，预备明晨首途。

十六日 晨七时，登车抵汉口江岸刘家庙，同车乘客指点被毁破屋，云系北军所焚，一片焦土，望之可怜。抵鄂以来，连日应酬友朋，浏览名胜，精神过于疲劳，车中不觉沉沉欲睡。至孝感县，渐入山路，秋光山色，满目清幽。贪看山景，不忍成眠，忽阅汉口《震旦报》纸所载君曼诗有“不使睡魔侵，恐失好山景”二句，真能道我之所未道也。

至信阳州站，车中遇赴鄂庆祝豫南总司令代表宋君玉峰，号朗齐，直隶武清人，现充北洋第六师马队管带官。谈及上年南北军汉阳之役，伊曾与战。据云：“南军防线极为周密，布置亦极得法，惜兵多，战线太少，临时不能分布，以致一败而全军皆溃，伤亡甚多。且多系乌合之众，仓促成军，未受教练，射击不准，故北军伤亡多在后路接应及设伏之兵，因南军射击太高，弹飞系一弧线，故伤及后路而不能伤及前敌，其军医队在战线检视伤亡，为南军流弹所中者数人，此其证也。”又言：“南军惟湖南援军为一劲敌，北军攻汉阳，该军守赫山，攻击三昼夜未退，远胜于湖北军队。是役北军伤亡仅八百余人，南军伤亡及败后渡江淹死者逾万。”又云“北军布置战局已错，若先分队从汉口下游渡江攻武昌，一队由孝感县直扑汉阳，捣其腹心，则汉口不战自下，商民亦不致遭此火劫”等语。车抵河南临颍县，落日，夜间车内剧冷异常。

十七日 车抵邯郸县。天明，隔窗望路旁枫树，红叶满林，乃知“霜叶红于二月花”之诗写景之妙，惜未能停车坐观耳。至高碑店车站，为赴易州西陵分叉[①]处，有四十许妇人入车，人甚开通，遂各道乡贯，始悉为庚子随海城李鉴堂制军秉衡殉难、王梅岑先生廷相之次子妇陈家杰，号俊卿。其夫现在奉天度支司充差，渠现赴易州女家探亲

---

① 原本为“义”，形近而讹。

而回，只身一人，未带婢仆。所谈李鉴堂奉命赴前敌督师请训后，到伊家谈及时事，大哭不止，当时即以为不祥，后果与伊先翁梅岑同时殉难。又言伊本回教人，每遇各女学开学，请伊演说，伊必痛陈汉、回两教不可过分畛域，不可拘泥宗教上之迷信云云。所论极为正大，名门之妇与众不同，然后知古先正之遗泽长矣。

晚七时抵京，于振甫先生来站相迎。余此次来京代表，与先生朝夕切磨，深得教益。而先生尤扐谦自居，古道殷殷，令人可感。并面告今晚约喜仲泉观察便酌，嘱余作陪。遂同往大李纱帽胡同醒春居饭馆，喜已先到。仲泉名喜源，光绪癸巳孝廉，为前黑龙江恩雨三将军泽之公子，余曾见其乡举之朱卷。席散，回成寿寺本寓。振老告以自余赴鄂后，行政代表并未开议，今有知会明日午后三时，在秦老胡同代表事务所开茶话会，余今日到京，正相合云。

卷五

俄国伯力赛会参观日记

俄国伯力赛会参观日记

民国二年癸丑八月十二日，由双城抵哈尔滨，晤外交部吉林交涉特派员宋渤生，宋与余上年同为中央行政代表。坐谈甚久。据云，游历可起特别护照，须俄领事签字方有效，约一二日即可办就。至十五日，护照始齐。赵君鸿轩亦由江省到来。盖此次赛会为远东农业赛会，实即殖民地博览会也，与我东三省关系甚大，因欲将耳目所得笔之于书，归以报告国人。赵君精通俄文，夙亦留心边事，故倩以同往也。十三四日在哈候护照，不载。

十六日　与赵君商定，取道海山崴，绕由乌苏里铁路，藉以视察殖民成绩，并至海山崴一游。嗣以预计行程，距封江之期不过半月，尚拟至兴东沿边一为调查，恐归途汽船停驶，遂又决定由哈直发伯力。晚五时，将赴车站，旅馆主人告以至交界驿，关吏查验甚严，凡新衣服及手枪均不能带，遂将所带等物检交家人带回，即买直达伯力通票。六时展轮，暮色苍茫，遥望东南一带，远山蜿蜒而来，景色清幽。灯初至阿城县，始不辨庐山真面目矣。车中夜眠甚适。

十七日　早，至牡丹江车站，天始微明。由此山路渐高，盘旋而上，均如螺状。逾数山洞，均不甚深。下午四时，抵交界驿。沿途所经山径逼仄，林木丛矮，并无大段森林及平地。山民种麦者甚多，半系无力小户。驿名“危格拉你七那”，俄语译为“交界”，华名“五站”，即旧时绥芬河也。吉林原设绥芬厅，在驿西百里有奇，嗣改为东宁厅，现又改为县治矣。询之同车人，云：驿南数里有“耶”字界牌，乃吴大澄勘界所立。车甫抵站，俄警士登车，嘱令至站验照。赵君持照往验，余在车中守候。未几，赵君验毕回车。见于原照内另附一照，用火胶粘而为一，每照又索照费俄洋五圆二角，名“出口身税”，兼于照内注明年貌。他国人并无此例，独我华人独享此特别“优待”，回忆此地五十年前尚为我国领土，迄今受人苛待，令人慨然。

关吏登车查验行李，搜检甚严，同车俄武官由俄京随带洋酒四瓶，均被搜去。至余与赵君室内，行李略一查视，尚未严搜，盖已知为游历人，不能夹带私物。验毕，余尾随关吏之后，见其所搜同车各俄人，无论官商男女均毫无假借，翻箱倒箧，甚至卧床之下亦均揭视。被搜者均无不平之语，而各关吏亦皆言语和蔼，无稍欺慢之容，以是可见俄人程度。余嘱赵君询明此间尚有中国海关，能否再搜？答云：“中海关只搜三等车，头、二等均不搜验”云。

五点二十分，开车入俄境。山势稍稀，每数十里必有一俄村，约均数十家。麦苗遍野，此间气候约较哈埠稍迟半月，彼处新麦早已入市矣，而此间甫始收割。

夜十时，抵双城子站，俄名“尼戈拉斯”，为东清及乌苏里两路交叉[①]地点。原有古城二，被俄人夷为兵营，闻尚有古碑，亦为俄人所毁。《吉林外记》及《吉林志》所载均不甚详，大半系辽金时所建，惜夜间不能前往考查。原车直达海山崴，遂改乘乌苏里车。十时四十分展轮，车行东北，月色微明，远山隐约莫辨。客位亦尚整洁。

十八日　早八时，至尼马河站。站当尼马入乌苏里之口，西岸即吉林新设之虎林县治。站约数百家，兵营甚多，由海山崴至伯力巨驿也。全路所用木植半由此河取运。

夜十时二十五分，抵伯力车站，距街尚数里之遥。雇马车，嘱赵君译告车夫俄人，觅距华街稍近之俄国旅馆，盖早悉无华人旅馆故

---

① 原本为“义”。

也。南行数里至俄旅馆,询距华街四五里之遥。余以须距华街甚近,藉以随时采询一切情形,遂改赴华街下风口,俄名“吉代四吉老博带”,俄语译为“华工之街”,寓中华客栈。小楼数栋,湫隘异常,遇新任虎林县知事〇君[1]昌士及其随员姜君某,因赴任,取道于此,参观赛会。车中困顿异常,遂即就寝。臭虫凶猛可憎,一夜未能成眠,黎明始稍合眼。由双城子至伯力,沿路断山疏落,林木葱茏,河深便利,高山、平地、森林,三者兼而备之,远胜于由哈至崴[2]东清路线,诚大好殖民地也。每数十里必有一村,村凡数十户、百余户不等。村外羊草山积,垦地无多,大半皆以牧畜为主,惟未见多数牧群耳。计由哈至伯行程为两昼夜四小时也,水路由松花江东行约四昼夜,但较陆行川资略省。

十九日 早八时,与赵君商定先赴赛会周览大概,然后再逐一详细调查。俄车夫见余等皆着西服,疑为日本人,询赵君云:“风闻日本与俄国将开战,有无其事?”余嘱赵君戏谓:“如开战,将来谁能战胜?”答:“俄兵甚畏日本,见则辄逃。”余又嘱赵君询以“俄兵畏中国兵否?”答云:“中国现在不能与俄开战。”国势危弱,虽愚夫亦相见轻,闻之喟然。至赛会,门尚未启。询悉十时方售票,任人入观,遂改赴公园游憩。园在街西,临江高阜,状如武昌蛇山,但无其高。入园,天然林木,毫无点缀。园中高立戈拉夫将军铜像,身着礼服,右手持望远镜,左手持地图,面西南我境昂首而望,若有所思者,足踏巨铁练,未悉何意?其手持之物及面立方向,我国人当有以悟矣。像下四周倒埋我国古炮十八尊作柱,上系巨练为栏。将军为创建伯力之人,因嘱赵君译其四周铜字,盖述将军之历史,并其随从文武各员历史。像后为博物馆。馆外陈列我国旧炮甚多,均有标志,围以铁网不能近前细视。门外有径二尺余我国旧式生铁炮四尊,倒埋土内作柱。院内南北直线倒埋径一尺余旧炮十二尊,均露土三尺余,若桥桩然。馆门相对十

---

① 原稿本即如此,大概是记录时忘记了这位虎林县知事的姓。

② 原本为“威”,形近而讹。

余丈，外房内贮鲸鱼骨三具，大者约六丈余，脊骨凡六十二节，系一千九百零一年得之海山崴者。余二具均长二丈许。馆东有我国石碑数通。一为“毅军操场”四大字碑，高约七八尺，旁署“光绪十八年六月立”。又一半截古碑年久剥蚀，无一字可考，惟龟座高约四尺许，均得于旅顺者。又有衣克唐阿“一片冰心德政碑”一通，无座，仰卧于地，上署“钦命帮办吉林边厅事务镇守珲春副都统依老大人德政”二十三字，下署“光绪十四年五月吉日商民等同拜”十三字，惟“厅”字难解，想系当时珲春无知商民循例颂圣也。碑侧有铜柱，高约一丈，篆刻“光绪十二年四月，都察院左副都御使吴大澄、珲春副都统衣克唐阿奉命会勘中俄边界，事既竣，立此铜柱。铭曰：疆域有表，国有维，此往可立，不可移。”五十八字。柱圆形，长短共六节。读毕，不禁怆然。前清末季，其初昧于边事，既而稍知边患，不过划界、立碑及募乌合不教之兵，从未于根本上着意，谁知“不可移”者，未三十年，今竟移于二千里外矣。但此柱或乘庚子拳匪之变移于此处，抑或俄人仍用从前窃移外兴安岭界牌故智，我国人至今尚不知箧胠矣。

入馆门，买观览券，每券俄洋二角。馆门上悬红地金字“营门”二字匾额，询系在旅顺宋庆旧营所得。馆为红砖楼，凡三层。迎门假塑观音及关壮缪神像，与我国庙内相似。神前有红油漆棺一口，棺前立绣红伞一柄，墨书“光绪戊戌驻扎海参崴办理交涉商务事宜李家鳌敬献关圣帝君神佑”，不知自何处得来？伞左有我国从前达官所坐旧后揽车一辆。其余凡我国日用器具，上至衣服，下至杯盘，或仿照，或原物，无不一一具备。入内，则蒙古猎具及用兽皮所制各种服装衣履并弓箭刀矛之属，间有日本旧时武人铠甲数具，余则非我国即蒙古之粗拙劣物，睹之实令人生愧。此外，尚有巨大古兽骨断骸残肢，均不辨为何兽。

登第二层楼。入门为水产品，若海象、海马、海豹之属，均将皮用物支撑，态状如生。有二圆鱼，红目细鳞，有刺如猬，圆若皮球，甚为别致。又进内则兽类，均寻常熊虎狐兔之属，无甚奇者。右为杂陈古代金石瓦缶之类，亦无特别出色之物。西墙悬有影缩永宁寺碑记，系由墨拓，用玻璃板缩小者。字势剥蚀不全，但较《吉林志》所载碑文所剩字数似多，所悬甚高，不能细视。右为我国及蒙古古今武器，约五六十种。

三层楼杂悬油画及各种影片，有李文忠便衣小照，及吉林将军长顺传真貂服大像一具，高约二尺余，此外均油画山水及关于宗教上事迹。观毕下楼，至小馆啜茶。时过下午一时，至赛会购入场券，每券俄洋四角。会址如平面梭五瓜形，四围均木栅。会门面北，门额译为阿木尔边省赛会。入门，中分南北五街，中街甚直，左右各二街，均如弓形。先由中街至右二街，再至左二街，末至动物园，园在左街冈下林树中。会内游人既少，而所陈物品又无甚珍奇。周览既毕，意兴索然。

二十日　十时，购券入场，与赵君商定仍由中街先至右二街，再至左二街，逐一详细参观，俾无遗漏。迎门有盔形小山，高四五尺，密栽各色小花，如锦茵铺地，秀丽异常。山后南北大洋房十三间，状如兵营，门上悬双头鹫国徽。房内陈列赛品凡四行，颇如北京前门外劝业场，惟物品不甚多，且陈列次序亦不及其整齐。入门，中二行左右为男女学堂。手工及标本均不甚精，其女子手工颇与本年三月黑龙江省城女子学校展览会相似，惟有铅笔所绘带发辫华人二幅尚悬室外，故意形容描绘粗俗状态，令人睹之生厌。再左为我国东三省农器模型，凡烧锅、酒甑、油房、油榨及农家所用碾磨、犁锄、盆碗、锅灶、大小车辆，无不一一具备。如酒甑之必用锡锅，油榨之必用石锤，他如犁辕用弯木，车瓦、厚铁全型，均长不逾尺，而制造之法及所用原料均与原物不差累黍。再左为海参崴东方大学堂成绩品。此学堂专课汉文及满、蒙、高丽各文字，盖为经营远东储材馆也。赛品独成一室，外悬有“东方大学堂”额附以满文，又悬“东洋学院”额附以韩文。又悬木刻金字联，上联为“锁钥北门严几千里，皇华星使，处夷下之相交，整军经武，克靖边防，咸倾屯军皆细柳”，下联为“烽烟东道净两三年，大树风声，统珲春而出治，除莠安良，已成乐土，豫思发舍尽甘棠”。迎门中设大成至圣先师孔子旧神牌，及汉、满文万寿牌，上刻“万岁万万岁”。前清皇帝或太后诞日谓之“万寿”，官吏设牌遥祝，当均系珲春副都统衙门之物。门北陈列古盔甲各一具，其甲为细铁练套成练环，约重三四十斤，及古式牛蹄炮数尊，长不逾四尺，径五六寸。我国用鸟枪弓箭武器，去今不到六十年，此炮当时或亦视如无烟钢弹之精，徒以不能随世界进化逐渐改良，致为他人之陈列品，能无愧欤？又壁悬光绪十八年李文忠泥金寿屏数联，残缺不全，为湖南岳常澧兵备道廷杰等所送。玻璃厨内陈列工笔所绘蒲松龄《聊斋志异》册页，均楷书题咏，颇佳。余为各学生汉、满文课本，约合我国高等小学程度。门上横悬木刻光绪二十五年御赐福字，署为“钦命头品顶戴兼总理各国事务大臣督办边务镇守黑龙江等处地方将军臣恩泽”之款。考二十五年为庚子拳匪之乱前一年，此物及所观博物馆各种古炮，或均为彼时所得。余在江省常闻故老云：康熙二十八年大兵征罗刹，战后军械均寄存将军衙门库内，庚子一役城破，全为俄人掠去。此间陈列大半均久存故物。再南，左右均为医学陈列品。其室内一俄医正用显微镜考验各微生物。赵君嘱将宣统贰年哈尔滨鼠疫之传染物一视。余与赵君各一查视，在镜均现蓝色，有大如豆者、细如米者。我国愚人动谓鼠瘟为天数，有瘟神主动其间，谁知瘟神者即此目力所不能见之微生物也，避之则生，触之则死，神圣无权，是在人之善避而已。余生于今三十六年，已经鼠疫三次，初为光绪乙未，次为光绪壬寅，又次即为宣统二年庚戌，惟此次最重。余时为黑龙江安达厅通判，士民来商防卫之策，余云：别无他术，惟以遮断交通为不二法门。厅境仅毙十七人，幸较他属尚少。今睹此物，当时防疫情景一一如在目前。循右二行北行为兽科，蹄铁类及所绘标本颇为完备。又后为铁路养病院，陈列病人卧室、床帐，玻璃器内用酒精所浸胎儿及剖解脏腑寥寥数种。再者，为阿木尔省沿边蒙古物品，桦皮船模型及各种渔网、猎枪。并用各色兽皮所制衣服，均毛向外面，状如前清达官之反穿貂皮大褂，惟衣襟及四周均缘寸余他色带毛皮边为不同耳。鹿皮所制大坐褥甚精，方约八尺，均用灰皮作地，白皮为花，颇与栽绒褥相等，花色亦颇不俗。由此转至东二行金矿陈列室，玻璃匣陈大小金块数十，玻璃管陈各种淘净矿沙，及炼净金条；并木制淘金机器模型，状若铁路木桥，制造均极单简，无难仿造，东三省沿边各金厂正可取法。再南为铁道模型，铁、木各桥及车头机件，均长二尺余，小铁道上列各车，按之均能行动。所陈物品仅有以上数种尚可参考也，其余则不足观也矣。

过大洋楼，后为音乐亭。亭后为喷水池，池后有三尖顶方阁，内陈救火机器，及伯力城内官有各项房式照片。又后为半圆式戏园，园后东西横列小板亭四五座，相距均数武，均卖茶食。再后为红十字会陈列品。白布大帐棚一，小帐棚四，上悬红十字旗，分为诊察、药品、养病各室。外有载伤兵小车一辆，车内铺列枕褥，使伤者不受颠簸痛苦，又有抬伤兵器，均甚周备。过此即至南棚栏，中街周览已毕。

又至西右一街。南端为阿木尔航路局陈列品大厅，内陈宽、长各丈余大木案，敷土假制川原、山林如大地状，中用玻璃嵌一河流，波平如镜，遥望与江河无异，但缩小耳。其余所陈均各种船式模型及照片、标本。

又北，房形如船，中陈大轮船模型一具，系某公司所陈，余无他品。

又北，过木制假洋灰亭，中陈各种纸烟，亭式奇巧，远望如洋灰所制，其实乃木制，用洋灰所涂者。逾亭为孔氏洋行，房室高大华丽，所陈纯为各种机器，尤以农业机器为最多。嘱赵君向守者婉商，将关于农业各机马力如何，价值奚若，何者为新式合用，何者宜于山地、平原，一一详告。守者以司机之人外出，嘱俟下午三时再来。

过孔氏以北，一木制中国方亭尚未竣工。亭式浑如北京颐和园乾隆十二年所制铜阁，工作极细，外涂红、绿各色，亦均系中国颜色。询之工人，乃由哈尔滨招工承作，亭脊所嵌俄字系为卖茶之用。

过此稍东，为船形二层小楼，楼脊与轮船舱顶相同。内设酒食店，与赵君在此啜茶少憩。店主犹太人，与店伙彼此谈均犹太语，赵君亦不通晓。

又北，为木瓦楼。全楼均用木制，楼顶木制之瓦如鱼鳞然。其余门窗、墙壁均各种色之木配合而成，或黄，或白，或暗黑色，或深红色，颜色、纹理均系天然。楼内地板亦用杂色木板所砌，颜色、纹理无一同者，洵属奇巧无比。其陈列品为制成各种木板，如箱面、门心之类，纹理、花色均各奇妙，其接缝处犹如天然，不细视不知也，盖专供制造之料者。

又北，为一大洋房，中间东西两面窗内空无所有，似预为设坐卖茶以供游人休息者。两端分隔各室亦多空闲，无物陈列。入门，陈列纸烟、洋酒各一室。其纸烟室内一少妇试验卷烟机器，询之，每一小时可出六千支，价三千元，乃俄人西米诺夫新发明者。又一室，俄人瓦西力一千零二年所制新式桌椅，尚属坚实。又一室，汉口洞庄所制砖茶，状如古墨，不细视几不知为茶也。大可制为古玩，但不知茶质如何？逾茶室，为海参崴日人中村所制各种酱油瓶式，累累多种，几若洋酒相同。但无日人在侧看守，不知为日人陈列品，抑系俄人购以陈列者。逾此，为各种水壶陈列室，约有数十种，大小形式不一，但无新奇者。又过此为猎品室。中陈大白熊皮一张，长约丈许，无一杂毛，为猎人不拉米邪力在俄村包博出此方所获。其余所陈各种新旧猎枪、大小鹿角、鸟巢、鸟卵甚夥。内有小鹿角五具，长不逾三寸，以角度鹿，其大不过如猫。遍考生物学，鹿无如此之小者，若雏鹿其角必脆，而此则坚实，断非雏鹿可知。惜守者外出，未能详询出处也。西左一街至此为止。

稍西为右二街。北端乃木植陈列室。门外有半截盘树，状如螺旋，长四五尺，圆径不过二三尺，系出五吉密地方。室内杂陈大小木墩、木板无算，均陈列以作比较，预备考察之用。内有径五尺余、厚尺许大木墩一具，墩面所缮俄字云："考此木纹理，乃阅三百八十年。"长成经俄国十三皇帝，其萌芽在俄帝未海力标得勒维持时代，出于吉那斯吉耳洛俄瞒地方。盖俄境半在寒带，草木茁长一年，不过数寸[①]，故此木虽仅五尺，即惊以为创见。若美国落机山一带大木，太平洋铁路所经无可绕越，甚至由树心穿洞以过，则更奇矣。室隅木箱栽生人参一苗，状如蓁椒秧，但叶稍稀。余向欲觅一人参秧作为盆景，藉以试验土质能否栽种，迄未觅得，今睹此物，爱玩不置。

过此，为水产馆，所陈各种渔网极多。石槽两面均镶玻璃，中用酒精所寝各鱼，其状如生。再进一室，暗无窗窦，室内一无所见，只见墙中玻璃槽内鱼类游行。盖以玻璃嵌入墙内，置水盛鱼，墙外对槽射入阳光，槽中所盛各种活鱼，并附置水草，一如鱼在江河无异，故室中现象如此。尝闻善泅水者云：至水底则四望皆现黄色。睹此益信。

观毕，出门西北行数武，一小洋房门外停大机器两具，状如火车头。前往，乃美国人灭日都那洛得内公司试验机器处。室内一美人，不通俄语。司机者为俄人，兼通英语，于是遂倩司机俄人为通译。门外所停机器乃系火犁，每一小时烧煤油十二分头，每分头合中国十二两。每日垦地十俄垧，合中国十五垧，价洋一万元。并云："此犁经俄督关达基试验，认为合用。"遂添油上机，当余试验。犁后可带铧十余，若秋后可带收割机器，盖此与火车头性质相同，无论垦地、布种、收割各机均可托带。试验毕，邀余等至室内，招待甚殷，并赠各种机器标本甚多。余告赵君云："华人争言火犁即如此犁，每小时需油之数，加以犁价，预计每日所垦地数，尚不如用土法开垦便宜。即如黑龙江从前屯垦局讷谟尔河垦牧公司所购烧柴火犁，均弃而未用，盖垦地不能拘定一处，非若火车之按站有井可以上水，且所烧非木柴即煤与煤油，而煤、木两项不能处处尽有，煤油亦需价甚昂，此其所以失败也。我国一切庶政均愿效法外人，不从根本上解决，故半多窒碍难行，此皆火犁之类。闻美国密苏尔厘州为农产极富之地，其所用农具

---

① 原本为"月"，据上下文意改。

均用马力，其六十匹马所驾之机，四人御之即可，其宗旨则加马力、减人工，盖亦早知火犁之不合用也。”

过此稍南，为一圆形白布大帐房。入内，见守者须发皆油黑，面亦带暗黑色，知非俄种。询之，乃我国新疆以西浩罕附近之人。所陈皆毛织、麻织各品以及猎服等项，工料均坚实可爱。其人甚循谨，自云“曾为俄国小官，现在弃官就商”等语。

看时，计已将及三时，遂改赴孔氏洋行。其司机之人果在室坐候，遂将各种农业机器一一指告。先观收获马铃薯机，犁尾带叉，可由土中将薯自然掘出，不假人力。拔树根机，用二马拉转，可拔二尺许之大树根，盖垦山地非用此机，则树根不易除也。状类我国拉水计法，用大铁绳将树拴住，用二马拉转总机，则树根即行拔出。其机上现尚带有径尺许树根，系试验时所拔者。种熟地机，上带长箱盛种，下托十二小铧，种由铧隙漏下，铧后各带小铁练托土，将种自然埋入土内。种生荒机，下带双轮圆耙十余，两轮之间夹一小铁钢耙行在前，种由此筒送入土内，其机箱与熟地机相同，均各每日种俄亩十余垧。割地机，分自捆与人工捆二种。其自捆者日割五六垧。以下均俄垧。用细麻绳带入机内，随割随捆，每束大小均匀，捆完自然由机后吐出。司机人用一短木送入机内，机略一动转，则绳即缠木而出。此机需马四五匹方可拉运。其用人工捆者，割后每束由机内吐出，人工随机后自捆，有二马即可拉运。打粮机，状如碾粮扇车，内带三齿。打玉蜀机，上一小斗，将玉蜀送入，则粮即漏下。切草机，一圆轮带二湾刀，将草束送入，轮内一转旋，则碎草如飞。司机又历指火锯、火磨、打油、制乳各机，如何用法，成绩如何，殷殷指告。惟询价值，则云：“尚未开行。”不知是何用意？参观毕，引余至室，赠各机标本数十册，又赠余与赵君白铜纪念环各一枚。西二街周览已毕，时已下午五时，与赵君回寓，明日再参观东二街。

二十一日 十时，仍与[1]赵君买券入场。由东左一街北端起，为一小洋房，分室陈列。

（1）各种角质所制之品，刀、盘、匙、勺以及衣钩、墨池之类。种类甚多，所制均精巧可爱，因购手杖及零器数种，以作纪念。

（2）儿童各种玩物，粗俗不甚精巧。

（3）铺地及砌炉炼砖，花纹甚精，每千枚价一百八十卢。

（4）制造木器各小机器，并所制雕刻木器，各种花边及拨彩标本数种。

（5）各种毛刷，大小约数十种。

（6）各种皮靴，工料甚粗。

（7）黑河所出各种陶器，所制猫、狗各玩物，远不如上年在武昌所见湖南瓷制之品。

（8）雕刻木器，如镜框之类尚好，出瓦拉沙瓦地方。

（9）去皮榆柳条座椅，系用粗细榆柳自然编制，不假雕饰，不用钉铁，天然精巧，为海滨省农人列边别尔噶所制。我国榆柳到处皆是，无业穷民得此亦可谋生。余欲购一具以作模范，因归途尚到兴东，难于携带而止。

（10）织布机数种，与中国旧机相类，系俄国某亲王所制者。

（11）麻布栽[2]绒，与氆氇无异，花色生动异常。守者正在室内制造，系用麻布为的，再用各色棉线穿制，如绣工相似。室中悬有奖牌，系一千九百年在俄京所得者。

（12）柳条编物，所编大小箱笼较日本所制尚精。室内有俄童数人正在编制此等物品。原料即属易得，手工又不甚难，亦穷民谋生一最好营业。

（13）雕刻各种化石小器，粗拙可憎。

---

① 原本为“于”，音近而讹。

② 原本为“裁”，形近而讹。

(14) 仿日本所制漆器,中嵌蛤壳,漆既不佳,工亦甚劣,为聂尔臣斯克狱犯所制。

(15) 肥皂及各种衣服,为乌苏里狱犯所制。壁间悬有新监狱及狱内学堂照片,狱式状如营房。一俄武官与余同入参观,告云:"阿木尔省共监犯万余,轻罪者均发充路工,以犯数与兵数比较,监犯经费较兵费为重。"云云。余尝谓:"各国监狱日进文明,我国亦争言改良,无论以良民之所得举以供罪人之挥霍,彼辈于未犯罪以前,既为社会之蠹,比及犯罪,则社会更复出资以豢养之,且所享受[①]又较无罪贫民为优,揆诸公理,似属未安。况在民智未开之国,贫民生计且以为艰,而独崇此监狱之制,恐贫民以为狱中之享受优于自谋生活,将不以犯罪为苦,益重其有犯罪行为也。凡百政治,必须根据历史习惯及人民程度之高低与夫生活之优劣,折衷以出之。若不揣其本而一味盲从,此英儒斯宾塞尔所以有'政惑'之论也。"

(16) 俄神甫法衣,四周均缘库金,状若我国秀才所着之蓝衫。

(17) 各色农作物,系富人力年得牙所陈列者。新蚕方出蛹,附列所织之绸,甚粗,颇类山东茧绸。又机器所压莺粟籽。又各种大小麦及燕麦籽种。

(18) 哈萨克斯坦兵屯所用各种犁具,并有掘坑各器。

(19) 养蜂器,状如柜厨,群蜂在内制蜜,其声嗡嗡然。

(20) 海滨省农业公司均用美籽种,小麦共二十种,大麦十三种,燕麦亦多至数种。并有扁苏,形如杏核而小,似蓁椒籽,色如麻籽而光。余取少许咀嚼,气味如苏,以为苏籽无疑。守者见余等凡遇各色籽种视察极详,知非寻常参观可比,遂前来一一指告,并出各种及照片,何者为公司房室,何者为牧场,某牛系何国种,某马系产于何州。余询扁苏性质如何?告云:此麻子,非苏也。出示陈列麻秧,细如线香,秋收后水浸两星期,其机将干揉去,即成纯麻。粗者可制麻袋,细

① 原本为"爱",形近而讹。

者可供织布之用。其籽可以榨油,色、味俱佳。又将油出示,其色深红似玻璃,然嗅之甚香。守者以余考询之殷,遂将陈列麻籽赠约斤许,至可感也。东左一街北端第一室参观毕。

稍南第二室,为萨哈连岛渔业公司陈列品。此岛华名库页,日本名桦太。室内中央为一大喷水池,四周所陈各式渔网、各种渔船模型。墙中所悬油画、各种标本,并有火锯模型,专为锯板以作装鱼木桶者。屋角杂陈岛中土人衣服、器皿,与蒙古大约相同。惟用鱼皮所制衣服数袭,甚为柔软,鳞色斑斑,细视乃达八哈鱼皮也。

又南为第三室,门外麦穗堆成俄文。中陈农产各物、捆羊草机及新式扇车。室后杂陈各种旧式木犁、木耙,粗拙如我国之犁,盖用以备比较者。

又南为第四室,为药品陈列室,所陈解剖模型甚夥。

又南为第五室,乃俄巨商秋林洋行,室内陈列整齐,为全会之冠。罐制牛乳陈列如华表形,洋烛陈列如塔形,罐盛机油陈列如楼形,洗衣肥皂雕制武官形,其余各品亦均陈列有序。墙间所悬摄影照片系各分房行式及室内分类陈列各品,井井有条。凡西伯力亚无论大小商埠,均有该行支店,其出售之品,上至金珠丝茶,下至糖酒鲜果,无不一一具备。室外杂陈各式农器亦均新式,惟不如孔氏之多。

又南为第六室。房式为高二丈余,径丈许半截大树形,外涂颜色与树皮无异,上端如带锯痕若新伐者,纹理与真木不差丝毫,远望几若尚未锯倒半截大木。内陈洋酒及茶点等类。东左一街至此为止。

稍东,为动物园,位置在冈下丛林中。冈陂起伏,林木蓊翳,诚属天然佳境。兽类不过熊、鹿、狍、狼及黄羊等类,惟一四角鹿甚为奇特。鸟类仅鹰、鹳、鸱、鹤数种。

东左二街南端第一室,为窝木斯克农器陈列室。草织桌椅甚精。中陈双石碾榨油机,每日可榨豆一百布特。每布特合中国二十八斤。用四马拉转,价六百四十圆。其余各器均与孔氏、秋林两行相类。

稍北第二为玩物陈列室,如木刻小庙、猫、狗之类。内有柳条及麦茎所编屏风甚佳，又用桦木所刻纸烟盒亦颇巧妙，惟价太昂。

又北第三室，为乌苏里机器学堂陈列各种零星机件，分一、二、三年成绩。

又北第四室，室为二层小楼，为海山崴附近煤矿陈列各种煤质并大小煤块，及煤末所制煤砖、煤洞模型，并矿夫在洞内所用提灯。楼下黑暗无窗，砌土为矿洞形，敷设运煤轻便小铁道，与真矿无异也。

又北第五室，所陈为金石各种矿质、一木质淘金机器。室外陈列大兽骨，长约四五尺，径五六寸，似牙非牙，似角非角，系由矿洞所得，盖洪水前动物遗体也。东左二街北端至此止，穷三日之力，全会参观已毕。

总全会论之，盖本年为俄国开国三百年纪念，特设此会于伯力，盖一作纪念，一为夸耀远东移民成绩也。会中苛例甚繁，如与会华人必须有居留票。我国工商部既通知各省摈不与会，而此外各国，除德商孔氏、美商灭日都那洛得内原在海山崴、黑河旧有支店前往与赛外，其余并无他国一商一货。所陈者仅远东粗劣之品，原料既少佳品，制造又欠精良，而办理手续又无精神。如陈列之杂乱无章，各种物品多未标志出处及用途，即标之亦不详明。守者多不在侧，又无人可以询问，参观者不啻入五里雾中，莫得端倪。而会中茶酒各店几与陈列室相埒，所陈者半多小贩售品，如北京之劝业场、东安市场然，殊不类赛会性质。其稍为出色者，则全会建筑均仿希腊古式，无一同式之房，而尤以木瓦楼及孔氏为最。为纯系木制，毕会后即须拆毁，否则亦不能经久，空耗金钱，又不能使地面繁庶，是其缺点。其出品则以角质器及榆柳条编制箱椅等物尚可人意。他如关于农业机器甚多，是否合用未亲见试验，尚未可知。农业出品则麦类多而谷类少，亦属寻常。遂与赵君回寓，夜雨潇潇，颇生幽感。

二十二日 晨起，至街后散步。路侧见有华式庙宇，内供关壮缪神像，乃华工醵金所修也。我国向无宗教，一任人民之自由信仰，几不啻欧西上古多神教时代。尝谓："我国宗教必须以佛为主，无论五族共和。蒙、藏素崇佛教，即汉、满两族笃信者亦居多数，且邻邦如日本、暹罗及法、英所属之越南、缅甸诸族，亦均崇信最深。我国若能利用佛教，不惟五族将来可收同化之功，更可获异日邻邦宗教上敦睦之益。”但大地之上，佛、耶、回三教派别为大，其发源先后亦不甚相远，何以耶、回两教繁衍几遍大地，守之者终身不移，均以叛教为大耻，而佛教独限东亚一隅，且日渐式微，几有每况愈下之势？推原其故，耶教自路德、约翰改教以来，凡崇奉新教之国，如英、美、德、荷诸邦，其国势无不蒸蒸日上。回教以不能改良之故，崇信者虽众，其国势均日即陵夷，如土耳其、波斯诸国，不过一息尚存。其他如埃及、俾路芝、阿富汗以及里海以东各部落，无不均为异教国之马牛。而素崇佛教诸国，其夷陵亦几与崇奉回教者相等。余在黑龙江时，尝与日本领事吉原大藏谈及宗教。据言，日本佛教宗派极多，信之者亦各分派别，和尚则娶妻茹荤，与耶教牧士无异，即此已于佛教内别开生面矣。去年都人发起佛教会，余尝对会中友人言：此会范围宜大，当联合日本、暹罗、越南、缅甸、朝鲜诸邦，定名为“亚东佛教会”，庶几可矣。

与赵君周览伯力形势，位置在黑龙江东岸。江由西来，至此北折，又复东去，西距乌苏里江合流处尚数十里，南至吉林新设之绥远州一百二十里。城据江岸高阜上，东西凡长冈最为繁盛，凡俄商营业稍大者皆在焉。极南为日本沟，极北为下风口，华人及日本人民居之。华商数十户，自俄人加税以后，均改售俄货，且受种种限制，几于不能生存。日人除御料理及剪发、成衣而外，并无他项营业，亦因俄人限制所致。途遇索伦男女二人，均着蓝布长衫，缘以花边，与所见博物馆陈列蒙古衣服相同，软底皮靴亦均以花皮为饰，盖似以入市而故为艳妆者。此地无蒙古，北鄂伦春即费雅喀也。回寓，旅馆主人告云：今日巡警又搜无票华人数十，由海山崴解至长春。每逢星期六、日，巡警即出搜寻，凡遇华人即搜验居留票，或票已逾期及票不如式，或无票者，即驱送之。新例：凡初入境必须有领事护照，然后方给居留票；每票索费十二卢布，又另附医院票费二卢布；并于居留票撮一小照，盖恐彼此互相更易也；限期以一年为满，其有居留年久，亦不准以旧票换取新票，必勒令另起领事护照，方能发给。而领事护照又须四五卢布，入境时尚有入口身税五卢布，劳工一年所得几何？日常行动必须以票自随，而又惴惴焉，恐其撞遇俄警也。自新例实行后，凡官中所有大小工程不准用华工一人，尤幸商民以华工价廉而乐用之，然非官中所愿，将来又不知特设如何苛例以限制之也。

伯力，俄名哈巴罗夫斯克。

二十三日　夜雨潇潇，终日未晴。阅日本人所著《气象学》，太阳圆径三十四万五千日本里，每日里合中国三里。较地球大一百三十万倍，距地三千万日里。日行南半球二十三度半，至南回归线为冬至；北半球二十三度半，至北回归线为夏至。每年夏至在阳历六月二十一日，冬至十二月二十二日。夏至后日行渐南，至九月二十三日行抵赤道以下为秋分，冬至后日行渐北，至三月二十日复由赤道以下经过为春分，盖太阳每年两次经过赤道，南半球为春夏，北半球为秋冬也。昔据友人言，阴历四月至澳洲木曜岛，正值草木黄落，其气候与北半球相反。

阅《远东报》所载俄记者与阿木尔总督关达基所谈：经营远东政策在使远东与满洲断绝经济上关系，所需满洲谷及肉类应由叶尼塞斯克省供给；今东阿木尔铁路可达黑河，明年即可达伯力，路成以后即可实行，其时则华工应设法禁绝云云。果尔，将来华人更无立足之地矣。

傍晚稍晴，倩赵君前往雇船。拟先赴兴东上游温阿卡伦，再雇帆船顺流而下，以便沿途停驶，可以随便考察。

二十四日　早十一时登船，江水陡涨四五尺，风浪颇大。船名慕诺麻哈，客舱清洁可嘉。

此为商船，另有官船四艘。由伯力上至黑河，下至庙上，每星期一、六两日必由伯力经过，沿江上下，每站必停，俗呼为博什多威，即邮船也。封江后，每站均有扒犁，亦名博什多威，译即邮政之意。此项扒犁每昼夜可行六百华里，遇站换马，略如我国从前驿站加急文书，但搭客耳。

晚四时起碇，风浪略平。船向西南行，未至乌苏里江合流处，即已日入。登舱四顾，暮霭苍茫，东望伯力，灯火隐约有如繁星。回舱就寝，夜颇安适。

二十五日 早起，青天无云。船已驶过乌苏里江口，北岸为俄境，南岸为吉林界，两岸平陂无山。闲与同船俄人谈及赛会物品，深以柳条编物及牛角制器，及东清铁路模型为佳，与余所见不谋而合。全会之中，出色物品区区止有此数，其劣点虽俄人亦不能深讳也。

晚五时至徐尔固，东去伯力二百二十四俄里，合中国四百四十八里，西距松花江口七十华里，至临江县八十华里。由伯力至此为一大站，有华人小铺三户，以同茂盛为最。停船，登岸散步，街内虽不甚繁庶，尚属整洁。

二十六日 晨起，风平浪静，船面微霜。已逾松花江口，驶入黑龙江内。船向北行，西望我岸，渐有烟户。至俄村不及那，停船上木柈，乘间下船，至村内一视。人家散落，马屎牛粪遍于街衢，远逊徐尔固之整洁。又北行二十俄里，至米郭尔斯克，大站也。停船卸货，又复上岸一游，有华商茂盛德货物颇全，然皆非华货。闻此铺东乃山东人，初来时只携山东茧绸数匹，未三十年，获赀二三十万卢布，现在俄岸沿江各大站均有支店。又十八俄里，至俄村松油子。对岸即兴东，萝北设治局驻此。由松花江口至兴东我岸，平原一望无际，彼岸濒江，亦皆平陆，惟数十里外遥望皆山。过兴东，渐入山峡，两岸山形秀丽，杂树丛生，江傍山流，水势弯曲。咏唐人“江流曲似九回肠”之句，仰观江山，俯念时事，此情此景，恍乎遇之。东岸山根，一船停泊，询为麻列勒号。轮机触石损坏，不能行驶，惟幸未伤人。过兴东七十华里，至太平沟金厂。沟口商户面江倚山，约数十户，炊烟缕缕，两山束水，暮色苍茫，隐约如在画中。江流至此，不及半里，隔岸呼之欲闻。金厂总理锡君介眉为余至好，惜未能停船一谈。红日西坠，水光山色如欲留人，终日舱外流连，不觉忘倦。日入后，犹不忍遽去，恨无鲁阳之戈，挥之使不坠耳。

二十七日 早八时，至宝兴镇卡伦。对岸为巴什郭瓦站[1]，初为偏僻小村，自阿木尔铁路开工后，去站五十余俄里开凿山洞，招工运料均由此站改运，故二三年间骤为沿江第一繁盛之区，而西岸宝兴镇亦因以兴盛。停船登岸，有铁路趸船及运料厂。由太平沟至此，除西岸观音山尚有平路外，余均重山峻岭，鸟道羊肠，但江山风景差比江南，极边得此，大足以畅游子襟怀。

夜九时，抵依乃坚金站。西岸即温阿镇卡伦。沿途所经萨吉布米海郎及哈萨克斯坦各俄村，均寥寥数十户。由宝兴至此，山势渐稀，两岸颇多平原。夜间不能渡江，遂登岸觅俄旅馆以宿。肮脏不堪，壁虱扰人，一如伯力之中华客栈。

二十八日 北风颇寒，江浪翻天。与赵君散步至街。由铁道支路濒临江边，去干路尚百余华里。闻此支路初拟在巴什瓦郭，不知因何改由此站。现在干路未成，仅由此运料而已，站中繁盛亦较巴什瓦稍逊。

雇俄人小舟渡江，船中货物甚多，而又沿岸招揽渡客，船中已无可容。挂帆开行，岸中又来男、妇三人唤渡，遂又落帆至岸。俄男、妇甫登船，余与赵君见船小人多，风浪又大，遂下船另买渡舟。俄男、妇见余等下船，遂亦不敢再坐，相随而下。舟子贪一客而失三客，世人贪心太重，往往所求未得，反将固有者失去，皆此类也。

十一时过江，晤卡官孙君伟三，山东人。遂就卡中假寓。孙君招待甚殷，意良可感。有卡兵三十，专司稽查俄人过江刈草、伐木等事，并兼就近征收羊草、木柈各税。午后，同孙君至街内一游。约小铺十余户，荒闭大半，专以卖酒为业。今因俄官限制俄人过江买酒，生意遂荒闭，所余三五户，除日本人御料里外，亦均有奄奄待毙之势。入

---

① 下文称“巴什瓦郭”，未知孰是。

室，则洋铁酒瓶累累山积，大小圆扁，形状不一。惟多如瓦形者，询为贩私者贴带腹前，免致搜漏，其巧于作伪，可谓[①]无奇不有。卡房临江，新修洋铁瓦房五栋，洁净可爱。

二十九日 午前，与赵君周览卡伦附近江山形势，假卡兵一人为之乡导。出卡，沿江西行七八里，有菜园及砖窑两三家，滨江而居。有某姓携眷居此，门前可泊轮船，卡中商户卸货皆在此处，再由小船改运，因卡前江中滩浅不能停轮。从前立卡时，只希与依乃坚金隔江相对，并未计及能否停船。由此西望山根，约八九里，嘱卡兵掘视土质，为腐土质，尚可耕垦。归途绕视周姓所种燕麦及马铃薯，均甚丰佳。至卡稍憩，又由卡南行十余里，将至山根，大雨骤至，未能登山一望。遂急驰归，比及卡伦，与赵君均已湿透重襟矣。卡伦形势甚佳，江流至此东西行[②]，俄站居北，温卡居南，北临大江，东、西、南三面皆山，宛如弓形，江为弓弦，山为弓背，“山环水抱”四字可以尽之。其中，平原约七八千垧，每垧十亩，均甚膏腴[③]。东西山根均有小河，南山根即温河，卡伦即以此河得名也。是日，约步行六七十里，尚未觉倦。回忆庚子携家避乱，先大父坚欲留守茅庐，泣请不去。逃至榆树县靠山屯，粗为安顿，余即只身回家探视，徒步行一百三十里，到家尚未落日。十年来宦海浮沉，所幸顽躯尚未为膏粱软化，谁谓“以吾从大夫后，不可徒行也”？孙君告以“由卡北行一百六十余华里，至逊河，即瑷珲境，兴、瑷以河为界”。北去无可调查，遂与赵君商定返旆而南，先至宝兴。

三十日 雇帆船未得，十二时渡江至依乃坚金站。候轮少顷，布里尼次轮船由黑河驶至，下午一时展轮西行。过温卡以南山头、平原蝉联不断，距山均约十余里，中多杂树。逾时抵乌云河口，平原较大，

---

① 原本为“惟”，音近而讹。

② 原本为“形”，音近而讹。

③ 原本为“腴”，形近而讹。

惟地势洼下，恐受水患。徐世昌督东时奏设乌云厅，即在此处，徒以有土无民，未能即行设官。至俄岸哈萨克斯坦停轮登岸。满村均杜梨树，红缀枝头，雅可玩赏。此乃野生果，外人爱惜树木，不忍伤毁，若我国人居此，早为之濯濯矣。

夜九时抵巴什郭瓦，煤汽灯朗若白昼。隔岸即宝兴，江宽不及半里，夜间不能呼渡，因假俄旅馆以宿。修路苦工俄人正在馆内聚饮，并招俄妓侑酒，丑态百出，牛鬼蛇神难以言状，终夜嘈杂，破晓始散。

三十一日 晨起，与赵君至街内查视。街长三里余，人家繁庶，营业甚多，皆因铁路兴工所致，前三年尚属荒村。九时渡江，晤宝兴卡官王君子厚，及其同事王君文阁，坚留在卡下榻。膳后，微雨初晴，与赵君散步街内，并拟登卡西大山。王君欲伴同前往，坚阻乃已。出卡西行半里余，仰望山势陡峻，一羊肠小道盘绕而上，乃砍木柈者所由之捷径。与赵君由此仰登，攀藤附葛，蛇行而上。甫至山半，忽雨，雨后泥滑不能住足，遂徐行而下。又至街口水岸一视，周览全卡形势。宝兴山形如“山”字，东临大江，南北两涧，中隔一山，仅数武，非由水路不能通行。卡居北涧之中，南北实不及二十丈，东西长仅里许。商户傍南北山腹而居，中间街宽不过数丈。人家繁庶，营业发达，大半以酒为业，间有售日本货物者。专为日娼所设，反遭俄人抵制，亦有渐落之势。而南涧仅人家数处，均系劳动者所居住，地势较北涧尤为逼仄，不能容积多人。全卡形势极佳，惜无平陆可以辟为街市。

信步入和卓义铺内，店主乃犹太人。见余等，知非寻常顾客，并出酒食茶点，款待甚殷。询其乡贯，据云，曾充义务兵三年，遂营商业。余云：“俄政府待犹太人如何？”云：“不准充文武官吏，不准入高等学校，近始准入工商及铁路大学，然仍不准入海陆军学校。”余云：“俄人政府于波兰尚有自治之权，何以独待犹太如此之苦？”云：“去今五百年前，犹太人戕毙俄国某王，自此而后即受此等虐待。”余又云：“犹太分隶各国者甚多，不知他国亦准当官否？”云：“犹太人现在意国有充国务大臣者，在美国有充工商总长者，其余在各国文武官吏甚多，不可胜计。吾人独在俄国受此苦痛五百余年。”若不胜感慨之意。然而我闻此语，心骨悲矣。吾国人素乏国家观念，年来怙权弄势，日事鹬蚌之争，假使神州陆沉，永坠奴隶地狱，恐欲为犹太而不可得。噫！可畏也。

微阴欲雨。[1] 山腹小楼三栋，回卡登楼。淡云微雨，淅沥终宵。倩王君代雇帆船一艘，可容四五人，定于诘朝而行，先至观音山太平沟，再至兴东。

---

① 原空一格。

卷六

乙丑南游日记

乙丑南游日记①

余自辛亥后，除壬子调查西南各省独立、湖北国庆纪念代表暨癸丑参观俄国伯力赛会，不作日记已十有二年矣。自庚申谬驾盐车又将六载，蒲柳之质未秋先衰，老境渐臻，疾病日至。欲谢仔肩，养疴家山，屡请未许。僚友见余病日深而去未能，佥以因公外出可以转地疗养，因定巡视锦、兴、盘、北各场局，顺道至长芦、山东、两淮、两浙各盐政区宇参观，以资借镜；沿途所经多佳山水，藉以登眺，庶可有益病躯。因将逐日行程手记，以志鸿爪。时民国十四年六月三日，夏正乙丑闰四月十三日，双城翟文选记。

民国十四年六月

三日　早六时三十分，乘辽东小轮渡辽河，僚友送至河北车站。八时三十分登车，过大洼车站，盘山齐俊三知事率警巡来迎，匆匆一谈。十一时四十分，至沟帮子车站。下午三时，换乘京奉通车至高桥，锦县场知事靳邦彦率队来迎。渠并随车送至兴城站，并面陈场务近日情形。夜九时三十分，至山海关。车中阅《曾文正公书牍》八、九两卷。正公齐门被围之时，四面楚歌，每日读书作字，不失常度，宜其平定大难，建此奇勋。停车后，余蹀躞车中，遐想当日惊涛骇浪之中，公则缓带轻裘，指挥若定，“诸葛公真名士”一语，公可当之无愧矣。

---

①　此日记作于民国十四年(1925)。

冥想忘机，忽被一灰衣人将余衣带中钱簏窃去，余觉而面告护车路警追捕，已无及矣。时执法处稽查副官阮某闻讯来车慰问，并欲电知常局长，余以瀚襄御下素严，治盗尤猛，倘闻余被窃，则此巡必受非常痛苦，遂阻其发电了事。

四日 早六时半，到天津下车，寓新旅社。八时，至瀚襄处一谈，告以沿路秩序宜加整顿，路警尤宜严加考查。瀚襄留吃早饭。回寓小睡，因昨夜车中颠簸，未甚睡也。灯后，至大罗天一游。

五日 上午十二时，瀚襄在百花村酒馆为余洗尘并津浦路车票，遂定明日动身，先至浙江。因江、浙将至梅雨之时，余此行拟先自南而北，故在津不再勾留也。写佟得一道尹并小儿同福信。

六日 早起，大雨如注。九时至车站，津浦车误点未到。闻自去年战后，每日并无定时，甚有一日不到者。至站旁中和旅馆守候，午后七时闻始开至沧州，中道尚不知有无阻隔，然亦不敢远离，遂即宿于旅馆。至夜十二时，车始到，明日十时零六分，由新站开。

七日 早起登车，乘客异常拥挤，一因昨日误点未开，两次并为一次；一为免票或军人无票者越级乘坐，以故秩序纷然。幸余饬人昨夜晤站长定一包房，即令仆人宿于车上，免被他人再占。车开时，微雨帘纤，清气扑人眉宇，心境为之一开。数年簿书鞅掌，如处樊笼，胃病、脑病交作，屡药未愈，今日登车，精神斗为健旺，药力之效远不如也。夜十时至济南。入夜奇寒，有如深秋。沿途禾苗尚不如关外兴城、绥中一带茂盛，而气候较营口为寒。地气自南者，其有故欤？本拟在泰安下车登岱，因车无定时，又恐失去包房，再觅不易，遂决定先至浦口。俟回时登岱后，并须到济南下车，节节勾留，为时较暂，即无包房亦不甚苦。意即定，车过济南即睡。

八日 晨起视时，计已九时三十分，始至兖州。由济南至此不足三百里，车行至十小时之久，盖每站或挂车，或候重要军客，远不如济南以北之速也。自兖州开车后，天气略热，禾苗亦较济北畅茂。车中望邹鲁诸山，颇动遐思。至滕县，东望群山如屏，西望平畴似掌，左瞻右顾，几如山阴道上，迎接不暇。村落麦熟，颇有羲皞之象，因口占绝句一首。过徐州以南，麦已收完，禾苗尤旺。日入后至临淮关，月明如昼，依窗看山水，忍遽眠？十二时，车过滁州，又得绝句一首，遂不觉睡去。

滕县道上车中口占

不尽长原似掌平，黍油禾茂午风轻。绿阴门外黄牛卧，村巷家家打麦声。

津浦车中夜月望淮南诸山

月明如画逐车头，尽日看山夜未休。闻道淮南山更好，依窗不寐到滁州。

九日 早六时醒后，车抵浦口。平时由天津到此不过三十余小时，今行至四十四五小时始到。下车，乘路局澄平轮船过江，寓下关百利饭店。车中两夜未得酣眠，因欲小睡以资休息，忽女学生闯然而入，为上海西捕殴毙学生募捐，因予洋银数饼而去。再登床，不复成寐，遂呼饭，欲作城内之游。午后二时，乘马车由仪凤门进城，途遇男女学生数起，拦车捐钱，示以已捐之票，悍然不顾。初予数元，继予数角，或予铜元数枚，细大不捐，均都领受。但如此，恐行人必将裹足也。至鸡鸣寺。相传为梁之同泰寺遗址，问之寺僧，了无所知。登寺楼远望城外，玄武湖半已干涸。楼为光绪甲辰所建，张文襄以“豁蒙”名之，取杜诗“忧来豁蒙蔽”之义。辛亥光复，上层为炮击毁，仅余下层以茗客而已。寺后尚余台城一角，城砖不似六朝时物，云系前明改修新城，特留此以作古迹，未知是否？出寺后门，下山即为胭脂井，又名景阳井，又名辱井。隋师破城，陈后主、张丽华、孔贵嫔匿于此井，缒之而出。井栏旧有唐宋人题字甚多，闻前为某巨公携去，现在井口覆石无一字也。又至明故宫午门及东、西华门，基址尚存。午门内御河桥与北京太和门外金水桥相似。桥北为历史博物馆，陈列六朝以来残碑断碣甚夥，方孝孺血迹石在焉。残砖败瓦堆积如山，其隙地皆成菜圃。考明宫城，自落成后至建文，不及三十年，靖难兵入后，宫付之一炬，终明之世未能修复。清初改为驻防将军署，中经洪杨之乱及辛亥光复，则宫殿遗址荡然无存。守者云：掘出败砖已卖至十余年，尚未罄尽。流连移时，出朝阳门至孝陵。门内半山寺为王荆公旧宅，以迂道未及往。视孝陵石兽与北京昌平永乐长陵相似，惟石象高大则过之。享殿、明楼都非原物，仅数椽屋瓦而已。登陵头西北望，钟山顶上洪秀全所筑天保城，其下即为龙脖子，破城时即由地道用火药轰毁而入，堵缺口时，曾文正立一碑，有“穷天下力，复此金汤”之语。六十年来几度沧桑，望之慨然。欲往视之，因路僻不通车马而止。出陵东，行越孝陵卫至灵谷寺。近寺，竹树深深，颇为幽邃。入寺，与和尚善一谈，寺外一泉为八功德水，即灵谷所出，谷在山上，距寺尚有数里。寺西北数武为志公塔，本明初敕建，原在钟山之阳，太祖用以筑陵，移建于此。寺与塔均毁于洪杨，塔基仅建一屋以祀志公，其下即为所移埋骨处也。塔前一碑为乾隆时摹刻唐吴道子所绘志公法像。余至碑下，正寺僧募工墨拓，仅拓三纸，余均携之以行。至禅房少息，寺僧用灵谷水煮茶，云此乃八功德水，不可不一尝也。禅房东边，紫薇两株甚大，尚未作花，惜荒芜不治，负此名山名花矣。出寺，仍由朝阳门原路而回，至下关客舍已七时矣。归途仍困于学生拦车募捐，已捐者出视捐票，仍复啾啾。回寓数之，已十余纸。若不禁止，必将遮断交通，非止旷废课程矣也。灯后，发本日至南京电与营口运署。

十日 早起，赤日如火，始觉南中夏日气候。脱却袷衣。饭后，至街中买扇一柄。下午三时，仍买车进城。至秀山公园，为前督军李纯遗嘱捐建。今世之人尚知好名，亦难矣哉。至复成桥，河内画船鳞集，歌声与麻省声杂然而来，遂思买舟一游秦淮，嘱来车至夫子庙前守候。入船后，非只余坐之舟残旧不堪，历视他船亦不过聊具形式。六朝金粉，秦淮风月，当年景象断不如此。河水污浊，两岸河房残破。问舟人桃叶渡、青溪渡之所在，均茫然不知，令人败兴。船过文德、利涉各桥，至夫子庙前，其污秽嘈杂与北京从前天桥相等。登岸至贡院一视，其前半改为市场，明远楼、至公堂、衡鉴堂及两旁号舍数十间，尚保留以作纪念，其规制与河南贡院相同。余自光绪壬寅乡试及癸卯、甲辰两次会试，均借闱河南贡院，作此无罪之囚，前后共二十七日。闻河南贡院业已拆毁无存，俯仰二十年间，不禁慨然。出聚宝门，至雨花台第二泉茶舍，小坐啜茶，以尝名泉。欲寻云光法师说法雨花之处，已不可得。方孝孺墓在山前，天晚已不及往游。卖石子者纷来，并无佳者。闻此处所出之石无多，皆由江北六合县来者顶充。至普德寺，颇清净，其铁佛均系六朝旧物，殿宇则洪杨劫后重建，远不及前之宏壮。归途登聚宝门城楼一望，全城尽在目中。北望狮子山，已在暮烟苍霭中也。沿途又遇学生拦捐多起，车马不得畅行，回寓已灯初矣。颇觉腹饥，食后即睡。

十一日　早起，天热如昨。饭后，阅《曾文正书牍》第十二卷，所言多克复金陵后补行乡试之事。昨日余至贡院，今适阅此，亦偶然也。午后，热气稍减，至汉西门内清凉山。山原在古冶城内，寺旧有南唐后主八分书题名、李萧远草书、董羽所画海水，询之寺僧，不惟无存，兼其名不知也。登楼望城外牛首山、雨花台，历历在目。闻山下土人新掘塘，出残砖甚多，余嘱令择完整者取来一视。内有带花纹者半断，的系六朝之物，度之尚可作砚，遂以小银币数枚易之。山顶翠微亭建自南唐李氏，今仅存基址而已。袁子才随园在山东二里余，并基址亦不可考也。寺西扫叶楼，为明末龚半千读书之处，竹木幽深，比清凉寺尤为清妙。楼壁悬前江督端方及易顺鼎、陈三立各诗联甚多。茗坐移时，不忍遽去，夕阳西下，御者促登车。出水西门，至莫愁湖。入门为胜棋楼，相传明太祖与徐中山王对棋处。楼上悬中山王像，与楼下所悬莫愁像均粗手所为，非真本也。楼前华岩庵，云即郁金堂址。观梁武帝《河中之水歌》“洛阳女儿名莫愁”一语，莫愁乃北人而嫁卢氏者也。楼西为曾公阁，为光绪戊子江宁布政使许振祎建以祀曾文正者。中悬石拓文正小像，上悬“江天小阁坐人豪”横额，为姚惜抱咏中山王旧句，曾公爱之，时常口吟者。阁中悬联满壁，皆中兴将帅、文正旧部所为。湖古名“横塘”，自莫愁、中山及文正以来，则湖山生色矣。湖内莲叶田田，将欲作花，惜余来尚早，不得乘画舫一游也。凭坐时许，日将入，始登车由水西门而返。满城灯火，夜气清凉，爽人心目，不禁尘襟为之一涤。回寓稍息，检点行李，定于明日赴扬州，中经镇江，一游金、焦之胜。旅馆喧嚣与市声嘈杂，终夜不息，梦寐为之不安。

十二日 午前，微阴闷热。饭后，将随身袷衣并为一箧，寄留旅馆，以备回时携带。因天气渐热，袷衣无所用也。下午三时半，至沪宁车站登车，四时开行。车中遇两淮杜都转，杜公畅谈淮盐状况。密云不雨，清气袭人。沿路稻畦分秧，妇子力作。江南风景迥与北方不同，胸怀甚畅。五时二十分到镇江，肩舆至西门外万全楼下榻。楼濒大江，凭栏望北固山、甘露寺，如在目前。江光山色，扑面而来，南京下关旅邸远不及也。晚饭，鲥鱼甚美。自到南京每饭食此，又值枇杷熟时，日日饱啖，真可谓不虚此行矣。灯后，至江边散步。连日登涉，颇觉足痛，回寓即睡。

十三日 晨起，天晴无云，闷热不欲出门。倚楼栏领略江山景色，意颇悠然。午后三时，暑气略退，命轮作金山之游。租界戒严，阻止行人，出名刺示之，始得通过。约二里许，乃抵山下。山旧名西浮玉，以与焦山均在江心，风涛环绕，势欲飞动，故以“浮玉”称之。自唐裴头陀获金于此，始名曰金山。然梁天监四年，于金山修水陆大会，则金山之名似又不始于唐，究未知何时改称也。咸、同之交，江流北徙，南岸沙涨，与山相连，游者可以步登，与唐人张祜“树影中流见，钟声两岸闻”之诗，情景已不符矣。寺名“江天”，随山势为上下。山门为四天王，雄伟庄严，状甚可敬。入门为大雄宝殿，殿额为彭刚直公所题。再上十余级为藏经楼，楼后为乾隆御制诗碑亭。亭圮，碑多断裂，今以瓦屋覆之。亭右上为塔，塔凡七级。夕阳甚烈，余自山下至此，不觉汗流浃背。因去长衣，鼓勇而登。每一级绕栏一周，环眺四围风景。至第七级绝顶，飘飘欲仙，岂止王右军、谢太傅登冶城悠然有高世之想耶？南望山下，一片平芜，竹林稻畦，鳞次眉分。遥想六十年前，沧波浩淼，帆樯出没，不禁有沧海桑田之感，岂独人事为然哉？塔北为“江天一览”亭，乃妙高台旧址，康熙旧碑毁于洪杨，此乃光绪十二年曾忠襄所补刻者。右下为法海洞，深不及丈，中祀法海像，黝黑不辨面目。守僧索香资，遂以饼金予之。

出洞投刺，晤方丈荫屏和尚。出示周鼎、东坡玉带，及端午桥制军所留文待诏《金山图》长卷。玉带前毁于火，失玉四版，乾隆南巡补之，并镌以诗。《金山图》尾多近人题名，余遂循例记以月日，以志鸿爪。荫屏告余，寺毁于洪杨之乱，只瓦无存，周鼎、玉带，幸当时方丈携以避之远方，始得无恙。此方丈真有功于斯寺者。否则，千年古物同付劫火之中，余今日乌得而见之也。又导游留玉阁，额为同治辛巳曾文正所书，内祀东坡、佛印之像。出寺西南，行里余至郭璞墓。一石独立，向在江之中流，即《志》称“石排山”也。今则孤峙于平地之上，毫无墓形。考《晋书》，郭璞，河东闻喜人，为王敦记室参军。敦谋逆，璞以数阻之，敦怒斩于南冈双柏树下。南冈在武昌，去京口二千余里，不当葬于此处，亦姑妄听之而已。又西南百余步为中泠泉，围以石栏。碑载，同治己巳十一月始出。《说文》：瀶为水曲之貌。泉旧在江心，人视水流涡漩处为泉，后遂易瀶为泠，而中泠泉水遂盛传人间矣。自江移沙涨，泉出于地，乃知当时人仅名江水涡漩为泉，未必即知其下果有真泉也。泉如泛珠，与北京玉泉山由石缝中流出不同。泉北为涵虚楼，中祀前镇江府知府王可庄太守。南为鉴亭，内祀龙神。余在泉上，守僧以茶相飨，饱饮数瓯，遂忘适来登陟之劳，几于两腋风生矣。归途，晚风习习，凉透衣襟。入夜，江声撼人枕席，睡颇酣适。

登金山寺绝顶

东海扬尘事有无，金山南望莽平芜。江流北转山连陆，莫管焦家隐士孤。

十四日 早起，天晴风劲。江声澎湃，气冷如秋。袷衣寄留南京，上午瑟缩未能出门。午后二时，肩舆往游北固山、甘露寺。沿江行三里许，直抵寺门。入长廊，壁嵌"天下第一江山"石刻。旧为梁武帝手书，久失，宋延陵吴琚补书，亦已无存。今石乃康熙己巳镇江府通判程康庄所重补者。廊尽，为多景楼，下临绝壁，俯视江流，一目千里。北望扬州白塔，隐约为一经幢。楼为古临江亭旧址，取李德裕"多景悬窗牖"诗意名之。楼下左为凌云亭，右为石帆楼，寺僧招待游客啜茶之所。意甚殷殷，并出示新印《京口三山志》，余以番佛十尊易一部携归。石帆之左为彭、杨二公祠，未遭辛亥劫火，亦异矣哉！寺外铁塔为唐宝历中李德裕所建，由宋及明两次重修，至同治戊辰折其尖。光绪丙戌又遭雷火轰堕四层，今只余下级三层孤峙山巅。又至多景楼一观，很石旧在山下凤凰池试剑石侧，经过迁转，光绪庚寅始移今处，并镌题隶书"很石"二字。相传孙仲谋与昭烈帝论拒曹操，曾坐其上。至明代已真赝莫辨。今石乃一琢成石羊，其为赝鼎无疑。下山，沿江左行为走马涧，两崖夹峙，小径直达山岭。相传为先主走马处，明崇祯时朱永熙刻"走马涧"三字于石壁。再东为观音洞，阔丈许，深三丈，秉烛可入。明时县令庞时雍刻"云房风窟"于上。环山崖石斗绝，可镌字处甚多，不知何以仅此寥寥也？登舆至试剑石。石在凤凰池侧，相传为昭烈试剑之处。石缝中裂，非剑所能散也。凤凰池，明太祖曾经幸此。向可泊船，今已涸为平陆。稍南为太史慈墓。慈，山东黄邑人，仕吴为建昌都尉。缭以砖垣，有同治年重修墓碑，至此而北固之游事毕矣。北固山亦名"北顾"，原为三峰，前峰在城内，中峰、北峰均在城外。梁武帝时，蔡谟起楼其上以置军实。甘露寺旧在山下，相传吴王皓甘露改元时建，又传唐甘露降时建。李德裕镇浙西，施州宅后地以广寺基。当在今凤池左近，宋祥符时始移建山上。《元和志》称：建安十四年，孙权自吴理丹徒，号曰“京城”。十六年迁建业，都此不过二年。今俗传多景楼为孙夫人梳妆台旧址，不过因与试剑石等相连，附会而成。但江山风景，间可与金、焦鼎足而三，留此佳话，亦好事者所不必深辨矣。回寓买船，明日作焦山之游。

十五日 上午阅《焦山志》，午后至码头上船。船为救生局官船，即俗所称“红船”也。行一时半至山下。山古名樵山，又名谯山，自焦隐士隐此始名焦山。阮文达谓《三国志注》称，焦隐士避兵，娶妇扬州，并无隐焦山三诏之事。然山以人增重，又何必辨其有无也。山前为定慧寺，古名普济禅院，康熙时始改今名。入门有六朝古柏，已半枯矣。再左为碧山庵，主僧文镕号善征迎入。寺僧共分十三房，房各以“庵”名，碧山乃其一也。善征甚豪爽，善画兰。庵已中落，经其募建，焕然一新，今为全山各庵之冠。茶后，遂导游全山。先至定慧寺天王殿、大雄殿，规制与金山江天寺同。东庑庋《瘗鹤铭》残碑，满院墙壁均嵌石刻，不及细视。方丈鹤舟和尚外出未归，知客僧文德迎入客堂。出示周鼎、汉定陶鼎、明杨一清玉带，并引视铜鼓诸法物。周鼎，相传曾入严分宜家，定陶鼎则阮文达所遗与金山，周遂启谋鼎为叶开佺[①]所送，其入寺时代大略相同。杨一清玉带，每版均镌花纹，异于东坡之带，全系素玉，或宋明仪制不同欤？铜鼓为道光时张芥航漕帅之物，摩挲久之。出寺至海西庵内焦隐士祠，隐士幅巾深衣，岸然道貌，后为仰止，轩祀明杨椒山先生足可媲美隐士矣。梁星海久寓此庵，壁悬遗照甚多。主僧出示鹊石四枚，纹理甚奇。又西至观音崖夕阳楼，康南海多来寓此，去甫数日。楼踞山半，下视大江，骇人心目。前后山壁满镌古今题名，中惟陆务观、米海岳字大且深，毫未剥

---

① “谋”当为“諆”，形近而讹。遂启諆鼎出土于道光二十四陕西岐山，叶志诜得之。“叶开佺”即“叶志诜”，“佺”同“诜”。叶志诜，清代藏书家，为“叶开泰”第六代传人。

损。经焦隐士洞，甚狭小，不能容膝，仅其名耳。由此上山，至别峰庵，盖十三房之僧多在山下定慧寺，左右分列，惟此庵独在山上。再上为吸江楼，余登上层，拍一小照。中有四面佛。凭栏四望，北固、象山隔江相对，金山之塔远出西南天半，江中帆影上下浮沉，实大观也。吸江以西十数步，即炮台，只炮二尊，平列山上，无所谓台也。下山至定慧东水晶庵，无甚可观，仅待月楼亦残颓不可登矣。越碧山庵至松寥阁，得名最古，亦颇幽胜，端午桥[①]曾憩于此。有归来庵，以有客居，未入也。再东为自然庵，彭刚直巡视长江水师，往来以作行馆，亦为游人久所艳称。焦山之胜，聊尽于此。外各庵以天晚不及遍观。仍偕善征上人返碧山庵，即宿于庵内挹江楼。上人飨以山内枇杷，江中新钓鲥鱼，视之尚泼刺不置。夜与上人谈，众以渠庵新建精洁，游客稍多，争相嫉忌。佛教四大皆空，亦尚有此状态，无怪世之纷纭矣。余闻之，心志更为一平。渠心愿尚欲在庵建一楼，供释迦佛，为朝夕顶礼之所。余允回署代为捐募，助成此举。夜间，江声、轮船汽笛之声相应，惜无月，不能坐观。就枕即睡去，庄生化蝶不过忘形，余今日亦犹是也。

十六日　黎明，山鹰、水鸟交鸣。披衣至楼外，吸受江上清空之气，则又别一天地。盥漱后，善征来视，并出示所藏北宋宗留守图谱手卷，中有朱晦庵、文信国、陆秀夫及吴璘等题识，因敬题数字于卷尾，以志鸿爪。海西庵僧送阅金山墨拓鹤铭、周鼎，拓工均精，惜索价颇昂，择购数种以备分赠友人。又同善征至定慧寺，重为周览。回庵早膳，素餐甚佳。饭后，善征赠余画兰立幅，并所书便面暨新印《江苏诗征》各一事，送余登舟，情意甚殷。舟行顺水顺风，嘱舟子直放金山，以作重游。不一时，即达山下。入寺，晤荫屏上人，畅谈时许。又重观玉带、周鼎。登江山一览亭，见金山不但南与岸连，而四周均已沙淤成陆，将再越数年，昔日江中之山完全变为大陆之山矣。幸山下

① 原本为“楼”，形近而讹。端方，字午桥，曾任两江总督。

尚有一河可通小舟，然亦非复当年之风景矣。荫屏赠以周鼎拓片。回舟逆风，至万全楼门前码头下船，不及四里，越一小时始到。天气沉阴闷热，颇觉不爽。镇江警察厅长周铁生同其弟次珊来拜，辞而未会。周，奉天人，素未识面。因定明日赴扬州。灯后，接署中包封，安东缉私局为缉韩私，被日警枪伤巡兵五人，我兵亦击伤日警二人。近年鸭绿江外私将次肃清，无端又发生此变，不知又费几许唇舌，方能就我范围也。

十七日 早饭后，至警厅答拜周厅长兄弟，坐谈甚久。周，安东人，去冬始到任。兄、弟均年少循谨，弟尤安详也。回寓，检点行李。午后三点二十分，乘小轮渡江，周厅长派警来送，过江即谢去。乘汽车三十分到扬州，寓左卫街江北新旅社，较乘轮省数小时也。小雨溟蒙，烦暑顿消。饭后入浴，尤觉清畅。江南多日不雨，农人望泽尤殷。灯后，发到扬之电。

十八日 微雨终宵，破晓未止，单衣几不能支。北方四月气候未必如此之寒，岂果天道反常耶？午后，雨微息。出天宁门，谒史忠正公祠墓，建置颇宏敞，惜已凋敝不堪。梅花岭仅一寻丈土阜，墓依其侧，前树一碣。墓左为祠，祀公遗像，乃其八世孙某所摹绘。清刚瘦削，气貌颇与袁督帅相类，宜其得名而均未成功。曾文正谓：功业成否，三分人事，七分天命。信哉！似言向使宏光非闇弱之主，马、阮无谗忌之心，公亦不过如晋之王、谢，宋之张、韩，为江左偏安之佐命而已。今清社已屋，而公名永在，视王、谢、张、韩，果何如哉？壁嵌公在围城中家书石刻，祠东庋公守城时所铸铁炮。近有杨君程祖墨拓炮图悬于祠壁，毡蜡精良。炮铸于崇祯甲申十一月，去乙酉四月城陷仅七阅月耳，因嘱守僧转向杨君觅一拓本，允厚酬之。入广储门，至蕃禧观，一访琼花观遗迹。炀帝为看琼花而幸江都，以致戕身亡国。至则仅一破寺，阒寂无人，一老妇遥指寺后石台云："此即是琼花观。"自唐宋以后，久不见称于时，况又阅数百年也。又至何园，为扬人所艳称者。幽邃婉曲，颇有丘壑。园主久居沪上，仅守者导游人，索茶资也。余曩游苏州刘园，叹羡不置。王可耕同年云："士大夫宦成之后，大兴宅第，广起名园，往往落成而不久居，何如吾辈今日出银币一饼，可作竟日之游，再出数枚，更可作三宿计。昔毕秋帆筑灵岩山馆，未获一视，身后即籍没入官。"此言虽达，然究胜于徒供子孙作酒色之资也。回寓，杨君程祖来，云史墓守僧往求拓片，渠故来一谈，赠余一纸并缀陈君延韡赞语，有"古之用炮也，以敌忾而勤王；今之用炮也，将以杀夫蚩蚩之氓。嗟无知之顽铁，胡有时而不祥。"沉痛伤时，此所谓借题发挥也。杨君号绳武，丹徒人，寄居扬州。

十九日 早晴。出天宁门，买舟游平山堂。河水涟漪，芦苇两岸，颇饶幽致。船亦清敞可坐，胜南京秦淮多矣。至小石山，一登风亭，目观不逮，所闻远甚。对岸徐园尚较何园疏落有致。复登船至法海寺，久已残毁，惟白塔巍然独存。此塔乃乾隆南巡时，扬州人民仿京师北海白塔特建，以悦皇情者。彼此物力之盛，尤可想见。寺西，五孔桥上建五亭，远望颇属美丽。由此容与中流，三五渔船与游船相杂，真堪入画。至平山堂下船，拾级而上，均洪杨乱后重建，已非复当年之盛矣。天下第四泉在堂右山半，乃系一井，深约二三丈，非泉也。寺僧以茶相款，余非陆鸿渐，究不知此水与金山何别也？堂中祀欧阳文忠石像，乃由滁州醉翁亭所摹刻者。寺僧出售各种墨拓石刻，余择购欧像并乾隆御制诗拓二种。全山环视一周，复坐平山堂啜茶。望江南京口诸山，如列几案，斯堂建于蜀冈之上，其或以此得名欤？下山回舟，不数武，一渔舟网得白鱼长尺余。用小银币六枚买之，置于舟中，养之以水。又数武，复买鲤鱼一尾，大与白鱼相等，不知此浅水中，胡亦有如此之修鳞也？至徐园，视鲤尚泼刺，而白鱼已奄奄无生气矣。停船，将鲤放于园内池中，而白鱼即嘱园丁烹之以佐酒，待者云："去后，此鲤必遭园丁烹以果腹。"余笑，以子产校人烹鱼故事谕之，渠亦笑而不答。因遂饭于园中。入城，已灯火满街矣。

二十日 中饭后，至稽核分所拜冯骥材经理。冯于前年由营口调此，旧识也。坐谈甚久，坚留余晚饭。又至运署拜杜梅叔都转，细谈淮南北衰旺情形。淮南灶盐已有坐废之势，淮北海产则日进无疆，两淮运司之权已趋重于淮北运副矣。杜公甚风雅，出其所藏汉玉、书画，赏玩甚久。坚定明日之约，余辞来日必行。谈至日西，遂赴冯约。同席者为淮关监督孙君，及两淮缉私统领方君，并余四人也，灯后，始散。回寓，知梅叔来拜，并得其手书，赠余扬州土产漆器数事，又汉玉一件，即余适所见者。初会之友，辞之不恭，受之有愧，因作书谢之，并止其明日来送。

二十一日 早十时，冯骥材来访，并赠余致浙江夏定侯省长介绍之函，久坐始去。书贾来售旧书，余购《玉函山房辑佚书》《经籍纂诂》二部，共一百八十本，仅用洋二十七元。旧学之不讲，古书浸浸将废，亦可见矣。嘱书贾径邮营口，又择购各诗集小部数种，以便途中携阅。答拜杨君绳武，谢赠史墓墨拓炮图。午后三时，仍乘汽车回镇江。本拟即日乘车赴无锡，一探惠山之胜，因在焦山所拍照片尚未洗出，而天气闷热，不耐再行，又以镇江南山竹林、招隐二寺未游，殊觉阙然。至万全楼少息，即乘肩舆至竹林寺。寺距城约五六里，颇幽静轩敞。竹林深密，晚景尤佳。寺内康熙御碑未及视也。出寺，翻山西南行二里余，至招隐寺。残破几不敝风雨，近经本城士绅陈君捐助，正在兴建。寺为刘宋时戴颙故宅，其女舍宅为寺，即所谓“双柑斗酒听黄鹂”处也。旧有梁昭明太子读书台，现已无存。读元至正碑，知读书台尚有一石案。询之寺僧，指尘莽中一方石告之，并无题镌，惟石质颇旧耳。山半有虎跑泉、鹿跑泉，四围砌以方石。元碑谓有虎跑、珍珠二泉，并无鹿跑之名，想即珍珠别名，后人以虎跑对称之也。京口诸寺，金、焦以水胜，南山以竹树胜。余此来探幽缒险，一一登临，山灵其或引我为知己乎？寺内上灯，余始下山。石路崎岖，深恐舆夫失足，心辄凛凛。《礼》云：“孝子不登高、不临深。”况夜行乎哉？堂上闻之，必深戒也。归寓，已八时有半。尚未晚餐，腹饿异常，对灯举箸，色色皆若珍错，“饥者易为食”，信然！

二十二日 早起，照像馆送来照片，模糊无一佳者。守候一宵，真不值也。趁十二点半车，行三小时至无锡，寓车站无锡饭店。清洁高爽，为南京、镇、扬所不及。下临运河，橹声、帆影飘入窗帘，城市中颇有江湖气象。晚饭后，至城内公园一游，软草如茵，游人众甚。啜茶、小坐即返。遂定小轮，以作明日游山之具，缘画舫行迟，一日不能游竟也。

二十三日 早饭后登轮，行甚迟，两时许始至鼋头渚，为运河入太湖之口，颇与葫芦岛形势相似。风帆出没，风景绝佳。县人杨氏在此创立果园，小具亭榭，尤觉湖山生色。欲往游管社山、军将山，舟人不知其处，遂转舵至梅园，距岸尚里许。入门，太湖石玲珑峻伟，为北方所无。诵豳堂，乃旧房改造，梁栋均楠木，亦今时罕有之物也。园式泛而寡当，无丘壑之姿，有负此石、楠矣。回棹，船慢如牛，不及再游惠山。往返六七十里，日入始到。为一日游竣，始雇轮舟，穷日之力，仅游二处，天下事欲速返迟，往往然也。

二十四日 夜来苦热，未能熟眠。天气已入梅季，而又多日不雨，殊不便于旅行。遂定暂为休息一日，庶免触热生疾。午后，夕阳西下，至老北门，为无锡最繁盛街市。购黄草布邮寄堂上，此为无锡特产，可作暑衣，较夏布为尤疏爽。入夜，仍汗下如雨，不复成寐。是日食杨①，杨甚甘，北方无此果，此余生平第一次入口也，记之以志口福。

二十五日 晨起，为爆竹声惊醒，始知今日端午，几忘之矣。早饭，购食角黍，以应节气。仍酷热。下午乘人力车游惠山。约五六里，至寄畅园，已荒芜不治，乾隆御碑屹立园中。四次南巡均主此园，当年之盛可想见矣。入惠山寺，山门仅存天王二像，寺内基地为昭忠祠及各姓宗祠所占，惟听松石，覆之以亭，镌李阳冰篆“听松”二字，即唐皮日休诗所谓“松子声声打石床”是也。银杏树在其侧，大三四围，为数百年物，素不结实。上有寄生柚树结实累累，亦异也。至第二

---

① 疑原本缺“梅”字。

泉，壁上有“天下第二泉”额，右为元赵孟頫、左为清王澍所书。泉分上、中、下三池。上池形圆，味甘，即艳称于世、脍炙人口者。中池味涩不可饮，下池在漪澜堂前，水由螭吻而出。池中蓄有五色大鱼，去年苏战，几为兵士烹尽，现仅存数尾而已。池之前有南海观音石，如慈航普渡之状。左右有金童、玉女二石，若善财、龙女然。然亦不过石之偶然相似，尚不足奇。惟观音石下一紫藤贯穿石之空窍，盘绕而上，如美女簪花，颇可观也。二泉亭后为云起楼，危楼一角耸出。山麓入门，回栏曲折，名曰“隔红尘”，拾级而上曰“听松亭”，亭下有泉曰“罗汉泉”。楼前假山委蛇，空灵透辟，甚为幽绝。下楼至二泉亭畔竹炉山房，以明时寺僧性海曾制竹炉，名人多所题咏，乾隆南巡并经御题，虽毁于兵，今人尤乐道之。小坐，啜二泉茶，与一卖花叟谈山中故事，颇为有趣。泉右稍北为至德祠，祀泰伯、仲雍、季历。中有小阁，俯临荷池，甚清绝有致。再北为华孝子祠。祀东晋孝子华实，年七岁，父戍长安，临行谓孝子曰：须我归，为汝冠。父死于外，孝子年七十不冠、不娶。唐时始为立祀，塑童髻长须之像，今祠内遗像犹白须未冠也。祠门有盘陀石，形如玛瑙，可吸铜铁。惠山一名应山，又名九龙，因僧慧照居之，遂名慧山，后又讹慧为惠，至今未改。锡山在其南，比惠麓较小，上有龙光寺、龙光塔，山半有锡泉。天热不能再登，怅怅而返。入夜，倚窗乘凉，观河中龙舟万火齐明，夭矫如龙，箫鼓悠然可听。夜午始睡。

二十六日 早起，仍闷热，食蔗浆二盂，尤不少减。午后三点五十分，趁车至苏州。稻畦半涸，农家多未插秧，旱象已成。兵戈之后若再继以凶年，殊未知所届也。五点至阊门下车，寓苏州饭店。灯后，至市内一游，比七年二月来游时略渐繁盛。卧室临街，车行石路，马蹄得得，撼人衾枕，殊难成寐。

二十七日 昨夜未得熟睡，晨起稍迟。午饭后，游留园，距阊门三里许，为明徐太仆东园故址。嘉庆初为刘蓉峰观察所有，名“寒碧山庄”，俗称之为刘园。光绪初始归盛旭人方伯，取袁子才随园易

"隋"为"随"之义，遂易"刘"为"留"，名曰留园，字易而音不异也。壁悬名联，墙嵌诗石，具有名贵气象。亭榭池台，命名都雅，其最可赏者，揖峰轩后之三太湖石，博大隽伟，为目所仅见之物。中曰冠云峰，最高，左曰岫云峰，右曰瑞云峰，均具皴、瘦、透之致。北京南、北海、颐和园都曾游遍，所见诸石无此高大，亦无此玲珑也。或因地近太湖，易于碾致，亦因前朝爱惜民力，未肯搜剔岩壑。如遇宋徽宗，早已入花石纲，拆城毁屋，运而置之艮岳之巅矣。在绿荫轩池侧小坐，复环游一周，细读俞曲园《冠云峰赞》及《留园记》。出园，西行半里许，至西园戒幢寺，即俗所称"西园"也，在明为归原寺，咸丰时毁于粤匪，今僧广慧募资重建，乃易今名。天王殿、大雄殿与金、焦之江天、定慧等寺相同，惟五百罗汉堂乃为彼处所无。园在寺之西入门处，署为"西园"，一角其胜景，以放生池为最。东西驾四桥以通池心之亭，亭之额曰"月照潭心"。池内多鱼、多鼋，以饼饵投之，麇集攘食，泼刺有声。彼族亦具竞争心也，何况易[①]于此者哉？鼋之大者，头出水如茶瓯，寺僧云："去年驻兵，其大者被其击毙，约重一百六十余斤。"其水即放生池，皆历年游人所施放者，竟与人同遭浩劫，惜哉。池东有四面厅，颇宽敞，闻程雪楼中丞来时，常主于是，程即受戒于此寺主僧也。知客僧栖芝甚殷恳，云常州天宁寺石拓五百罗汉甚精，允赴常州为余购致，并俟至沧浪亭，再购石刻五百名贤像赞，与之同压归装。入夜，颇有雨意。

二十八日 午前郁热，未能出门。午后一时，往游寒山寺，距阊门约六七里。枫桥河岸，寺起于梁天监间，名普明塔院。相传寒山、拾得曾止此，故名。洪杨劫后，荒废已久。宣统初程雪楼中丞抚吴，少加修治，壁嵌中丞所书"寒山""拾得"及唐以后各家题咏。此寺石刻十二方，寺钟为日本人攘去，仍照式铸一新者寄还，悬于殿右耳庑。东廊有俞曲园、康南海诗碣，此外古碑无一存也。寺临河，其右不数

---

① 或为"异"。

武即枫桥。登桥俯视，帆樯云集，想见江枫渔火、夜半钟声之概。惜余来乃盛夏，而非深秋，未能领略其幽趣也。此寺一无足观，因张继诗并传千载。余于桥头口占一绝云："休讶寒山古寺奇，萧然水际一荒祠。遥遥千载流传甚，都为《枫桥夜泊》诗。"然未免唐突名胜矣。由此径往虎丘，道路迂曲，不下八九里。先至山下五人墓，五人者曰颜佩韦、杨念如、马杰、沈扬、周文元，同一长冢，五人平列，各树一碣。于明天启，周忠介公触魏阉被逮，激怒士民，巡抚毛一鹭枉以民变，诛此五人，后人即以魏阉生祠处葬之，此五人亦死有千古矣。稍北为李文忠专祠，薄具亭榭，环视即出。过桥即至虎丘头山门，再进为二山门。入门，左为憨憨泉，为梁时憨憨尊者遗迹。右为试剑石，或云吴王试剑，或云秦皇试剑石，中裂与甘露寺昭烈试剑石不同，彼乃立，此则卧，与地平也。再北为真娘墓，一石碣树蹬道旁。真娘为吴时歌妓，竟与此名山并寿矣。千人石，平旷可坐千人，上有小者，亦平方可爱。有生公讲台，台下有莲池，正芬芳作花。相传生公说法时，池生千叶莲花。池旁有点头石，生公讲经，人无信者，乃聚石为徒，与谈玄理，石皆点头云。石北为剑池，两崖如削，中涵石泉，有颜鲁公书"虎丘""剑池"四大字石碣于上。崖间题名甚多，不及细视。右转上蹬道，即两崖绝顶处。驾石为桥，中凿两圆孔，俗称"虎眼"，下视深黑，悚人毛发。过桥稍左为陆羽井，四围石壁较剑池具体而微，即所称"天下第三泉"也。再上绝顶，有塔七级，门已堵塞，不可登矣。塔东为虎丘寺，即明杨士奇作《记》之云岩寺也。寺东南陟曰小吴轩，可望姑苏全城，亦名"望苏台"，与佛殿均近时所补葺者。出寺下蹬道五十三级，又至千人石、剑池周览环视。陆羽井前之石观音殿，未及一登，草草一上。冷香阁，乃近年所建以憩游人者，中有王可耕同年一联，盖其为苏、常道尹时所书也。《志》称，虎丘一名海涌山，高一百三十尺，周二百十丈，旧传吴王阖闾葬此三日而虎踞其上，故名；晋时为王珣及其弟珉之别墅，咸和二年捐为寺田，六朝以来遂为名胜。孤峙平地，中富岩壑，泉石颇有尺幅千里之概，复经历代名流品题，宜其见称于世而不衰也。近虽寺宇残毁，亭榭颓圮，而山之真容自若也。人亦各贵有其真，岂独山之为然哉？下山曛黑，浓阴欲雨，入夜复晴。

二十九日 栖芝和尚由常州回，言：兵后石刻不全，亦无早拓之本，虚此一行。渠下车未回寺，即径来余寓，其诚殊为可敬，遂厚酬车费谢去。午后入阊门，至护龙街游北寺塔。塔在报恩寺，俗称北寺，古为通玄寺，吴赤乌中，孙权之母夫人舍宅建，又云其乳母陈氏施建。在唐为开元寺，至吴越时始易今名。塔旧十一成，屡毁于火，宋绍兴时重建，去其二级为九成。明隆庆时重修，以至于今。塔宏敞，每级可容百余人，非惟姑苏之冠，亦余所登各塔，未见有能容如此多人也。仅登三成，全城尽在目中。天热不欲再上。塔后门额署曰"三吴首刹"，左为观音殿，右为金母殿，中曰古铜佛殿。塔前大雄宝殿于十年开工重建，尚未落成。至娄门大街拙政园。园为明嘉靖时御史王献臣之别墅，取潘岳"拙者之为政也"以名之，文待诏为之图记。至清初，为海宁陈之遴相国所得。中有山茶树，吴梅村尝作长歌。后籍没入官，为驻防将军署。又为吴三桂之婿王永宁之宅，吴逆败，改为苏松道署。咸丰间，粤匪破苏州，为伪忠王李秀成府。平定后改为抚署。同治初，始作八旗奉直会馆。园内多竹树亭榭，山石半已倾攲。入门，有老藤，旁有石，署曰"文衡山手植"。问以山茶树之所在，园丁亦无复知其处矣。梅村长歌所称："拙政园内山茶花，一株两株枝交加。"可见园与花当时之见称于时。今园则犹是，花已无存。明清易祚，亦如此园之屡更主人，令人起沧桑之感。坐园内小轩曰"香洲"者，啜茶小憩。复嘱园丁约会馆董事金君，导视馆内各房。其大厅供乡贤，前厅祀关帝，房均宏壮。据称，馆内并无经常之费，各同乡团体亦不甚结实，未免负此名园也。出园过桥，至护龙街狮子林，为元至正时僧天如延、朱德润、赵善良、倪元镇、徐幼文共商叠成，而元镇为之图，取佛书"狮子座"而名之，后人遂相传以元镇所筑。湖石玲珑，洞壑宛转，地仅数弓，登者如入万壑千岩，步步引人入胜。每山之上均有伟大湖石为之主峰，非胸有丘壑者不能成此巨制。山上有松五株，故又名曰“五松园”。台榭久已无存，惟各松尚亭立山巅。山本叠石而成，并无撮土，松乃生于石隙，大皆合抱，其孳生者尚不止于五株，此尤他处叠石假山所无。园自元、明以来数易主，近归巨商贝氏。修起荒废，大事扩充，本年约可竣事。守者导余历视山石，皆一一修治，亭榭似较当时为多，而布置亦颇大雅。此园得贝氏而复兴，贝氏亦将附此园而不朽，其亦可谓善于用财矣。云林留此真画本，当较缣素更为人所珍视矣。至玄妙观，为商市最繁之地。观亦古刹，创自晋咸宁中，今乃嘉庆间所重修者。《志》载，所用大木为常熟渔人于福山海口网得，亦一奇也。庙内如市场，与北京隆福寺、汴梁相国寺相等。庙外为观前街，商市繁喧。风雨骤至，不及往游沧浪亭，遂驱车而返。书贾以墨拓《五百名贤像赞》来寓求售，为道光时孔继尧所绘，陶文毅公募资刻石，祀诸沧浪亭。余未往游，先得此本《五百名贤》，其或与余有缘乎？灯后雨止，夜气骤凉，可以覆被。

三十日　上午微阴。十二点五十分赴沪，三点至上海北站下车。至三马路孟渊旅社，中途为印捕拦车，盘查数次，以名片示之，尚未留难。工潮未息，虽已开市，犹未解严。晚饭后，至先施公司。我国百货商店以该公司为之创始，然楼仅七成，视欧美尚渺乎小矣。购象牙观音一座，雕刻甚精，又一橄榄核刻东坡游赤壁，门窗可启闭，底刻《前赤壁赋》，亦绝技也。又至大世界，繁闹太甚，直一下等社会娱乐场。闻新世界较此差强，现住英兵，尚未开市。回寓，遇张格忱先寓于此，知余来，特来一谈。发电营口本署，嘱将近日署中各事函告，非紧要公件，不必再寄，以戒严期间不便也。

七月

一日　早起不爽，自到无锡以后，即觉心神烦郁，或以骤热之故。上午未出门，午后至四马路各书店一游。在锦文堂购《汉魏丛书》一部，虽少有补缀，尚是初印，亦难得也。共一百本，用洋十六元，价尚公道。夜至永安公司花园一游，楼高气爽，较大世界雅静甚多。回寓，作家信。

二日 早雨，午后始止。遍游公共租界各马路，至扫叶山房、博古斋及商务印书馆、中华书局一视。又至锦文堂购白棉纸《张太岳集》一部，用洋六元。此书余于元年在北京曾购竹纸，翻阅一过，近年思欲重阅，原书在家，未得一见。今安得江陵其人者？重读遗集，不觉感从中来。入夜，微雨即止，凉透床榻，纱衣不能禁也。

附　　录

一　当甓斋集题记

此仅日记及书札六卷[①]，钞胥已久，老懒尚未雠校。《诗文存》《尺牍》《家乘》甫经入手整比，拟赴北平养疴，先将此六卷交长男同福收存倚装，书此以志鸿爪。甲申三月十四日，圣藩居士。时年六十有七。

二　当甓斋集自序

古人以立德、立言、立功为三不朽。士君子得位乘时，或霖雨苍生，或文章华国，否则著述名山，仪型百世。后之人景仰前徽，次其遗文逸事，勒为成书，名之曰集。亦有及身，手自编定，如白太傅之自定义诗集，分藏于洛阳龙门、庐山东林二寺者，比比皆是。吾何有焉？吾虽学古入官，然既无鸿篇巨制以炫耀当时，又无伟业丰功以声施后世，虱虮人寰，漂摇尘海，垂垂老矣！抚松金君振之为吾记室，追随既久，知吾衷曲较深，以为鸿踏泥雪，爪迹应留，欲取吾行履有所纂述。吾固无以塞其请也。辛未，避兵旧都，又数以为言，吾不忍重违其意，乃饬家人遍检行箧，凡吾曩年亲笔残稿，悉以畀之。阅半载，金君携二帙告余曰："此前稿也。"余略视其目，曰日记、曰诗存、曰文存、曰书札、曰公牍五项，遂仍置箧中，未暇细视也。未几，金君即赴玉楼之

---

① 实则八卷。其中《日记》六卷，《书札》上、下二卷。

召，其家以墓志为请。君理吾稿，吾志君墓，一似兆于几先，不然君胡汲汲于吾稿，若有迫不及待者。君方盛年，胡竟怛化若是之速耶？重念前尘，益增感喟！用是，更不欲再视之矣。迩因战争戒严，人多自检藏书，凡稍触时忌者皆自火之。儿辈循"入境问禁"之礼，发箧检点，偶见此帙，各欲抄存，留备家乘。余始开卷详览，见所抄各稿，有余随手抛弃为家人拾存者，亦有散置于故纸残书之内，久而不复记忆者，零乱不完，前后失次，乃为之稍加整比，删其繁复，正其讹误，复益之以续获余稿，并增[①]一目，计为目六，为卷十有[②]。惜金君已不及见矣。儿辈以名为请，余告以自萧梁阮孝绪为《七录》，始有文集之称，嗣是，后人撰著皆可自称为集。案：《广韵》：集，聚也。乃聚物之总名，聚金玉与聚瓦缶皆可谓集，不得以金玉为是而瓦缶则非也。吾之稿虽不足比金玉，然谓之瓦缶有何不可？宜名之曰《当甓斋集》。夫甓，乃今之砖也。晋陶士行镇荆州，朝夕运甓以习勤，吾昔判安达，代之以书，故以"当甓"名吾斋，兹复以斋名吾集，合砖甓瓦缶为一，称吾斋、吾集，名实相副矣。他年，吾子孙读之，勿以田舍翁为饶舌，如宋文帝之入陵庙，见先代耒耜面有惭色也。乙卯重阳日，翟文选自叙于天津英界寓庐。

三　书札[③]

致星凡二弟家书一宣统二年庚戌九月十五日

星弟足下：

暑假后，先后接到三函，一由省城转到，余均由安达站俄邮转来。

---

① 原本空二格。

② 原本空一格。

③ 原本书札分为卷上、卷下，此处合二为一。原本不分段。

兄所以未即覆者，一为弟六月来署，见浮躁之气仍未少减。即如头上所留长发，俗名刘海，又名孩儿发，前年弟来署时，兄曾面为规戒，此项装饰非学生所宜，亦非正人所有，嘱令剃去，弟已面诺。及今年来署，见所留刘海仍旧，且又加长。弟在书房理发，兄又面告即行剃去，临行时仍长发蓬松，终未能剃。近年兄所以告诫弟者，不啻万语千言，他事之能听与否，固无形迹可查，即此一事，三年中兄面告两次，终未能听，前此之言均未见纳，已不言而喻矣。一为兄所见前后三函语言失当，满腹不平，初则怨监督之降班，次又怨堂上未能多给学费。在家耽误数月功课，以致降班，并以暑假后带去学费仅羌帖二百张，语意之间似仍有不足之意。只知责人，不知责己，弟亦当反己自思。学堂之所以降班，为误功课也，所以误功课者，为堂上之不多给学费也，其所以不多给学费者，为弟上年花钱太多，堂上故此抑制之，使弟自怨自艾，从而改悔也。今观弟各函，并不知前日之非，而反怨天尤人，满纸牢骚之气形于言表。兄近年肝气太盛，回忆前此各函颇有激烈过当之处，故本年上学期并未寄弟一字，而此次屡函未覆，亦欲使弟知兄之所以未覆，从此加勉，力改前非也。

至于降班一事，不必无理要求，故向监督为难，致失学生身分。弟汉文根柢甚浅，兄每引以为虑。降班不过较原班多一年级毕业，有此一年，正好加力补习，以弥前缺。至毕业时，班次虽降，学业可望加增。在弟以为忧，在兄窃以为幸。失之东隅，收之桑榆，所谓“塞翁失马，焉知非福”也。推弟之心，不过早日毕业，早得出头，尚不免为名心所累。吾家累世纯朴相安，此后无论为农为士、在朝在野，总以诚实为宗旨，兄愿与诸弟共勉之。即以弟之求学而论，不必计毕业之早迟，但以吾学问深浅为标准。学问深时，虽不毕业，虽无文凭，亦不失为通人达士。若学问毫无所得，即勉强毕业，侥幸得有文凭，不过持以对社会自诩为某某学堂毕业生。而过信者或按学堂之等级委之以事，则学问无成，临事断无胜任之理。人见毕业生之无用，因以归咎学堂之虚设。我国之现势大抵如此，非皆守旧者之顽固，亦毕业生名实不符，有以自取之也。

昨接王锦堂来函，弟嘱另寻学堂，意欲转学。锦堂以弟在津既有三年学级，弃此就彼，未免可惜，故未作覆。所见甚是。若一样中学，何必改移，在此学堂因误课降班，岂彼学堂误课即不降班耶？兄意，本欲令弟注重实业。现在我国求学之子，脑筋中个个仍存一“官”字，而国之贫弱原因，皆以实业不振所致。世人大都见不及此。且现时仕途拥挤已极，此后之官不惟无处去作，即谋衣食亦恐有不济之时。若学成实业，为国家计则可以为社生利，为自身计亦可谋取衣食。直接间接，为国为家，均较作官获益甚大。两利相形取其重者，弟亦可以知所进取矣。若有相宜实业学堂，如北京则政银行及津、保各项实业学堂，以刻间弟之程度可以考入，将来毕业时可较现时之中学有益，即可设法投入，不必往返函商，兄不遥制也。

前来署云，因赶功课以致咯血。兄查弟之气色亦不如从前之光昌，此事却大不可。智育、体育、德育为教育三大纲领。体育者，即注重卫生，养成坚强之身体，然后可为智、德之用也。今如有人学贯天人，博通中外，而终日疾病呻吟，致终身一事无成，而生命且不长久。叩其致病原因，则以当年求学过于用心所致。求学不知卫生，则学问直为戕命之源，将与酒色、盗贼相同，亦何乐有此学问？即有学问，因疾病而不得行其所学，究亦何益也？故前在署给弟之羌贴，专购红色补丸之用。弟可迅速服用，不可大意。此药兄服十余瓶，甚有效验。如药款不敷，来函，兄再续寄。既已降班，功课无庸如前加赶，循序而求，久必自有长进，勿学宋人揠苗助长，而以身体为儿戏也。课暇，仍择有关道德、少年可以取法各书，如《养正遗规》《曾文正家书》及商务印书馆新译之《自助论》，均可参阅。如能择抄一二条，与兄寄来，以验功夫之切，兄更喜也。兄读书功夫如恒，《法政丛编》已读至一半，《二十世纪大地图》并参以各种地志，随读随注，现只有美洲尚未读完。拟俟完时，再以地名、人名辞典一一校对，然后再覆读一过，庶可稍有所得。性理书，读《理学宗传》，已读至第四本，随读随加圈点。

但不加案语，以学问无成，不敢妄加论断。俟读一过，再加评语，以验所学。

文翰、同福叔侄读书亦颇用心，惟四弟较同福晚一年，课程程度不免参差。家塾所延徐虎臣教授亦甚得法，惟与学堂功课并行，恐两有所妨，如使之日无暇晷，亦恐有碍卫生，已嘱虎臣从容教之。近日缀文及写字均见长进，兹将其字随函各寄一页，以供一粲。三弟在籍治病，闻已见愈。家中买房仍无成说，堂上意见，今年无论如何总须购妥，但不必急急。弟现求学，家中事可勿顾虑，致分作业精神。安境收成尚好，惟北乡小有水患，无甚关系。兄之一官，亦作得无声无臭。凡事循理而行，不求进功急效。得失荣辱久已淡然，此亦近年读书得力之处。惟肝气时常发作，强加抑制，仍未抉去病根，亦天性使然。明薛文清公云："二十年治一怒字，尚未消磨得尽。"以是知制怒如此之难。此后拟将此病实力克去，非维和气可以致祥，亦于卫生实有大益也。手此，顺颂学祉。

兄文选手泐

致星凡二弟家书二宣统庚戌十二月初二日

星凡二弟足下：

初三日，得到上月二十一日来函，知津门各学堂因要求国会，相率罢课，并恐有暴动，弟并未附和，闻之慰甚。现在我国学生正应卧薪尝胆，一意向学，将来学成，出而问世，可为国家收已失之利权，为社会造无量之幸福，此乃各学生真正本分，方不愧为国家设学之意暨父兄期望之心。至于朝政之得失、大臣之贤否，举非学生所应干预。文明国最重"权限"二字，学生只有求学问之权限，此外皆非所应问，免致分其作业精神。夫国家政治失败由于乏才，故全国遍设学堂，以期广造人才，为将来政治改良地步。若各学生学问未成，动即非理要求，大起风潮，非惟大失政府期望，且于己亦毫无益处，徒自浪费时日，耽误课程，有心人所不为也。方今正当埋头案下，努力前修，将来作世界第一等人。德之毕士麦、日之伊藤博文均能使国家转弱为强，作维新第一元勋，几见诸公当年求学时有如此举动乎？弟其勉之。身体瘦弱，可加意卫生。年假在即，寄钱亦来不及，即此信亦未必能赶到也。如果服药需钱，可持此信向韩补青兄暂假大洋廿元，俟明年正月开学回津时，再行归还。事忙，兄不另与补兄函也。父亲拟月初来署，兄已派白焕彩回家迎接，尚未到来。刻间哈埠瘟疫特甚，未知果否能来？兄况如恒，读书功夫愈觉有味，此亦兄近年最好之消遣物也。手此，顺颂学祉。

兄文选手泐

寄来大字较前长进，行书仍不见佳，小楷则愈劣矣。字不要佳，但求成行，写出人人能识得即可。弟来信内，兄一半不认识，只会意耳。

致星凡胞弟家书三宣统三年辛亥二月二十七日

星弟足下：

前接来书，知在北京度岁，一切均平，慰甚。本年上学期学费，兄已寄家江钱一千吊，请堂上大人与弟汇寄。嗣恐防疫不易汇兑，已函致运仲珊，俟回京时就近带交，未悉刻间已否收到？兄署内家小以次平安。自鼠疫发现，全境仅毙十五人，均在四乡，城内并未染及。前奉堂上来谕，家中亦皆平顺。三弟、四弟俟疫势稍退后，方能来江上学。三弟性质游移无定，自已入师范，嗣又后悔。兄本拟令入京师协和医学堂，藉以调理自己之病，渠亦不愿。但无论如何，兄已决不能再令上天津住学堂，自弟到天津，兄如今悔已不及矣。弟年已逾二十，在外阅历数年，世事、人情当亦稍悉，无劳兄再为饶舌。学问犹其小事，总要于道德上用功夫，纵学问不成，仍不失为正人君子。弟从前根柢甚浅，又加在天津浮华数年，如今年已逾冠，将来学问能否成就，弟已当为自知，总宜学切实用，不骛虚名，方为正当办法。约计中学毕业，即须二十五六岁，若再加高等及大学时期，须至三十四五岁方能一律毕业。以现在弟之程度，将来中学毕业后能否考入高等尚未可知，此层亦不可不预为打算。兄前屡嘱弟入实业及财政各学堂，即为此也。人生后半世之结果如何，全看前半世之种因如何。若醉生梦死，年复一年，浸假四十、五十而老将至矣，岂不虚生一世哉？兄近年读书，即欲扩充学问，思于社会作一二件有益不朽之事，虽百年后身死而名不死，俾后世知某时尚有此一人也。至于此官，兄早已看得甚淡，不能专以作官求生活。时势艰难，官愈小则愈难作，明知此事有害于国，无利于民，则上官雷厉风行，勒令兴办，兄向不肯出违心之言，今竟勒作违心之事，故此心夙夜耿耿不安。前屡嘱弟等勿恃有兄官，即觉温饱可以无虑。兄将此官早已置之度外，如局促辕下，空糜刍豆，不能为人做一事，世人纵不我责，问心亦觉不安宁。去此官而不做，亦决不令此心稍有愧灰之处。兄恐去官后，依然寒素，弟等不能同为忍受辛苦耳。度岁花费稍多，自系实情，俟三月在省领饷，再汇大洋五十元，作为学费以外之用。至于一切均须谨慎，交朋友应以亲君子，远小人为宗旨，治己之学尤宜于“诚实深稳”四字求之。官课之暇，可时阅有关道德各书，久之，自能默化矣。久不作书，欲言不尽。手此，顺颂学祉。

兄文选手泐

汇款三月二十日前定到。

覆蔡品山书一宣统二年庚戌十月

品弟手足：

小阳二十四日，奉到由省金立亭处转到手书，知前覆缄尚未递到，兹将应答各事列后。

一、前函业已收到，已于本月十三日覆去，交哈尔滨邮政寄呈，并将锦堂垫款羌帖四十卢及仲弟学费，俟本月二十后可寄一百卢以及明年学费，可彼此分认。弟如薪津不敷自用，兄仍独立担负，均于前函详细说去。

一、捐指到省，来函第二项弟所虑各节均为切要，兄前函业已虑及。宪政缩短预算，实行厘金，应得利益断不如前。然为过班计，却不可不先捐指。省若由已到省佐班，保归知县正班，如遇异常，即可直请免补本班，以知县仍留原省补用，直州判可保知州，如此可免另捐知县分发。若由选班，不过仍保候选。倘由知县再捐分发，共约须二千金左右，更不合算，且焉有如许财力？如有可定异常之保，此时必须捐指。兄无论如何必能为弟担任此费，弟亦不可再为犹豫。至于寻常之保到省，尚可从缓，但探得有异常时，必须早为下手，方可无误。盖部中上兑发凭，例有定期，兄处汇兑不通，寄款非易，兄已函告锦弟，如弟捐指期限太迫，即请锦弟代为息借，函知，兄处再行如数汇寄。弟亦可先行函知，锦弟作一预备，免得临时遗误。

一、无论捐指与否，必须先行注册，自是要着。原欠锦弟代为借款，兄已寄去四十卢，弟已还剩二十五卢，兄寄之款尚余十五卢。此次兄再交锦弟三十五卢，前后共五十卢。每卢约按八钱折银，尚可合银四十两，以之作注册费三十八金，绰有余裕。

一、仲弟学费，除弟陆续所寄，只欠百元。兄仍照前言之数，寄羌帖一百卢，俾少有浮余以坚其向学之志。至于明年学费，上半年兄可独任。俟本年年底先寄一百元，拟折羌帖九十卢，交双城劝学所黄子和兄转寄。年假仲弟回籍，可径往该处去取。下余五十元，俟明年午节前再寄，俾作暑假回籍川资。至于下半年，以弟之差事如何，或分认，或独认，彼时再行商定。

一、锦弟来函，业已到双。兄三次函招，请其来安一行，藉慰数年渴想，并将仲弟学费托便带去，迄今仍未见覆。拟俟月底无信，即派专差将学费及注册费一并送双，面交锦弟，当可无误。

一、前接弟函，因经济困难，已将定购各种报纸尽行停阅。此次又称每有欲阅之书无力独购，因欲集各同事合资购阅。此中情景，兄已饱尝其苦。我辈将欲有造于社会，必须周知上下古今，旁参世界各国状况，非书何能有济？兄年来投资购书，即此志也。兹随函附去羌帖十五卢，择要者购而读之。明年上半年仲弟学费，兄独任之，腾出余款，弟可尽以购书。东坡诗云："宁可食无肉，不可居无竹。"兄当代易一字，可作"宁可食无肉，不可居无书"也。《劝业会游记》毫无佳处，书贾骗人，可为齿冷。兄前已购到，可勿再寄。《藏语》一书内容如何，究不可知，但研究边务，亦可作参考。兄前嘱商务馆代购，数月尚未寄到，弟如阅完，可函寄兄处一阅。

一、某观察调查边务《日记》，前仅寄到卡伦图说，不过仍照从前陈案重抄一次。至于《日记》，据称有关交涉应守秘密，一若我辈已入外国籍，恐为泄漏相似，迄未寄到，兄亦未再函索。最可怪者，兄见某国游历员所携江省各属舆图，一一俱全。兄现治舆地之学，因思本省地图尚未窥全豹，未免令某国人之笑我矣。上年晋省，曾商之调查局，拟欲将全省地图自行抄录一份，以备参考，又以有关军事秘密，竟尔见阻。不得已，于回署后又飞函各属，卑辞哀恳，请将地图抄寄，年余仅索到四五份，甚有向系至好，而亦一字未覆者。在某局视我有似敌国，而各属同寅视我又不如外国人矣。言之可为浩叹。前询某国人所携地图由何处得来，答云：皆系各属所赠。据此以言，已可知江省官吏之程度也。

一、克已为人圣切要功夫，弟能力戒"骄傲"二字，兄闻之甚慰。孔子云：如有周公之才之美，使骄且吝，其余不足观。曾文正公云：天下才人多败于"傲"字。圣贤力戒此二字，具有深心。我辈读圣贤书，即当以圣贤之心为心，安可躬自蹈之。兄躁急善怒，年来读书，力加抑制，然往往流于不自知。次则嫉恶太严，久恐演成苛刻、不能容物一种性质。此为兄性情中之二竖子，幸未使之入膏肓，尚可及早以书医之也。我辈将欲有为于世界，必先使自己束身无过，然后出而问世，孟子所谓"大人正己而物正"，此语可深长思矣。

一、"贫"之一字，乃陶铸我辈一副绝好炉冶，断不可因此别添苦恼。吾双寒士，以予兄弟为最。若以前数年论之，弟之家境尚可差强于兄。回忆庚子之冬，兄曾驾车卖葱，辛丑在籍种瓜，此皆老弟未尝之苦，彼时兄处之尚觉晏然，须知版筑、鱼盐固大有人在，我辈今日之视古人，尚居最优之势。如此思之，则天宽地阔矣。兄自问，此后如失官家居，则种东门之瓜，艺诸葛之菜，尚可复理旧业。此官得失不介于心，亦恃此而无恐耳。弟有腴田二十余垧，有老伯经营之，八口之家尚不至于冻馁。诸弟读书有兄协助之，亦可稍纾内顾之忧。弟正可一意前进，勿以忧贫蓄之于心，致分作事精神。夫俭，美德也。南中喜奢，此后尚宜于此字用力，勿为彼中习俗所染。切嘱，切盼！

一、读书必须得二三同志互相讨论，方可免予智自雄之弊，无如此间殊难其人。兄拟二三年后学问略进，旧债偿清，定行弃官，周历天下，遍访仁人志士，广游名山大川；经济有余，即从此出洋，否则倦游而返，再行另定方针。此志蓄之于数年以前，未悉果能达其目的否也？读书功夫仍如常。法政书，已阅至《刑事诉讼法》，约明年二月即可毕业。舆地，约年底即可将中外各图阅完。性理书，现阅《理学宗传》，已至第六册，明春亦可阅竣，再行接阅西儒哲学各书。财政书，苦无善本，此诚最要学问，为社会计、为个人计，均为不可不读之书。客冬，曾嘱弟访购新书，如有佳者，可与兄代购一部，以资研究。

一、方今国是未定，天下披靡，政府与人民徒事鹬蚌之争，不顾渔人之谋其后，殷忧弥切。守此不足重轻之官，无政权又无言权，于世毫无补救。老弟每欲投身绅、学各界，为东三省支危局，亦出于激烈不得已之苦衷。环顾时局，默验东三省之人心，此事终属理想。方今中国大势，譬如人患瘫痿，周身麻木不仁，必须先固腹心，然后四肢自然灵活。若先存一头忙先顾头，脚忙先顾脚成见，兄窃以为未可也。果有贤政府提倡于于上，出诸葛武侯、张江陵之手段，须[①]合合[②]国志士组织一完全国会，政府与国会同力合作，一破从前芥蒂，不再同室操戈，或可稍有所济。现在国会党动引外国上、下议院，与政府

① “须”后一字，原本为残字。

② 或为“全”。

时有激烈争论，无论应争与否，一若必以争为见长，而政府素本惮于此。默今见国会未成，即已若此，反更坚其闭关自守主义。如此长相水火，大非国家前途之福。法兰西、葡萄牙之革命，波斯、土耳其之易君，可为殷鉴，不知当局曾虑及否？

正缮函间，接锦弟函，告假期已满，定于本月二十五日回京，不能来安。兄拟即日派差携款付哈，交大清银行汇寄。注册费改汇二十五金，锦弟余款十五卢在外。仲弟学费照汇大洋百元，令妹学费百元亦就近交黄子和转寄，均可无误。吴寿民垫款，渠云拟托省商务馆汇寄。知念特及，余俟续布。手此，敬请近安，诸希心印不宣。

如兄翟文选顿首

覆蔡品三书二宣统二年庚戌十一月

品弟手足：

冬月十四日，奉到小阳三十日一函，兹将应覆各事列后。

一、吴寿民各物已收到。下欠各款，即日派差回双，仍带交劝学所黄子和转交尊府。

一、前由大清银行汇交锦堂银二十五两，仲弟学费大洋一百元，均收到。昨奉锦函，注册已办妥。

一、前次函告明年上学期仲弟学费，兄如无变动，应独担认，腾出老弟薪金，以便购阅书报。俟年底，兄先寄交双城劝学所大洋一百元，转交仲弟。昨奉家严函谕，本年底尚欠同德成双钱五千余吊，年终须清结。现有城内西北街罗福占爷房甚合式，可买，兄正踌躇。兄现手中只有七千余吊，拟俟臈月初来署时，如敷此债，即将仲弟学费交家严带交劝学所。否则，明正二十前定必交到，决不误仲弟回京之期。

一、令妹学费，此次赴哈汇老弟注册费以及仲弟学费之便，就近交黄子和转交，计江钱一百吊，领有劝学所收条，当无遗误。

一、注册费，兄既汇京，老弟可腾出此款寄家，连同寿民之款，似可暂济眉急。一俟家严到署,将舍下年前应偿各债,如能周转得开,即交家严酌量带交尊府若干,以应急需。但此款不可指定,以家严未到,尚无把握也。

一、阁臣事,兄已去函邀致,尚未见覆。昨因呼伦道宋友梅观察划分中俄国界,兄又函询阁兄是否愿去?如不嫌该处天寒差苦,兄即飞函往荐,但成否仍未可知。友老,虽感情尚好,但恐人浮于事,无可安置也。

一、张子和兄,锦弟前次函嘱,兄已函恳兴东徐静宜观察矣。

一、令妹婚事,仍可早为寻人。兄一面亦代为物色,如有合式之家,兄即担任冰人义务。枢弟之婚,家严已定陈姓,年十七岁,意欲明年正月完娶。此事枢弟亦不甚愿。前造兄,假信声言兄不愿意,家严闻此颇不喜。兄当信禀:并不知有此事,嗣后凡诸弟妹婚嫁等事,均请堂上作主,即将来成全等定婚,一必禀请祖父母代为挑选。回差云:家严阅之,开颜矣。

一、移民议案,已由省札到,但恐南北气候不同,橘逾淮为枳,迁地弗良耳。兄上年在署建议创草时,有移江南之民不如移河北之民等语。本年又有鉴于湖北难民到此,饬拨,不能吃小米、白面,纷纷索要大米,公家所发小米均到米铺兑换粳米。惟此等难民程度甚低,而饮食不同,嗜欲不同,古人已有明训,非可强而致也。浙民移江,将来恐难办到。

一、读书工夫仍未间断,兄闻之甚慰。《藏语》一书,前函已请阅完后即与兄寄来。兄现在法政书已阅至《战时国际公法》,《理学宗传》已阅至第七本,以上二书明年二月均可毕业。地理,已阅至南美,约年底当可阅完。书为吾人持身涉世根本材料,一如布帛菽粟,一日不可离也。老弟其勉之。

一、《国风报》甚好,议论亦颇正大,仍祈再为续定一年。该价若干,兄即寄去。

一、前函内曾附羌帖十五张,因老弟前函有将各报停止等语。

此信未挂号，恐被邮局拆去，并将原函毁弃，接到后望速见覆。

此函于冬月初二日在哈埠邮发，余俟续布。手此，敬请近安。

如兄翟文选手覆

覆蔡品山书三宣统二年庚戌十二月

品三老弟手足：

望日奉到手书，只以火车停驶，文邮俱不能通，未克即覆。兹将应答各事列后。

一、因哈埠鼠疫正盛，家严未能来署，三舍弟年假后亦未得回家，所有舍下同德成之债，以及仲弟学费均未寄去。一俟开年，火车如再不开票，拟由陆路送回，但未悉仲弟年假已否回籍耳。

一、吴寿民之款已交双城劝学所黄子和兄转寄，兹将收条随函附阅。至于尊府之债，年前即无法汇寄，应俟新正三舍弟喜事后，家严来署，连同舍下之债分别缓急，再行酌量办理。

一、读书抱定一“恒”字，洵是妙诀。兄谓凡事均当有恒，非仅读书为然。《语》云：“人而无恒，不可以作巫医。”我辈当共勉之。

一、锡督借款移民者是险着，善谋国者当统全局以图之。东三省不过全国之一部分，内地千疮百孔，补苴犹恐不及，譬如治疾，内地则腹心，东三省则四肢也，必须腹心无恙，然后四肢方可保全。川粤汉之铁路、山西之煤铁、陕西之石油以及内江外海之航业，皆有利可图，皆有把握，皆可医而不容稍缓之疾也。若东三省轮路之权，久归他人掌握，交通不便为移民第一困难。藉云能修锦瑷铁路，所经地点皆系僻壤石田，筑路之费无论将来不能偿本，即分年利息亦必不能偿。况移民一事，本带投资企业性质，各国殖民政策必须内国政治完善，母财充裕，而又须国民富有冒险能力，又必察其气候、土宜，谋出万全，方敢一试，试问我国有一于此者乎？且殖民较他种企业收效甚迟，故各国无有借债冒险为之者。加以我国官吏及人民之程度，若果真成此举，其亦东三省破产之先兆，窃恐将来牵动全局，破产之祸将不止于东三省也。兄尝谓东三省现在情形，正如前明启、祯之交，今日设一经略，明日添一巡抚，辽饷派至全国，征兵数至二十万，而卒无救于灭亡，此亦顾四肢不顾腹心之明证。况锡督此次通电全国，而如云、贵、川、广之民胥来东三省开垦，试问果能办到否也？兄拟本此意，禀请劝阻，恳请统筹全局，谋定后动，方能立于不败之地。俟脱稿后，另函抄寄。

一、方今时事危急，我辈思有挽回而补救之，若久沉下僚，安有回天之力？非上则督抚、宰相，即下则国民代表之议员。我辈求督抚、宰相而不得，则藉代表国民以发抒政见。兄亦早有此心，但现在议员并无完全之权力，不必骤于改途，致滋两误。且我辈正在壮年，浮沉政界，藉以历练智能，淬砺以待之可也。

一、《藏语》及《经济各论》均收到，尚未入目。

兄本无学问，惟以凡事"不求高远，只期可行"二语为宗旨，来函殊属过情之誉。予兄弟当互相攻错，勿效世俗之互相恭维，致长骄气。手此，敬请台安，并贺年禧。

如小兄翟文选顿复

火车仍不开票，此函系托交涉局交俄邮转发。闻哈埠瘟疫仍未少减，兄处尚平静，业已预备防疫各事也。知念又及。

致王子敬先生

子敬先生乡大人阁下：

久不奉教，想念殊深。比以兴居万福，为颂无量。选劣况如恒，乏善可告。上年草拟加利清还读书债办法，请教台端，蒙示各节，爽然若失。俯念昔年，诸戚友怜选之贫，竭力资助，原非求利于我，而我遽以利加之，在我虽求本心之安，在人未免为不情之举。若非爱我如公，几陷选于不义矣，后悔何及？但选昔以穷措大求助亲邻，彼时即私心自誓，苟他年得志，定当加利奉还。此系本心中之言，未尝出口，盖恐人讥选之夸也，以某一寒至此，此时稍有周急，安望报乎？而彼刺刺加利奉还，不过欺人之谈，假此以求人之多助耳！是以此言存于心，而终未敢腾于口。今幸博得一官，不如此则有负夙心，诚如此，恐有干清议，反复思维，苦无良策。前此，品三来署，谈及此事，亦以加利为非。因于不得已之中想出改利为礼一法，既不着一点痕迹，更觉人、情两尽。选由读书以及应举，共积债一万余吊，仍拟分作三卯。今秋先还初卯，苟无他项事故，明年二三两卯即可如数还清，第四卯专购重要礼物，分赠各戚友，以尽此心。此次礼物不与钱并还者，恐人受礼而不收钱故也。分作两期，先钱后礼，较为周到。统计选前后所负债主，共一百二十八户，众亲邻爱选之深，真令人刻骨难忘也。叨叨知己，敢以素心白诸左右，以为何如？贡场在即，倾耳敬听好音，临颖不胜翘盼之至。专此，敬请道安，预贺捷音，余惟心照不备。

翟文选顿首上

上业师张伯彦先生

夫子大人钧鉴：

自违慈颜，瞬经七载。南瞻绛帐，弥切驰思。忆昔执经两载，不名一钱。夫以束脩而诲，本圣道之常经。我夫子怜选之贫，竟屏此而不计，俾受业得有今日，实我夫子成全者多。每一思及，感不去怀。今幸博得一官，正宜节廉俸以作束脩。无如江省官缺，清苦异常，到任之初，诸多拮据，以致年余竟未有一钱、一物上呈函丈之前，用佐先生之馔，愧赧奚如！兹专弁先行奉上青蚨二百缗，袍、褂料各一端，聊表区区，敬祈夫子哂而纳之。至安达，地瘠民稀，受业苦无佳况，惟私心懔懔，不妄取百姓分文，不稍存患得患失之见，以期无贻师门羞，上可告慰兹注。尤幸缺简事稀，得以从容读书，以补向日寡学之阙。现在每日定有常课，专攻政治、历史、舆地三科，并加读中外性理各书，稍有见解则随手札记之，工夫无或间断，一如当年在塾受业时也。别久思深，欲言不尽，谨附呈小照一枚，用当面谒。肃此，敬请道安，诸希慈照，不备。

受业翟文选谨上

上呼伦兵备道宋铁梅观察书一宣统二年庚戌冬月

大人钧鉴：

敬禀者，前以宪夫人仙逝，薄具镪楮，犹蒙远劳齿芬，弥觉汗颜。昨读《官报》，欣悉我大人真除伦边，闻之雀跃竟日。《中庸》云：官盛任使，所以劝大臣。以前帅之经营龙沙，一切措施我公本为原动力，事后畀以万瘠之区，三年之间惨淡经营，卓著成效而后始克予，此是朝廷之所谓“劝”者，果安在耶？然行千里者必基于跬步，异时拥旄开府，不过藉此为阶梯耳，曷胜预祝！

此次重订商界各约，我公又肩其任。方今外交棘手，半由于中央不负责任所致。承事者方据理相争，不肯稍为退让，外人亦自知理绌，素稔中央易与，故改而对之交涉，外省出死力以相争，中央或谈笑而相让。历观往事，比比皆然。读《左传》“武夫力而拘诸原，妇人暂而逸诸室”二语，不禁为之太息矣。我公于争回铁路占地各合同，已为外人所忌。此次议约，大者固在所必争，而小者、细者亦无妨通融商办，否则我不让而人让之，徒伤外人之感情，招中央之反对，甚无益也。

时势艰难，非立宪不足以救弊起衰。然不察地势，不审人情，一概促其进行，正如医者既知古方无效，不得已窃取他人新方，又不论病势如何，概以此剂投之，诚恐参、苓虽系良药，误用之则反以速其死。我国立宪，采取日本为多，日本宪法于琉球、台湾、北海道均规定特别法，不与本邦相同。我国新疆恰如日之台、琉，黑龙江尤恰如日之北海道，中央筹备宪政，未闻于此稍一分析，而与内地各省一律督催。即以江省而论，呼伦尚未改游牧之风，布、嫩尤多不通汉语，他若新设各缺，强半有官无民。选久欲以此上陈当道，略言：“新缺以招民为课最，宪政除学务外，余可酌量从绥。如此，民不担任经费，得用全力于垦辟，官无新政考成，可以专事于招徕，方见极峰。”诸事尚欲提前，即陈此亦徒词费，是以因而中止。现在国会有期，政府亦行将担负责任，嗣后一切立法均须由议院通过，始准颁行，从此或少顾此失彼之虑。但恐徒法不能以自行，苟无精神以副之，仍不过如前敷衍，非惟大效难期，且将为波斯、土耳其立宪之续，洵可畏也。窃尝谓，中国立宪非有如诸葛公、张江陵为国务大臣，俾士麦、毛奇任外交、军政，不能以国强。然而难其人矣。

选处，年来商民较前略为踊跃，其瘠土得以收此小效者，半由于暂免捐税，半由于地方费均较他处从轻。所筹各项宪政，惟以教育为先，地方费用之于此者十有八九。盖我国之弱由于教育不良。古云富先于教，今则宜富、教兼施，不可稍有偏重。此外，他项新政皆以据实上陈，量力办理。阳成云：催科政拙，甘属下考。选亦可谓拙于宪政，将来于州县事实册宪政成绩表内，定考下下矣。然地瘠民稀，实逼处此，若但求见好于长官，不顾民力之奚若，所谓以搜括之财行敷衍之政，尚非所忍为也。

近日读书课程如常，于政治、历史、舆地三门之外，每日兼阅中外性理及哲学诸书数页。窃见二十年来，外国之进化有加无已，中国之退化一落千丈，其根源皆关于学术。西儒务竞争，其宗旨在独辟新理，必思超过前贤，以故国势因之蒸蒸日上。中儒空谈虚理，论政则必侈陈王道，论学不外墨守六经，以知足、知上为美德。而究之王道，六经之终极大有事在，岂仅笺注、训诂而已哉？视作圣若登天，仅知崇拜圣贤，而不思躬行实践，并自出机杼，组织新理，以补圣贤之所未及。若《申》《商》《管》《墨》诸书，诸多可采，善用之未始不可以图强，而必目为异端杂霸，不使列于学宫，即有孟德斯鸠之《法意》、斯密・亚丹之《原富》，若出现于我国五十年前，则必群讶为非圣之书矣。回教各国以《可兰经》为法典，坐是训致衰弱，其仅存者只气息奄奄之土耳其、波斯二三国耳。其偏重六经、四子书如《可兰经》者，独有中国、朝鲜、越南、日本四国。越南灭于法，朝鲜并于日，日本于四十年前改弦更张，始有今日之盛，此中细故，可长思矣。现在我国学堂仍重读经，然不慎所去取，将来仍恐再蹈从前八股时代覆辙。不知《诗》《书》

《礼》《乐》在孔子前亦浩如烟海，经孔子删定，择其有益于时者存之，以遗留至今。今去孔子二千年矣，时势既有不同，而诸子百家晚出之书尽多有用，安得有人焉，继尼父而删定之。上自六经、四子，下至秦汉以及国朝诸儒，删繁就简，以六经四子为主，以诸子百家为辅，汇为一编，颁之学校。一如外国各大学必须立有拉丁文专课，亦未始非保存国粹与发扬国民精神之一道，较之专设经科大学及存古学堂者多多矣。

选现在读中国性理各书，凡所言有类考据及空谈虚理，均略而不读。其着重者则凡有益身心性命之处。往往性之所偏，先儒所言不啻为我痛下针砭，每遇此等语，必随手录出，另登简册，以备随时披览，以示不忘。选赋性躁急，殊乏厚重之气，近年读书始知前失。痛加抑制而冷落一官，颇觉作得无声无臭。一切成败利钝尚[①]介怀，亦未始非读书之力。特以僻处荒城，孤陋寡闻，无所就正。每欲重请教诲，恐政繁无暇，因是未敢屡渎钧听。

昔陶士行为广州刺史，尝朝夕运甓以习劳。选自到安以后，廉俸所入，半以购书，于治事之暇辄即摹挲披览，俾使心不外放，因名所居之室曰“当甓斋”，聊取以书当甓之意。拟恳燕许大笔赐书一额，长约二尺二三寸，宽约一尺三四寸，并恳于“当甓斋”之侧赐跋数语，拟镶以玻璃，悬之斋楣，用当座铭。此外，选最爱本朝吉林人先生诗“好书幸已裒千卷，作计都无剩一钱”二语，欲镌作门联，祈并赐跋言，尤为荣幸。近因购书略多，书贾酬以石印碑帖，兹将端午帅所藏《华山庙碑》并黄小松《汉碑五种》，并以附献。冬窗无事，拉杂以陈，不觉言之过长。肃此，虔请钧安，并贺大禧。

通判翟文选谨禀

① 疑脱“不”字。

上呼伦兵备道宋铁梅观察书二宣统二年庚戌十一月二十七日

大人钧鉴：

前肃俚笺，谅尘典签。昨阅报纸，知我公又赴满站会议界务。大抵中俄国界轇轕，以国际河流为一极难问题。夫国界有天然、人为之别。人为之界不过以界碑、鄂博为凭，故不免有窃移之患。而天然之界则限以江河湖泊，似属确不可移，然沧海桑田，河流迁移无定，一有淤洲、闲岛出现，则争端即因之而起。

前读大著《呼伦贝尔边务报告书》，曾殷殷以讷尔古讷河为虑。现阅《远东报》所载，彼族果以此饶舌，未悉此案已否解决？顷阅《国际公法》所载："凡河流不通航路者，以河之中央为界；通航路者，以水之极深为界。盖河流湍急，若专就中央为定，一旦生有滩濑、沙洲，河身必改，改则一国全失河流之利，一国独占水运之益，故近日于河流介在两国者，以通航路与否定之。"等语。现在讷尔古纳河北徙，彼族必不肯轻弃河南之地。前闻该河时有俄轮驶行，我不妨援此条公法以争之。倘畀以河南之地，则此后支河淤塞，即与我陆地毗连，界务将愈形棘手。此事虽小，所关甚大，偶有所见，请公酌之。

选颇喜闻边事。上年意欲搜罗伦瑷三边舆①图，以供研究。只蒙庆观察寄到兴东舆图一纸，伦、瑷两边之图，想公与申老均忘之矣。便中仍恳抄赐一份，不胜叩祷。选近年无他希望，每欲撙节廉俸，呈请开缺游历。年来研究舆地，只为此耳。预定出游路线，拟先由东三省边务入手，自满洲里沿讷尔古纳河上溯黑龙江，顺流而东至伯力。再沿乌苏里江，越兴凯湖至海山崴，历珲春、延吉而至鸭绿江口。此行不乘火车、轮船，专作陆路之游，以求详细调查。凡俄、日之布置、经营，以及我国之卡伦、矿务、新设各治域，一一详历。然后再作蒙、藏之游。由伦边沿克鲁伦河，溯敖嫩河而至恰克图，南至库伦，西出

---

① 原本为"与"，形近而讹。

乌里雅苏台、科布多、塔尔巴哈台、阿尔泰山以至伊犁。再东南折往新疆，越天山而至南路。取道青海，登昆仑，寻黄河源以入西藏。资斧如果充裕，即由此至靖西关，越大吉岭而至印度。遵海而西入红海，出苏彝士河而至欧洲。由西伯里亚铁路回国。否则，即由西藏东入四川，沿扬子江流域而作内地十八省之游。以经济之多寡定程途之远近，为期定以三年。选今马齿三十有三，即作此行，再出而问世亦不为晚。太史公周游天下名山大川，而学问因之以进。即近日东西各国名公巨卿，无不过都越国，远涉重洋，故能智烛全球，情通中外，而国势因之以强。非若我国士大夫杜门不出，拘守陈编，动为画饼之谈也。选虽不才，窃有斯志，特恐困于经济。未悉将来果能达其目的否也？我公以为何如？此请钧安。

通判翟文选谨上

附宋观察辛亥正月十七日来书

羲人仁兄大人阁下：

年前冬腊月间，两奉惠书并石印汉碑、白酒等物。远道见贻，感荷！感荷！惟时正在勘界行次，旋复回署续娶，公私交迫，未遑即覆，加以书旨宏深，具征学力，尤非仓猝所能率答。搦管辄止，迟迟至今，深用歉仄。比维新祉精修，与年俱进，至以为祝！回忆与执事别四年矣。此四年中执事虽膺民社，竟能以簿书余暇不废学修，来书于治术、学术均能探源握要，处处务求实用，语语不涉空谈，是非用力至深，学有心得，万难及此。并欲撙节清俸，遍历中外，藉以经验事实，开拓心胸，此等志趣，断非专讲作官者所能梦见。语云："士别三日，便当刮目相待。"吾于执事，益信时局之幸，吾党之光也。惜弟渐过中年，精力衰退，不克远与执事共相劘厉。然老骥伏枥，志在千里，一闻嘶风，犹为神往。望执事坚持定力，务偿夙愿为祷。弟安西四载，空阅岁时，益以时局日艰，事多牵掣，遂致毫无补救。久欲浩然归去，以勘界经手未完，不得不力图终始。刻以将次蒇事，春夏之交即当决计言旋。兼善不能，尚可独善，较之局促辕下，空糜刍豆，庶觉稍安。吾人仕止进退，各有所宜，安能随声附影，与时贤驰兢短长。去秋伦道之补，只添一层魔障耳。前来书所言《国际公法》"河流分界"一节，足资援引，奈何此间无书可查。此项《公法》是何国、何人所著，是何名目，此节在某门第几节几叶，务乞赐速详示。如能将原书此册封寄，俾得查明引入，尤为心感。阅后即当奉还，决无损失。弟去夏断弦后，家事诸多废弛。已于去腊望日，续娶崇组轩司马之妹为三继室，从此可免内顾之忧。知念附告。嘱书斋额楹联，行次纸笔不便，容回署心境稍暇，再当报命。彼此多年知契，本可略迹言情，来书于称谓之间，殷殷谦抑。如以弟忝居一日之长，以后叙齿称呼其可。敬附小照一纸，系弟在勘界行次所拍，请鉴存，以当晤面。尊照亦乞惠寄为幸。手此，敬颂春祺。余惟以后惠书仍加封，递敝署为要。心照不尽。

弟小濂顿首。正月十七日满洲里勘界行次。

覆呼伦兵备道宋铁梅观察书三宣统三年辛亥二月

大人钧鉴：

花朝后二日，接奉手谕，拜诵之余，如亲教诲。承询《国际公法》一事，查公法向无专书，不过以各国已定之条约，足为普通之公式，比经诸学者编纂，汇为一书，故家自为言，书各一旨，究其内容，仍不外已定之条约互加诠释而已。曾记戊戌初应童子试，因科举改为策论，由坊间买到《万国公法》一小部，共只四本，检阅一过，嗣为友人借去，终未见还。昨年阅《法政丛编》所载《国际公法》一种，较前书稍为详备。读至第一章第二项"河川门"内，见所言各节正与额尔古讷河情事相类，因草书奉陈。兹将原书随函附呈，即请鉴阅。方今大厦将倾,必赖贤人君子共事支撑。读尼父“天下有道,某不与易”一语,堪痛哭也。默观时事人心,微特如选之忝领一厅,无补时艰,即我公观察一路,欲有所措施,亦必动受牵掣,不能独行其志。选尝谓,吾人不耕而食,不织而衣,苟不能与社会作一二有益之事,徒欲甘其食而美其衣,则天地何贵生此人,国家又何贵有此官也。程子谓“一命之士,苟存心爱物,于人必有所济”,亦勉为其难而已。我公学问、经济足以匡时,切劝万不可急于勇退。本年颁布内阁及内外官制,逾年国会即已成立,盛衰存亡,在此一举,仕止久速,届时见几而作可也。清帅倡议借债移民,此事又是一盘错棋,虽较菊帅铺张扬厉,稍胜一筹,然以利害相衡,终觉害多利少。选不揣冒昧,妄陈意见,本拟先请就正于公,嗣见报纸宣传日甚一日,恐稍迟则木已成舟,难再变议,业于日前缮就先发,谨将原稿抄呈钧阅。稿底冗长,抄录稍稽时日,以致裁覆稍迟,尚祈鉴原。兹附上小照一纸,尚是元年冬间在省所拍。公照留此宝存,并鸣谢悃。肃此,虔请钧安,诸希慈鉴。

通判翟文选谨上

附宋观察辛亥三月廿一日来书

羲人仁兄大人阁下:

初二、十五两奉惠书,并《法政萃编·公法门》暨《上三省督抚书》,敬承一是。《上三省督抚书》洞观时局,持论明通,而“铁路”一条,于全国地势如指诸掌,配置支干,分别缓急,尤为允当,可见真读书人之不尚空谈也。惟“东陲移民”一节不可谓非当务之急,盖田野不辟则民食艰,人民不聚则工价贵,欲兴工艺,良非易易。鄙意仍宜垦、矿兼办,较为得法。愿与贤者一商之。但东三省已入人彀中,今春风潮四起,东省尤棘,即此经营未识尚赶得及否?言之慨然。民政之署,殊出意外,时艰才绌,益用悚惧。承兄以四事相勖,无一非切要之端。良朋厚爱,谨当奉以周旋四者之中。“远嫌”一节尚是表面文章，不过妨人借口龉齬，误我事机。“上奏”一节事非常有，弟亦能为。惟“求才”“读书”二节最为不易。缘弟智识庸黯，自问无知人之明。年来劳苦忧愁，精力渐不如前。民政事更繁冗，仕优则学，未知能否作到？然爱才、读书是弟天性，必当勉力为之。以后仍望阁下读书有法，务望时时示我为幸。时通尺素，互相商榷。此进德修业中事，但能不涉私情，固无嫌之可避也。此间界已勘竣，已定于四月廿日在省议分伦缺，尚无替人，俟之而已。手此，敬请台安。

弟濂顿首

《勘界图》尚未分定，无大用处，俟分定再当绘寄。

《法政萃编》一册，附还，谢谢。

上兴东兵备道徐静宜观察书一宣统二年庚戌十月

大人钧鉴：

前由《文报》肃禀，恭敬任禧，谅已早尘笺阁。昨奉省笺，敬悉宪节现已莅垣。回忆自前年恭送前帅，匆匆轮车一晤，屈指已逾三年。每怀慈范，弥切驰思。前拟在安达站一谒，比及函探行期，知宪旌业已离省，以致竟尔相左。并选之近况均于前函详细说去。兴东砺山带河，诚为雄奥之区，公家苟不惜巨资，俾我公放手以经营之，则充国屯田、德裕筹边必将双方收效，曷胜预祝！惟我公嫉恶太严，向年往往以此致怨。前此与铁老诸公之受诬，虽已昭雪，而此后对待小人似宜略变方针。孔子云：“人而不仁，疾之已甚，乱也。”文仲子云：“善接小人，远而不疏，近而不狎。”又云：“内不失直，外不殊俗。”此皆善处小人绝妙之方。选素叨挚爱，有逾寻常，故敢贡一得之愚，以作芹献。选赋性躁急，殊乏重之气，至于不屑与恶人为伍，颇与我公相类。然落落寡合，坐此吃亏处不少。近年力加读书，除研究政治、舆地、历史三门之外，尤专心于中外理学各书，一于变化气质为要。至于此官，亦作得平平淡淡，而得失荣辱不介于心，尚是读书稍有得力之处。我公何日离垣？选仍拟到安达站恭候，藉图一谒，以慰渴思，并祈先期示及，不胜盼祷之至。肃此，虔请钧安，诸惟慈鉴不宣。

通判翟文选谨上

覆兴东兵备道徐静宜观察书二宣统二年庚戌冬月

大人钧鉴：

前驰寸羽，敬陈一得之愚，犹蒙虚怀嘉纳，奖勉周至，深抱愧赧。方今天下披靡，政府因循于上，国民狂呼于下。在政府畏首畏尾，既莫定行政之方针，而国民吠影吠声，亦复多要求之非是。年来上下冲突非止一端，政府谓国民程度不足，国民讥政府腐败特甚，相持不下，几等反唇之相稽。恐长此冲突愈甚，感情愈失，将来政府操之不能，纵之不肯，驯至全国，人心浮动，群与政府为难，远则必演成法兰西之革命，近或酿成土耳其之易君。如果激成此变，则政府与国民两败俱伤，而列强乘此坐收渔人之利，波兰瓜分惨祸，吾党将身受之矣。言念及此，非杞人之忧，实切肤之痛也。盖宪政已成之国，人民与政府固不惮相争，有宪法以维系之，所争均不能逾乎宪法范围之外。纵争执剧烈，亦不过国务大臣辞职及解散议院，另行选举而已，断不致激成意外变端。我国宪政方始萌芽，政府与国民即操同室之戈，甚非国家前途之福。尝谓：无贤政府不能养成贤国民，无贤国民亦不能组织贤政府。彼此正当引咎自责，以盖前愆，譬如同乘漏舟，虽有仇不戴天，亦止宜同共济以保生全。值此时势颠危，政府与国民正当各屏意见，政府须体国民之意，国民须谅政府之难，上下结成团体，宪政方有成立之日。徒相争执，究何益哉？我公关怀时局，狂瞽之言未悉以为何如？前见伦、瑷两边均先后奏设卡伦，兴东亦必将次筹及。鄙见，每卡设兵二十名，费金千余两，论边防则无济于事，论屯垦有名无实。似莫如仿俄边民屯办法实行，招徕吉、奉两省民户，每户以四百金计之，一卡之费，年可招民四户。即以伦、瑷两边各二十卡而论，每年应各招八十户，每卡以二十户计之，每年可各设四卡，五年全边可一律设齐。以二十户民屯与二十名兵屯相较，彼善于此，不待言矣。况公家如果招徕得法，则各户亲戚、族党闻风而来者，五年后将不止此区区二十户矣也。彼时公家财力充足，则由此赓续添招，使之岁有所增，或每卡招至一二百户为止，而卡兵之费由此即永远裁省。否则，此卡伦即成为经制之兵，不惟糜饷将无穷期，且于边防毫无补救。闻之计学家言，凡理财须分生产消费与不生产消费。行民屯，卡饷有停止之期，非惟藉以实边，而屯民输租纳税，国家且受直接利益，此生产消费也。若卡兵，设一年即糜一年之饷，此不生产消费也。语云"两利相形，取其重者"，公家亦何惮而不为也？前曾以此上陈，铁老当以该处卡兵兼收木草各税，难以骤改民屯见覆。已成之局难以遽变，自系实情。此后兴东设卡，伏望我公采择行之。肃此，敬请钧安。

通判翟文选谨上

再有张喜恩，号子和，系双城旗人。屡考前列，未得入学，科举即已停止。选曩在籍应考时，常相往来。其人尚纯谨老成，家道亦甚殷实。前往北洋法政学堂，毕业回籍，筹办地方公益各事。秋间偶渠函，闻我公观察兴东，嘱选推毂致意，趋投宇下，以供驱策。选向不肯滥作曹邱，当以数年未见，尚不知造就如何？嘱令先行来安，再作区处。不意渠恐封江停轮，已先期径往兴东。渠尚未到，我公已来垣矣。此人系拘谨一流，从前亦未当过差事，若畀一事，或可能耐劳苦，敬祈量材器使。如察其才不可用，并祈代选酌给川资，令其速回，毋任困于旅邸。函示到日，再奉还。手此，再请钧安。

文选又上

致呼伦厅同知王可耕同年书一宣统二年庚戌十一月

可耕二哥同年大人阁下：

数月未通音问，想念殊深。每于本省《官报》中读悉大牍，见经营伦边，苦心孤诣，煞费精神。边民何修得此？窃不禁代为额手称庆也。弟到安三年，有土无民，已觉智竭能索，终日枯坐衙斋，有类老僧入定，不得已辄藉陈编以破枯寂。偶读先儒性理各书，见己身百孔千疮，无一是处。从前性分中所犯各病，读此不觉汗流浃背，恍然若失。我辈将欲有造于国家社会，必先束身无过，方可出而问世。所谓正己正物，始为大人之学。弟性躁激轻率，殊乏厚[1]重之气，近年深加克治，仍往往流露于不自知。薛文清云："二十年治一怒字，尚未消磨得尽。"克己之难，古人已先我言之，敢不勉诸？惟僻处荒城，独学无友，恐贻寡闻孤陋之讥，二哥其将何以见教也？春间，拟将弟处土产烧酒聊请一尝，嗣因省南九道沟春水暴发，酒车不能飞渡，竟尔愆期，以致未能如愿。至今思之，殊以为歉。昨封交酒车带去二坛，仍交省城天和永代收，如有便差赴省，祈饬前往领取，并祈代呈铁老一坛为荷。久不奉书，欲言不尽，临颖不胜驰系之至。手此，敬请勋安，诸惟心照不备。

年小弟翟文选顿首

覆呼伦厅同知王可耕同年书二宣统二年庚戌十一月二十七日

可耕二哥同年大人：

如握。顷接手教，恍如面谈。伦边诸事棘手，于报纸中已略得端倪。近以道、厅两署之事萃于一身，哥之长才定能措置裕如。议约后，铁老或有升调，此席非异人任也，尚祈好自为之。弟近颇为好名之心所累，凡事未免矫枉过正。昨读理学家言：名与利，皆私也。恍然大悟，当痛除之，我哥将何以教我？敝处烧酒，前得亡友吴令如考语有"甘芳美冽，吾无间言"八字，对酒思人，益赠怅触。然此酒一经品题，则已声价十倍矣。我哥如尝得佳，仍当源接济，并恳俯赐考语，以为敝邑之光。一笑。手覆，敬请勋安。

年小弟翟文选顿首

---

① 原本为"原"，形近而讹。

覆呼伦厅同知王可耕同年书三

可耕二哥同年大人：

如握。来函过蒙奖饰，弥觉汗颜。予兄弟交非恒泛，愿以后各自规劝，勿效世俗之互相恭维，致蹈虚浮。中国文明退化由于学术不明，我辈生当末运，不可不思有以挽回而补救之。学问当以经世有用为本。弟学无根柢，每恐入于歧途，辄欲邀二三知己析疑问难，以收就正之益，不敢稍存一行作吏，此事遂废之想。昔王阳明之擒宸濠，南昌城外兵戈相接，而犹日坐堂皇与诸儒讲学。曾文正之困于祁门，四面楚歌，而读书作字未闻少辍。古人军书旁午，犹不废学，况我辈忝领一州乎？孟子云：理义之悦心，犹刍豢之悦口。程子少年体质薄弱，自从事学问，年至七十而筋骨愈强。是从事读书，不惟有益于学问，更可有裨于身心。顽躯近年亦似觉较前略健，始知古人之言不我欺也。盖摄生之法不外养心，养心莫善于寡欲。去人欲即是天理，而一切喜怒哀乐，久之亦自然中节。故自古圣贤无有不寿者，颜子不过事出偶然耳。我哥精神、才力不让古人，仍望不我遐弃，多加箴规，乃所愿也。萧紫绅兄不弃寒素，愿与联姻，殊为心感。但以小儿年甫十二，尚未成丁。弟与内子之意，拟稍从缓，俟彼此年齿稍长，再请我哥作冰。谨将庚帖奉还，祈向紫绅兄致意道歉。手此，敬请勋安，并贺年禧。

年小弟翟文选顿首

青、兰之处又起胡匪数股，弟处幸有预备巡警以及奉军分驻，现尚安谧。鼠疫亦未发现，堪慰。远注棠境，疫气如何？念念。

上东三省督抚借债移民须先统筹全国意见书

宣统三年辛亥正月二十八日

黑龙江安达厅通判翟文选谨禀钦帅、大帅、大公祖麾下：

敬禀者，窃前奉本省通饬宪台、钦宪《通电各省筹措移民实边》一案，捧读之下钦佩莫名。东三省之危如累卵，举世皆知，补救之方虽非移民一端所能毕事，亦非东省一隅所能为功，然苟财力充足，与其耗之于无谓之建筑、无能之冗员及一切无益之奢侈费，专用以移民实边，亦未始非起衰救亡之助。然以现在东三省库空如洗，万难筹此巨款，而度支部全国预算且不敷七千余万，亦难再事协拨。欲募内债，素不见信于国民，不得已势必出于借外债之一途，证以近日报纸宣传，此事谅已什有八九。夫以移民而募外债，募外债而仅用之东三省之一隅，虽差胜于向来不生产之消费，然律以两害取轻、两利择重之义，通判窃不能无虑焉。

查各国殖民事业，均行于内政完善、母财充溢之时。欧洲各国无论矣，现在最足刺激我国人之心，震动我国人之耳，思欲募仿而抵制者，则惟有俄之西伯里亚、日之北海道二殖民地而已。查俄自十六世纪以来，始越乌拉岭，略取德波利斯克省，以开西伯里亚殖民之初基。先设兵屯，继谪罪犯，次始谋及移民。自康熙年间罗刹之役，为我国知俄人移民之始。维时正值彼得大帝新自欧洲归来，奠新都，设船厂，而又剪发、易服，以新国人之耳目。国内渐次富强，移民始稍发展，然犹未能长驱直入，大事扩充也。不过由德波利东出多木斯克、叶尼赛及义尔古咨克数省之间，以为循序渐进之计。自《尼布楚条约》得我外兴安岭，《瑷珲条约》又得我黑龙右岸及沿海诸地，而又南争黑海，西分波兰黑海、里海，各铁路亦相继告成，欧俄根基既固，然后始思越亚洲，兴筑西伯里亚大铁路，以为远东移民之谋。始终经三百余年，境内仍多旷土，犹不知政府费几许经营，耗几许资本，始有今日之雏形。观于一千八百八十三年，由海路移住南乌苏里农民二百五十户，即费至三十二万五千二百卢，每户平均费一千卢有奇。为数已如此之巨，又因移民未能踊跃，俄政府复于一千八百八十九年下令，凡移民沿海州及乌苏里地方者，免其二十年纳税及服兵役之义务。是年，又由官民慨捐义金一百二十万卢，专为移民之寺院、学校、教育、施医诸种慈善事业之用，其用心亦良苦矣。自西伯里亚铁路成后，移民之事又归俄铁路会议局监督。三百余年只有此效，方今犹正在投资时代，遽谓其成功，不可也。日之开拓北海道，在明治维新废藩置县以后，彼时新政粗具规模，而我之台湾、朝鲜尚未入其版图，国内生齿日繁，不得不迫而出此，然合全国之力以经营之，初犹失败。现自改设北海道厅以来，虽略见微功，屈指经营已四十年。据前次调查，人口仅五十五万九千九百八十五人。现在户口虽较前加多，其创始之困难又可概见矣。

我东三省以之仿俄之西伯里亚，则反客为主，已有我劳人逸之分，更以之仿日之北海道，则主权已失，又有权不我操之势，徒欲效日、俄之颦，大举外债移民，聊作孤注一掷之计。无论移民一户，统计川资、牛犁、庐舍之费，虽不必如俄国费用之多，然亦非三五百金不能办到。小言之，以一万户计，即需银三五百万；大言之，以十万户计，即需银三五千万。通计所移人口，小则不过一二县之多，大则仅敷十余县之用。以东三省已失之利权、将来之危险，而谓仅移区区一二县及十余县之民，即可不亡，恐未必也。况殖民政策本带有投资企业性质，伏读通电内开请由各省咨议局同尽劝导、筹措之责，是将欲普移各直省之民于东省。无论川资一项，远省较近省所费已多，即风俗、气候亦难尽适宜，若以江浙种稻之民移而强令种麦，滇、粤烟瘴之民移而强令耐寒，诚不免有橘逾淮为枳，迁地弗良之虑。

昔德儒雪夫列儿尝云：殖民于气候违宜之地，难于收效。实为阅历有得之言。且考之东、西洋列国历史，殖民事业均行之于富强之国，断不宜于贫弱之邦。至于借款移民，则又决无而未见者也。盖以移民之收效既难且迟，各国断无冒险尝试之举。西儒倍根亦尝云：殖民地不经过二十年，不能睹其利益，不经过五十年，不能获其利益。此言最有价值。试问，我所借移民之债，外人能缓我至二十年、五十年本利不偿乎？再反观我政府、我官吏之程度，及我人民冒险之性质、垦辟之能力，又敢保其二十年、五十年后之必能收效、借款之必能偿清乎？

欲睹移民之难易及将来之效果，请以东三省招垦之成绩为比例，自不难借镜而明。通判备员江省，奉、吉始勿具论，即以在江言江。江省膏腴之荒以通肯为最，自光绪二十一年经钦差查办，黑龙江垦务大臣延会同黑龙江将军奏准出放，迄今将及二十年。统计通肯所设之海伦一府，及青冈、拜泉二县，上年调查仅三万四千余户，荒地犹未能一律垦齐。除海伦一属租税所入，收支或可相抵，而青、拜两县仍须由省中协济。此外，若新设之肇州、大赉、安达、汤原各厅县，荒地垦熟无期，升科更难预定。然现在设治经费未致竭蹶者，犹恃有从前收入荒价之补助，无源之水，其涸立待，荒价一旦无余，经济立见困难。然此犹是江省上腴之地，目前虽属不敷，将来可望收入。若黑河、胪滨、嫩江、瑷珲、呼伦各府厅，又将安望乎？此外，地质即不若通肯之肥，道路又较通肯为远，纵勉强移内省之民，公家担认筹垫经费，其经营之难易、人情之从违已不卜可知矣。由江例吉、例奉，情势均大略不甚相远。是借债移民应偿之本利既不我待，将来之利益尤复难期。语云：有强权，无公理。从前列强之在东三省不过仅有强权，正如日本大隈伯所云未签字之契约相似，我苟自强，犹不难挽回。今则复于一债权，将恐强权未必亡三省，而债权适足以速其亡矣。

在议者非不谓东三省为根本重地，必须竭全国之力以谋图存，然以东省视东省，则东省为重，以全国视东省，则东省不过为全国一部分，牵一发以动全身，而轻重同也。法国越南铁路，一穿广西，一贯云南，犹要求滇、粤二省不准割让他人，则滇、桂为重。英国铁路东由缅甸而至拔摩，距滇边不过一百余里，西由印度而达大吉岭，距我西藏开埠之靖西关亦仅数日之程，前且有江考等处开埠及扬子江流域不准割让他人之约，则川、藏及长江上下亦重。俄国里海及土耳其斯坦铁路已展至浩罕，与我天山东路疏勒府密迩相接，则新疆又重。此外，若我内江、外海之航权久归外人掌握，胶州、威海卫之险要久为外人占踞，而日本亦尝要求福建不准割让，则沿江、沿海各省亦无一不重。全国糜烂，几无完肤，若只顾一肢不顾全体，东三省纵能独存，独无皮去，毛将安附之虑乎？

现在，我政府之视东省与东省之自视，几若他无足虑，而惟东省是争，故今日改行省，明日设督抚，督抚后日而又裁之。每年由部库及各省协拨数百万，而东省迄未收尺寸之效，且有日戚[1]百里之忧。正如前明隆、万以后，忽而设经略，忽而设抚按，忽而设监军，调内兵二十余万名，加辽饷六百余万两，卒至内地空虚，盗贼蜂起。又加剿饷二百余万，再加练饷七百余万，终明之世未复辽东片土，且因防辽以牵动全局，而明以亡矣。以视东三省情形，与中央政策以及全国人之视线所注，抑何前后如出一辙，酷似明人之甚也。

通判亦非谓东三省果不可为也。尝闻诸程明道云：论治便要识体。盖东三省不经营则亡，经营不得其体亦亡，不经营则亡迟而祸小，经营不得其体则亡速而祸大，何以言之？盖全国犹一人也，人得遍体疮痍之疾，必先固其腹心，畅其元气，使周身血液流通，不致稍有偏重，四肢虽偶不仁，元气壮而病自霍然。若先存头痛医头、脚痛医脚之见，头、脚又复各自为谋，转置腹心于不顾，恐元气丧则头脚随之矣。古人比良相为良医，西人以国家为法人，即此理也。方今中国大势，患在政府不能提纲挈领，谋及全局，凡事不得不听各疆臣自相为谋，于是鸿沟既判，畛域自分。路有川、粤之名，矿有晋、豫之分，而边亦有川边、滇边、东边之别，中央既莫衷一是，各省复势若散沙，以致演成今日专制而不专制，立宪而不立宪，共和而不共和，无统系、无头脑、麻木不仁之政治。昔明儒高忠宪公云：天下事败于邪见之小人，无见之庸人，偏见之君子。数十年来，我政府种种政策对此三语能无愧乎？现既大梦初醒，将欲有所图维，而又举措张皇，非倒行而逆施，即顾此以失彼，方药杂投，病更甚于不治。通判不才，窃愿为我宪台、大公祖借箸筹之。

综观天下大势已成，痿症既非发肤之疾所易愈，必须医及全身，

---

① 当为“蹙”，形近而讹。

方能以救其死。统计全国母财已等涸鲋，又非升斗之水所能活，必须大举外债方能以解其危。宪台、钦宪前奏欲借十万万外债，其数并不为多，但专用于筑路一项，布局已嫌其隘。且仅用之以筑粤汉、川藏、伊黑、张恰等路，半属政治上之思想，似未专注商业上之利权，是无怪中央踌躇不决，举国哗然反对。通判窃谓[①]，以我国之现势，苟借债以作母财，无论债之多寡，必须先善其募借之法与利用之途，审慎为之，方可免蹈从前借债之弊。

何言乎善其募借之法也？由中央规划全局，统计全国应兴要政需款若干，然后再详定循序渐进之方，分别缓急，以便依次举行。规划既定，再由政府向各国分期募借，不必指定用之何途，亦不必拘于借之何国，应浑言之曰中国实业外债。外人纵索抵押，即租税不为惜，各国争相投借，即日俄不为忧。但我有保证，自不难于募借。一俟借款到手，统由政府均匀搭配，分作实业母财，不准移作他用。如此我不指定何用，则用人、行政，彼自无所干涉，我不用之一途，则一事或用数款，一款或营数事，彼亦无所要求。

何言乎先善其利用之途也？当此民穷财尽、外患迭乘之日，非大兴实业，断不足以肉枯骨而起沉疴。然以借款而兴实业，善用之则可为美国、为日本，不善用之则不免为埃及之续，诚不可不慎之于先也。中国可兴实业甚多，然一旦全谋举行，既力所未逮，若较及锱铢小业，又恐侵国民将来生计，致失远大之途。必须先择民力不能担任，民智尚未开通诸营业，而有大利可图、确有把握者，政府先行择尤举办。其最要者如铁路大权本应归政府专有，此外开采矿山、奖励航业及广设模范工厂，尤为政府无上之天职，而无所辞其责。此日本先我行之有效，而又为各国振兴实业普通之公例也。

中国借款，应先设一全国绝大实业银行为总机关，专理公债事务，然后将借款区作三分，以一分筑路，一分开矿，一分扩充航业及提

① 原本为“为”，音近而讹。

倡工艺。

请先言筑路。近年我国官民之铁路热已达极点，政府设邮传部专理其事，各省官绅又复各设全省铁路局以结团体，宜乎铁路之进步不知若何之速也。何以按其实际一无成绩之可言？邮传部既端拱无为于上，各省路局复叫嚣纷挠如下。近观粤汉之弊、混川汉之倒款，政府似尚漠不关心，不过仅以查办塞责，一若以尔省之官绅蚀尔省之路款，尔等自残骨肉，于政府何与焉？将恐此后不肖官绅利用无知之愚民倡言拒款，倡言自办，始则与外人争，继则与政府争，终则此省与彼省、此县与彼县争，希图事后得袭办路之职员，以饱欲壑；事败，政府既不追究，又转得置身事外，亦何乐而不为也？长相如此，全国路政安有发达之日？

夫铁路应归国有，君主立宪国大抵皆然。日本维新之初，听商民自建铁路，彼邦人士已群以为非，现在日政府屡欲提议购回，迄今未果。我国安可再蹈彼之覆辙？现在正宜趁川粤路大起风潮之际，设法收归官办，即借款恐激该数省之反对，无妨先将张绥、开海自办各路之款移缓就急，先筑此路，不敷，再仿各国募内债之法，政府即以此路作为保证，交由大清银行代为募借，分期偿还。近年商民颇知铁路利益，当较他项公债易于募集。至从前各该省已收之路款，各股东如欲改作公债者听，否则仍准照旧作股，亦与官办商附路章相符。

京汉既已赎回，川粤汉再归官办，即作速由邮传部统盘筹划，按照原定全国轨线全图斟酌缓急，重行核定。将[①]全国总干线画作十字形，分为东西、南北两大干线，而紧要各枝线附之。即以粤汉为南干之南端，再由粤汉所经湖南衡州府分二大枝线，一趋正南名湘桂铁路，一趋西南名湘滇铁路。湘桂由衡阳出永州，达广西全州以趋桂林，由桂林出柳州思恩而至南宁，再达廉州海口之北海，再转由南宁分枝以接龙州之法路，一可杜法人之北侵，一可固雷、琼两岛之门户，

① 原本下衍“将”字。

并以分河内、广州湾、香港、澳门之海权。此路由衡州至桂林一段，前经邮传部会同陆军、度支两部议准，惟由衡阳至湘桂交界之黄沙河尚未查勘，仅由黄沙河至南宁一段，由部曾派司员曾鲲化等调查，预定为全桂、桂雔两线。上年十月经部奏准，先筑桂全，并声明“由桂全右通滇省，现已派员查勘滇桂路线”等语，是湘滇一路部中尚未筹及，倘果如此定议，不惟贵州一省永绝交通，即滇省欲往内地，必须东绕桂林再行北上。不先谋直冲法路，今又枝枝节节，多出旁门，是直不啻为法路傅之翼而予隙，以令其要求也，诚不知部中是何见解？且法人桂省龙州之路，其志并不仅在龙州，盖欲东走南宁、梧州，以夺我西江航业，而与英之香港相抗。立定脚跟，预作将来瓜分时谋据广西之地步，彼甚惧南宁至北海一线落于他人之手，致成龙路之劲敌，此见之法国爱姆士所著之《中国现势论》中。而为我国人之目击心伤，奈何邮部舍此不图，又忽欲由桂全而西通滇省。湘桂之利害既如此，试再详言湘滇。由衡阳达宝庆，出武冈、黔阳、晃州以入贵州之镇远，再由镇远经贵阳省城至云南曲靖，以接云南府之法路。此路由衡阳至镇远一段，前经湖南铁道枝路总公司预为指定，于光绪三十年经湘抚奏交外务部核准有案，然由镇至滇以与法路相接，尚未闻有人筹及。

以上二路，湘滇较湘桂稍难，中多高山大川，修筑不无费手。然较意大利至瑞士路线，所经欧洲著名之亚尔伯山脉，及美国太平洋大铁路所经北美著名[①]之落机山脉，其易当尤倍之。且路线所经矿产丰富，又北通粤汉，南通安南，路成，定有大利之可言。较邮部所拟由桂通滇之线，其得失当不言而喻矣。至湘桂所经山川较湘滇为少，且南达北海，西通龙州，而东又与西江水陆联为一气，其利更不待言。现在法人踞我滇粤，其龙州、云南二路已足制该二省之死命。我苟速成湘桂、湘滇以相敌制，以作当头之棒，或可稍戢其野心，而滇粤方有图存之望。此外英人尚有滇缅铁路之要求，不过思与法人均势，而其

---

① 原本为“外”，形近而讹。

志亦不仅在云南，盖欲藉此出叙州以达成都，总握川滇之路权，可以西窥卫藏，东出巫峡，以达扬子江流域不准让与他人之目的。我能速成滇、桂二路以制法人，又有川汉一路以占先着，而英自可以从容对待。

福建孤悬岭外，而闽江又不与内地相通，沿海路线已早为日人暗测，曾见之所著论中，诚不可不先为预备，以免他日之攘夺。应由福州西出延平、邵武，而达江西之建昌、抚州、南昌，再入湖北武昌以至汉口，应名为闽汉铁路。此路所经多富庶之区，其获利当不在京汉以下，且与粤汉、苏杭甬两路成掎角之势，一旦海疆有事，中原声气相通，闽江方不至于孤立。四川本天府之国，中原财赋半依赖之。近年英窥西藏，法与英又角逐云南，其视线皆注于此。盖川汉不成无以保四川，川藏不成亦无以保西藏，有心人均能见及之。今川汉既已有所规划，而川藏一线目前虽难兴筑，亦不可不预先图维。应由成都西至打箭炉，以达前藏拉萨，至印藏交界新开埠之靖西关。我能如此经营，英人印度铁路亦必能出大吉岭，越西金以与此线相会，非惟可固川藏之门户，则凡印度洋北岸以及非洲东岸各国，欲至我内地贸易，均可由印度孟买铁路东下，越川藏以达我中原，较从前绕印度南端之锡兰，再越麻剌甲土股经新嘉坡、香港而达我通商各口，可省之程途殊难屈指计，亦为政治上、商务上最紧要之路，此南干之大略也。

综观我国全局，东西干之利害似较南北干为轻，然开海既已兴工矣，汴洛已竣，而又接筑洛潼矣，诚由此而潼，西由西安至甘肃兰州，而西兰由兰州至嘉峪关，而兰嘉再由嘉峪关至吐鲁番，分天山南北为二枝，可总名为开新铁路，取其由开封至新疆，而与开海相接之义。南枝沿天山南路，经焉耆、温宿以达疏勒府，距俄国之浩罕铁路不远，将来不难衔接。北枝沿天山北路，经迪化、精河以达伊犁府，尚可与俄之伊犁河内航业水陆相连。从此我与彼陆路之商务必能异常发达，且可北蔽蒙古，南捍卫藏，成万余里之东西一大干线，实为不世之功。然必须南北干枝紧要各线告成，方能及此，此东西干之大略也。

北干由京汉而京张，由张家口至恰克图，原名为张恰，现可改名为京恰，而以张绥支线附之。此路由张至恰共三千余里，实为政治上必不可少之路，且他人垂涎已久，我不经营，恐彼族先我着鞭，较东清、南满受害更剧。现在蒙古实业公司成立，其招股简章曾有由张至恰先行兴办无轨汽车一条，此事万难收效。若果可行，各国何必均用钢轨多耗资本？此眼前易见之理，不知该公司何以见小如是？自应仍归政府自办，以速与京汉、粤汉相接。此路一成，不惟于理藩、行军、经商均有裨益，且将来南洋各岛有事于北欧者，均可由香港取道此路，以达俄之西伯里亚西上，可免印度洋、红海、地中海之危险，且可省由地中海绕出大西洋，而至北海之程途。此路若成，可分南洋各岛之航权，可减东省日、俄之路势。然由恰克图又入俄境，俄国失之东隅者，仍可收之桑榆，所不利者，惟日本耳。

由是再言东三省之路。伏读通电内“开锦洮铁路，不日先筑”二语，得毋以锦瑷因有他人干预，而姑先修此以为得尺则尺之计乎？自旅顺、威海卫之归外人，北洋之门户已失。而京奉之路线密迩海滨，苟有紧急，他人踞我山海关，截断此路，则东三省已成赘瘤，虽有锦瑷，将焉用之？而况区区数百里之锦洮也。如欲经营东三省路政，南满、东清、安奉长已矣，而京奉又处孤立之势。必也由京通铁路接轨出古北口，达承德、平泉、建昌、朝阳，越小库伦以至洮南，再达黑龙江省城，以通瑷珲，可名为京瑷铁路。中经热河各属，民物殷繁，尚有赢余可期，藉以补洮北空旷路线之亏。然仅有京瑷以通黑龙江，而吉林仍属孤立，必须再由洮南分枝，东达长春，接吉长而至吉林省城，再由省城东出敦化以达珲春，可名为洮珲铁路，以免将来朝鲜咸境北道路线成时，由稳城越图们江而窥我延吉，再蹈安奉之失。如此，东三省方不至孤悬，京奉亦有所屏蔽，而京瑷且得唇齿相依之助，藉可稍戢日、俄之雄心。

综计全国路线，应以汉口为南干之中枢，而粤汉、川汉、闽汉三干路及湘桂、湘滇二枝路属之。以北京为北干之中枢，而京汉、京奉、京瑗、京恰四干路及洮珲、津浦、张绥、正太四枝路属之。以开封为东西干之中枢，而开海、开新及将来应修各枝线属之。权其轻重，应以粤汉、川汉、京瑗、洮珲、湘桂、湘滇六路为最急，而闽汉、京恰、张绥、开海，以及开新由潼关至嘉峪关一段次之，而川藏与嘉峪关外至天山南北路之开新尾段又次之。

其最急者，除粤汉、川汉二线拟募内债自修，余若京瑗不过三千余里，洮珲除已筑之吉长一段，余二段共不过一千余里，湘桂、湘滇二线合计不过四千里，统共不过八千余里。虽湘桂、湘滇较京瑗、洮珲为稍难，然平均计之，每里假估银二万两，有一万万六千余万足矣。次急者，闽汉不过一千四五百里，张恰不过三千二三百里，张绥连同河口枝线，经邮传部原勘，共八百三十里，原估银一千七百五十六万，开海除中间徐清一段，已归苏路公司承筑，计清海、开徐两段共长七百八十里，连同修筑海州海口，经邮传部原估共一千四百余万，此外由潼关至嘉峪关之开新中段，虽未勘定，亦不过二千五六百里，合计不过八千七八百里，再有一万万七千余万又足矣。统共最急、次急二项，共享银三万万三千余万。以假定所借外债十万万所指筑路、开矿及扩充航业、提倡工艺四项，按三平分，路矿共得二分，航、工共得一分计，计筑路一项正应得三万万三千三百余万，以之兴筑最急、次急之路，正属相符。俟诸路告成，除分期拨还原借外债本息外，仍可有盈无绌，然后再出其赢余接筑又次之川藏、嘉新各路，出入纵有不敷，无足虑也。由是全国路线大势已成，譬如久病之夫血气既已流通，又如常山之蛇首尾可以相顾，此后老大之帝国或庶几可以自豪矣。

以上凡宪台、钦宪原奏所指之粤汉、川藏、张恰、伊黑四路，除伊黑外，均已包括在内。盖粤汉不成则张恰为无用，川汉不筑则川藏为赘瘤，即粤汉、川汉已通，张恰、川藏相继兴筑，而不先筑闽汉、湘滇、湘桂各路，非惟张恰、川藏之亏无所弥补，即揆诸全国大势，亦以南北兼顾，不可重北轻南，况南又有英、法两大以谋我也。至于伊黑一路，不过由伊犁至黑龙江，为经营蒙古之大计划，但东西万余里，中经戈壁、大沙漠，率多不毛之区。既不若美国东西大铁路，东达大西洋，西至太平洋，沟通两洋之利，亦不若俄国西伯里亚大铁路，西通波罗地海，东出海参崴，水陆可以相通。按诸政治上之思想，固不可无，但内地陆线尚未普及，而先为此谋，是无异农者舍肥田而耕瘠土，非惟务广而荒，抑亦得不偿失。如必欲营之，鲁两生云：礼乐必俟百年而后兴。通判于此路亦将云然，故于以上各路之外，未筹及也。

请再言开矿。夫矿者，天地自然之利也。从前各国以矿山属国家，故开采之权亦为国家擅之。至今日则皆许人民自由开采，国有主义一变而为民有主义，国家不过设法保护，岁课其税而已。盖开采矿山须备极巨之资本，昔时人民财力微薄，情意涣散，故其事非一人所能为。至于今日则殷富日多，国体日坚，有资本固能独立以经营，无资本亦能积股以开办，固无庸国家代为越俎，此各国矿政之大较也。

中国之矿产，前既惑于风水之说，一概封禁，现又处于积弱之余，半为攘夺。观于光绪二十四年山西与福公司所订平盂、泽潞各矿约，以及二十八年福建华裕、大东两公司合办建、邵、汀三府矿务，及同年云南与英法隆兴公司所定承办澄临、开楚等七属矿务各合同，几将全省矿产拱手奉人而不知惜。然此不过举其荦荦大者。此外，若山东华德煤矿，广西上思、贵州正安各铅矿，库伦与俄人所定鄂尔河五处金矿，以及东三省日、俄所踞各矿，前后所定各契约指不胜屈，外人无不给我以“不失主权”，我亦自绐曰：“华洋合办”，及契约一定，我苟稍有驳阻，彼即责言立至。迨激动国民公愤，不得已势必出于抵制及赎回之二途，抵制仅属空言，赎回则受实累。观山西福公司一案，磋商年余，始得以二百七十五万赎回。外人稔我内情，不啻成算在胸，预计事成则得我全省矿权，不成则多索赔款，彼以一纸合同分文不费，而坐获大利于无形。现在我国人仍大梦未醒，年来与洋人定约办矿者尤所在多有，可胜叹哉！通判非故好为此过激之言，以现势论我国之矿产，简言之，非国有亦非民有，直谓之为外人所有可也。夫外国人不准在内国有开采矿山之权，本为各国之公例。为今之计，我国速宜将从前与各国所订之矿约，能赎者赎之，否则，已定者照原约，此后不准在原约外再增地段，及各省再订新约。然后折衷各国官有、民有主义，而订一官民互有章程，即与新定矿律内声明："除从前各省与外人已定开矿合同外，嗣后即按照各国普通公例，凡中国矿产不准外人再行承办，只准中国官民自行开采。如有商民因开矿向各国银行借债，准予矿产外以相当之事物作为保证，不准即以矿产抵押，以免影射。"至于采取官民互有主义，因开矿必须巨大资本，中国现在母财缺乏，民办断难发达，非先采各国从前官办主义，择全国各矿确有把握者，由官借款兴办。

查我国矿产，以煤铁为最富。而世界各矿惟煤铁用途最广，几如布泉黍[1]粟之不可一日少离。现既拟大筑铁路，而又值扩充全国海陆军之时，煤铁尤为大宗用品。我国之自办而有成效者，煤则仅有开平、萍乡，铁则独为大冶。开平一矿因乱已被外人攫取，现正在交涉中。其大冶、萍乡二矿经张文襄持以坚定之力，其中几废者数四，迭借礼和洋行外债得以不辍，始有今此之效。日本独乏铁矿，现在所需之铁半仰济我大冶矿山，盖以其价廉而路近也。山西煤铁，西人调查，谓其足抵欧罗巴全洲之富，此语寰球尽悉，原非我自为大言。现既用款赎回，据上年晋省奏称煤矿一项，现极有烟台、香港、海参崴及美国各埠陆续订购。甫及开办，销路即如此发达，将来诚未可限量。惟萍、冶限于资本，未能大事扩充。山西亦因股本难招，现止土法开采。若能由官投以巨资，不惟我全国煤铁不可胜用，即日本用铁亦将惟我是求。

继煤铁而为世界最普通之用者，则为石油。我国向赖美国之输入。现自俄国里海油矿发现，而又有西伯里亚铁路输运之便，几夺美国之席。我之油矿以四川巴、万两县，及陕西延安府之延长县为最。巴、万之矿已于光绪二十八年被华法和成公司揽去。延长，上年经邮

① 原本为"椒"，误。

传部议覆陕抚奏请筹筑运路折内声称："油产擅美全球，以油质之光白、烟微，可与欧洲所产相敌。以产地言，一二百里内皆可开井。只以路僻运艰，由延长至西安八百余里，筑路费约估银四千九百三十余万元，矿未大开，恐不敷修养铁路之费，奏请缓筑在案。"查此矿屡经日人调查，见于彼邦官商著述中非止一次。陕人虽欲开采，惟以巨款难筹，邮部欲修运路，复又畏难而止。大利所在，人争驱之，倘此后遇有事变，难免他人不藉词要索，即或不然，坐视弃利于地，亦非我政府所宜为也。无论邮部所估运路每里约六万余元，诚未免过多，且石油为危险之物，又加装箱之费，亦不必拘定路运之一途。查俄国里海白肯石油矿发现后，俄人有鉴于此，由白肯西至黑海东岸之巴透港，计程一千八百余里，在地底安设铁管通至巴透，装汽船而分运欧洲。彼虽附近有高加索大铁路之便，亦舍而不用，盖如此既免装箱之繁费，又省沿途之危险。延长之矿至西安仅八百余里，潼西铁路不日即筑，正可仿此用铁管运河之法，由铁管输送，西安装箱，更行分运，即或以此八百里内多半山谷，安管不易，然一视俄人由白肯至巴透港所经欧亚分界之高加索山，其易当什伯过之。即或再以我国人不谙机械之学，恐多经山谷，成效难期，由延长东至黄河仅一百里有奇，黄河水急既难行船，两岸均有高山，又无漫溢之患，尚可改由延长通管，东至黄河，再由黄河沿岸傍山南行。该河由北而南，此管顺流而下，即以黄河为水平线，更可免凿山掘地之劳。铁管沿河南至洛潼铁路之终点潼关，由此修建大油池，然后再分别装箱，由潼洛而汴洛，而京汉、粤汉各路，四出分运，诚莫大之利焉。此不过仅言内地各矿之概也。

至于东三省矿产，除日俄攘夺外，仍所在多有，而又以沿边为最富。各国殖民之初，无不先以开矿入手。观美人之于北美旧金山，英人之于澳洲新金山，均先以开矿为殖民之初基。即俄人于十八世纪经营西伯里亚时，亦曾先移尼布楚矿山属地三千五百人，阿尔泰矿山属地一万三千人，私设沙金场九千一百余人。欲经营东三省，诚宜仿英、美、俄三国开采矿山办法，应募内地人民大为开采，若吉林三姓之金，天宝山、磨盘山之银铜，黑龙江漠河观音山、库马尔、吉拉林之金，铧子山之银，甘河、平山以及金怀马之煤，或已著成效，或尚待扩充。此埋藏于深山穷谷之中，未发现之宝藏尚不知凡几。且内省人民之性质，其开矿能力尚富于开垦。观于英美之新、旧金山，皆我华侨为开创，即现在俄人沿边各矿亦多仰赖华人，此移民不如开矿，信而有征者也。以假定十万万之外债，而开矿应得三分之一之三万万三千余万计之，全国之矿虽不能遍采，但择其重要者，如萍、冶、开平之类，亦足可敷开数十处之用。制造轮路及海陆军船炮之煤铁，尽可敷用，即整顿币制应需之金银铜，亦可聊资接济，不必专赖外人，此开矿之利也。

请再言扩充航业与提倡工艺。夫航业应归商团之组织，工艺应属民业之范围，本不宜政府代为筹办，然亦有因特别理由而必归政府经营，各国曾有行之者，俄、法是也。俄国于初得黑海及西伯里亚之时，国内海军未盛，商船又未发达，曾先创设义勇舰队，平时专为商船，分泊黑海及西伯里亚沿海之间，战时即为运送军舰。法国于十七世纪时，国内工业幼稚，政府欲技术之进步，因创设工厂以为人民模范，是以法为今日欧洲工业之一等国。日本于维新之后，国内广设模范工厂，其工业进步亦几有一日千里之势。我国居海陆奥区，其天产之富几甲全球，徒以航业不振，坐失海权于无形，工艺不兴以致利权之外溢，因贫致弱，其将谁咎？查各国殖民事业，大抵皆以航海为导线，以路矿为始基，观于非、美、澳三洲殖民，半皆以此为入手。而澳洲各岛又多系华人开创，徒有辟地之劳，未奏殖民之绩，功成之后犹不得与白人共享利益。假使从前我国航业发达，则非、美二洲无论矣，而澳洲各岛之主人翁非异人任也。抚今思昔，悔何及矣！现在我国合于商船营业性质者，止有招商局一处，且仅驶行中国海各口以及朝鲜、日本数处，尚不能飞越太平洋、大西洋雷池一步。上年据邮传部奏，宣统元年招商局总结，犹亏银九万四千余两。失今不图，将必归诸优胜劣败、天演淘汰之列，而龙旗飞舞之商舰且将绝迹于海上矣。

扩充之法宜分内江、外海为两项。内江航业资本尚轻,则可听商船组织,政府担任保护、奖励之责。外海航业需资过巨,观于英美之大邮船,一舰之费几占我国岁入之大半,苟非政府先为经营,商民断无此财力。造船厂尤为航业之根本,欲扩充航业必须兼行整顿船厂。我国之船厂以福建马尾为鼻祖,而上海江南制造厂次之。马尾一厂自同治五年开办,至光绪三十三年,四十余年间仅用银一千九百余万两,屡经事变,犹能成船四十艘,值银八百五十余万。其中耗于承办之虚糜、他项之亏垫,连同全厂之资本不过一千万有奇,若无此项变故,其收效当不止此。上海一厂客年犹能为海军大臣制造坐舰,其进步亦有可观。政府宜速于以上二厂大加扩充。马尾厂原制不过二千吨上下,现必须扩充至万吨以上为止。所制之船除抵支借款本外,外凡我国商团用船均廉价以售之,将来我海军用船亦先尽本厂购用。夫外国船厂每患供过于求,我国此后用船正多,该厂之兴可操左券。

航业应仿俄国义勇舰队办法,由政府独力兴办,并听附商股,应定名为中国邮船公司。先由外国定购万吨以上大邮船数艘,其余万吨以下各船均由本国新设船厂定造,以免利权外溢。大邮船专航行欧、美、澳三洲华侨最多之埠。我华侨爱国心最切,一旦有祖国商船出入居留地各口,更足坚其爱国热忱。搭附客、货必众,断不至有所亏耗,且可鼓动其踊踊入股并自行组织航业团体之心。余船分别游行于香港、北海、河内、台湾各埠,而必不可少者,则鸭绿江口以及海参崴二埠。鸭绿江口为黄海之咽喉,自安奉路成,尤为扼要。上年东省屡咨邮传部转饬招商局分挂此口,许以设法补助,犹未实行,若官有商船,断不至此。海参崴为吉林东南门户,虽落外人之手,该埠华侨甚多,有事于吉、江东边者均取道于此。且将来洮珲路成,必须有商轮周巡近海,俾水陆交相倚助。此舰队平时纯为商船性质,归邮传部直辖,有事即编为义勇舰队,听候海军部调遣。

至于东三省内江航业,尤与内省不同。每年除冰冻,只有六阅月可以驶行，航期已较内省缩短半年之久。辽河尚未疏浚，大船不能畅行。此外吉黑所属松、嫩、乌、黑四江，半多地广民稀，主要港埠均为外人占踞，且乌、黑二江又为国际河流，尚非松、嫩可比。若借款经营，初办必至亏折，又不合于有偿公债性质，应划归东三省行政范围，不必混入借款以内。惟京瑷、洮珲既拟兴筑，此数江之航业与铁路本有密切之关系。查一千八百八十八年俄政府提议设置沿黑龙江总督议案，第四条有“沿岸航业凡属本国船舶，每年给付补助”等语，我如招徕商船，必须设法补助，方足以资抵制。公家既无此余款，商人亦无此能力，仍属画饼之谈。为今之计，宜先仿上年山东创设巡海轮船公司办法，略为变通，作为官商合办。先将吉、江邮传局并入作为官股，此外再购浅水轮船数艘，需款无多，又益以商股，其财力尚可办到。每船酌配炮位，兼事搭客并拖带民船，赢则商股分利，亏则官认赔偿。专驶吉林、哈尔滨、新城府、大赉厅、齐齐哈尔、三姓、伯力、兴东、瑷珲以及观音、库马河、漠河各金矿，应名为东省巡江轮船公司。需款无多，于垦荒、开矿、防边均有裨益，一俟[①]铁路告成，各矿开采再行大为扩充，此航业之大概也。

工艺为国民生利之源，民智不开，终难发达。提倡之道，不外我之所无、素仰外货之输入者，我自设厂制造以抵制之；我之所有、原为生货之输出者，我自制成熟货以运销之。如绢为欧洲之所无，自法、义两国设厂仿照，以致我之生丝出口日多，熟绸出口日少。呢为日本之所缺，自海陆军成立需呢日多，亦设厂纺织，而外呢入口于以大减之类。我自可仿而行之。近年如湖北织布、通州纺织、甘肃织呢各厂，均已略见效果。然全国之大，只此区区数厂，何能有济？又加一厂之费动逾巨万，商民因难生畏，非政府先为提倡以作模范，断不能兴起国民企业之心。现在轮、路、矿三者既拟同时并举，若国内工业不兴，货无所出，则轮、路必致无所事事。观土耳其、西班牙二国，虽

① 原本下衍“一俟”二字。

有轮、路之便，日犹患贫而国势依然不振，职此之由也。我国地大物博，国民又富于坚忍耐劳之性，洵有工业国之资格。政府诚宜远效法兰西，近效日本，于全国广设模范工厂，择各省富有原料之处，如西北各省之富有皮毛，即可设硝皮、织呢各厂；东南各省之富有丝棉，即可设纺纱、织布各厂；他如出粮之省可以设厂造油、制面；产林之区亦可设厂造纸、制器。原料既无庸取材异地，工价又较外国低廉，以视外人之购我原料，运回本国制成熟货而反以售诸我者，尚获大利，我虽借款为之，亦必有赢可期。诸厂均应归农工商部直辖，凡有实业学堂毕业学生，均先分发各厂实习，择优而录用之。如此诸业并兴，不惟国民有所则效，亦可渐杜外货之漏卮。俟全国风气大开，借债偿清，政府如不欲经营，尚可将各厂售诸商民，或作为官股，均无不可以。假定十万万三分之一三万万三千余万专用于此二项，计之应投之于航业十分之七八，投之于工艺十分之一二，以工艺不过作为提倡，非政府应有之营业也。

以上路、矿、航、工四业同时并兴，有矿以供制造轮、路之原料，有轮、路以供矿之运输，又有工以调剂于路、矿、航三者之间，矿质可作工之制造品，而制造品又为轮、路之运输物，四者循生不穷，交相为用。以企业之性质而言，一切营业不必全然取盈，亦绝不能全然亏折。即以所定之最急、次急之铁路言之，南干之川粤、闽、汉三干，湘滇、桂二枝，则必有赢无亏；东西干之开海、西兰、兰嘉则可出入相抵；北干之张恰则必大亏；京瑷自热河以东，洮珲除吉长一段，以有余补不足，亦必稍有亏折。是筑路一项，质言之，即南干有赢，中干相抵，北干不足，然合全路而统计之，酌赢济虚，挹彼助兹，尚可有赢无绌。矿业则定获大利，航业则可相偿，而船厂亦必有盈。工业若为抵制外货、提倡本国兴业起见，虽即价廉出售，亦必足偿本息，否则亦为有赢无绌之营业。总计路、矿、航、工四项，路、航、工均不如矿利之厚，然无三者以互相调剂，则矿亦不能自存，四者诚有合则俱美，离则各伤之势。如此，我纵大兴外债而用不一途，即其中不幸偶有亏赔，亦断无各业全行失败之理，裒多益寡，必能回复本息，语云：“百足之虫，至死不僵。”即此谓也。若专修北干之路，或专事移民而无此数者为之后援，是不啻不生产之消费，洵可危矣。通判亦非谓中国救亡之策仅此四者而已足，若但就目前借债一方面言之，舍此四者亦别无良图。夫贫为弱之源，富乃强之本，实为天演之公例，历观各国之谋人国者，均无不先于此四者下手。

窃尝谓，将来中国瓜分之祸，必以日、俄、英、法为戎首，德国则分我一杯羹，此外各国不过吸其余沥而已。方今英、法角逐于南，日、俄驰骋于北，其所以谋我者，试问有一外于此四者乎？我不思患预防，统全局而筹划之，仍各逞一隅之见，以自寻生活，诚恐覆巢之下必无完卵。前因俄、日互据东三省，英、法、德借口均势，而威海卫、胶州湾、广南湾相继沦陷，安知此后不因英、法互谋滇粤，而俄、日又不再效其故智乎？百孔千疮，几有应接不暇之势，岂独东三省为可虑哉？

通判亦明知借款之言一出，则全国保守党必依然反对，然是非得失不难反观而明。试问京汉、京奉二路，何一不是外债？萍乡、大冶二矿，何一不系借款？且当时何一不有抵押？胡为今日京汉已全赎回，京奉余利又用之以筑京张，萍、冶二矿且能远输东瀛，即以此为比例，则惑于借款之害者，必将不攻而自破。通判籍隶吉林，服官江省，东三省之存亡实为切肤之痛，然扬汤止沸不如釜底抽薪，欲救东省之不亡，必统全国以为计，此借款之说所由来也。如蒙采纳，即请由三省联衔奏交资政院通过，迅速举行。况现在责任内阁与国会行将相继成立，又有完全政治以盾其后，更必有成效可观，非徒东三省之幸，实大局之幸也。

抑通判更有进者。勾践之报吴，休养生息十年而吴不知，卒以沼吴。普为法败，拿破仑止限兵额四万，而普寓军国民教育于小学，而法亦不觉，亦卒用报法。方今时势危急，正我朝野上下卧薪尝胆之日。近观我国人一切举动，非大惊小怪即声势虚张，皆虚矫狂切之心有以中之，将恐有识者已知我之不足有为，而益以无忌，否则亦阴以备我而预为之防。日、俄之协约，我国不喧传中美联盟及美国不倡满洲铁路中立之说，其定约必不如此之速。现在英、法于滇粤，正如日、俄从前互相猜忌之时，倘亦效日、俄今日之所为，益非我国之福矣。时艰方切，临楮忧生，语言不觉冗杂无序。除分禀吉江、奉吉、奉江两省外，肃此，虔请钧安，伏乞垂鉴。

通判翟文选谨禀

再上东三省总督借债移民不如先办路矿意见书

宣统三年辛亥五月二十三日

调署黑龙江呼伦直隶厅同知、安达厅通判翟文选谨再上书钦帅麾下：

窃通判前于本年正月为东省借款移民须先统筹全国详陈利害，并条举进行方针，分呈三省公署，当蒙锡前宪温谕，答复在案。嗣于三月奉到移民章程，知通判所言各事未蒙采纳。夫以位卑言轻，妄陈大计，在通判诚不知自量，且按之时日，前书到时，此项章程已经核定，万难因通判一言轻变移民宗旨。居今日而言，移民最为一般社会之所称许。通判诚有不敢苟同者，仅将管见所及，再为宪台陈之。

夫治东政策，其根本之解决不在东省，而在中央。论“居其国，不非大夫”之例，通判系属职官，中央可无论矣，即请以东言东。东省为日、俄角逐之场，我之所争者并不在民之多寡，而在彼之所以垂涎者，我先有以预防之。兵家言争占先着，我之东清、南满、安奉各路先着已失矣，而现在所急不可缓者，则首在交通，次在矿产。夫锦瑷暨通判前次《意见书》所言由洮南接线，越吉长而达珲春之洮珲，以此二路利害言，则洮珲较锦瑷尤重。从前日人经营朝鲜义州铁路，我国朝野上下如在梦中，谁知日俄一役，此路突飞过鸭绿江而与南满相接，安奉成则奉天已非我有。故通判于前书内言，不先经营洮珲，则日人朝鲜东海铁路成时，必由稳城一带越图们江，由延吉、珲春而接吉长，以蹈安奉之故智。不数日，即阅报纸所载日人有建会宁铁路之议，夫会宁为朝鲜咸境北道之首府，去稳城、图们江只一间耳，倘此路再为日人占据，则吉林亦非我有矣。至于锦瑷，虽系必不可缓之路，但由洮南至瑷珲一段，尚非俄人之所必争。彼沿黑龙江至伯力铁路，现在尚未告成，且又议筑中亚铁路以窥我新疆，东省正可趁此闲暇，一意经营锦洮及洮珲二路，截日、俄为两橛，俾其首尾不能相顾。洮珲成，再从事洮瑷，方不失为根本之图。通判前书曾云：东清、南满、旅顺、威海水陆险要均为他人占据，一旦有事，外人遣一偏师据我山海关，则锦瑷、洮珲皆为无用，请由京通接轨出古北口，越热河、朝阳而至洮南，再由齐齐哈尔至瑷珲，定名为京瑷铁路。现在默观时局，此言万难办到，况锦洮已有成说，谅难中止。惟由洮南可先东出辽源、怀德以至长春，而与吉长相接，则长春以西各属之大豆以及出口各货，可由此路直达拟修之商港葫芦岛，如此可分东清、南满之路势，可挽营口、芝罘之商权，此亦不得已之中策，终较先修由洮至瑷一段获益良多。此外，尤宜先行开通陆路。查吉、江江边各属道路不通，均须借道俄境。奉省宜辟之路由开原东北至延吉，吉省宜辟之路由省城至东北、东南两道所属各地，江省宜辟之路则由嫩江府北至漠河，由铁山包东至观音山。有陆路以辅铁路之不及，交通便利，民可不招自至，有断然矣。

又查各国经营殖民地，若英、美之于新、旧金山，俄之于西伯利亚，日之于北海道，均无不先从开矿入手。通判前书已详言之。现在东省著名之矿为日、俄所占据者甚多，矿权一失，则并土地所有权而亦随之。为今之计，若尽待公家开办则断无此财力，莫如行放任主义，任民开采，收效则酌课矿税。但限制不令招外人之股，即租税稍轻，亦不失藏富于民之义。若前次部定矿税章程，既不能强外人照此实行，而徒为国民设此羁绊，将恐后此数年国民之业矿者且将绝迹，全国矿产不尽落外人之手？不止东省，各矿果能任民开采，不加限制，内地人民必将闻风麇集。较赴英、美开矿而受种种虐待，彼且不顾利害挺身愿往，今我自行开矿，谁能舍近求远哉？虽现在东省之政千端万绪，原不仅在路矿，若思与日俄争衡以示抵制，舍路矿外别无他属。

而议者方谓，无民则路不能修，矿不能采，工业不能兴，土地不能辟，种种设施，非民不行，欲治东省，必先以移民为惟一政策。若骤听之，似亦近理，通判窃谓，无民则土地不能辟，诚然矣。此外，路矿、工商各机关均不完善，则民亦万不能来。近闻由四国借款，有“先拨东省两千万，以一千万办实业，一千万移民”之说，但所办何项实业，姑无具论，尚不失为正当办法。今请先就移民一方面言之。通判前书所云移民一户，非四五百金不能办到，若再加以委员之薪、设局之费，仅此区区，尚恐不足。即假定每户以五百计之，一千万之外债不过仅移二万户而已，不过仅足设二三州县而已。无论所移之民将来果否收效，尚难预期，即以三省最繁之州县，选择二三缺，将该州县全年所入租税、杂款核实估计，其能敷偿一千万外债之利息否也？此不待辨自明矣。况数年后借款合同期满，尤须历年拔本，又将何所取偿？且移此二三州县之民，果能挽回东省大局，亦谁敢云移民之非？否则高丽、越南、印度、埃及何尝无民，迄今何以国亡民奴？埃及虽未亡，且先受人监督财政。即我甲午拟割之辽海四城，亦何尝无民？内政不修，交通不便，虽有广土众民，亦不过徒供人之搏噬。晋人以垂棘屈产，假道于虞，荀息谓为外府，通判于此事亦将云然。

兴言及此，不禁忧从中来矣。若以二千万金以筑路，由锦州至洮南，由洮南至长春，尽可敷用，有葫芦岛商港以作尾闾，然后再徐图吉珲及洮瑷二段，得尺则尺，得寸则寸，虽未必足救东省之亡，然较诸移民，究有此善于彼之势。今东省大局已误于前，宪台此次来东，朝廷倚为长城，东民望若云霓，若不详筹统顾，漫然袭前人陈迹，则东省糜烂，一误何堪再误！通判交卸在即，倚装草此，不无语焉弗详之憾。伏望宪台不以人废言，采择行之。至治东根本之论，则必统筹全国，方免彼此牵掣，始克成功。通判前次所上《意见书》即注意于此，但彼时因防疫遮断交通，书报全无，故只就借十万万外债立论，事实多有与今不同之处，若“蒙古实业公司拟办汽车”已于以前经部议缓，“铁路收为国有”又于以后实行。兹谨抄录一通，以备查阅。临书不胜迫切屏营之至。

通判翟文选谨上

致梁启超论欧战告终《敬告友邦请求列席和平会议》及《对德宣战回顾谈》书中华民国七年戊午十二月二十二日

任公先生大鉴：

想望丰采二十年矣。元年，下走代表黑龙江都督会议来京，趋谒，未遇。嗣因争《俄蒙协约》，辞职而去。自谓此行凡在京南北名流无不瞻望颜色，独于先生未获一聆教言，每引为生平之憾。客岁，被选为临时参议员，趋晤，又值外宾在座，仅得与罗秘书略谈梗概，至今耿耿，不去于怀。

比者欧战告终，我政府当局鉴于内外趋势，力谋和平统一，欲以国民之总意，于欧战会议中占一席地，以共谋世界人类永久和平，得享国际上共同幸福。窃意先生为主持宣战最有力之一人，必有鸿文谠论示国民以方针，增国家之声价，乃连读先生《敬告友邦请求列席和平会议》及《对德宣战回顾谈》两大伟论，庄诵回环，窃不能无疑意焉。今闻先生赴欧有日，欲以个人资格于列强会议中有所贡献，以发扬国光，凡在国人同深敬佩。但先生莅欧，一言一行，观瞻所系，于国家实有绝大关系，谨将前读大著怀疑各点，敬为先生言之。

一、我国虽积弱已久，然此次列席会议与向来情势不同，大宜趁此良机，藉以增高国际地位。乃读《请求列席和平会议》之文，其气甚馁，多作乞怜之语，有失国家尊严，反启友邦轻藐之渐。

查欧战和平会议，虽有我国国内未统一、不得列席之谣传，原根于美总统威尔逊致贺元首电内附带之语，及外交团十二条之说帖。其所以致此之由，则以美日两国、我西南均派有专人在彼颠倒是非，妄肆播弄，欲以耸动友邦听闻，减我政府信用。其总因则以我政府自西南反对宣战称兵以来，顾念同胞，未忍明下讨伐命令，未忍明白宣布罪状，以致友邦始终未悉吾国南北起衅真相，始有此种种疑团之发生。夫我国之激动内乱，原为对德宣战，协助各友邦维持正义人道主义，以划除世界人类公敌之魔王。譬如有豪强鱼肉乡里，我族党与之械斗，吾人不平，仗义加入，致激起家中少数子弟之反抗。而家长因维持邻里之谊，对于反抗之子弟不能不示以夏楚之威。及至族党战胜豪强，而子弟反奔愬于彼，造作种种无根之谰言以厚诬家长，而族党习不加察，反诘于家长曰："汝家因何同室操戈耶？汝若不息阋墙之争，则一切战胜之权利，汝不得享受也，处分豪强之方法，汝不得与闻也。"天下宁有此情理？惜先生未于此点注意，一味引咎自责，一则曰：对于宣战后义务多未圆满，吾皆承认之，不敢有所讳饰。再则曰：宣战后义务怠慢之咎，吾决不敢为吾政府辩护。三则曰：我政府怠慢，惟少数官吏实尸其咎。而于极圆满、极充分之我国所以未能统一，纯因西南反对宣战而起之绝大理由，则仅以"犹有一线当原""不得谓一无微劳"二语了之，不惟无以服政府之心，且恐引起友邦责难，此中关系甚大，何先生未一加察也？

此次执和平会议牛耳者，厥为美国。而美国所以得协约国之推崇，则以居于欧战第三者地位之资格，而能维持正义人道主义，对于战事有无量数金钱、器械之接济，及二百余万陆军之远征，不惜绝大之牺牲也。吾国于欧战虽未直接如美国牺牲之大，然自西南反对宣战以来，糜烂至七八省之多，耗财至一万万以上，致吾同胞自相残杀，流血经年，今犹未已。而国内所蒙一切之损害，其牺牲究为何事而起，更为何故而然耶？况我政府于内争方烈之中力竭声嘶，犹能筹集华工接给食粮，及其他有利于协约国战事之举动，无不惟力是视，尤觉难能可贵。是我政府对于欧战仁至义尽，毫无缺陷可言。顷闻会议将列吾国于第三席地位，无论将来能否成为事实，亦未始非国际舆论上最公道之一表征也。

近阅岑西林蒸电，因派陆使赴欧未征求西南同意，有谓西南纵不得占议席，然欲破坏则有余等语。此等不顾国家、不识大体之言论，既能腾诸报章，通电全国，难免不倒行逆施，演成事实。倘不幸因列席再发生问题，尤望先生密嘱陆使，值此千载一时之机，万勿先自气馁，必须据理力争于国际地位、协约利益，恰如分际，毫发无损，庶不负政府宣战之苦衷，及国民为宣战所蒙之损害。先生亦可发挥谠论作为后盾，在我理直气壮，为所应为。下走决定各友邦素重国交，威总统向持公道，万不能因西南未统一不准列席，亦不能因我要求列席，于劝告外再有其他不情举动，更不能于倡言正义人道主义、力除国际不平等障碍，及主张人种自决自主问题、预立世界将来永久和平基础之际，而于他国区区内争之故，再有干涉吾国内政之行为。

先生具世界眼光，负中外重望，断不至如世人之虚怯无识，易为浮言所动，因友邦之一纸空文，或无稽之国际舆论，即认为神圣不可侵犯之信条，而不敢有所辩白也。更愿勿再如《请求》文内所云："因整理内政须广用客卿，为开发利源须更借外债"及"激动华商反感，变成一种经济上亲德态度"等软语，致遭友邦白眼，转贻国民全体之羞也。

一、《对德宣战回顾谈》不过追溯往事，以宣战经过情形告我国民，但细玩语意，先生自待甚厚，而责人未免太严。合肥即偶有失误，先生此文亦应韫椟而藏，留作他年修史者之资料，供读史者之品评，不应以对于国际应守秘密之言尽情宣露于外，深为下走所不解也。溯自暴德潜艇政策实施后，吾国由绝交以至宣战，其所经历种种魔障，原为中外共见共闻。合肥为此案主动之人，是否如先生所云：对于出兵欧洲，实始终未尝热心。吾非合肥，故无从解剖其心理，以验先生所言之是非。但就事实上论之，如先生云当时所主张谓，无论如何必须赶本年二月春期大战以前，我有兵数万到西欧战地，此先生在国务会议时所发之言也。查因对德宣战而国会解散，而复辟，而讨逆，而合肥再起组阁，先生入为阁员，而宣战令方正式颁布。张勋于上年六月一日复辟，合肥讨逆后于六月十四日抵京，迟数日，河间方来京就代行元首之职。未几，湖南零陵镇守使刘建藩宣言独立，西南五省相继响应，而府、院之间嫌隙以成。由是而有王汝贤罢战之请求，长岳因而不守中间，又经河间一度之停战、王聘卿一度之组阁。北方军人不服，乃有奉军截械入关之发生，合肥不得已又复出山。曾闻当时此项军械预为分配某某等省，专为对待合肥之用。苟非有人截留，此时西南反对宣战之人，早已高踞北京政府，而于欧战庆祝会中向各友邦国旗三呼万岁，先生与合肥已早无立足之地，即有《回顾谈》之大文出现，将必有人从而取缔之矣。试思上年六月至本年二月，先生预定出兵之期为时仅六七阅月，中经政海无数波澜，合肥又为一度之下野，内而元首掣肘，外而群帅观望，湘闽危如累卵，吉黑俄党扰边，倘西南乘此长驱而下，彼时正俄国革命方炽、德人志得意满之时，则几费经营之宣战案，或将因而推翻之矣。即或不然，合肥纵置内乱于不顾，一意筹划出兵，我国对于国际战争向无充实之预备，而一切军实饷械诸待筹商，欲于此最短时间出数万远征军于欧陆，先生言之亦未免太易矣。

先生又谓：合肥黩武无功，日与南方争鸡虫得失。区区数省，弄兵潢池，尽可听其自生自灭。此言尤觉漫无范围。下走尝谓，南北相龁终无已时，非有一大决战，国内万不能统一，政治亦永无入于正式轨道希望。试观美国为释放黑奴问题，南北致启争端，大总统林肯坚持人道主义不可放弃，几费踌躇，不得已而出于战。假使当时美国北数州之武人，亦如吾国王汝贤等辈，坐视林肯计划于失败，吾知美国南北交战史上，对于林肯虽不致如后来崇拜之深，然必曰林肯虽未成功，然为人道主义而战，仍不失为救世之一大英雄。此次合肥为协助各友邦维持世界正义人道主义，不得已而用武力平定反抗之内乱，与林肯专为释放国内黑奴，其所持人道主义已有范围广狭之不同。合肥虽因种种障碍未能贯彻主张，达到最终之目的，然谓之“无功”则可，谓之“黩武”，岂其然乎？向使北方少数武人不受他方面之嗾使，均如林肯部下之惟命是从，则本年二月以前西南早已平定，而出兵计划已经实行，谁为为之？孰令致之？又安可以成败论英雄耶？下走尝论合肥失处，正在有赏无罚。自帝制复辟两次变乱之后，合肥均秉国钧，假于颠覆国体之首逆执法以从，则此次北方武人断不至如此玩愒。传闻合肥尝对人言：时方大乱，不欲严格相绳，致启杀机。此言又岂穷兵黩武者所能道及耶？

吾国自革命以来，道德陵夷，人争私利，旷观全国，如合肥者能有几人？幸于对德宣战，毅然决然，坚持到底，因此博得国际上之光荣，为我国海通以来外交史上放一异彩。而先生必谓：出兵计划不实行，由于合肥之怠慢。又曰：始终未尝切实进行，始终未能彻底觉悟，对于参战之大目的若明若昧，久乃渐忘其所以然。而于大著之篇首，开宗明义，大书特书曰“无饰无隐”，并云：合肥后半段之举动，吾实多所不慊，绝不愿为之辩护。若深恐各友邦于先生所称“我国参战不力”各端不肯相信焉者。下走为局外之人，对于出兵计划、合肥主张如何、先生所言是否即为当时之事，实虽不得知。然以时间论，仓猝出兵既力有不能，以事实论，内乱方炽，又势所不得，其所以未能达出兵之目的，当非合肥之本心也。况以先生对于合肥私交，应守君子不出恶声之义，对于合肥人格尤应存为贤者讳过之心。而对于国家体面，友邦因参战义务不甚圆满，国际舆论对我方有责言，而先生竟以莫须有之事，倾筐倒箧，尽情暴露于外人之前，谅非先生爱国之初心与崇拜英雄之本意。纵不愿为合肥辩护，然亦当于大文下笔时，平心静气，为国家一着想也。倘于会议席上外人引先生之言为佐证，致我国应享战胜之权利未能平等，则国内舆论哗然，群集矢于先生之身，或将以辱国之咎为盛名之累，先生其将何辞以自解耶？

总观两大伟论，由前之说则持论太卑。语云：国际无道德。国无实力，徒于言论之间伏首乞怜。各友邦原非尽为慈善家，若不根据充分理由，先生虽有班、马之文，苏、张之舌，又岂能怜我请求，漫为应许？况直接揭露政府之短，实足启友邦轻我之端乎！由后之说，先生又未免自视太高，抨击他人不留余地，使我国对于参战无一完人。须知此次会议友邦中，忌我者大有人在，而西南又有破坏之宣言。下走与政府、合肥均无关系，并非代为辩护，惟深恐先生以宣战当局之人，忽而有此言论，先生之文既易于动听，而所处之地位又易为友邦借口，倘有争论，政府转无以自白。但愿下走言之不中，不愿先生之言友邦均见听也。用敢援"春秋责备贤者"之义，谨贡愚忱，尚希垂察。

翟文选谨启

四　杨蔚彬《前任东三省盐运使翟公去思碑》

当今之世，仕途日滥。国维不张，官吏贪私者多，课税诛求无厌。国体虽名共和，民困过于专制。至盐政一途，其滥觞尤甚。权衡其间者，群视为财源利薮。上下交征，弊害百出。求以真能洁己爱民，为地方兴利除弊者，诚寥若晨星。懿惟翟公，司鹾节八年于兹。下车伊始，查悉盐务症结所在，订定规章，力加整顿。非惟内部设施依次改善，外如局卡员、司秤夫、巡役，向之对于车船运户、滩东、埝东需索杂费、攀诬、刁难者，今则积习一清，群知奉公守法矣。加以稽核所陈科长赞助机宜，营盖场杨知事悉心筹措，遂致风清弊绝，盐政一新，厘税增加，商民食惠。非公具有裕国长材、和羹妙手，安能收如斯之成效乎？然公之惠顾我地方人民者，尤不仅此。丁卯岁大饥，营、海、盖三属哀鸿遍野，官府亦曾筹及赈济，所惜车薪杯水，涸鲋难苏。公竟请准上峰，每贫民赈盐十斤，三县灾黎均食厚德。公无地方责而能创行此善举，真无愧为万家生佛也。公之经济道德久见重于世，改良盐政不过公材之一斑。近以南北息战言和，时有可为。徇官民之推戴，出而长奉，荣行时犹言及减轻盐税及应行改革诸政。行见澄清吏治，霖雨苍生，其救时济众必有至重且大者。公真今之古人也。民等久叨荫庇，感深难报。谨掇事略，勒诸贞珉。不徒公之德业垂诸不朽，庶世之执政者亦得闻风而兴起焉。

——录自《盖平县志》，石秀峰编，王郁云纂，民国十九年铅印本

人名字号音序索引[①]

① 说明:1. 此索引仅涉及《日记》中人物姓名、字号或其他称谓,不包含附录中的人名字号;2. 人名后所列数字为该人物在《日记》中出现的年月日(公元纪年),括号中数字为出现的次数;3. 同一人物称谓呈现多样化,或一字,或两字,或全称,或名与字并称,或只称字或名,或官职与名姓并称,或只以官职代称等,凡此种种,均不合并,一律按音序排列;4. 一些称谓相同者,如李君等,用括注指明具体人物,加以区别。

《中国近现代稀见史料丛刊》已出书目

第一辑

莫友芝日记
汪荣宝日记
翁曾翰日记
邓华熙日记
贺葆真日记
徐兆玮杂著七种
白雨斋诗话
俞樾函札辑证
清民两代金石书画史
扶桑十旬记(外三种)

第二辑

翁斌孙日记
张佩纶日记
吴兔床日记
赵元成日记(外一种)
1934—1935中缅边界调查日记
十八国游历日记
潘德舆家书与日记(外四种)
翁同爵家书系年考
张祥河奏折
爱日精庐文稿
沈信卿先生文集
联语粹编
近代珍稀集句诗文集

第三辑

孟宪彝日记
潘道根日记
蟫庐日记(外五种)
王癸避难日志　辛卯年日记
嘉业堂藏书日记抄
吴大澂书信四种
赵尊岳集
贺培新集
珠泉草庐师友录　珠泉草庐文录
校辑民权素诗话廿一种

第四辑

江瀚日记
英韶日记两种
胡嗣瑗日记
王振声日记
黄秉义日记
粟奉之日记
王承传日记
唐烜日记
王锺霖日记(外一种)
翁同龢家书诠释
甲午日本汉诗选录
达亭老人遗稿

第五辑

袁昶日记
吉城日记
有泰日记
额勒和布日记
孟心史日记·吴慈培日记
孙毓汶日记信稿奏折(外一种)
高等考试锁闱日录
东游考察学校记
翁同书手札系年考
辜鸿铭信札辑证
郭则沄自订年谱
庚子事变史料四种(外一种)
《申报》所见晚清书院课题课案汇录
近现代"忆语"汇编

第六辑

江标日记
高心夔日记
何宗逊日记
黄尊三日记
周腾虎日记
沈锡庆日记
潘钟瑞日记
吴云函札辑释
新见近现代名贤尺牍五种
稀见淮安史料四种
杨懋建集
叶恭绰全集
孙凤云集
贺又新张度诗文集
王东培笔记二种